Daphne DuMaurier wurde 1907 als Tochter eines Schauspielers in London geboren. Ihre schriftstellerische Tätigkeit begann sie 1928 mit Kurzgeschichten und Zeitungsartikeln. Sie schrieb in der Folge zahlreiche Romane, die zum Teil verfilmt und in viele Sprachen übersetzt wurden. Weltruhm errang sie vor allem mit dem Roman »Rebecca«, der mit Sir Laurence Olivier verfilmt wurde.

Von Daphne DuMaurier sind außerdem als Knaur-Taschenbücher erschienen:

»*Gasthaus Jamaica*« (Band 781)
»*Nächstes Jahr um diese Zeit*« (Band 824)
»*Rebecca*« (Band 1006)
»*Das Geleitschiff*« (Band 1022)
»*Die Parasiten*« (Band 1035)
»*Träum erst, wenn es dunkel wird*« (Band 1070)

Vollständige Taschenbuchausgabe
Droemersche Verlagsanstalt Th. Knaur Nachf. München
Lizenzausgabe mit freundlicher Genehmigung des
Scherz Verlages, Bern und München
Copyright © by Daphne DuMaurier
Gesamtdeutsche Rechte bei Scherz Verlag,
Bern und München
Umschlaggestaltung Claus Dempel
Satz IBV Lichtsatz KG, Berlin
Druck und Bindung Elsnerdruck GmbH, Berlin
Printed in Germany · 8 · 5 · 384
ISBN 3-426-00539-5

Gesamtauflage dieser Ausgabe: 77000

# Daphne DuMaurier: Plötzlich an jenem Abend

Erzählungen

Knaur®

Titel der Originalbände, denen die einzelnen Geschichten entnommen sind:
»The Apple Tree« (Die Vögel; Der kleine Photograph; Der Alte; Plötzlich an jenem Abend)
»The Breaking Point« (Die blauen Gläser; Der Schrecken)
»Not After Midnight« (Der Kreuzweg)

ISBN 3-426-00539-5   680

Inhalt

Die Vögel 7
Der kleine Photograph 39
Der Alte 78
Der Kreuzweg 88
Die blauen Gläser 134
Plötzlich an jenem Abend 167
Der Schrecken 189

Die Vögel

Am dritten Dezember schlug der Wind über Nacht um, und es wurde Winter. Bis dahin war der Herbst milde gewesen, lind. Das Laub hatte goldrot an den Ästen gehangen, die Hecken waren noch grün gewesen. Wo der Pflug die Erde aufgeworfen hatte, glänzte sie fett und fruchtbar. Nat Hocken bezog wegen seiner Kriegsverletzung eine Rente und war auf dem Gehöft nicht voll beschäftigt. Er hatte dort nur drei Tage in der Woche zu tun, und man überließ ihm die leichtere Arbeit: Hecken stutzen, Dachstroh legen, Ställe und Scheunen instand halten.
Obgleich er Frau und Kinder hatte, war er ein Einzelgänger; er arbeitete am liebsten allein. Wenn er an der äußersten Spitze der Halbinsel, dort, wo das Meer die Äcker von zwei Seiten umspülte, das Ufer zu befestigen oder ein Gatter auszubessern hatte, war er glücklich. Zur Mittagszeit pflegte er Rast zu halten, die Fleischpastete zu essen, die seine Frau ihm gebacken hatte, und von seinem Platz auf dem Klippenrand die Vögel zu beobachten.
Der Herbst war die beste Zeit dafür. Besser als der Frühling. Im Frühling flogen die Vögel landeinwärts, unbeirrbar, zielsicher; sie wußten, wohin sie gehörten, Rhythmus und Gesetz ihres Lebens duldeten keinen Aufschub. Im Herbst wurden alle, die nicht über das Meer fortzogen, sondern im Lande überwintern wollten, von der gleichen, drängenden Unruhe gepackt, folgten aber, da ihnen der Flug in die Ferne versagt war, ihren eigenen Regeln. In großen Schwärmen strichen sie über die Halbinsel, rastlos, getrieben und sich in der Bewegung erschöpfend; bald schraubten sie sich kreisend in den Himmel, bald stießen sie zur Futtersuche auf den fetten, umgebrochenen Boden herab; aber selbst das Fressen geschah gleichsam ohne Hunger, ohne Gier. Rastlosigkeit trieb sie wieder in die Lüfte empor. Schwarz und Weiß gemischt, Dohlen und Möwen in seltsamer Verbrüderung suchten Befreiung; niemals zufrieden, niemals in Ruhe. Schwärme von Staren, rauschend wie Seide, zogen, von demselben Wandertrieb beherrscht, zu neuen Futterplätzen, und die kleineren Vögel, die Finken und Lerchen, schwirrten, wie unter einem Zwang, von den Bäumen in die Hecken.
Nat sah ihnen zu; beobachtete auch die Seevögel, die unten in der Bucht gelassen auf die Ebbe warteten. Austerndiebe, Rotschenkel, Wasserläufer und Brachvögel schaukelten lauernd vor der Küste auf dem Wasser; wenn die träge See sich saugend vom Ufer zurückzog, Streifen von Seetang bloßlegte und die Kieselsteine gegeneinanderschepperten, stürzten sie an den Strand. Dann erfaßte auch sie derselbe Zugtrieb. Kreischend, pfeifend, gellend glitten sie über die blanke See und verließen die Küste. Hastig, drängend; wohin aber und zu welchem Ziel? Der ruhelose Trieb des Herbstes, dunkel und unersättlich, hatte sie in seinen Bann geschlagen;

sie mußten sich scharen, kreisen, kreischen, sie mußten sich im Fluge erschöpfen, bevor der Winter kam.
Vielleicht empfangen die Vögel im Herbst eine Botschaft, eine Mahnung, dachte Nat, während er auf dem Klippenrand an seiner Pastete kaute. Der Winter naht. Viele von ihnen werden zugrunde gehen; und wie Menschen, die ihren vorzeitigen Tod ahnen, zu Taten oder Narrheiten getrieben werden, so auch die Vögel.
In diesem Herbst waren die Vögel ruheloser als sonst, ihre Erregtheit spürbarer gewesen, da die Tage so still waren. Wenn der Traktor seine Spur die westlichen Hügel hinauf und hinunter zog und Nat, beim Heckenschneiden, ihn hinabkriechen und wenden und die Silhouette des Bauern auf dem Führersitz sah, verschwand die ganze Maschine mit dem Mann darauf zeitweise in einer großen Wolke schwirrender, kreischender Vögel. Es waren viel mehr als gewöhnlich, dessen war Nat sicher. Im Herbst folgten sie stets dem Pflug, jedoch bei weitem nicht in so großen und lärmenden Schwärmen wie jetzt.
Nat erwähnte es am Feierabend.
»Ja, es sind mehr Vögel da als sonst, ich hab's auch bemerkt«, meinte der Bauer. »Und frech sind sie, haben nicht mal vor dem Traktor Respekt. Heute nachmittag schossen ein paar Möwen so dicht an meinem Kopf vorbei, daß ich dachte, sie reißen mir die Mütze ab. Als sie über mir waren und mir die Sonne noch dazu in die Augen schien, konnte ich kaum erkennen, was ich vor Händen hatte. Ich hab das Gefühl, wir kriegen anderes Wetter. Es wird einen bösen Winter geben. Darum sind die Vögel auch so unruhig.«
Als Nat über die Äcker heimwärts stapfte und in den Heckenweg zu seinem Häuschen einbog, sah er in der letzten Sonnenglut noch immer die Vögel über den westlichen Hügeln schwärmen. Kein Wind. Die graue See ganz ruhig, trotz der Flut. An den Hecken noch immer blühende Lichtnelken, die Luft milde.

Der Bauer behielt recht, denn in dieser Nacht schlug das Wetter um. Das Schlafzimmer des Häuschens ging nach Osten. Nat erwachte kurz nach zwei und hörte den Wind im Schornstein pfeifen. Nicht das Brausen und Tosen des Südweststurmes, der Regen bringt, sondern den Ostwind, kalt und trocken. Es heulte hohl im Schornstein. Auf dem Dach klapperte eine lose Schieferplatte. Nat lauschte, er konnte das Brüllen der See von der Bucht her hören. Sogar die Luft in dem kleinen Schlafzimmer war eisig geworden, ein kalter Zugwind blies durch die Türritze über das Bett hinweg. Nat wickelte sich fester in seine Decke und schmiegte sich enger an den Rücken seiner schlafenden Frau. Er blieb jedoch wach, lauschend, von einer grundlosen bösen Ahnung befallen.
Da hörte er etwas gegen das Fenster schlagen. An der Hauswand rankten

keine Kletterpflanzen, die sich losgerissen haben konnten; trotzdem dieses Peitschen gegen die Fensterscheibe.
Er horchte, das Schlagen wollte nicht aufhören. Schließlich kroch er, durch das Geräusch beunruhigt, aus dem Bett und tastete sich zum Fenster. Er öffnete es; in demselben Augenblick strich etwas über seine Hand, hackte etwas nach seinen Knöcheln, ritzte seine Haut. Dann spürte er ein Flattern von Flügeln, und fort war es, hinweg über das Dach, verschwunden hinter dem Häuschen.
Es war ein Vogel gewesen. Was für ein Vogel, wußte er nicht. Der Wind hatte ihn wohl gezwungen, am Fenstersims Schutz zu suchen.
Er schloß das Fenster und kroch ins Bett zurück; seine Knöchel fühlten sich feucht an. Er legte die Lippen an die Wunde. Der Vogel hatte ihm die Haut aufgerissen. Er hatte wohl Schutz gesucht und in seiner Angst und Verwirrung in der Dunkelheit nach ihm gepickt. Nat versuchte wieder einzuschlafen.
Gleich darauf ertönte das Pochen aufs neue; diesmal heftiger, beharrlicher. Jetzt erwachte auch seine Frau durch das Geräusch, sie drehte sich auf die andere Seite und murmelte: »Schau mal nach dem Fenster, Nat, es klappert.«
»Ich hab schon nachgesehen«, antwortete er, »da ist irgendein Vogel, der versucht hereinzukommen. Hörst du den Wind? Er weht von Osten, zwingt die Vögel, Schutz zu suchen.«
»Verscheuch sie«, sagte sie, »ich kann bei dem Geklapper nicht schlafen.«
Zum zweiten Male ging er zum Fenster, und als er es jetzt öffnete, saß nicht nur ein Vogel auf dem Gesims, sondern wohl ein halbes Dutzend; sie schossen pfeilgerade auf sein Gesicht zu und fielen ihn an.
Er schrie auf, schlug mit den Armen nach ihnen und verscheuchte sie; sie flogen, ebenso wie der erste, über das Dach davon und verschwanden. Rasch ließ er das Fenster herab.
»Hat man so was schon erlebt?« rief er. »Sie gingen auf mich los, versuchten, mir die Augen auszuhacken!« Er blieb am Fenster stehen und starrte in die Dunkelheit, konnte jedoch nichts erkennen. Seine Frau murmelte schlaftrunken etwas vom Bett her.
»Ich bilde mir durchaus nichts ein«, widerlegte er ärgerlich ihre Äußerung. »Ich sage dir, die Vögel hockten auf dem Fenstersims und wollten ins Zimmer herein.«
Plötzlich ertönte aus der Kammer jenseits des Flurs, wo die Kinder schliefen, ein ängstlicher Schrei.
»Das ist Jill«, rief seine Frau, die bei dem Schrei aufgefahren war, »geh hinüber und sieh nach, was los ist.«
Nat zündete die Kerze an; als er aber die Schlafzimmertür öffnete und über den Flur gehen wollte, blies der Zugwind die Flamme aus.

Jetzt erklang ein zweiter Schrei, voll Entsetzen, diesmal von beiden Kindern. Stolpernd erreichte Nat die Kammer und spürte in der Dunkelheit das Schlagen von Flügeln um sich. Das Fenster stand weit offen. Die Vögel kamen hereingeschwirrt, stießen zuerst gegen Decke und Wände, machten dann mitten im Fluge kehrt und schossen auf die Kinder in den Betten zu.
»Keine Angst, ich bin da«, rief Nat, und die Kinder warfen sich ihm schreiend entgegen; in der Dunkelheit flogen die Vögel auf, stießen herab und griffen ihn wieder an.
»Was ist los, Nat? Ist etwas geschehen?« rief seine Frau vom Schlafzimmer; rasch schob er die Kinder durch die Tür auf den Flur und schloß sie hinter ihnen, so daß er jetzt in der Kammer mit den Vögeln allein war.
Er riß eine Decke vom Bett und schwenkte sie wie eine Waffe rechts und links über sich durch die Luft. Er hörte das Aufklatschen von Körpern, das Flattern von Schwingen, aber noch waren sie nicht besiegt, denn wieder und wieder kehrten sie zum Angriff zurück, hackten ihm nach den Händen, dem Kopf; die kleinen Schnäbel stachen scharf wie spitze Gabeln. Die Wolldecke wurde zur Verteidigungswaffe, er wickelte sie sich um den Kopf und schlug, nun in völliger Finsternis, mit den bloßen Händen nach den Vögeln. Er wagte nicht, sich zur Tür zu tasten und sie zu öffnen, aus Furcht, daß ihm die Vögel folgen könnten.
Wie lange er mit ihnen in der Dunkelheit gekämpft hatte, wußte er nicht, aber schließlich wurde das Flügelschlagen schwächer und erstarb; durch das dichte Wollgewebe der Decke nahm er Licht wahr. Er wartete, lauschte, kein Laut erklang außer dem bitterlichen Weinen der Kinder aus dem Schlafzimmer. Das Flattern, das Schwirren der Flügel hatte aufgehört.
Er streifte die Decke vom Kopf und blickte umher. Die Kammer lag im kalten, grauen Morgenlicht. Die Morgendämmerung und das offene Fenster hatten die lebenden Vögel zurückgerufen, die toten lagen auf dem Fußboden. Nat starrte auf die toten, kleinen Leiber. Bestürzt und entsetzt. Es waren nur kleine Vögel, nicht ein größerer war dabei. Es mochten etwa fünfzig sein, die dort auf dem Fußboden lagen. Rotkehlchen, Finken, Spatzen, Blaumeisen, Lerchen und Ammern; Vögel, die sich sonst nach dem Naturgesetz nur zu ihrer eigenen Gattung, an ihren eigenen Bereich hielten und die sich jetzt in ihrer Kampfeswut miteinander verbündeten, hatten sich an den Wänden der Schlafkammer zu Tode geschlagen oder waren durch ihn vernichtet worden. Einige hatten bei dem Gefecht Federn verloren, anderen klebte Blut, sein Blut, an den Schnäbeln.
Angewidert ging Nat zum Fenster und sah über sein Gärtchen hinweg auf die Felder.
Es war eisig kalt, die Erde blinkte hart und schwarz von Frost. Kein weißer Frost, der in der Morgensonne glitzerte, sondern der schwarze Frost, den

der Ostwind bringt. Das Meer, jetzt aufgewühlt durch den Gezeitenwechsel, brodelnd und mit weißen Schaumkronen, brach sich heftig in der Bucht. Von den Vögeln keine Spur. Nicht ein einziger Spatz zwitscherte in der Hecke hinter der Gartenpforte, keine frühe Misteldrossel oder Amsel pickte im Gras nach Würmern. Kein Laut, nur der Ostwind und das Meer.
Nat schloß das Fenster, zog die Kammertür hinter sich zu und ging über den Flur ins Schlafzimmer zurück.
Seine Frau saß aufrecht im Bett. Das eine Kind lag schlafend neben ihr; das kleinere, mit verbundenem Gesicht, hielt sie in den Armen. Die Vorhänge waren dicht zugezogen, ein paar Kerzen angezündet. Ihr Gesicht leuchtete bleich in dem gelben Licht. Sie schüttelte, Schweigen heischend, den Kopf.
»Er ist eben erst eingeschlafen«, flüsterte sie. »Irgend etwas muß ihn geritzt haben, er hatte Blut in den Augenwinkeln. Jill sagt, es seien die Vögel gewesen. Sie behauptet, sie sei aufgewacht und da seien die Vögel schon in der Kammer gewesen.«
Verstört sah sie zu Nat auf, forschte in seinem Gesicht nach Bestätigung. Nat wollte ihr nicht zeigen, daß auch er durch die Ereignisse der letzten Stunden erregt, ja fast betäubt war.
»Sie sind noch in der Kammer«, sagte er, »lauter tote Vögel, wohl fünfzig Stück. Rotkehlchen, Zaunkönige, nur kleine Vögel hier aus der Umgebung. Sie scheinen ganz von Sinnen gewesen zu sein, das macht wohl der Ostwind.« Er hockte sich neben seine Frau auf den Bettrand und ergriff ihre Hand.
»Es ist das böse Wetter«, meinte er, »das muß es sein, dieses schlimme Wetter. Vielleicht sind es auch gar nicht unsere Vögel hier aus der Gegend. Der Wind hat sie hierher verschlagen, aus dem Inland.«
»Aber Nat«, flüsterte die Frau, »das Wetter hat sich doch erst in dieser Nacht geändert. Es gab ja noch keinen Schnee, der sie vertrieben haben könnte. Und sie können auch noch nicht hungrig sein. Draußen auf den Feldern gibt es doch noch genug Futter.«
»Es liegt am Wetter«, wiederholte Nat. »Glaub mir, es liegt am Wetter.«
Ratlosigkeit und Ermüdung spiegelten sich auf ihren Gesichtern; eine Weile starrten sie einander wortlos an.
»Ich gehe hinunter und mache uns eine Tasse Tee«, sagte er schließlich.
Der Anblick der vertrauten Küche gab ihm sein Gleichgewicht wieder. Tassen und Teller, ordentlich auf dem Küchenbord aufgereiht, Tisch und Stühle, das Strickzeug seiner Frau auf dem Korbstuhl, die Spielsachen der Kinder im Eckschränkchen.
Er kniete nieder, scharrte die Asche zusammen und entzündete ein Feuer. Mit den brennenden Scheiten, dem dampfenden Kessel und der braunen Teekanne kehrte Traulichkeit und die gewohnte Sicherheit wieder. Er

trank seinen Tee und trug seiner Frau eine Tasse hinauf. Dann wusch er sich in der Spülküche, zog seine Stiefel an und öffnete die Hintertür. Der Himmel war bleiern und schwer. Die braunen Hügel, die tags zuvor im Sonnenlicht erglüht waren, lagen kahl und düster da. Der Ostwind fuhr mit scharfer Klinge über die Bäume, das raschelnde, dürre Laub erbebte und flatterte im Winde davon. Nat stieß mit der Stiefelspitze gegen den hartgefrorenen Boden. Nie zuvor hatte er einen so gewaltsamen und plötzlichen Wechsel erlebt. In einer einzigen Nacht war ein trockener, kalter Winter hereingebrochen.
Die Kinder waren jetzt wach. Jill plapperte und schwatzte, der kleine Johnny begann wieder zu weinen. Nat hörte die Stimme seiner Frau, tröstend, besänftigend. Gleich darauf kam sie hinunter. Er hatte das Frühstück für die Familie fertig, das alltägliche Leben begann.
»Hast du die Vögel weggejagt?« fragte Jill, von ihrer Angst befreit, weil das Feuer brannte, weil es Tag war, weil es Frühstück gab.
»Ja, jetzt sind sie alle fort«, antwortete Nat, »der Ostwind hat sie hierher getrieben; sie waren wohl verängstigt und außer sich und suchten nur Schutz.«
»Sie haben aber nach uns gepickt«, sagte Jill, »und Johnny sogar nach den Augen.«
»Das haben sie nur aus Angst getan«, erklärte Nat.
»Hoffentlich kommen sie nicht wieder«, meinte Jill. »Wir können ihnen vielleicht Brotkrumen vors Fenster streuen, die fressen sie dann und fliegen weg.«
Sie stand vom Frühstückstisch auf, holte ihren Mantel und ihr Mützchen, ihre Schulbücher und ihren Schulsack. Nat schwieg, seine Frau warf ihm über den Tisch einen Blick zu, eine stumme Botschaft.
»Ich werde dich zum Bus bringen«, sagte er, »ich arbeite heute nicht auf dem Hof.«
Und während das Kind sich in der Spülküche die Hände wusch, meinte er leise zu seiner Frau: »Halte alle Fenster geschlossen, und auch die Türen. Nur aus Vorsicht. Ich gehe nachher zum Hof hinüber. Will dort hören, ob sie heute nacht auch etwas gemerkt haben.« Dann ging er mit seinem Töchterchen den Heckenweg entlang. Die Kleine schien die Erlebnisse der Nacht vergessen zu haben. Sie hüpfte vor ihm her und haschte nach den fallenden Blättern; die Kälte ließ ihr Gesichtchen unter der Zipfelmütze rosig erglühen.
»Wird es schneien, Papa?« fragte sie. »Es ist doch kalt genug, nicht?«
Er blickte zum grauen Himmel empor, fühlte den eisigen Wind an seinen Schultern zerren. »Nein, es wird nicht schneien. Diesmal gibt es einen schwarzen Winter, keinen weißen.«
Die ganze Zeit über suchte er mit den Augen die Hecken nach den Vögeln ab, spähte über die Felder, blickte forschend zu dem Wäldchen jenseits

des Hofes, wo sonst die Saatkrähen und Dohlen kreisten; er sah nicht einen einzigen Vogel.
Die anderen Kinder, verpackt und eingemummt wie Jill, warteten an der Bushaltestelle; sie sahen verfroren aus und hatten weiße Nasenspitzen.
Jill winkte und lief auf sie zu. »Mein Papa sagt, es gibt keinen Schnee«, rief sie, »es gibt einen schwarzen Winter.«
Von den Vögeln sagte sie nichts. Sie begann sich mit einem anderen kleinen Mädchen zu balgen. Der Autobus kam schwerfällig die Anhöhe heraufgekrochen. Nat wartete, bis sie eingestiegen war, kehrte dann um und ging zum Hof hinüber. Es war heute für ihn kein Arbeitstag. Er wollte sich aber davon überzeugen, daß alles in Ordnung sei. Jim, der Kuhhirt, rumorte bei den Ställen herum.
»Ist der Bauer da?« fragte Nat.
»Zum Markt«, brummte Jim. »Heut ist doch Dienstag.« Er stapfte davon und verschwand hinter einem Schuppen. Er hatte keine Zeit für Nat. Nat sei etwas Besseres, hieß es. Las Bücher und solches Zeug.
Nat hatte nicht daran gedacht, daß Dienstag war. Daran erkannte er, wie sehr ihn die Ereignisse der vergangenen Nacht mitgenommen hatten. Als er um das Bauernhaus herum zur Hintertür ging, hörte er die Bäuerin, Frau Trigg, in der Küche singen; das Radio spielte die Begleitung.
»Sind Sie da, Frau Trigg?« rief Nat.
Sie kam an die Tür, vergnügt, heiter und mit der Welt zufrieden.
»Guten Tag, Hocken«, rief sie, »können Sie mir erklären, woher diese plötzliche Kälte kommt? Aus Rußland vielleicht? So einen Wetterumschlag hab ich mein Lebtag noch nicht mitgemacht. Und es soll anhalten, sagt das Radio. Soll irgendwas mit dem Polarkreis zu tun haben.«
»Wir haben das Radio heute früh gar nicht angedreht«, sagte Nat. »Wir haben nämlich eine unruhige Nacht hinter uns.«
»Sind die Kinder krank?«
»Nein...« Er wußte nicht recht, wie er es vorbringen sollte. Jetzt, am helllichten Tage, mußte die Geschichte mit den Vögeln verrückt klingen.
Er versuchte Frau Trigg zu erzählen, was geschehen war, konnte aber an ihren Augen ablesen, daß sie das Ganze für einen Alptraum hielt.
»Richtige Vögel?« fragte sie lächelnd. »Nicht solch merkwürdige Dinger, wie sie die Männer nach einem feuchtfröhlichen Abend gern sehen?«
»Frau Trigg«, sagte er, »in unserem Kinderzimmer liegen fünfzig Vögel, Rotkehlchen, Zaunkönige und alle möglichen Arten, tot auf dem Fußboden. Sie gingen auf mich los, sie versuchten dem kleinen Johnny die Augen auszuhacken.«
Frau Trigg starrte ihn ungläubig an. »Na, so was«, meinte sie dann, »wissen Sie, das macht der Ostwind; da sie nun einmal in der Kammer waren, konnten sie nicht mehr zurückfliegen. Vielleicht sind es doch fremde Vögel, vom Polarkreis da oben.«

»Nein, alles Vögel, wie man sie hier jeden Tag sehen kann.«
»Komisch«, meinte Frau Trigg, »das kann man sich wirklich nicht erklären. Sie müßten mal an die Zeitung schreiben und dort nachfragen. Die wissen auf alles Antwort. Ich muß nun wieder an die Arbeit.«
Sie nickte ihm zu, lächelte und verschwand in der Küche.
Unbefriedigt ging Nat auf das Hoftor zu. Lägen nicht die toten Vögel, die er jetzt aufsammeln und irgendwo vergraben mußte, in der Schlafkammer, so hätte er die ganze Geschichte für eine Ausgeburt seiner Phantasie gehalten.
Er begegnete Jim an Hoftor.
»Haben die Vögel euch auch zugesetzt?« fragte Nat.
»Vögel? Was denn für Vögel?«
»Heut nacht waren sie bei uns im Haus. Massenweise, in der Schlafkammer der Kinder. Ganz wild waren sie.«
Es dauerte geraume Zeit, bis etwas in Jims Schädel hineinging. »Hab niemals von wildgewordenen Vögeln gehört«, sagte er schließlich. »Eher kriegt man sie manchmal zahm. Hab oft genug erlebt, wie sie ans Fenster kommen und Krumen picken.«
»Diese Vögel heut nacht waren nicht zahm.«
»Nicht zahm? Das macht vielleicht die Kälte. Oder der Hunger. Streut einfach ein paar Brotkrumen.«
Jim zeigte ebensowenig Interesse wie Frau Trigg. Es ist dasselbe wie mit den Fliegerangriffen im Krieg, dachte Nat. Kein Mensch hier auf dem Lande begriff, was die Leute in Plymouth durchmachten. Um etwas verstehen zu können, muß man es erst am eigenen Leib spüren.
Er ging den Heckenpfad zurück, stieg über den Zauntritt und trat ins Haus. Seine Frau saß mit dem kleinen Johnny in der Küche.
»Hast du jemand gesprochen?« fragte sie.
»Frau Trigg und Jim. Ich fürchte, sie haben mir nicht geglaubt. Jedenfalls ist dort drüben alles in Ordnung.«
»Du mußt die Vögel wegschaffen«, sagte sie. »Ich traue mich nicht hinein, um die Betten zu machen, ehe sie nicht weg sind. Ich habe Angst.«
»Jetzt brauchst du keine Angst mehr zu haben. Sie sind doch tot.«
Er ging mit einem Sack hinauf und ließ die toten Vogelleiber, einen nach dem anderen, hineinfallen. Ja, es waren wirklich fünfzig. Alles kleine, heimische Vögel. Kein einziger auch nur so groß wie eine Amsel. Es mußte der Schrecken gewesen sein, der sie dazu getrieben hatte. Blaumeisen und Zaunkönige; es war unfaßlich, daß diese kleinen Schnäbel noch vor ein paar Stunden mit solcher Wucht nach seinem Gesicht und seinen Händen gehackt hatten.
Er trug den Sack in den Garten und sah sich jetzt einer neuen Schwierigkeit gegenüber. Der Boden war zu hart gefroren, als daß man hätte ein Loch schaufeln können. Der Frost saß tief in der Erde; und doch hatte es

noch nicht einmal geschneit, es war eigentlich nichts geschehen, nur der Ostwind war gekommen. Es war unnatürlich, seltsam. Die Wettervorhersage hatte wohl doch recht. Wahrscheinlich hing der Wetterumschlag irgendwie mit dem Polarkreis zusammen.
Als er dort stand, grübelnd, den Sack in der Hand, ließ ihn der eisige Wind bis ins Mark erschauern. Unten in der Bucht brachen sich die schaumgekrönten Wellen. Er beschloß, die Vögel an den Strand zu tragen und dort einzuscharren.
Als er die Klippe hinabgeklettert war, konnte er sich kaum aufrecht halten, so heftig fuhr ihm der Ostwind entgegen. Das Atemholen schmerzte, seine bloßen Hände waren blaugefroren. Niemals zuvor hatte er solche Kälte erlebt, und dabei konnte er sich an viele harte Winter erinnern. Es war Ebbe; er schritt über die knirschenden Kiesel zum weichen, feuchten Sand und öffnete, mit dem Rücken gegen den Wind, den Sack.
Mit dem Absatz scharrte er eine Vertiefung aus, um die Vögel hineinzuschütten. In diesem Augenblick aber trug ein Sturmstoß sie davon, hob sie in die Höhe, so daß es schien, als flögen sie; die fünfzig steifgefrorenen Vogelleichen wurden von ihm fort über die Bucht geweht, wie Federn durcheinandergewirbelt und in alle Richtungen zerstreut. Der Anblick hatte etwas Grausiges, es war ihm zuwider. Im Nu hatte der Wind die toten Vögel weggefegt.
»Die Flut wird sie holen«, sagte er sich.
Er blickte über das Meer, sah die weißschäumenden, grünlichen Brecher, die jäh in die Höhe wuchsen, sich kräuselten und vornüber brachen. Das Rauschen kam von fernher, dumpf; es war Ebbe, das Brüllen und Tosen der Flut fehlte.
Da, plötzlich, sah er sie. Die Möwen. Weit draußen auf den Wellen reitend.
Was er zuerst für weiße Schaumkronen gehalten hatte, waren Möwen. Hunderte, Tausende, Zehntausende... Sie stiegen und fielen mit der wogenden See; die Köpfe gegen den Wind gerichtet, warteten sie auf die Flut gleich einer mächtigen Flotte, die vor Anker liegt. Von Osten bis Westen, soweit das Auge reichte, waren Möwen; Möwen in geschlossener Formation, Linie auf Linie. Wäre das Meer ruhig gewesen, so hätten sie die Bucht gleich einer weißen Wolke bedeckt, Kopf an Kopf, Körper an Körper gepreßt. Einzig die hochgepeitschte See verbarg sie dem Auge.
Nat machte jäh kehrt, verließ die Bucht und kletterte den steilen Pfad nach Hause empor. Irgend jemand müßte davon erfahren. Irgend jemandem müßte man es mitteilen. Es bereitete sich etwas vor, was er nicht begriff; vielleicht lag es am Ostwind, vielleicht an der Kälte. Er überlegte, ob er nicht zur Telephonzelle an der Bushaltestelle laufen sollte, um die Polizei anzurufen. Aber was hätte die tun können? Konnte überhaupt irgendeiner etwas tun? Tausende von Möwen hatten sich in der Bucht versam-

melt, vielleicht aus Hunger, vielleicht des Sturmes wegen. Die Polizei würde ihn entweder für verrückt halten oder die Mitteilung gelassen entgegennehmen. »Vielen Dank. Wir haben bereits davon gehört: das schwere Wetter treibt die Vögel in großer Zahl landeinwärts.«
Nat sah umher. Noch immer keine Spur von den anderen Vögeln. Hatte die Kälte sie vielleicht tiefer ins Land gejagt? Als er sich dem Häuschen näherte, kam ihm seine Frau schon an der Tür entgegen. »Nat«, rief sie aufgeregt, »das Radio hat es gebracht, sie haben eben eine Meldung durchgegeben. Ich habe sie mitgeschrieben.«
»Worüber denn?« fragte er.
»Über die Vögel. Es ist nicht nur hier so, es ist überall dasselbe. In London, im ganzen Land. Irgend etwas ist mit den Vögeln los.«
Gemeinsam betraten sie die Küche. Er las den Zettel, der auf dem Tisch lag.
»Bekanntmachung des Innenministeriums, 11 Uhr vormittags. Aus dem ganzen Land gehen stündlich Berichte über riesige Mengen von Vögeln ein, die sich über Städten, Dörfern und Gehöften zusammenscharen. Diese Schwärme richten Schaden an, rufen Verkehrsstockungen hervor und greifen sogar vereinzelt Personen an. Vermutlich bewirken Luftströmungen aus der Polarzone, die gegenwärtig die Britischen Inseln überfluten, die Abwanderung so zahlreicher Vögel nach Süden. Durch Futtermangel und Hunger werden sie offenbar dazu getrieben, selbst Menschen anzufallen. Alle Haushaltsvorstände werden hiermit aufgefordert, Fenster, Türen und Schornsteine abzudichten und alle notwendigen Maßnahmen, insbesondere für die Sicherheit der Kinder, zu ergreifen.«
Nat empfand etwas wie Triumph; erregt sah er seine Frau an. »Da haben wir's«, sagte er, »hoffentlich hören es auch die auf dem Hof. Dann wird ja auch die Bäuerin merken, daß ich ihr keinen Bären aufgebunden habe, daß es die reine Wahrheit war. Also überall im Land. Den ganzen Morgen habe ich gespürt, daß irgend etwas in der Luft liegt. Und gerade eben war ich unten an der Bucht, und wie ich so über das Wasser sehe, entdecke ich plötzlich die Möwen, Tausende und Abertausende von Möwen, so dicht geschart, daß man keine Nadel zwischen sie fallen lassen könnte. Sie schwimmen da draußen, schaukeln auf den Wellen, warten ab.«
»Worauf warten sie, Nat?«
Er starrte sie an, dann senkte er den Blick auf den Zettel. »Ich weiß es nicht«, sagte er zögernd. »Hier steht, sie sollen ausgehungert sein.«
Er zog eine Schublade auf und nahm Hammer und Werkzeug heraus.
»Was hast du vor, Nat?«
»Fenster und Schornsteine abdichten, wie es angeordnet ist.«
»Du glaubst doch nicht etwa, daß sie hier eindringen können, wenn die Fenster geschlossen sind? Spatzen, Rotkehlchen und all das kleine Federvieh. Wie sollte denn das möglich sein?«

Er gab keine Antwort. Er dachte nicht an Spatzen und Rotkehlchen. Er dachte an die Möwen...
Dann ging er nach oben und verbrachte den Rest des Vormittags damit, die Fenster in den Schlafräumen zu verschalen und die Kamine zu verstopfen. Ein Glück, daß er seinen freien Tag hatte und nicht auf dem Hof zu arbeiten brauchte. Es war wie vor Jahren, bei Kriegsbeginn. Damals war er noch nicht verheiratet gewesen und hatte im Haus seiner Mutter in Plymouth alle Verdunkelungsvorrichtungen angebracht. Hatte auch den Luftschutzraum angelegt. Nicht, daß all dies von besonderem Nutzen gewesen wäre, als es dann losging.
Er fragte sich, ob sie wohl auch auf dem Hof diese Vorsichtsmaßnahmen trafen. Er bezweifelte es. Zu leichtsinnig, diese beiden, Harry Trigg und seine Frau. Wahrscheinlich lachten sie darüber und verbrachten irgendwo einen vergnügten Abend.
»Das Essen ist fertig«, rief seine Frau von der Küche herauf.
»Gut, ich komme.«
Er war mit seinem Werk zufrieden. Die Verschalungen paßten genau vor die Fenster und die Bretter vor die Kaminöffnungen.
Nach dem Mittagessen spülte seine Frau das Geschirr, und Nat drehte die Ein-Uhr-Nachrichten an. Es wurde dieselbe Bekanntmachung wiederholt, die seine Frau am Vormittag notiert hatte, jetzt aber war sie durch eine neue Mitteilung erweitert:
»Die Vogelschwärme haben in allen Gegenden Unruhe hervorgerufen«, verkündete der Ansager, »und in London war heute morgen um zehn Uhr der Himmel wie von einer riesigen schwarzen Wolke verdunkelt. Die Schwärme ließen sich auf Dachfirsten, Fenstersimsen und Schornsteinen nieder. Man beobachtete die verschiedensten Arten, wie Schwarzdrosseln, Finken, Sperlinge und, wie es für die Hauptstadt zu erwarten war, eine zahllose Menge von Tauben und Staren und, in der Nähe der Themseufer, Lachmöwen. Dieser ungewöhnliche Anblick brachte in vielen Straßen den Verkehr zum Stillstand, die Arbeit in den Geschäften und Büros wurde unterbrochen, und Fahrdämme und Bürgersteige waren voller Menschen, die die Vögel beobachteten.«
Der Ansager berichtete anschließend von verschiedenen Zwischenfällen, gab als mutmaßlichen Grund für das Zusammenscharen der Vögel aufs neue Kälte und Hunger an und wiederholte die Ratschläge an die Haushaltsvorstände. Seine Stimme klang unbewegt heiter; Nat hatte den Eindruck, als behandle er die ganze Angelegenheit wie einen ausgemachten Spaß. Andere würden ebenso reagieren, die meisten, die nicht wußten, was es heißt, sich in der Finsternis gegen einen Schwarm Vögel zu wehren. In London würde man heute abend sicher Parties geben, wie an Wahltagen. Die Leute würden schwatzend und lachend herumstehen und allmählich beschwipst werden. »Kommt, wir schauen uns die Vögel an.«

Nat stellte das Radio ab. Er stand auf und begann, an den Küchenfenstern zu arbeiten. Seine Frau sah ihm verwundert zu, der kleine Johnny hing an ihrem Rockzipfel.
»Was, auch hier unten Bretter?« fragte sie. »Da muß ich ja jetzt schon Licht machen. Hier sind doch keine Bretter nötig.«
»Vorsicht kann nicht schaden«, antwortete Nat, »ich will kein Risiko eingehen.«
»Eigentlich hätte die Regierung dafür zu sorgen, daß Militär eingesetzt wird und man die Vögel abschießt. Damit würde man sie schon vertreiben.«
»Selbst wenn sie es wollten, wie sollten sie es denn anfangen?« fragte Nat.
»Sie schicken ja auch Militär auf die Docks, wenn die Dockarbeiter streiken. Dann gehen die Soldaten an Bord und löschen die Ladung.«
»Gewiß, aber London hat eine Bevölkerung von über acht Millionen, stell dir all die Wohnungen vor, all die Gebäude und Häuser. Glaubst du, wir haben genug Soldaten, um von jedem Dach die Vögel herunterzuknallen?«
»Das weiß ich nicht, aber irgend etwas muß doch getan werden. Sie haben die Pflicht, etwas zu unternehmen.«
Nat dachte im stillen, daß »sie« dieses Problem zweifellos in diesem Augenblick besprachen, aber was sie auch in London und den großen Städten beschließen würden, könnte ihnen hier draußen, dreihundert Meilen entfernt, wenig nützen. Jeder Hausvater mußte selbst nach dem Rechten sehen.
»Was haben wir an Lebensmitteln im Hause?« fragte er.
»Aber Nat, was denn nicht noch alles!«
»Frag nicht. Was hast du in deiner Speisekammer?«
»Du weißt doch, daß morgen mein Einkaufstag ist. Ich hab nicht so viel Lebensmittel herumstehen, sie verbrauchen sich so schnell. Der Fleischer kommt erst übermorgen. Aber ich kann etwas mitbringen, wenn ich morgen zum Einkaufen fahre.«
Nat wollte sie nicht beunruhigen. Er hielt es nicht für ausgeschlossen, daß sie morgen gar nicht zur Stadt fahren konnte. Er sah selbst in der Speisekammer und im Küchenschrank, wo sie die Konserven aufbewahrt hielt, nach.
Für ein paar Tage würde es schon reichen. Brot war allerdings knapp.
»Und wie ist es mit dem Bäcker?«
»Er kommt auch morgen.«
Falls der Bäcker ausblieb, war Mehl genug vorhanden, um selbst ein Brot zu backen.
»Früher war man doch besser dran«, sagte er, »da haben die Frauen zweimal in der Woche gebacken, es gab immer eine Tonne mit Salzheringen

im Haus, und es waren stets so viel Lebensmittel da, daß eine Familie sogar eine Belagerung überstehen konnte, wenn es sein mußte.«
»Die Kinder mögen gesalzenen Fisch nicht«, meinte sie.
Er hämmerte weiter an den Verschalungen der Küchenfenster. Kerzen! Die Kerzen gingen auch zur Neige. Wahrscheinlich wollte sie morgen neue kaufen. Nun, da war nichts zu machen. Sie mußten heute eben zeitig zu Bett gehen. Das heißt, falls ...
Er stand auf, ging durch die Hintertür in den Garten und sah über das Meer. Den ganzen Tag hatte die Sonne sich nicht gezeigt, und jetzt, obwohl es erst drei Uhr war, herrschte schon Zwielicht. Der Himmel war schwer, düster und farblos wie Salz. Er konnte die wütende See an die Felsen trommeln hören. Er ging den Pfad entlang bis halbwegs zur Bucht. Dort blieb er stehen. Die Flut war gekommen. Ein Felsen, den man vormittags noch sehen konnte, war jetzt überspült; und dennoch war es nicht die See, die seinen Blick gefangen hielt. Die Möwen hatten sich erhoben. Sie kreisten, hoben ihre Schwingen gegen den Wind, zu Hunderten, zu Tausenden. Es waren die Möwen, die den Himmel verdunkelten. Und sie waren still. Sie gaben keinen Laut. Sie schwebten und kreisten, stiegen und fielen, erprobten ihre Kräfte gegen den Sturm.
Nat machte kehrt. Er lief den Pfad hinauf, zurück zu seinem Häuschen.
»Ich hole Jill ab«, sagte er, »ich warte an der Bushaltestelle auf sie!«
»Was ist geschehen?« fragte seine Frau. »Du bist ganz blaß.«
»Paß auf, daß Johnny im Hause bleibt«, entgegnete er, »halte die Türen geschlossen. Zünde Licht an, jetzt gleich, und zieh die Vorhänge zu.«
»Aber es ist erst drei Uhr«, sagte sie.
»Macht nichts. Tu, was ich sage.«
Er schaute in den Geräteschuppen hinter dem Haus. Nichts, was von großem Nutzen sein könnte. Der Spaten war zu schwer, die Gabel taugte auch nichts. Er ergriff die Hacke. Es war das einzige Gerät, das in Frage kam und leicht genug zum Tragen war.
Er eilte den Heckenpfad entlang zur Bushaltestelle; immer wieder blickte er über die Schulter zurück. Die Möwen waren jetzt höhergestiegen, ihre Kreise größer, weiter geworden; sie verteilten sich in riesiger Formation über den ganzen Himmel.
Er hastete weiter. Obwohl er wußte, daß der Bus nicht vor vier Uhr auf der Anhöhe sein konnte, trieb es ihn vorwärts. Niemand begegnete ihm. Er war froh darüber, es war keine Zeit, stehenzubleiben und zu schwatzen.
Oben auf dem Hügel angelangt, wartete er. Es war noch viel zu früh. Eine halbe Stunde mußte er ausharren. Pfeifend kam der Ostwind über die Felder gefegt. Er stapfte mit den Füßen und blies in die Hände. In der Ferne konnte er die Kreidefelsen sehen, blitzend weiß gegen den bleiernen, düsteren Himmel. Dahinter stieg etwas Schwarzes auf, zunächst wie ein

Rauchschwaden, dann wuchs er und wurde dichter, der Schwaden wurde zu einer Wolke, teilte sich wiederum in fünf weitere Wolken, die sich nach Norden, Osten, Süden und Westen zerstreuten. Aber die Wolken waren gar keine Wolken, es waren Vögel. Er sah sie über den Himmel ziehen, und als ein Schwarm gerade über ihm, in einer Höhe von siebzig bis hundert Meter, dahinstob, erkannte er an dem eiligen Flug, daß diese Vögel landeinwärts strebten, daß sie sich nicht um die Menschen hier auf der Halbinsel kümmerten. Es waren Saatkrähen und Nebelkrähen, Dohlen, Elstern und Häher, alles Vögel, die sonst die kleineren Arten jagten; an diesem Nachmittag aber gehorchten sie einem anderen Befehl.
Ihnen sind die Städte anbefohlen worden, dachte Nat, sie wissen, was sie zu tun haben. Wir hier zählen nicht. Für uns genügen die Möwen. Die anderen ziehen in die Städte.
Er ging zur Telefonzelle, zog die Tür hinter sich zu und hob den Hörer ab. Er wollte nur das Amt anrufen, von dort würde man die Nachricht schon weitergeben. »Ich spreche von Highway«, sagte er, »an der Bushaltestelle. Ich möchte Ihnen mitteilen, daß große Vogelzüge landeinwärts fliegen und die Möwen sich in der Bucht versammelt haben.«
»Ja, in Ordnung«, antwortete die Stimme, gleichmütig, gelangweilt.
»Geben Sie die Nachricht auch bestimmt an die richtige Stelle weiter?«
»Ja... selbstverständlich...« Jetzt ungeduldig, verdrossen. Das Summzeichen ertönte.
Wieder eine, die sich nicht darum kümmert, dachte Nat. Vielleicht hat sie den ganzen Tag solche Anrufe beantworten müssen, und vielleicht will sie heute abend ins Kino gehen. Sie wird Hand in Hand mit einem Burschen dahinschlendern, zum Himmel zeigen und sagen: »Sieh mal, all die Vögel.« Sie macht sich nichts daraus.
Der Autobus kam ratternd die Anhöhe herauf. Jill kletterte heraus und drei oder vier andere Kinder. Der Bus fuhr weiter zur Stadt.
»Warum hast du die Hacke mit, Papa?«
Sie drängten sich lachend und mit den Fingern darauf zeigend um ihn.
»Ich hab sie gerade bei mir gehabt«, sagte er. »Marsch jetzt, wir gehen nach Hause. Es ist kalt, nicht gebummelt! Nun paßt mal auf, ihr anderen, ich möchte sehen, wie schnell ihr über die Felder laufen könnt.«
Er hatte sich an Jills Schulkameraden gewandt, Kinder zweier Familien, die in den Gemeindehäuschen wohnten. Wenn sie die Abkürzungen über die Felder nahmen, waren sie schnell zu Hause.
»Wir wollen aber am Heckenpfad spielen«, sagte eines der Kinder.
»Nein, das gibt's nicht! Vorwärts, nach Hause, oder ich sag's eurer Mama.«
Sie tuschelten miteinander, machten runde Augen und trollten sich schließlich querfeldein. Jill sah ihren Vater verdutzt an und verzog das Mäulchen.

»Wir spielen aber immer am Heckenpfad«, trotzte sie.
»Heut nicht, heut gibt's das nicht. Los jetzt, schnell.« Er konnte sehen, wie die Möwen sich dem Land näherten, schon über den Feldern kreisten. Noch immer kein Laut. Noch immer ganz stumm.
»Schau, Papa, schau mal, da drüben, all die vielen Möwen.«
»Ja, ja, schnell jetzt.«
»Wohin fliegen sie denn?«
»Landeinwärts wahrscheinlich. Wo es wärmer ist.«
Er packte sie bei der Hand und zog sie hinter sich her den Pfad entlang.
»Lauf doch nicht so, Papa. Ich kann nicht so schnell!«
Die Möwen taten es den Saatkrähen und Dohlen gleich. In riesigen Formationen verteilten sie sich über den ganzen Himmel. In Schwärmen zu Tausenden steuerten sie in die vier Himmelsrichtungen.
»Papa, was ist los mit den Möwen? Was tun sie da oben?«
Ihr Flug war jedoch nicht so zielbewußt wie der der Krähen und Dohlen. Sie kreisten noch immer über ihnen. Sie flogen auch nicht so hoch. Es war, als warteten sie auf ein Signal, als sei die Entscheidung noch nicht gefallen, der Befehl noch nicht klar.
»Soll ich dich tragen, Jill? Komm, Huckepack.«
Auf diese Weise hoffte er, schneller vorwärtszukommen. Aber er irrte sich. Jill war schwer. Sie rutschte dauernd hinunter und begann nun auch noch zu weinen. Seine eigene Bedrängnis und Furcht hatte sich dem Kinde mitgeteilt.
»Die Möwen sollen wieder weggehen! Ich kann sie nicht leiden. Sie kommen immer näher.«
Er setzte sie wieder ab. Nun begann er zu laufen, zerrte Jill hinter sich her. Als sie an der Abzweigung, die zum Gehöft führte, vorbeikamen, sah er, wie der Bauer sein Auto in die Garage fahren wollte. Nat rief ihn an.
»Können Sie uns heimfahren?«
»Was ist los?«
Der Bauer drehte sich auf dem Führersitz um und starrte sie an. Dann grinste er über sein ganzes gutmütiges, frisches Gesicht.
»Es sieht ja aus, als ob wir einen Heidenspaß kriegen«, meinte er. »Haben Sie die Möwen gesehen, Hocken? Wir werden ihnen eins aufbrennen, Jim und ich. Alle Leute sind ja ganz übergeschnappt wegen dieser Vögel, reden von nichts anderem. Ich habe gehört, daß Sie heute nacht Ärger mit ihnen hatten. Soll ich Ihnen eine Flinte leihen?«
Nat schüttelte den Kopf.
Das kleine Auto war vollgepackt, es war gerade noch Platz für Jill, wenn sie hinten auf die Petroleumkanister kletterte.
»Danke, ich brauche keine Flinte«, entgegnete Nat, »aber ich wäre sehr froh, wenn Sie Jill nach Hause brächten. Sie fürchtet sich vor den Vögeln.«

Er wollte vor Jill nicht so viel von der Sache reden.
»Mach ich«, erklärte der Bauer, »ich fahr sie heim. Aber bleiben Sie doch hier und machen Sie unsere Schießerei mit. Wir werden die Federn schon tanzen lassen.«
Jill kletterte hinein, der Bauer wendete das Auto und brauste den Pfad entlang. Nat folgte. Trigg mußte toll sein. Was konnte denn eine Flinte gegen einen ganzen Himmel voller Vögel ausrichten?
Jetzt, da ihm die Sorge um Jill abgenommen war, nahm er sich Zeit, umherzuschauen. Noch immer kreisten die Vögel über den Feldern. Fast ausschließlich Silbermöwen, aber auch Mantelmöwen waren darunter. Sonst pflegten sie sich gesondert zu halten, jetzt flogen sie zusammen, wie durch ein Band vereint. Die Mantelmöwen griffen oft kleinere Vögel an, ja selbst neugeborene Lämmer, behauptete man. Er hatte es zwar nie mit eigenen Augen gesehen, aber er mußte daran denken, als er sie über sich am Himmel sah.
Die Möwen schienen sich dem Gehöft zu nähern. Jetzt zogen sie ihre Kreise niedriger, die Mantelmöwen an der Spitze. Ja, das Gehöft war ihr Ziel, dorthin steuerten sie.
Nat beschleunigte seine Schritte. Jetzt sah er das Auto des Bauern wenden und den Heckenpfad entlangfahren. Mit einem Ruck hielt der Wagen neben ihm.
»Die Kleine ist hineingelaufen«, sagte der Bauer. »Ihre Frau hat sie schon erwartet. Na, was halten Sie von dem Ganzen? Man munkelt ja, die Russen seien schuld daran, sie hätten die Vögel vergiftet.«
»Wie sollte denn das möglich sein?« fragte Nat.
»Fragen Sie mich nicht! Man weiß ja, wie solch Gerede aufkommt. Nun, wollen Sie nicht doch bei der Schießerei mitmachen?«
»Nein, ich gehe nach Hause. Meine Frau sorgt sich sonst.«
»Meine Alte sagt, wenn man Möwen wenigstens essen könnte, hätte die Geschichte ja noch einen Sinn. Dann könnten wir Möwen kochen, braten und sie obendrein noch sauer einlegen. Warten Sie mal ab, bis ich den Biestern ein paar Ladungen verabreicht habe. Das wird sie schon abschrecken.«
»Haben Sie Ihre Fenster vernagelt?« fragte Nat.
»Ach wo, alles Blödsinn. Die im Radio bauschen immer alles auf. Ich hab heut weiß Gott anderes zu tun gehabt, als herumzulaufen und die Fenster zu vernageln.«
»Ich an Ihrer Stelle würde sie jetzt noch mit Brettern abdichten.«
»Dummes Zeug! – Aber wenn Sie bange sind, übernachten Sie doch bei uns.«
»Nein, vielen Dank.«
»Gut, wir sehen uns also morgen. Dann lad ich Sie zum Möwenfrühstück ein.«

Der Bauer grinste und bog mit dem Auto ins Hoftor ein. Nat eilte weiter, vorbei am Wäldchen, vorbei an der alten Scheune und dann über den Zauntritt, um den letzten Acker zu überqueren.
Als er über den Zauntritt sprang, hörte er das Geschwirr von Flügeln. Eine Mantelmöwe schoß aus der Höhe auf ihn herab. Sie verfehlte ihn, wendete im Fluge und stieg empor, um erneut niederzustoßen. Sofort schlossen sich ihr andere an, sechs, sieben, ein Dutzend, Mantelmöwen und Silbermöwen durcheinander. Nat ließ die Hacke fallen. Eine Hacke war jetzt nutzlos. Die Arme über den Kopf haltend, rannte er auf das Häuschen zu. Unablässig stießen sie auf ihn herab, ohne einen Laut, stumm, nur das Rauschen von Flügeln war zu hören. Diese entsetzlichen flatternden Schwingen. Er spürte, wie ihm das Blut über die Hände, die Gelenke, den Nacken rann. Jeder Hieb ihrer erbarmungslosen Schnäbel zerriß ihm das Fleisch. Wenn er nur seine Augen vor ihnen schützen konnte. Alles andere war unwichtig. Er mußte seine Augen schützen!
Noch hatten sie nicht gelernt, sich in die Schultern zu krallen, die Kleider zu zerfetzen, in Massen herabzustoßen, auf den Schädel, auf den Leib zu. Doch mit jedem Niederstoßen, mit jedem Angriff wurden sie kühner. Und sie nahmen keine Rücksicht auf ihr eigenes Leben. Wenn sie ihn im Herabschießen verfehlten, klatschten sie zerschmettert zu Boden.
Nat hastete und stolperte vorwärts, im Laufen stieß er immer wieder an die am Boden liegenden Vogelleichen. Schließlich erreichte er das Häuschen; mit blutenden Händen hämmerte er gegen die Tür. Durch die vernagelten Fenster drang kein Lichtschein. Alles dunkel.
»Mach auf«, schrie er, »ich bin's, Nat. Aufmachen!«
Er rief laut, um das Flügelrauschen zu übertönen.
Da erblickte er über sich in der Luft den weißen Seeraben, bereit zum Niederstoßen. Die Möwen kreisten, zogen sich zurück und schnellten, eine nach der anderen, gegen den Wind in die Luft empor. Nur der Seerabe blieb. Als einziger Vogel über ihm in der Luft. Plötzlich falteten sich seine Flügel eng an den Leib. Er fiel herab wie ein Stein. Nat schrie auf; da öffnete sich die Tür. Er taumelte über die Schwelle, seine Frau warf sich mit ihrem ganzen Gewicht gegen die Tür.
Sie hörten das schwere Aufschlagen des Vogels.

Seine Frau untersuchte die Wunden. Sie waren nicht tief. Die Handrücken und Gelenke hatten am meisten abbekommen. Hätte er nicht die Mütze aufgehabt, wäre auch sein Kopf übel zugerichtet worden. Und dieser Seerabe... er hätte ihm den Schädel spalten können.
Die Kinder weinten. Sie hatten Blut an den Händen des Vaters gesehen.
»Ist schon gut«, tröstete er sie, »war ja nicht schlimm, nur ein paar Schrammen. Spiel ein bißchen mit Johnny, Jill. Mama wird mir die Kratzer auswaschen.«

Er zog die Tür der Spülküche hinter sich zu, damit die Kinder nicht zuschauen konnten. Seine Frau war leichenblaß. Sie drehte den Wasserhahn über dem Ausguß an.
»Ich hab sie gesehen«, flüsterte sie, »gerade als Jill mit Trigg kam, fingen sie an, sich zusammenzuscharen. Ich machte die Tür fest zu. Sie klemmte, deshalb konnte ich nicht gleich öffnen, als du klopftest.«
»Gottlob, daß sie gewartet haben, bis ich allein war«, sagte er, »um Jill wäre es sofort geschehen gewesen.«
Während sie seine Hände und seinen Nacken verband, flüsterten die beiden verstohlen, um die Kinder nicht zu beunruhigen.
»Sie fliegen jetzt zu Tausenden landeinwärts«, sagte er. »Dohlen, Krähen und all die größeren Vögel. Ich hab sie von der Bushaltestelle aus gesehen. Sie ziehen zu den Städten.«
»Aber was werden sie tun, Nat?«
»Angreifen. Sie werden über jeden einzelnen herfallen, der sich auf der Straße blicken läßt. Dann werden sie versuchen, durch die Fenster und Schornsteine einzudringen.«
»Warum unternimmt die Regierung nichts dagegen? Warum setzt man nicht Militär ein, Maschinengewehre, irgend etwas?«
»Dazu ist es zu spät. Kein Mensch ist vorbereitet. Wir wollen hören, was die Sechs-Uhr-Nachrichten bringen.«
Nat ging wieder in die Küche, seine Frau folgte ihm. Johnny spielte friedlich auf dem Fußboden. Jill sah ängstlich drein.
»Ich kann die Vögel hören«, sagte sie, »horch, Papa.«
Nat lauschte. Dumpfe Schläge erklangen von den Fenstern, von der Tür her. Streifende Flügel und Krallen, gleitend, kratzend, suchten einen Weg hinein. Das scharrende Geräusch vieler zusammengepreßter Körper auf den Fenstersimsen. Hin und wieder erklang ein dumpfer Aufschlag, ein Klatschen: ein Vogel war herabgestoßen und zu Boden gestürzt. Viele werden sich auf diese Weise selbst töten, dachte er, aber nicht genug. Lange nicht genug.
»Hab keine Angst, Jill«, sagte er laut, »ich habe Bretter vor die Fenster genagelt. Die Vögel können nicht herein.«
Er ging durch das Haus und untersuchte noch einmal alle Luken. Er hatte gründliche Arbeit geleistet. Jeder Spalt war geschlossen. Aber er wollte sich doch noch einmal vergewissern. Er suchte Keile, Blech von alten Konservendosen, Holzleisten und Metallstückchen und fügte sie an den Seiten ein, um die Verschalungen noch haltbarer zu machen. Das Hämmern half die Geräusche der Vögel übertönen, dieses Scharren und Pochen und, was schrecklicher war – was er Frau und Kindern nicht hören lassen wollte –, das Splittern und Klirren von Glas.
»Dreh das Radio an«, sagte er, »wir wollen ein bißchen Musik hören.«
Das würde dieses unheimliche Geräusch übertönen. Er ging hinauf in die

Schlafzimmer und verstärkte auch dort die Bretter vor den Fenstern. Hier oben konnte er die Vögel auf dem Dach hören, das Kratzen der Krallen, ein Rascheln und Tappen.
Ihm wurde klar, daß sie alle in der Küche schlafen und das Feuer brennen lassen mußten; die Matratzen mußten hinuntergeschafft und auf dem Fußboden ausgebreitet werden. Er traute den Kaminen in den Schlafzimmern nicht. Die Bretter, die er vor die offenen Kamine eingefügt hatte, konnten nachgeben. In der Küche aber würden sie durch das Feuer sicher sein. Man mußte so tun, als sei alles nur ein Spaß. Mußte die Kinder glauben machen, daß sie heute abend Zeltlager spielten. Falls das Schlimmste geschah und die Vögel durch die Schlafzimmerkamine durchbrechen sollten, würde es Stunden, ja vielleicht Tage dauern, bevor die Türen unter ihren Schnäbeln und Krallen nachgaben. Die Vögel wären dann in den Schlafzimmern gefangen. Dort konnten sie kein Unheil anrichten. In Scharen zusammengepreßt, würden sie allmählich ersticken und sterben.
Er begann die Matratzen hinunterzutragen. Furcht weitete die Augen seiner Frau bei diesem Anblick; sie glaubte, die Vögel seien oben schon eingedrungen.
»Heut nacht schlafen wir alle zusammen in der Küche«, erklärte er mit gespielter Fröhlichkeit. »Hier am Feuer ist es am gemütlichsten. Und hier werden uns die dummen Vögel mit ihrem Gepoche auch nicht stören.«
Er ermunterte die Kinder, beim Umstellen der Möbel mit anzufassen. Vorsichtshalber schob er den Küchenschrank mit Hilfe seiner Frau vor das Fenster. Er paßte genau dorthin. Es war eine zusätzliche Sicherung. Dort, wo der Schrank gestanden hatte, konnten jetzt die Matratzen, eine neben der anderen, ausgebreitet werden.
Jetzt sind wir wirklich in Sicherheit, dachte er, verbarrikadiert und abgeschlossen wie in einem Luftschutzbunker. Wir können aushalten. Nur die Lebensmittel machen mir Sorgen. Das Essen und auch die Kohlen für den Herd. Für zwei oder drei Tage reicht es vielleicht, aber nicht länger. Dann wird wohl...
Doch darüber brauchte man sich noch nicht den Kopf zu zerbrechen. Bis dahin gab das Radio sicher neue Anweisungen durch. Sie werden den Leuten schon sagen, was sie zu tun haben.
Trotz all seiner sorgenvollen Gedanken merkte er plötzlich, daß nur Tanzmusik gesendet wurde. Kein Kinderfunk, wie das Programm angab. Er warf einen Blick auf die Skala. Ja, er hatte den richtigen Sender eingestellt. Tanzplatten. Er drehte weiter, bekam einen anderen Sender: dasselbe Programm. Er wußte den Grund. Das reguläre Programm war unterbrochen worden. Das geschah nur bei außergewöhnlichen Ereignissen. Wahlen und ähnlichem. Er versuchte, sich zu erinnern, ob es auch im Krieg vorgekommen war, während der schweren Angriffe auf London.

Richtig, die BBC war während des Krieges nicht in London stationiert gewesen. Das Programm war provisorisch von anderen Orten aus gesendet worden.
Hier draußen sind wir besser dran, dachte er, hier sind wir sicherer als die Leute in den Städten. Hier in unserer Küche, mit verrammelten Fenstern und Türen. Gott sei Dank, daß wir nicht in der Stadt wohnen.
Um sechs Uhr hörte die Plattenmusik auf. Das Zeitzeichen ertönte. Ganz gleich, ob es die Kinder ängstigte, er mußte die Nachrichten hören. Nach dem Zeitzeichen kam eine Pause. Dann sprach der Ansager. Seine Stimme klang feierlich, ernst. Ganz anders als am Mittag.
»Hier spricht London«, sagte er. »Heute nachmittag um vier Uhr ist der nationale Notstand erklärt worden. Um die Sicherheit von Leben und Eigentum der Bevölkerung zu gewährleisten, sind geeignete Maßnahmen ergriffen worden. Da die gegenwärtige Krise nicht vorauszusehen war und in der Geschichte des Landes ohne Beispiel ist, muß leider damit gerechnet werden, daß diese Maßnahmen nicht sofort und in vollem Umfang Abhilfe schaffen können. Jeder Hauseigentümer ist verpflichtet, Sicherungsvorkehrungen für die eigenen Gebäude zu treffen. In Mietshäusern, wo mehrere Familien zusammenwohnen, müssen diese gemeinsam alle Kräfte aufbieten, um ein Eindringen zu verhüten. Es ist unbedingt erforderlich, daß heute nacht jedermann zu Hause bleibt. Niemand darf sich auf Straßen, Fahrwegen, offenen Plätzen, Höfen oder sonst außerhalb von Gebäuden aufhalten. Die Vögel greifen in riesiger Zahl jeden an, den sie erblicken. Hier und da haben bereits Angriffe auf Häuser stattgefunden. Sofern jedoch alle die nötige Vorsicht walten lassen, dürften Gebäude hinreichend Schutz bieten. Die Bevölkerung wird aufgefordert, Ruhe und Besonnenheit zu bewahren. In Anbetracht der außergewöhnlichen Umstände, die diesen Notstand bedingt haben, ist von keiner Sendestation vor morgen früh um sieben Uhr mit einer neuen Bekanntgabe zu rechnen.«
Sie spielten die Nationalhymne. Weiter geschah nichts. Nat schaltete den Apparat ab. Er sah seine Frau an; sie starrte zu ihm hinüber.
»Was bedeutet das?« fragte Jill. »Was haben sie eben in den Nachrichten gesagt?«
»Es ist Schluß für heute mit dem Programm«, sagte Nat. »Eine Störung.«
»Durch die Vögel?« fragte Jill. »Sind die Vögel schuld daran?«
»Nein«, sagte Nat, »aber alle haben jetzt eine Menge zu tun, denn natürlich wollen sie die Vögel loswerden. In den Städten machen sie ja auch eine Menge Schmutz. Nun, ich denke, wir können auch einmal ohne Radio auskommen, was?«
»Wenn wir wenigstens ein Grammophon hätten!« meinte Jill, »das wäre besser als gar nichts.«

Sie hielt ihr Gesicht dabei dem Küchenschrank zugewandt, der mit dem Rücken gegen das Fenster stand. Obwohl sie sich alle bemühten, so zu tun, als sei nichts Besonderes los, lauschten sie insgeheim doch angespannt dem Scharren und Pochen, dem unaufhörlichen Schlagen und Rauschen von Flügeln.
»Wir wollen heute früher Abendbrot essen als sonst«, schlug Nat vor, »irgend etwas Gutes. Fragt mal Mama, vielleicht macht sie uns überbackene Käsebrote oder sonst etwas Feines, was wir alle gern essen.«
Er zwinkerte und nickte seiner Frau zu; er wünschte den Ausdruck von Bestürzung und Angst aus Jills Gesicht zu tilgen.
Beim Abendbrot war er behilflich, pfiff und summte und machte soviel Lärm wie möglich, und allmählich schien es ihm wirklich, als sei das Scharren und Tappen schwächer geworden. Sofort ging er in die Schlafzimmer hinauf und lauschte. Auch hier war nichts mehr zu hören.
Sie sind allmählich zur Vernunft gekommen, dachte er, sie haben gemerkt, wie schwer es ist, hier einzudringen. Vielleicht versuchen sie es jetzt anderswo. Wahrscheinlich haben sie keine Lust mehr, ihre Kräfte hier bei uns zu vergeuden.
Das Abendbrot verlief ohne Zwischenfall, und dann, beim Abräumen, hörten sie einen neuen Laut, dröhnend, vertraut, einen Laut, den sie alle kannten und verstanden.
Seine Frau sah auf, ihre Züge erhellten sich. »Flugzeuge«, sagte sie, »sie schicken Flugzeuge aus gegen die Vögel. Ich habe ja immer gesagt, daß sie etwas tun müssen. Jetzt geht's den Biestern an den Kragen. Horch, wird da nicht geschossen? Sind das Kanonen?«
Es konnte Geschützfeuer sein, draußen auf See. Nat wußte es nicht. Große Schiffskanonen konnten auf See vielleicht mit den Möwen fertig werden, aber jetzt waren sie über dem Lande, und die Küsten konnte man der Bevölkerung wegen nicht bombardieren.
»Es tut richtig gut, die Flugzeuge zu hören, nicht wahr?« fragte seine Frau. Und Jill, von der Begeisterung der Mutter angesteckt, hopste mit Johnny auf den Matratzen auf und nieder. »Die Flieger schießen die Vögel tot, die Flieger schießen die Vögel tot!«
In diesem Augenblick hörten sie in der Ferne ein Krachen, es folgte ein zweites, ein drittes. Das Dröhnen ebbte ab und erstarb über dem Meer.
»Was war denn das?« fragte seine Frau. »Ob sie Bomben auf die Vögel geworfen haben?«
»Ich weiß nicht«, antwortete Nat, »ich glaube kaum.«
Er brachte es nicht über sich, ihr zu sagen, daß es das Getöse zerschellender Flugzeuge gewesen war. Ohne Zweifel hatte die Regierung es gewagt, Erkundungsflugzeuge auszuschicken; aber sie hätte wissen müssen, daß es ein selbstmörderisches Unterfangen war. Was konnten denn Flugzeuge gegen Vögel ausrichten, die sich todeswütig gegen Propeller und Rumpf

schleuderten? Sie mußten selbst in die Tiefe stürzen. Wahrscheinlich geschah dies jetzt überall im Lande. Und um welchen Preis! Jemand in der Regierung schien den Kopf verloren zu haben.
»Wo sind die Flieger jetzt hin, Papa?« fragte Jill.
»Zurück zum Flugplatz«, antwortete Nat, »aber jetzt ist's Zeit, ins Bett zu kriechen.«
Es hielt seine Frau wenigstens eine Weile beschäftigt, die Kinder vor dem Kaminfeuer auszuziehen, sie ins Bett zu bringen und alles für die Nacht zu ordnen. Inzwischen machte er einen Rundgang durch das Haus, um sich noch einmal zu vergewissern, daß sich keine Verschalung gelockert hatte. Kein Dröhnen von Flugzeugen mehr, auch die Schiffskanonen waren verstummt. Vergeudung von Menschenleben und Kräften, dachte Nat. Auf diese Art kann man nicht genug vernichten. Zu kostspielig. Natürlich gibt es Giftgas. Vielleicht werden sie es mit Gas versuchen, Senfgas. In dem Fall würde man uns natürlich erst warnen. Das ist bestimmt ein Problem, worüber sich die klügsten Männer im ganzen Land heute abend den Kopf zerbrechen.
Irgendwie beruhigte ihn diese Vorstellung. In Gedanken sah er Wissenschaftler, Physiker, Techniker und alle diese Spezialisten zu einer Beratung versammelt; die brüteten darüber, wie sie der Gefahr Herr werden könnten. Dies war keine Aufgabe für die Politiker, die Generäle; diesmal hatten sie nur die Anordnungen der Fachleute auszuführen.
Sie werden rücksichtslos vorgehen müssen, dachte er, und wo die Bedrohung am stärksten ist, werden sie noch mehr Leben aufs Spiel setzen müssen, nämlich dann, wenn sie zu Gas greifen. Der ganze Viehbestand, selbst der Boden, alles würde vergiftet werden. Wenn nur keine Panik ausbricht! Das ist das Wichtigste. Wenn nur alles ruhig Blut bewahrt! Die BBC hatte schon recht, uns zu ermahnen.
Oben in den Schlafzimmern war alles ruhig. Kein Kratzen mehr, kein Hacken auf die Fenster. Eine Ruhepause in der Schlacht. Eine Umgruppierung der Kräfte. Hieß es nicht immer so in den Kriegsberichten, vor ein paar Jahren?
Der Sturm war nicht abgeflaut. Er konnte ihn noch immer in den Schornsteinen tosen hören. Und auch die schweren Brecher unten an der Küste. Da fiel ihm ein, daß jetzt Ebbe sein mußte. Vielleicht hing die Ruhe in der Schlacht mit der Ebbe zusammen. Es mußte irgendein Gesetz geben, dem die Vögel gehorchten, sie mußten einem Trieb folgen, der durch die Gezeiten und den Ostwind bestimmt wurde.
Er warf einen Blick auf die Uhr. Beinahe acht. Schon seit einer Stunde mußte das Wasser im Fallen sein. Das erklärte die Ruhepause. Die Vögel griffen mit der Flut an. Vielleicht war es im Inland anders. Aber hier an der Küste schienen sie diesen Rhythmus einzuhalten. Er berechnete die Zeitspanne, die ihnen blieb. Sie hatten also sechs Stunden ohne Angriff

vor sich. Wenn die Flut um ein Uhr zwanzig in der Früh einsetzte, würden die Vögel zurückkommen...
Es blieben ihm zwei Dinge zu tun. Das erste war zu ruhen; auch Frau und Kinder mußten soviel Schlaf wie möglich haben bis in die frühen Morgenstunden. Das zweite war, hinauszugehen und nachzuschauen, wie es bei Triggs auf dem Hof stand, und festzustellen, ob das Telefon noch in Betrieb war, damit man wenigstens über das Amt Neues erfahren konnte.
Er rief leise nach seiner Frau, die gerade die Kinder zu Bett gebracht hatte. Sie kam ihm auf der Treppe entgegen, und er teilte ihr flüsternd seine Überlegungen mit.
»Du darfst nicht fortgehen«, sagte sie erregt, »du darfst nicht fortgehen und mich mit den Kindern allein lassen. Das ertrag ich nicht!«
Ihre Stimme war schrill geworden, hysterisch. Er beschwichtigte sie, redete ihr gut zu.
»Schon gut, schon gut«, sagte er. »Ich warte bis morgen früh. Dann können wir auch um sieben Uhr die Nachrichten hören. Aber morgen, wenn wieder Ebbe ist, versuche ich zum Hof durchzukommen. Sie helfen uns vielleicht mit Brot und Kartoffeln und auch Milch aus.«
Seine Gedanken arbeiteten fieberhaft, schmiedeten Pläne für diesen Notfall. Heute abend hatten sie auf dem Hof natürlich nicht melken können. Die Kühe würden am Tor stehen, sich wartend auf dem Hofplatz drängen; denn das ganze Anwesen würde verrammelt und mit Brettern vernagelt sein wie hier ihr Häuschen. Falls ihnen dazu überhaupt noch Zeit geblieben war, heißt das. Er mußte an den Bauern denken, wie er ihm vom Auto aus zugelächelt hatte. Eine Jagdpartie hatte er bestimmt nicht veranstaltet. Nicht an diesem Abend.
Die Kinder waren eingeschlafen. Seine Frau saß noch angezogen auf ihrer Matratze. Sie sah ihn forschend mit ängstlichen Augen an.
»Was hast du vor?« fragte sie flüsternd.
Er schüttelte beruhigend den Kopf. Sachte, vorsichtig öffnete er die Hintertür und schaute hinaus.
Es war pechschwarz draußen. Der Wind blies heftiger noch als zuvor, kam eisig, in gleichmäßigen, erbarmungslosen Stößen herangefegt. Er scharrte mit dem Stiefel über die Stufe vor der Tür. Sie lag voller Vögel. Tote Vögel überall. Unter den Fenstern, an den Wänden. Es waren die Selbstmörder, die Sturzflieger, die sich das Genick gebrochen hatten. Von den lebenden keine Spur; sie waren mit der Ebbe meerwärts geflogen. Die Möwen würden jetzt wieder auf den Wellen reiten wie am Vormittag. In der Ferne, auf dem Hügel, wo vor zwei Tagen der Traktor gefahren war, brannte etwas. Eins der abgestürzten Flugzeuge; das Feuer hatte, durch den Sturm entfacht, einen Heuschober in Brand gesetzt.
Er betrachtete die Vogelleichen; ihm kam der Einfall, daß, wenn er sie

auf den Fenstersimsen aufeinanderstapelte, dies ein zusätzlicher Schutz beim nächsten Angriff wäre. Vielleicht half es nicht viel, aber immerhin etwas. Die toten Vögel mußten erst mit Klauen und Schäbeln von den lebenden gepackt und beiseite gezerrt werden, bevor diese einen Halt auf den Gesimsen fanden und auf die Fensterscheiben einhacken konnten.
Er machte sich in der Finsternis an die Arbeit. Es war unheimlich; die Berührung ekelte ihn. Die Vogelleichen waren noch warm, ihr Gefieder von Blut verklebt. Der Magen wollte sich ihm umdrehen, aber er zwang sich, weiterzuarbeiten. Voller Ingrimm stellte er fest, daß nicht eine einzige Fensterscheibe heil geblieben war. Allein die Bretter hatten die Vögel daran gehindert, einzudringen. Er stopfte die zerbrochenen Scheiben mit den blutigen Vogelleibern aus.
Als er damit fertig war, kehrte er ins Haus zurück. Er verbarrikadierte die Küchentür, sicherte sie besonders sorgfältig. Dann entfernte er die Mullbinden, die nicht durch seine eigenen Wunden, sondern durch das Vogelblut fleckig geworden waren, und erneuerte das Pflaster.
Seine Frau hatte ihm Kakao gekocht, er trank in durstigen Zügen. Er fühlte sich jetzt sehr müde.
»Alles in Ordnung«, sagte er mit einem Lächeln, »mach dir keine Sorgen, wir kommen schon durch.«
Dann legte er sich auf seine Matratze und schloß die Augen. Er schlief sofort ein. Ihm träumte schwer, irgendein Versäumnis zog sich quälend durch seine Träume. Irgendeine Arbeit, die er vernachlässigt hatte, die er hätte tun müssen. Irgendeine Vorsichtsmaßnahme, von der er wußte, die er aber unterlassen hatte. Und in seinen Träumen konnte er keinen Namen dafür finden. Auf ungreifbare Weise hing es mit dem brennenden Flugzeug zusammen und mit dem Heuschober auf dem Hügel. Er schlief jedoch weiter, erwachte nicht. Erst als seine Frau ihn bei der Schulter packte und rüttelte, wurde er wach.
»Sie haben wieder angefangen«, schluchzte sie, »schon vor einer Stunde. Ich kann es nicht länger allein ertragen. Es riecht auch so brenzlig. Irgend etwas muß hier schwelen.«
Da wußte er es! Er hatte vergessen, Kohlen nachzulegen. Das Feuer glomm nur noch schwach, war beinahe erloschen. Er sprang rasch auf und zündete die Lampe an. Das Hämmern gegen die Fenster und Türen war wieder in vollem Gange, aber seine Sorge galt etwas anderem: dem Geruch versengter Federn. Die ganze Küche war von Gestank erfüllt. Er begriff sofort, was es zu bedeuten hatte. Die Vögel kamen durch den Rauchfang, preßten sich zur Herdstelle hinunter.
Er griff nach Spaltholz und Papier und warf es auf die Asche. Dann packte er die Petroleumkanne.
»Zurück!« schrie er seiner Frau zu. »Wir müssen es riskieren!«
Er goß das Petroleum aufs Feuer. Die Flamme schlug zischend in den

Schornstein empor, und herab auf das Feuer fielen schwarze, versengte Vogelleichen.
Die Kinder erwachten und schrien. »Was ist los?« fragte Jill. »Was ist passiert?«
Nat hatte keine Zeit, ihr zu antworten. Er scharrte die toten Vögel vom Herd auf den Fußboden. Die Flammen prasselten immer noch wild; die Gefahr, daß der Schornstein Feuer fing, mußte er auf sich nehmen. Das Feuer würde die Vögel oben vom Schornstein vertreiben. Aber mit dem unteren Teil war es schwieriger. Er war vollgepfropft mit schwelenden, eingeklemmten Vogelleibern.
Nat nahm kaum den Angriff auf Fenster und Türen wahr; mochten sie doch bei dem Versuch, einzudringen, ihre Flügel knicken, ihre Schnäbel zersplittern, ihr Leben dransetzen. Es würde ihnen nicht gelingen! Er dankte Gott, daß er ein so altes Häuschen besaß, mit kleinen Fenstern und dicken Wänden. Nicht eins von diesen neuen Gemeindehäusern. Der Himmel mochte denen oben am Heckenpfad in den neuen Gemeindehäusern beistehen!
»Hört auf zu heulen«, rief er den Kindern zu, »ihr braucht keine Angst zu haben, hört schon auf!«
Er fuhr fort, die brennenden, glimmenden Vogelleichen, die ins Feuer purzelten, herauszuzerren.
»Das wird sie verjagen«, sagte er zu sich selbst, »der Zug und die Flammen. Solange der Schornstein nicht Feuer fängt, sind wir in Sicherheit. Ich verdiente dafür gehenkt zu werden. Es ist meine Schuld. Ich hätte unbedingt das Feuer in Gang halten müssen. Ich wußte ja, daß etwas nicht in Ordnung war.«
Mitten in das Kratzen und Hacken an der Fensterverschalung erklang plötzlich das trauliche Schlagen der Küchenuhr. Drei Uhr. Immer noch gut vier Stunden. Er wußte nicht genau, wann die Flut einsetzte, rechnete aber aus, daß die Gezeiten kaum vor halb acht Uhr wechseln würden.
»Zünd den Primuskocher an«, sagte er zu seiner Frau, »koch uns ein bißchen Tee und den Kindern Kakao, es hat keinen Sinn, herumzusitzen und den Kopf hängen zu lassen.«
So mußte er es machen! Er mußte seine Frau beschäftigen und die Kinder auch. Man mußte sich bewegen, essen, trinken, irgendwas tun, nur nicht den Mut verlieren.
Er stand abwartend am Herd. Die Flammen waren am Verlöschen, es fielen keine verkohlten Vogelleichen mehr herab. Er stieß mit seinem Feuerhaken so hoch hinauf, wie es nur ging, fand aber nichts mehr. Der Schornstein war frei. Er wischte sich den Schweiß von der Stirn.
»Los, Jill«, sagte er, »bring mir ein bißchen Spaltholz. Jetzt machen wir ein gemütliches Feuer an.« Das Kind wagte sich jedoch nicht in seine Nähe. Es starrte auf den Haufen versengter Vögel.

»Hab keine Angst«, sagte er, »sobald das Feuer tüchtig brennt, schaff ich sie in den Gang hinaus.«
Die Gefahr, daß die Vögel durch den Schornstein eindrangen, war gebannt. Sie konnte sich nicht wiederholen, wenn er das Feuer Tag und Nacht brennen ließ.
Morgen muß ich mehr Brennmaterial vom Hof holen, dachte er, dies bißchen hier reicht nicht lange. Ich werde es schon schaffen. Wenn erst Ebbe ist, kann ich alles erledigen. Kann alles besorgen, was wir brauchen, wenn erst die Flut zurückgegangen ist. Wir müssen uns nur anpassen, das ist alles.
Sie tranken Tee und Kakao und aßen Butterbrote. Nur noch ein halber Laib Brot übrig, stellte Nat fest. Tat nichts. Sie würden durchkommen.
»Aufhören!« rief der kleine Johnny und wies mit seinem Löffel nach dem Fenster. »Aufhören, ihr dummen Vögel!«
»So ist's richtig«, meinte Nat lächelnd. »Wir wollen von diesem frechen Pack nichts mehr wissen, was? Haben es jetzt satt.«
Nun jubelten sie, wenn sie das Aufschlagen eines gestürzten Vogels hörten.
»Schon wieder einer«, sagte Jill, »der muckst sich nicht mehr!«
»Ja, den hat's erwischt«, antwortete Nat, »ein Quälgeist weniger.«
So mußte man die Sache ansehen. Das war die richtige Einstellung. Falls sie bis sieben Uhr, wenn die Nachrichten kamen, so durchhielten und nicht den Mut sinken ließen, dann war schon etwas gewonnen.
»Spendier uns eine Zigarette«, sagte er zu seiner Frau, »ein bißchen Tabaksqualm wird den Gestank von versengten Federn schon vertreiben.«
»Es sind nur noch zwei da«, sagte sie, »ich wollte dir morgen im Konsum ein Päckchen kaufen.«
»Gib mir eine«, sagte er, »die andere sparen wir für einen Regentag.«
Es hatte keinen Sinn, die Kinder schlafen zu legen. Solange das Kratzen und Klopfen an den Fenstern weiterging, war nicht an Ruhe zu denken. Sie saßen auf den Matratzen, eingehüllt in die Wolldecken. Nat hatte einen Arm um Jill, den anderen um seine Frau, die Johnny auf dem Schoß hielt, gelegt.
»Man muß diese Kerle doch bewundern«, sagte er, »sie sind hartnäckig. Man sollte meinen, sie hätten das Spiel jetzt satt, aber keine Rede davon.«
Es war schwer, Bewunderung zu heucheln. Das Pochen ging weiter, immer weiter, ein neues, ratschendes Geräusch ertönte; es klang, als hätten jetzt schärfere Schnäbel die anderen abgelöst. Er versuchte, sich an die Namen von Vögeln zu erinnern, versuchte herauszufinden, welche Arten wohl jetzt an der Arbeit sein könnten. Es war nicht das Hacken des Spechts. Das klänge leichter, rascher. Dieses Hacken hörte sich bedrohlicher an; wenn es andauerte, würde das Holz ebenso splittern wie das Glas.

Da fielen ihm die Habichte ein. Hatten die Habichte vielleicht die Möwen abgelöst? Hockten jetzt auf dem Fenstersims vielleicht Bussarde, die außer den Schnäbeln auch ihre Klauen gebrauchten? Habichte, Bussarde, Sperber und Falken; er hatte nicht an die Raubvögel gedacht, hatte die Kraft ihrer Klauen vergessen. Noch drei Stunden! Und während der ganzen Zeit das Geräusch splitternden Holzes, das Reißen der Klauen.
Nat sah sich um und überlegte, welches Möbelstück er opfern könne, um die Tür zu verstärken. Die Fenster waren durch den schweren Schrank gesichert. Aber auf die Tür war kein Verlaß. Er ging nach oben, als er aber den Treppenabsatz erreicht hatte, blieb er stehen und lauschte. Ein leises Schlagen und Klatschen gegen den Fußboden im Kinderzimmer. Die Vögel waren durchgebrochen.
Er legte sein Ohr an die Tür. Es war kein Irrtum. Er konnte das Rascheln der Flügel hören, ein suchendes Huschen über den Fußboden. Noch war das andere Schlafzimmer frei. Er ging hinein und begann die Möbel herauszuschleppen und sie vor der Tür des Kinderzimmers aufeinanderzustapeln.
»Komm herunter, Nat! Was machst du denn da?« rief seine Frau.
»Es dauert nicht lange«, rief er. »Ich sehe hier oben nur mal nach dem Rechten.«
Er wollte verhindern, daß sie heraufkäme. Wollte nicht, daß sie das Tappen von Vogelfüßen im Kinderzimmer hörte, das Fegen von Flügeln an der Tür.
Gegen halb sechs schlug er vor, Frühstück zu machen, Speck und Toast. Sei es auch nur, um die wachsende Angst, die in den Augen seiner Frau stand, zu dämpfen und die verstörten Kinder zu beruhigen.
Sie hatte nichts von den Vögeln oben gemerkt. Glücklicherweise lagen die Schlafzimmer nicht über der Küche. Sonst hätte man zweifellos die Geräusche dort oben gehört, das Schlagen gegen die Dielen und das selbstmörderische, sinnlose Aufklatschen dieser wahnwitzigen Vögel, die in die Schlafkammer flogen und ihre Köpfe an den Wänden zerschellten. Er kannte sie gut, diese Silbermöwen. Sie hatten nicht viel Verstand. Aber die Mantelmöwen waren anders, sie wußten, was sie taten. Und ebenso die Bussarde, die Habichte...
Er ertappte sich dabei, wie er auf die Uhr starrte und gespannt beobachtete, wie der Zeiger auf dem Zifferblatt weiterkroch. Wenn seine Annahme nicht stimmte, wenn der Angriff mit eintretender Ebbe nicht aussetzte, dann war es um sie geschehen, das wußte er. Sie konnten nicht einen langen Tag durchhalten, ohne Schlaf, ohne neue Lebensmittel, ohne frische Luft, ohne... Seine Gedanken überstürzten sich. Er wußte wohl, daß man vieler Dinge bedurfte, um eine Belagerung zu überstehen. Sie waren nicht hinreichend versorgt, nicht richtig vorbereitet. Vielleicht war man alles in allem doch sicherer in den Städten. Wenn es ihm gelänge,

um Hilfe zu bitten. Vom Hof aus seinen Vetter anzurufen. Er wohnte nicht weit, nur eine kurze Zugreise. Vielleicht könnte er ein Auto mieten, es würde noch schneller gehen, ein Auto, solange Ebbe war...
Die Stimme seiner Frau, die ihn rief, vertrieb das plötzlich unwiderstehliche Bedürfnis nach Schlaf.
»Was ist los? Was ist denn jetzt?« fragte er erregt.
»Das Radio«, sagte seine Frau, »ich habe nach der Uhr gesehen, es ist gleich sieben.«
»Dreh doch nicht am Knopf«, sagte er, zum erstenmal unwirsch. »Es ist ja unser Sender. Der bringt die Nachrichten.«
Sie warteten. Die Küchenuhr schlug sieben. Kein Laut. Kein Sendezeichen. Keine Musik. Sie warteten bis ein Viertel nach sieben. Stellten dann einen anderen Sender ein. Dasselbe Ergebnis. Auch hier keine Nachrichten.
»Wir haben uns wohl verhört«, sagte er, »die Sendung beginnt sicher erst um acht.«
Sie ließen das Radio angestellt. Nat dachte an die Batterie, überlegte, wie lange sie noch reichen würde. Sie ließen sie immer auffüllen, wenn seine Frau zum Einkaufen in die Stadt fuhr. Wenn die Batterie leer war, würden sie ohne weitere Anweisungen für Sicherheitsmaßnahmen hier sitzen.
»Es wird schon hell«, flüsterte seine Frau, »man kann es hier nicht sehen, aber ich spüre es. Und die Vögel hämmern auch nicht mehr so laut.«
Sie hatte recht. Das Scharren und Kratzen wurde mit jedem Augenblick schwächer. Das Schubsen und Drängen auf den Stufen und den Simsen erstarb allmählich. Die Ebbe setzte also ein. Um acht Uhr herrschte völlige Stille. Nur das Pfeifen des Windes war zu hören. Die Kinder schliefen, eingelullt durch die Stille. Um halb neun stellte Nat das Radio ab.
»Was tust du denn? Wir werden die Nachrichten verpassen«, rief seine Frau.
»Es gibt keine Nachrichten mehr«, erklärte Nat, »wir sind jetzt auf uns selbst angewiesen.«
Er ging zur Tür und schob vorsichtig die Verbarrikadierung beiseite, dann zog er den Riegel zurück, stieß die toten Vögel, die vor der Tür lagen, von den Stufen und atmete tief die kalte Luft ein. Er hatte sechs Stunden für die Arbeit vor sich, und er wußte, daß er seine Kräfte für das Wichtigste sparen, daß er damit haushalten mußte. Lebensmittel, Licht und Brennmaterial, das waren die nötigsten Dinge. Falls er ausreichende Mengen davon bekommen konnte, bestand Hoffnung, wieder eine Nacht zu überdauern.
Er schritt durch den Garten, und nun sah er die lebenden Vögel. Die Möwen hatten sich davongemacht, um wie zuvor auf den Wellen zu schaukeln. Sie suchten wohl im Meer nach Futter und gingen erst mit Rückkehr der Flut erneut zum Angriff vor.

Anders die Landvögel. Sie warteten, beobachteten. Nat sah sie überall hocken, in den Hecken, auf den Äckern, dicht gedrängt in den Bäumen und draußen, auf den Feldern, Reihe auf Reihe, untätig. Sie rührten sich nicht, ließen ihn aber nicht aus den Augen. Er ging bis zum Ende des Gärtchens.
»Ich muß Lebensmittel haben«, murmelte er vor sich hin, »ich muß zum Hof gehen und Lebensmittel holen.«
Er kehrte ins Häuschen zurück. Besichtigte Fenster und Türen. Dann ging er nach oben und öffnete das Kinderzimmer. Es war leer, bis auf die toten Vögel auf dem Fußboden. Die lebenden hockten draußen, im Garten, auf den Feldern. Er ging wieder nach unten.
»Ich gehe jetzt zum Hof hinüber«, erklärte er.
Seine Frau klammerte sich an ihn. Durch die offene Tür hatte sie die lebenden Vögel entdeckt.
»Nimm uns mit«, bettelte sie, »laß uns hier nicht allein. Lieber will ich sterben, als hier allein bleiben.«
Er überlegte. Dann nickte er.
»Also gut, hol Körbe und Taschen und Johnnys Kinderwagen. Wir können ihn vollpacken.«
Sie zogen sich warm an gegen die beißende Kälte. Dicke Fausthandschuhe und Wollschals. Nat nahm Jill bei der Hand, seine Frau setzte Johnny in den Wagen.
»Die Vögel«, wimmerte Jill, »da sitzen sie alle.«
»Sie tun uns nichts«, beschwichtigte er sie, »nicht, solange es hell ist.«
Sie wanderten über die Felder auf den Zauntritt zu, die Vögel rührten sich nicht. Alle warteten, die Köpfe gegen den Wind gedreht.

Als sie die Wegbiegung kurz vor dem Hof erreichten, blieb Nat stehen und befahl seiner Frau, mit den beiden Kindern im Schutz der Hecke zu warten.
»Ich muß aber Frau Trigg sprechen«, protestierte sie, »falls sie gestern auf dem Markt war, können wir noch dies und jenes borgen. Nicht nur Brot, sondern auch...«
»Warte hier«, unterbrach Nat sie, »ich bin sofort wieder da.«
Die Kühe brüllten und trabten unruhig auf dem Hofplatz umher. Der Küchengarten vor dem Bauernhaus war voller Schafe; sie hatten die Hürden durchbrochen. Kein Rauch aus dem Schornstein. Eine böse Ahnung befiel Nat. Deshalb wollte er auch nicht, daß seine Frau und die Kinder das Gehöft betraten.
»Widersprich nicht, und tu, was ich sage!« zischte Nat.
Sie zog den Kinderwagen an die Hecke zurück, um dort mit den Kindern im Windschutz zu stehen.
Er ging allein zum Hof, zwängte sich durch die brüllenden Kühe, die sich

mit vollen Eutern hilfesuchend um ihn drängten. Vor dem Eingang stand das Auto, niemand hatte es in die Garage gefahren. Die Fensterscheiben des Bauernhauses waren zerbrochen. Auf dem Hofplatz und rund um das Haus herum lagen tote Möwen. Die lebenden Vögel hockten dicht gedrängt auf dem Dach und den Bäumen hinter dem Gehöft. Sie waren unheimlich still. Sie beobachteten ihn.
Jim, der Kuhhirt, lag tot auf dem Hofplatz... das, was von ihm übrig war. Nachdem die Vögel ihr Werk beendet hatten, waren die Kühe über ihn hinweggetrampelt. Neben ihm lag seine Flinte. Die Haustür war verschlossen und verriegelt; doch da die Fenster zertrümmert waren, war es Nat ein leichtes, hineinzuklettern. Die Leiche des Bauern lag neben dem Telephon. Er mußte gerade versucht haben, Hilfe herbeizurufen, als die Vögel über ihn hergefallen waren. Der Hörer baumelte lose herab, der Apparat war aus der Wand gerissen. Keine Spur von Frau Trigg. Sie mußte im oberen Stockwerk liegen. Was hatte es für einen Sinn, hinaufzugehen! Ihm wurde elend bei dem Gedanken, was er dort vorfinden würde.
Dem Himmel sei Dank, dachte er, sie hatten wenigstens keine Kinder.
Er zwang sich, die Treppe hinaufzugehen, kehrte aber auf halbem Wege wieder um. Auf der Schwelle der Schlafzimmertür hatte er ihre Beine sehen können. Neben ihr tote Mantelmöwen und ein zerbrochener Schirm.
Es ist zwecklos, dachte Nat, man kann nichts mehr tun. Mir bleiben nur noch fünf Stunden, und kaum das. Triggs würden es verstehen. Ich muß zusammenraffen, was ich finden kann.
Er kehrte zu Frau und Kindern zurück.
»Ich packe das Auto voll«, erklärte er, »zuerst Kohlen und dann Petroleum für den Kocher. Das schaffen wir nach Hause und holen dann eine neue Ladung.«
»Wo sind Triggs?« fragte seine Frau.
»Sie sind wohl zu Nachbarn gegangen«, antwortete er.
»Soll ich dir nicht helfen?«
»Nein, laß nur, da sieht es so wüst aus. Überall rennen Kühe und Schafe herum. Warte hier, ich hole den Wagen. Du kannst dich mit den Kindern hineinsetzen.«
Unbeholfen steuerte er den Wagen rückwärts aus dem Hof und auf den Heckenpfad. Von hier aus konnten seine Frau und die Kinder Jims Leiche nicht sehen.
»Ihr bleibt hier«, befahl er, »laß den Kinderwagen dort stehen. Wir können ihn später holen. Ich packe jetzt das Auto voll.«
Ihre Augen folgten ihm unentwegt. Wahrscheinlich hatte sie begriffen, sonst hätte sie wohl darauf bestanden, die Lebensmittel selbst zusammenzusuchen.

Insgesamt machten sie drei Fahrten, hin und her zwischen Häuschen und Gehöft. Erst dann war er sicher, daß sie alles Notwendige beisammen hatten. Es war unfaßlich, wie viele Dinge man brauchte, wenn man erst einmal anfing, darüber nachzudenken. Das Wichtigste von allem waren Planken für die Fenster. Er kletterte überall umher und suchte nach Brettern. Die Verschalungen zu Hause an den Fenstern mußten erneuert werden. Kerzen, Petroleum, Nägel, Konserven; die Liste nahm kein Ende. Außerdem melkte er drei Kühe. Die übrigen mußten weiterbrüllen, die armen Tiere.
Beim letztenmal fuhr er bis zur Bushaltestelle, stieg aus und ging in die Telephonzelle. Er nahm den Hörer ab und wartete. Nichts. Läutete immer wieder. Es hatte keinen Zweck. Die Leitung war tot. Draußen kletterte er auf einen Abhang und blickte über das Land. Nirgends ein Lebenszeichen, überall nur die hockenden, lauernden Vögel. Einige schliefen, die Schnäbel im Gefieder.
»Man sollte meinen, daß sie jetzt auf Futtersuche gingen, anstatt so dazusitzen«, murmelte er vor sich hin.
Aber da fiel es ihm ein. Sie waren ja gemästet, hatten sich vollgefressen, die ganze Nacht hindurch.
Auch aus den Gemeindehäusern stieg kein Rauch. Er mußte an die Kinder denken, die tags zuvor über die Felder gelaufen waren:
Ich hätte es wissen müssen, dachte er, ich hätte sie mit zu uns nehmen sollen.
Er blickte zum Himmel empor. Farblos, grau. Die kahlen Bäume standen schwarz und gekrümmt im Ostwind. Die Kälte schien den Vögeln, die überall auf den Feldern hockten, nichts anzuhaben.
Jetzt wäre der richtige Augenblick, sie zu erledigen, dachte Nat. Jetzt gäben sie eine gute Zielscheibe ab. Im ganzen Land müßte man die Gelegenheit benützen. Warum schicken sie jetzt keine Flugzeuge aus und vernichten die Biester mit Senfgas? Was tun denn all die hohen Herren? Sie müssen doch selber sehen, was los ist.
Er kehrte zum Auto zurück und setzte sich ans Steuer.
»Fahr schnell am zweiten Tor vorbei«, flüsterte seine Frau, »dort liegt der Briefträger. Ich will nicht, daß Jill ihn sieht.«
Er gab Gas. Das kleine Auto rumpelte und ratterte den Pfad entlang. Die Kinder quietschten vor Freude.
»Hoppe, hoppe Reiter«, krähte der kleine Johnny.
Als sie das Häuschen erreicht hatten, war es mittlerweile dreiviertel eins geworden. Nur noch eine Stunde Frist.
»Mach mir ein Brot«, sagte Nat, »und wärme du dir und den Kindern irgend etwas auf, eine von den Konservendosen. Ich habe jetzt keine Zeit zum Essen. Muß erst all die Sachen hereinschaffen.«
Er schleppte alles ins Häuschen. Man konnte es später ordnen. Es würde

ihnen helfen, die langen Stunden zu vertreiben. Zuerst mußte er Fenster und Türen abdichten.
Er ging durch das Haus und prüfte jedes Fenster und jede Tür sorgfältig. Er kletterte sogar auf das Dach und befestigte über jedem Schornstein, mit Ausnahme von dem über der Küche, Planken. Die Kälte war so beißend, daß er sie kaum ertragen konnte, aber die Arbeit mußte getan werden. Immer wieder suchte er den Himmel nach Flugzeugen ab. Nicht eines war zu sehen. Er verfluchte die Untüchtigkeit der Behörden.
»Immer wieder dasselbe«, brummte er, »sie lassen uns immer sitzen. Ein ewiges Durcheinander! Keine Planung, keine wirkliche Organisation. Und wir hier unten zählen schon gar nicht! So ist es. Die Leute im Inland kommen immer zuerst dran. Da setzen sie bestimmt Flugzeuge und Giftgas ein. Wir hier können warten und müssen nehmen, was kommt.«
Nachdem er die Arbeit am Schlafzimmerschornstein beendet hatte, machte er eine Pause und sah über das Meer. Da draußen bewegte sich etwas. Zwischen den Brechern tauchte etwas Grauweißes auf.
Ja, unsere Flotte, dachte er, die läßt uns nicht im Stich. Da kommen sie, in der Bucht werden sie beidrehen.
Er wartete. Die Augen tränten ihm in dem scharfen Wind, angestrengt blickte er über die See. Aber er hatte sich geirrt. Es waren keine Schiffe. Es war nicht die Flotte. Es waren die Möwen. Sie erhoben sich jetzt vom Wasser. Auch die Scharen auf den Feldern flogen in riesigen Schwärmen mit gesträubten Federn vom Boden auf und schraubten sich, Schwinge an Schwinge, zum Himmel empor. Die Flut war wiedergekehrt.
Nat kletterte die Leiter hinunter und ging in die Küche. Die Familie saß beim Mittagessen. Es war kurz nach zwei. Er verriegelte die Tür, stapelte die Möbel davor auf und zündete die Lampe an.
»Jetzt ist es Abend«, sagte der kleine Johnny.
Seine Frau drehte noch einmal das Radio an. Wieder kein Laut.
»Ich habe es auf der ganzen Skala versucht«, sagte sie, »auch ausländische Stationen, eine nach der anderen. Ich kriege nichts.«
»Vielleicht haben sie dort dieselben Sorgen«, sagte er, »vielleicht ist es überall in ganz Europa dasselbe.«
Sie schöpfte ihm einen Teller voll Suppe aus Triggs Konservendosen. Schnitt ihm eine dicke Scheibe von Triggs Brot und strich ihm ein wenig Bratenfett darauf.
Sie aßen schweigend. Ein Fetttropfen rann Johnnys Wangen und Kinn hinab und fiel auf den Tisch.
»Benimm dich, Johnny«, sagte Jill, »du mußt endlich lernen, dir den Mund abzuwischen.«
Da begann wieder das Pochen an den Fenstern, an der Tür. Das Rascheln und Schubsen, das Drängen und Stoßen nach Platz auf den Gesimsen. Der erste dumpfe Aufschlag der selbstmörderischen Möwen auf den Stufen.

»Ob Amerika uns nicht helfen kann?« fragte seine Frau. »Sie sind doch immer unsere Verbündeten gewesen, nicht wahr? Amerika wird sicherlich etwas unternehmen.«
Nat antwortete nicht. Die Bretter vor den Fenstern waren dick genug, die über dem Schornstein auch. Das Häuschen war voller Vorräte, Brennstoff und allem, was sie für die nächsten Tage brauchten. Nach dem Essen würde er alle Sachen verstauen, alles ordentlich wegpacken, übersichtlich ordnen und griffbereit hinlegen. Frau und Kinder konnten ihm dabei helfen. Sie mußten sich tüchtig müde arbeiten, bis die Ebbe ein Viertel vor neun einsetzte; dann würde er sie auf die Matratze packen, damit sie bis drei Uhr morgens fest und tief schliefen.
Für die Fenster hatte er sich etwas Neues ausgedacht; vor den Brettern wollte er Stacheldraht befestigen. Er hatte eine große Rolle vom Gehöft mitgenommen. Unangenehm war nur, daß er in der Dunkelheit arbeiten mußte. Schade, daß er nicht früher daran gedacht hatte. Immerhin, wenn nur Frau und Kinder schlafen konnten.
Jetzt waren die kleineren Vögel wieder an den Fenstern. Er merkte es an dem leichteren Picken ihrer Schnäbel, dem weicheren Streifen der Flügel. Die Habichte kümmerten sich nicht um die Fenster. Sie richteten ihre Angriffe nur auf die Tür. Er lauschte dem Splittern von Spänen und überlegte, wieviel jahrmillionenalte Erinnerungen in diesen kleinen Gehirnen, hinter diesen hackenden Schnäbeln, in diesen stechenden Augen aufgespeichert lagen, die die Vögel nun dazu trieben, mit der flinken Präzision von Maschinen über die Menschheit herzufallen.
»Ich rauche jetzt meine letzte Zigarette«, sagte er zu seiner Frau, »zu dumm, es ist das einzige, was ich vergessen habe mitzubringen.«
Er griff nach dem Päckchen und drehte das stumme Radio an. Dann warf er die leere Hülle ins Feuer und sah zu, wie sie verbrannte.

Der kleine Photograph

Die Marquise ruhte in ihrem Liegestuhl auf dem Balkon des Hotels. Sie war nur mit einem leichten Morgenrock bekleidet, ihr glattes, goldenes Haar war auf Lockenwickler gedreht und durch ein eng um den Kopf geschlungenes türkises Band – es hatte genau die Farbe ihrer Augen – zusammengehalten. Neben ihrem Stuhl stand ein Tischchen, darauf drei Fläschchen mit Nagellack, alle in verschiedenen Tönungen.
Sie hatte auf drei Fingernägel verschiedene Farbflecke getupft und hielt die Hand nun ausgestreckt vor sich hin, um die Wirkung zu prüfen. Nein, der Lack auf dem Daumennagel war zu rot, zu grell, verlieh ihrer schlanken, olivbraunen Hand gleichsam etwas Wildes, als sei aus einer frischen Wunde ein Blutstropfen darauf gefallen.

Der Nagel ihres Zeigefingers dagegen zeigte ein auffallendes Rosa; beide Farben schienen ihr falsch, nicht ihrer gegenwärtigen Stimmung entsprechend. Es war das prangende Rosa eleganter Salons und Ballroben, die ihr gemäße Farbe für einen festlichen Empfang, wo sie langsam ihren Fächer aus Straußenfedern hin und her bewegte, während gedämpftes Geigenspiel erklang.
Der Mittelfinger war mit einem seidig glänzenden Rot betupft, weder karmesin- noch zinnoberfarben, sondern von milderer, zarterer Nuance, der Knospe einer Pfingstrose gleich, die des Morgens tauig erglänzt und sich der Tagesglut noch nicht geöffnet hat. Ja, wie eine Pfingstrose, die, noch kühl und geschlossen, aus ihrem umhegten Beet auf den üppigen Rasen hinabschaut und erst später, zur Mittagszeit, ihre Blumenblätter in der Sonne entfaltet.
Dies war die richtige Farbe. Sie nahm einen Wattebausch und wischte die mißliebigen Tupfen von den beiden anderen Fingernägeln, tauchte gemächlich und sorgfältig den kleinen Pinsel in den erwähnten Lack und arbeitete mit raschen, gewandten Strichen wie ein Künstler.
Als sie fertig war, lehnte sie sich erschöpft in den Liegestuhl zurück und fächelte die Hände in der Luft, um den Lack trocknen zu lassen – eine seltsame Geste, wie die einer Priesterin. Sie blickte auf ihre aus den Sandalen hervorlugenden Zehen hinab und beschloß, auch sie sogleich, in ein paar Minuten, zu lackieren; blasse, olivbraune Hände und Füße, beherrscht und ruhig, die plötzlich zum Leben erwachten.
Aber jetzt noch nicht. Erst mußte sie ruhen, sich erholen. Es war zu heiß, um sich aus der wohligen Rückenlage zu erheben, sich vorzubeugen und, zusammengekauert nach Ort der Orientalen, die Füße zu schmücken. Zeit gab es im Überfluß, ja, sie spann sich wie der Faden eines abrollenden Knäuels durch den ganzen schwülen Tag hindurch.
Die leisen Geräusche des Hotels erreichten sie wie im Traum, die verschwommenen Laute taten ihr wohl, da sie in dieses Leben einbezogen und doch frei war, nicht länger an die Tyrannei des eigenen Heimes gekettet. Jemand auf dem Balkon über ihr schob einen Stuhl zurück. Unten auf der Terrasse entfaltete der Kellner über den kleinen Frühstückstischchen die fröhlich gestreiften Sonnenschirme. Sie konnte die Anweisungen des Maître d'hôtel im Speisesaal hören. Im angrenzenden Appartement räumte das Zimmermädchen auf; Möbel wurden gerückt, ein Bett knarrte, der Hoteldiener trat auf den benachbarten Balkon hinaus und wischte den Boden mit einem Reisbesen. Ihre Stimmen erklangen murmelnd, ärgerlich; dann erstarben sie. Wieder Stille. Nichts als das träge Plätschern des Meeres, das gemächlich den glühenden Sand leckte; irgendwo weit fort, zu weit, um zu stören, ertönte das Lachen spielender Kinder, unter denen sich auch ihre eigenen befanden.
Auf der Terrasse unter ihr bestellte ein Gast Kaffee. Der Rauch seiner Zi-

garre stieg zu ihrem Balkon empor. Die Marquise seufzte, ihre schönen Hände sanken wie Blütenblätter zu beiden Seiten des Liegestuhls hinab. Dies war Frieden, dies war Wohlgefühl. Wenn sie doch diesen Augenblick noch eine Stunde lang festhalten könnte... Aber eine innere Stimme sagte ihr, daß der alte Dämon der Unzufriedenheit, der Langeweile nach dieser Stunde wiedererwachen würde, selbst hier, wo sie frei war, Ferien hatte.

Eine Hummel schwirrte herbei, verharrte schwebend über dem Fläschchen mit Nagellack und kroch in eine Blüte, die eines der Kinder gepflückt und liegengelassen hatte; als sie in der Blüte verschwunden war, verstummte das Summen. Die Marquise öffnete die Augen und sah, wie das Insekt betäubt vorwartskroch, noch ganz benommen in die Luft stieg und davonsummte. Der Zauber war gebrochen. Die Marquise nahm den Brief ihres Gatten auf, der auf die Fliesen des Balkons geflattert war. »Leider ist es mir ganz unmöglich, zu Dir, Liebste, und den Kindern zu kommen. Die Geschäfte nehmen mich hier zu Hause völlig in Anspruch; wie Du weißt, kann ich mich nur auf mich selbst verlassen. Natürlich werde ich alles daransetzen, um Dich Ende des Monats abzuholen. Genieße inzwischen Deine Ferien, bade und erhole Dich. Die Seeluft wird Dir gewiß guttun. Gestern besuchte ich Maman und Madeleine, anschließend will der alte Curé...«

Die Marquise ließ den Brief wieder zu Boden sinken. Der verdrossene Zug um die Mundwinkel, dies verräterische Zeichen, das einzige, das die glatte Lieblichkeit ihres Gesichts störte, verstärkte sich. Immer dasselbe. Ständig seine Arbeit. Dieses Gut, diese Ländereien, diese Wälder, diese Geschäftsleute, die er treffen, diese plötzlichen Reisen, die er unternehmen mußte; Edouard betete sie zwar an, hatte aber keine Zeit für sie.

Man hatte sie vor der Hochzeit gewarnt, daß es so kommen würde. »C'est un homme très sérieux, Monsieur le Marquis, vous comprenez.« Wie wenig sie das bekümmert hatte, wie froh sie eingewilligt hatte; denn was konnte ihr das Leben Besseres bieten als einen Marquis, der außerdem noch ein »homme sérieux« war? Was konnte bezaubernder sein als dieses Schloß, diese großen Güter? Was imposanter als das Palais in Paris, als diese unterwürfig katzbuckelnde Dienerschar, die sie Madame la Marquise titulierte? Für ein Mädchen wie sie, das als Tochter eines vielbeschäftigten Arztes und einer kränkelnden Mutter in Lyon aufgewachsen war, schien es eine Märchenwelt. Wenn nicht eines Tages Monsieur la Marquis aufgetaucht wäre, säße sie am Ende noch heute, vielleicht als Frau eines jungen Assistenzarztes des Vaters, in dem alltäglichen Einerlei in Lyon.

Eine Liebesheirat, gewiß. Von seinen Verwandten zunächst höchstwahrscheinlich mißbilligt. Aber Monsieur le Marquis, der »homme sérieux«, war über vierzig. Er wußte, was er wollte. Und sie war schön. Damit war

die Sache entschieden. Sie heirateten. Bekamen zwei kleine Töchter. Waren glücklich. Manchmal allerdings... Die Marquise erhob sich vom Liegestuhl, ging in das Schlafzimmer, setzte sich vor ihren Toilettentisch und löste die Lockenwickler aus dem Haar. Selbst diese Beschäftigung erschöpfte sie. Sie warf ihren Morgenrock ab und saß nun nackt vor dem Spiegel. Bisweilen ertappte sie sich dabei, daß sie das alltägliche Einerlei von Lyon vermißte. Sie dachte daran, wie sie mit ihren Freundinnen gelacht und gescherzt hatte, wie sie heimlich gekichert hatten, wenn ein vorübergehender Mann ihnen auf der Straße nachgeschaut hatte; sie dachte an die Vertraulichkeiten, den Austausch von Briefchen, das Gewisper im Schlafzimmer, wenn die Freundinnen zum Tee kamen.
Jetzt, als Madame la Marquise, hatte sie niemanden, mit dem sie vertraut war, mit dem sie lachen konnte. Alle Personen in ihrer Umgebung waren in gesetztem Alter, langweilig, einem Leben verhaftet, das in festen Bahnen verlief. Diese endlosen Besuche von Edouards Verwandten im Schloß! Seine Mutter, seine Schwestern, seine Brüder, seine Schwägerinnen! Im Winter, in Paris, war es genau dasselbe. Niemals ein neues Gesicht, niemals die Ankunft eines Fremden. Die einzige Abwechslung bot sich bestenfalls, wenn einer von Edouards Geschäftsfreunden zum Essen erschien und ihr bei ihrem Eintritt in den Salon, von ihrer Schönheit überrascht, einen kühnen, bewundernden Blick zuwarf, sich dann verneigte und ihr die Hand küßte.
Wenn sie solch einen Besucher während der Mahlzeit beobachtete, ließ sie ihrer Phantasie freien Lauf und malte sich aus, daß sie sich heimlich träfen, daß ein Taxi sie zu seiner Wohnung brächte, sie einen engen, dunklen Flur beträte, auf einen Klingelknopf drückte und in ein fremdes, nie betretenes Zimmer schlüpfte. War die lange Mahlzeit aber vorüber, so verbeugte sich der Geschäftsfreund und ging seines Weges. Hinterher dachte sie dann: er hat nicht einmal besonders gut ausgesehen, seine Zähne waren sogar falsch. Aber diesen rasch unterdrückten Blick voll Bewunderung – den konnte sie nicht entbehren.
Jetzt kämmte sie vor dem Spiegel ihr Haar, scheitelte es seitlich und erprobte die neue Wirkung. Durch das Gold des Haares ein Band in der Farbe der Fingernägel, ja, ja... und dann später das weiße Kleid und, lose über die Schulter geworfen, diesen Chiffonschal. So würde sie nachher in Begleitung der Kinder und der englischen Gouvernante auf der Terrasse erscheinen, vom Maître d'hôtel dienernd zum Ecktischchen unter dem gestreiften Sonnenschirm geleitet; die Leute würden sie anstarren, flüstern, und aller Augen auf sie gerichtet sein, wenn sie sich in einstudierter, mütterlich zärtlicher Geste zu einem der Kinder neigte und ihm die Locken streichelte, ein Anblick voll Anmut und Schönheit.
Jetzt aber, vor dem Spiegel, nur der nackte Körper und der traurige, verdrossene Mund. Andere Frauen hatten Liebhaber. Ihr kam oft Skandalge-

tuschel zu Ohren, selbst während dieser endlosen, steifen Diners, wo Edouard, weit entfernt von ihr, am anderen Ende der Tafel saß. Nicht nur in der feschen Lebewelt, zu der sie keinen Zugang hatte, sondern sogar in den alten Adelskreisen, denen sie jetzt angehörte, kam so etwas vor. »On dit, vous savez...«, die gemurmelten Andeutungen gingen von Mund zu Mund, man hob die Augenbrauen, zuckte die Achseln.
Manchmal, wenn bei einer Teegesellschaft eine Besucherin frühzeitig, vor sechs Uhr, mit der Entschuldigung, sie werde irgendwo erwartet, aufbrach und die Marquise dann, Worte des Bedauerns murmelnd, den Gast verabschiedete, durchzuckte es sie: geht sie jetzt zu einem Rendezvous? War es möglich, daß diese brünette, ziemlich gewöhnliche kleine Komtesse schon in zwanzig oder noch weniger Minuten vor Erregung bebend, geheimnisvoll lächelnd ihre Kleider zu Boden gleiten ließ?
Auch Elise, ihre Lyzeumsfreundin in Lyon, hatte nach nunmehr sechsjähriger Ehe einen Liebhaber. Sie nannte ihn in ihren Briefen niemals beim Namen, schrieb von ihm nur als »mon ami«. Die beiden brachten es fertig, sich zweimal wöchentlich, montags und donnerstags, zu treffen. Er besaß ein Auto und fuhr mit ihr aufs Land hinaus, auch im Winter. Elise pflegte der Marquise zu schreiben: »Aber wie plebejisch muß Dir in der großen Welt meine kleine Affäre erscheinen. Wie viel Anbeter und Abenteuer magst Du erst haben! Erzähle mir von Paris und den Festen, und wer in diesem Winter der Mann Deiner Wahl ist.« In ihren Antworten ging die Marquise mit halben Andeutungen und versteckten Anspielungen scherzend über die Frage hinweg und machte sich dann an die Beschreibung des Kleides, das sie kürzlich bei einem Empfang getragen hatte. Sie berichtete jedoch nicht, daß dieser Empfang bereits um Mitternacht zu Ende, daß er formell und totlangweilig gewesen war, und auch nicht, daß sie Paris nur von den Ausfahrten mit den Kindern kannte, von ihren Besuchen im Modesalon, wo sie schon wieder ein neues Kleid anprobierte, und von den Sitzungen beim Friseur, wo sie sich vielleicht wieder einmal eine neue Frisur legen ließ. Und dann das Leben auf dem Schloß: sie beschrieb die Räume, ja, die vielen Gäste, die langen, feierlichen Baumalleen, die riesigen Waldungen; aber kein Wort über die eintönigen Regentage im Frühling, kein Wort über die sengende Hitze des beginnenden Sommers, wenn sich Schweigen wie ein großes, weißes Leichentuch über den Ort legte.
»Ah! Pardon, je croyais que madame était sortie...« Er war, ohne anzuklopfen, hereingekommen, dieser Hoteldiener, einen Besen in der Hand. Diskret zog er sich aus dem Zimmer zurück, aber doch erst, nachdem er sie dort nackt vor dem Spiegel wahrgenommen hatte. Fraglos mußte er gewußt haben, daß sie nicht ausgegangen war; vor ein paar Minuten hatte sie ja noch auf dem Balkon gelegen. Hatte in seinen Augen, bevor er das Zimmer verließ, außer Bewunderung nicht auch Mitleid gestanden? Als

habe er sagen wollen: »So schön und ganz allein? Das sind wir in diesem Hotel, wohin die Leute zu ihrem Vergnügen kommen, nicht gewohnt...«

Himmel, wie heiß es war! Kein Lüftchen, nicht einmal von der See. Schweißtröpfchen perlten ihr von den Armen über den Körper hinunter. Sie kleidete sich träge an, zog das kühle weiße Kleid über und schlenderte wieder auf den Balkon hinaus, wo sie das Sonnendach hochgleiten ließ und sich der vollen Tageshitze aussetzte. Eine dunkle Brille verbarg ihre Augen. Die einzigen Farbflecken lagen auf ihrem Mund, ihren Füßen und Händen und dem über die Schulter geworfenen Schal. Die dunklen Brillengläser verliehen dem Tag eine sattere Tönung. Das Meer, für das bloße Auge enzianblau, war violett geworden, der weiße Sand schimmerte olivenbraun, und die prunkenden Blumen in den Kübeln auf der Terrasse zeigten jetzt tropische Glut. Als die Marquise sich über die Balkonbalustrade lehnte, brannte das heiße Holz ihre Hände. Wieder stieg Zigarrenrauch, unbekannt woher, zu ihr empor. Gläser klirrten, als ein Kellner an einem Tisch auf der Terrasse Apéretifs servierte. Irgendwo sprach eine Frau, eine Männerstimme fiel lachend ein.

Mit lechzender Zunge trottete ein Schäferhund über die Terrasse zur Mauer, um dort ein kühles Ruheplätzchen zu finden. Eine Gruppe halbnackter junger Leute kam vom Strand herbeigelaufen und rief laut nach Martinis; ihre bronzefarbenen Körper glitzerten vom getrockneten Salz des Meeres. Amerikaner natürlich. Sie warfen ihre Handtücher über die Stühle. Einer von ihnen pfiff dem Schäferhund, der sich jedoch nicht rührte. Die Marquise blickte verächtlich auf sie hinunter; in ihre Geringschätzung mischte sich aber ein Anflug von Neid. Sie konnten kommen und gehen, in ein Auto klettern, fortfahren, wie es ihnen gerade paßte. Sie lebten in einem Zustand nichtssagender, ausgelassener Fröhlichkeit, tauchten immer in Gruppen auf, zu sechst oder zu acht, zogen natürlich auch zu zweit los, bildeten Pärchen, tauschten Zärtlichkeiten aus. Aber – und hier ließ die Marquise ihren verächtlichen Gefühlen freien Lauf – ihre Fröhlichkeit barg kein Geheimnis. Ihr Leben lag offen zutage, es konnte keine Spannung enthalten. Sicherlich wartete niemand heimlich hinter angelehnter Tür auf einen von ihnen.

Eine Liebschaft müßte eine ganz andere Würze haben, dachte die Marquise; sie brach eine Rose, die am Spalier rankte, und steckte sie in den Ausschnitt ihres Kleides. Eine Liebesaffäre müßte etwas Verschwiegenes haben, sanft, unausgesprochen sein. Nichts Lautes, kein befreiendes Gelächter, sondern voll jener verstohlenen Neugier, die sich mit Furcht paart, und dann, wenn die Furcht dahinschwand, in schamlose Vertraulichkeit überging. Niemals dieses Schenken und Nehmen wie unter guten Freunden, nein, Leidenschaft zwischen Fremden müßte es ein.

Die Hotelgäste kehrten einer nach dem andern vom Strand zurück. Über-

all an den Tischen wurde Platz genommen. Die Terrasse, die während des ganzen Vormittags heiß und verlassen dagelegen hatte, füllte sich wieder mit Leben. Auswärtige Besucher kamen im Auto zum Déjeuner, mengten sich unter die vertrauteren Hotelgäste. Rechts in der Ecke saß eine Gesellschaft von sechs Personen. Unter ihrem Balkon ein Tisch mit drei Personen. Die Geschäftigkeit, das Geschwätz, Gläsergeklirr und Tellergeklapper steigerten sich, so daß das Plätschern der See, das beherrschende Geräusch des Morgens, jetzt schwächer, ferner schien. Die Ebbe setzte ein, das Wasser rieselte vom Strand zurück.
Dort kamen die Kinder mit Miss Clay, der Gouvernante. Wie kleine Puppen trippelten sie über die Terrasse, hinter ihnen Miss Clay im gestreiften Baumwollkleid, mit vom Baden zerzaustem Haar; plötzlich blickten sie zum Balkon auf und winkten, »Maman, Maman...« Sie lehnte sich lächelnd vor, wie gewöhnlich weckte das Rufen der Kinder Aufmerksamkeit. Jemand blickte mit den Kindern empor, ein Mann am Tisch zur Linken lachte und gab seinem Nachbarn ein Zeichen; die erste Welle der Bewunderung brandete auf und würde verstärkt wiederkehren, wenn die Marquise, die schöne Marquise, mit ihren engelgleichen Kindern einträte. Ein Raunen würde sie umschweben wie der Zigarettenrauch, wie die gedämpfte Unterhaltung der Gäste an den andern Tischen. Dies war tagein, tagaus alles, was ihr das Déjeuner auf der Terrasse bescherte, dieses Rauschen der Bewunderung, die Ehrerbietung und danach – Vergessen. Ein jeder ging seinem Vergnügen nach, zum Schwimmen, zum Golf, zum Tennis, zu Autofahrten, nur sie allein blieb mit den Kindern und Miss Clay zurück, schön und unbewegt.
»Schau, Maman, ich hab am Strand einen kleinen Seestern gefunden; wenn wir abreisen, nehm ich ihn mit nach Haus.«
»Nein, nein, das ist gemein von dir, er gehört mir. Ich hab ihn zuerst gesehn.«
Die kleinen Mädchen begannen zu streiten.
»Still, Céleste, Hélène, ich bekomme Kopfschmerzen davon.«
»Madame ist müde? Sie müssen nach dem Essen ruhen. Es wird Ihnen guttun in dieser Hitze.« Die taktvolle Miss Clay beugte sich ermahnend zu den Kindern hinunter. »Wir sind alle müde. Ruhe wird uns allen guttun.«
Ruhen... dachte die Marquise. Als ob ich jemals etwas anderes täte! Mein Leben ist eine einzige lange Ruhe. Il faut reposer. Repose-toi, ma chérie, tu as mauvaise mine. Winters und sommers bekam sie diese Worte zu hören. Von ihrem Gatten, der Gouvernante, den Schwägerinnen, von allen diesen betagten, langweiligen Bekannten. Das Leben war eine einzige lange Folge von Ausruhen, von Aufstehen und wieder Ausruhen. Wegen ihrer Blässe und Zurückhaltung hielt man sie für zart. Himmel, wie viele Stunden ihrer Ehe sie ruhend verbracht hatte, im Bett, bei geschlossenen

45

Jalousien! Im Palais in Paris, im Schloß auf dem Lande, von zwei bis vier Uhr ruhen, immer nur ruhen!
»Ich bin durchaus nicht müde«, sagte sie zu Miss Clay; ihre sonst so melodische, sanfte Stimme war plötzlich scharf, schneidend geworden. »Ich werde nach dem Essen einen Spaziergang machen. Ich werde in die Stadt gehen!«
Die Kinder starrten sie mit runden Augen an, und Miss Clay – auch in ihrem Ziegengesicht malte sich Überraschung – öffnete den Mund zum Protest:
»Aber Sie werden in dieser Hitze umkommen! Außerdem sind die paar Geschäfte zwischen eins und drei immer geschlossen. Warum wollen Sie nicht bis nach dem Tee warten? Es wäre bestimmt klüger, bis nach dem Tee zu warten. Die Kinder könnten Sie begleiten, und ich würde inzwischen etwas bügeln.«
Die Marquise antwortete nicht. Sie erhob sich; die Kinder hatten beim Déjeuner getrödelt – Céleste war beim Essen immer besonders langsam –, und die Terrasse lag jetzt nahezu ausgestorben da. Niemand von Bedeutung würde von ihrem Abgang Notiz nehmen.
Die Marquise ging in ihr Zimmer hinauf, puderte sich noch einmal, zog die Lippen nach und tauchte ihren Zeigefinger in Parfüm. Von nebenan erklang das Maulen der Kinder; Miss Clay brachte sie zu Bett und ließ die Rouleaus herab. Die Marquise ergriff ihre strohgeflochtene Handtasche, steckte das Portemonnaie, eine Filmrolle und ein paar Kleinigkeiten ein, schlich auf Zehenspitzen am Kinderzimmer vorüber, schritt die Treppe hinunter und trat aus dem Vorgarten des Hotels auf die staubige Straße hinaus.
Sofort zwängten sich Kieselsteinchen durch ihre offenen Sandalen, grelles Sonnenlicht prallte ihr auf den Kopf, und plötzlich erschien ihr das, was vor kurzem aus der Laune des Augenblicks als ungewöhnlich gelockt hatte, jetzt, da sie es tat, töricht und sinnlos. Die Straße lag verlassen, der Strand öde, die Gäste, die dort am Vormittag, als sie müßig auf dem Balkon gelegen hatte, gespielt und getollt hatten, hielten jetzt in ihren Zimmern Mittagsruhe wie Miss Clay und die Kinder. Die Marquise allein wanderte die sonnendurchglühte Landstraße entlang in die Stadt.
Hier war es genauso, wie Miss Clay prophezeit hatte. Die Geschäfte waren geschlossen, die Jalousien überall herabgelassen, die geheiligte Stunde der Siesta herrschte unangefochten.
Die Marquise schlenderte die Straße entlang, die Strohhandtasche in ihrer Hand wippte hin und her; in dieser schlafenden, gähnenden Welt war sie die einzige Spaziergängerin. Selbst das Café an der Ecke war ausgestorben, ein sandfarbener Hund, den Kopf zwischen den Pfoten, schnappte mit geschlossenen Augen nach Fliegen, die ihn belästigten. Überall waren Fliegen. Sie summten an den Fenstern der Apotheke, wo dunkle, mit ge-

heimnisvollen Medizinen gefüllte Flaschen eingezwängt zwischen Hautwässern, Schwämmen und Kosmetika standen. Auch an einer Schaufensterscheibe, hinter der Sonnenbrillen, Spaten, rosa Puppen und Tennisschuhe lagen, tanzten Fliegen. Sie krabbelten hinter einem Eisengitter über den leeren blutbespritzten Hauklotz des Fleischerladens. Aus der Wohnung über dem Laden drang das Kreischen eines Radios, das plötzlich abgedreht wurde, danach das schwere Seufzen eines Menschen, der ungestört schlafen möchte. Selbst das Postamt war geschlossen; vergebens rüttelte die Marquise, die Briefmarken kaufen wollte, an der Tür.
Jetzt fühlte sie unter dem Kleid Schweißperlen sickern; die Füße in den dünnen Sandalen schmerzten sie bereits nach dieser kurzen Strecke. Die Sonne brannte sengend und schonungslos; plötzlich, beim Anblick der leeren Straße, der Häuser mit den dazwischenliegenden Läden, die ihr alle versperrt waren und im geheiligten Siestafrieden versunken lagen, packte sie eine wilde Sehnsucht nach einem kühlen, dunklen Ort – einem Keller vielleicht, wo Wasser aus einem Hahn tröpfelte. Ja, Geräusch von Wasser, das auf Steinfliesen tropfte, würde ihre durch die Sonne überreizten Nerven besänftigen.
Enttäuscht und erschöpft, fast dem Weinen nahe, betrat sie einen kleinen Gang zwischen zwei Geschäften, von dem Stufen zu einem Hofplatz hinabführten; kein Sonnenstrahl drang dorthin. Hier blieb sie einen Augenblick, die Hand gegen die kühle, glatte Mauer gestützt, stehen. Neben ihr befand sich ein Fenster mit geschlossenen Jalousien, ermattet lehnte sie den Kopf dagegen. Plötzlich wurde die Jalousie zu ihrer Überraschung geöffnet, und aus einem dahinterliegenden, dunklen Zimmer schaute ein Gesicht sie an.
»Je regrette...«, begann sie, peinlich berührt, daß sie hier wie ein Eindringling ertappt worden war, wie jemand, der die Heimlichkeiten, den Schmutz einer Kellerwohnung neugierig beäugte. Ja, es war albern, aber die Stimme versagte ihr wirklich, denn das am Fenster erschienene Gesicht war so eigenartig, von solcher Milde, daß es einem glasgemalten Heiligen der Kathedrale zu gehören schien. Es war von einer Wolke schwarzgelockten Haaren umrahmt, die Nase war schmal und gerade, der Mund wie gemeißelt, und die ernsten, zärtlichen braunen Augen glichen denen einer Gazelle.
»Vous désirez, Madame la Marquise?« fragte der Mann als Antwort auf ihren unbeendeten Satz.
Er kennt mich, er hat mich also schon einmal gesehen, dachte sie verwundert; diese Feststellung überraschte sie jedoch weniger als seine Stimme, die weder roh noch barsch klang, so gar nicht zu jemandem paßte, der im Keller unter einem Laden wohnte, sondern kultiviert und klar, eine Stimme, die der Sanftheit dieser Gazellenaugen entsprach.
»Oben auf der Straße war es so schrecklich heiß«, sagte sie. »Die Läden

47

hatten alle geschlossen, und ich fühlte mich plötzlich ganz elend. So kam ich hier die Stufen hinunter. Es tut mir sehr leid, wenn ich gestört habe.«
Das Gesicht am Fenster verschwand. Irgendwo öffnete sich eine Tür, die sie vorher nicht gesehen hatte, und plötzlich fand sie sich im Flur auf einem Stuhl wieder. Der Raum war dunkel und kühl wie der Keller, nach dem sie sich gesehnt hatte; er reichte ihr in einem irdenen Becher Wasser.
»Danke, vielen Dank«, sagte sie. Als sie aufblickte, merkte sie, daß er sie betrachtete, demütig, ehrerbietig, den Wasserkrug in der Hand; mit seiner sanften, schmeichelnden Stimme fragte er: »Darf ich Ihnen noch irgend etwas reichen, Madame la Marquise?«
Sie schüttelte den Kopf. In ihr regte sich das vertraute Gefühl, diese heimliche Lust, die ihr Bewunderung stets bereitete; erst jetzt, zum erstenmal, seit er das Fenster geöffnet hatte, wurde sie sich wieder ihrer Wirkung bewußt, zog mit wohlberechneter Geste ihren Schal fester um die Schultern und registrierte, daß er die Rose an ihrem Ausschnitt betrachtete.
»Woher wissen Sie, wer ich bin?« fragte sie.
»Sie sind vor drei Tagen in Begleitung Ihrer Kinder in meinem Geschäft gewesen und haben einen Film für Ihre Kamera gekauft.«
Sie schaute ihn nachdenklich an; gewiß, sie erinnerte sich, in dem kleinen Laden mit den Kodakapparaten in der Auslage einen Film gekauft zu haben, sie entsann sich auch, daß sie von einer häßlichen, verkrüppelten und humpelnden Frauensperson bedient worden war. Aus Furcht, daß die Kinder dieses Hinken bemerken und darüber kichern könnten und sie selbst sich aus reiner Nervosität zu einem herzlosen Gelächter hinreißen lassen würde, hatte sie schnell ein paar Kleinigkeiten gekauft und den Laden verlassen.
»Meine Schwester bediente Sie«, sagte er erklärend. »Ich habe Sie vom Hinterzimmer aus gesehen. Ich selbst stehe nicht oft hinter dem Ladentisch, sondern mache Porträtaufnahmen und auch Landschaftsbilder, die dann im Sommer an die Kurgäste verkauft werden.«
»Ah, ich verstehe.«
Sie nahm wieder einen Schluck aus dem Tonbecher, und gleichzeitig trank sie die Anbetung, die in seinen Augen zu lesen stand.
»Ich habe einen Film zum Entwickeln mitgebracht«, sagte sie dann. »Ich habe ihn hier in meiner Handtasche. Wollen Sie das für mich tun?«
»Selbstverständlich, Madame la Marquise. Ich würde alles für Sie tun, was Sie auch wünschen. Seit dem Tage, als sie meinen Laden betraten... habe ich...« Er unterbrach sich, eine Röte flog über sein Gesicht, und er wandte tief verwirrt die Augen ab.
Die Marquise unterdrückte den Wunsch zu lachen. Diese Bewunderung war zu grotesk. Und doch, merkwürdig, sie verlieh ihr ein Gefühl von Macht.

»*Was* haben Sie, seit ich Ihren Laden betrat?« fragte sie.
Er blickte sie wieder an. »Ich habe an nichts anderes denken können, an gar nichts anderes«, sagte er mit solcher Inbrunst, daß es sie beinahe erschreckte.
Sie reichte ihm lächelnd den Becher zurück. »Ich bin eine ganz durchschnittliche Frau«, sagte sie. »Wenn Sie mich näher kennen würden, wären Sie enttäuscht.« Eigentümlich, dachte sie, wie ich diese Situation beherrsche, ich bin weder empört noch schockiert. Hier sitze ich also in einem Keller und schwatze mit einem Photographen, der mir gerade seine Verehrung erklärt hat. Nein, es ist wirklich amüsant, und dazu kommt noch, daß der arme Kerl tatsächlich meint, was er sagt, daß es ihm Ernst damit ist.
»Nun?« fragte sie. »Nehmen Sie mir den Film ab?«
Es war, als könne er seine Augen nicht von ihr losreißen; herausfordernd starrte sie ihm so lange ins Gesicht, bis er den Blick senkte und aufs neue errötete.
»Würden Sie die Güte haben, sich dazu in meinen Laden zu bemühen? Ich werde ihn sofort aufschließen«, sagte er. Jetzt war sie es, die die Augen nicht von ihm abwenden konnte: das offene Trikothemd, bloße Arme, diese Kehle und dieser Kopf mit dem gelockten Haar. Sie fragte: »Warum kann ich Ihnen den Film nicht gleich hier geben?«
»Es wäre nicht korrekt, Madame la Marquise«, entgegnete er.
Sie wandte sich lächelnd ab und stieg die Stufen zur heißen Straße empor, stand wartend auf dem Bürgersteig, hörte das Rasseln des Schlüssels im Schloß, hörte, wie die Tür geöffnet wurde. Und dann – sie hatte sich Zeit gelassen und absichtlich ein wenig länger draußen gestanden, um ihn warten zu lassen – betrat sie den stickigen, dumpfen Laden, der so anders war als der kühle, stille Keller.
Er stand bereits hinter dem Ladentisch; enttäuscht bemerkte sie, daß er sich ein Jackett angezogen hatte, ein billiges, graues Ding, wie es jeder Kommis trug, daß sein Hemd zu steif gestärkt und zu blau war. Er war gewöhnlich, nichts weiter als ein Ladenbesitzer, der jetzt über den Verkaufstisch die Hand nach dem Film ausstreckte.
»Wann werden Sie die Bilder fertig haben?« fragte sie.
»Morgen«, antwortete er, und wieder sah er sie mit seinen ergebenen braunen Augen an. Und sie vergaß das ordinäre Jackett, das gestärkte blaue Hemd und sah nur noch das Trikothemd und die nackten Arme unter dem Anzug.
»Wenn Sie Photograph sind, warum kommen Sie dann nicht ins Hotel und machen von mir und den Kindern ein paar Aufnahmen?« fragte sie.
»Wäre Ihnen das wirklich recht?«
»Warum nicht?«
Etwas Verschwiegenes glomm in seinen Augen auf und verschwand wie-

der, er bückte sich hinter dem Ladentisch und tat, als suche er einen Bindfaden. Es erregt ihn, dachte sie amüsiert, seine Hände zittern; aber auch ihr pochte das Herz heftiger als zuvor.
»Sehr wohl, Madame la Marquise«, sagte er. »Wann immer es Ihnen beliebt, werde ich mich im Hotel einfinden.«
»Vielleicht wäre es vormittags am günstigsten, so gegen elf Uhr.«
Und mit diesen Worten, ohne auch nur Adieu zu sagen, schlenderte sie lässig davon.
Sie überquerte die Straße, gab vor, in einem gegenüberliegenden Schaufenster etwas zu betrachten, und beobachtete, daß er vor die Ladentür getreten war und ihr nachschaute. Jackett und Oberhemd hatte er wieder abgelegt. Den Laden würde er wieder schließen, die Siesta war noch nicht vorüber. In diesem Augenblick bemerkte sie zum erstenmal, daß auch er ein Krüppel war, ebenso wie seine Schwester. Sein rechter Fuß steckte in einem dicksohligen Stiefel. Seltsam, dieser Anblick stieß sie nicht ab, reizte sie auch nicht zu hysterischem Lachausbruch wie bei der Schwester. Dieser plumpe Stiefel übte sogar eine eigentümliche, fremdartige Anziehung auf sie aus.
Die Marquise ging die staubige Straße entlang in das Hotel zurück.

Am nächsten Morgen um elf Uhr teilte der Hotelportier mit, daß unten in der Halle Monsieur Paul, der Photograph, die Befehle von Madame la Marquise erwarte. Die Marquise ließ ausrichten, sie bitte Monsieur Paul nach oben in ihr Appartement. Kurz darauf hörte sie an der Tür ein zaghaftes, leises Klopfen.
»Entrez«, rief sie. Die Arme um die Kinder gelegt, stand sie auf dem Balkon und bot ihm so ein lebendes, eigens zum Bestaunen gestelltes Bild.
Sie trug heute ein chartreusefarbenes Shantungkleid; ihr Haar, gestern wie bei einem kleinen Mädchen durch ein Band zusammengehalten, war nun in der Mitte gescheitelt und ließ, straff nach hinten gekämmt, die Ohren mit den goldenen Clips frei.
Er war bewegungslos an der Tür stehengeblieben. Die Kinder schauten betreten und verdutzt auf seinen plumpen Stiefel; da die Mutter ihnen aber eingeschärft hatte, kein Wort darüber zu verlieren, schwiegen sie.
»Dies sind meine Töchterchen«, sagte die Marquise. »Und nun müssen Sie uns sagen, wie und wo wir uns aufstellen sollen.«
Die kleinen Mädchen unterließen den vor Besuchern üblichen Begrüßungsknicks. Die Mutter hatte ihnen gesagt, es sei überflüssig, Monsieur Paul sei nur der Photograph aus dem Laden im Städtchen.
»Wenn es Madame la Marquise recht ist, sollten Sie die Pose beibehalten, die Sie jetzt einnehmen. Es ist ganz bezaubernd so, natürlich und voller Anmut.«
»Ja gewiß, wie Sie meinen. Steh still, Hélène.«

»Pardon, es dauert einen Augenblick, bis ich die Kamera aufgestellt habe.«

Jetzt, bei den technischen Vorbereitungen, war er in seinem Element, seine Nervosität war verschwunden. Während sie ihn beim Aufstellen des Stativs, der Drapierung des Samttuches und dem Richten der Kamera beobachtete, fielen ihr seine Hände auf, seine flinken, geschickten Hände; es waren nicht die Hände eines Handwerkers, eines Ladenbesitzers, sondern die eines Künstlers.

Ihr Blick fiel auf den Stiefel. Sein Hinken war nicht so auffällig wie das der Schwester, sein Gang hatte nicht dieses ruckartige Schlurfen, das in dem Beobachter hysterischen Lachreiz hervorruft. Er ging langsam, etwas schleifend, und die Marquise empfand um seines Gebrechens willen so etwas wie Mitleid mit ihm; denn sicherlich mußte dieser mißgestaltete Fuß ihn ständig peinigen, mußte dieser plumpe Stiefel besonders bei heißem Wetter die Haut wundreiben und quetschen.

»Darf ich jetzt bitten, Madame la Marquise?« fragte er; schuldbewußt wandte sie den Blick von dem Stiefel ab und nahm, lieblich lächelnd, die Arme um die Kinder gelegt, ihre Pose ein.

»Ja«, sagte er. »So ist es gut, ganz entzückend.«

Der Blick seiner ergebenen braunen Augen hielt den ihren fest. Seine Stimme war leise, sanft. Wieder, wie tags zuvor im Laden, überkam sie dieser prickelnde Reiz. Monsieur Paul drückte auf den Ball, ein leichtes Klicken ertönte. »Noch einmal, bitte«, sagte er.

Sie verharrte in der Haltung, mit dem Lächeln auf den Lippen, merkte aber, daß er die Aufnahme diesmal weder aus technischen Gründen noch weil sie oder die Kinder sich bewegt hatten, hinauszögerte, sondern weil es ihn entzückte, sie anzusehen.

»Also nun die nächste«, sagte sie, veränderte die Stellung und brach damit den Bann. Ein Liedchen summend, trat sie auf den Balkon hinaus.

Nach einer halben Stunde wurden die Kinder unruhig und müde. Die Marquise entschuldigte sie. »Es ist so schrecklich heiß«, sagte sie. »Sie dürfen es ihnen nicht verübeln. Céleste, Hélène, holt euer Spielzeug und geht damit in die andere Ecke des Balkons.«

Die kleinen Mädchen liefen schwatzend in ihr Zimmer. Während der Photograph eine neue Platte in den Apparat legte, wandte die Marquise ihm den Rücken zu.

»Sie wissen, wie Kinder sind«, sagte sie. »In den ersten paar Minuten ist alles neu und fesselnd, dann wird es ihnen langweilig und sie wollen wieder etwas anderes. Sie waren rührend geduldig, Monsieur Paul.«

Sie brach eine Rose vom Spalier, umschloß sie mit den Händen und führte sie an die Lippen.

»O bitte«, stieß er hervor, »wenn Sie mir gestatten wollten, ich wage kaum, darum zu bitten...«

»Worum?« fragte sie.
»Würden Sie mir vergönnen, eine oder zwei Aufnahmen von Ihnen allein, ohne die Kinder, zu machen?«
Sie lachte und warf die Rose über das Balkongitter auf die darunterliegende Terrasse.
»Aber natürlich«, sagte sie, »ich stehe zu Ihrer Verfügung, ich habe nichts weiter vor.«
Sie setzte sich auf die Kante des Liegestuhls und lehnte sich, den Kopf an den erhobenen Arm geschmiegt, in das Kissen zurück.
»Etwa so?« fragte sie.
Er verschwand unter dem Samttuch, regulierte die Einstellung der Linse und kam hinkend auf sie zu.
»Wenn Sie gestatten«, sagte er, »die Hand müßte ein wenig höher liegen, so... und den Kopf bitte ein wenig mehr zur Seite.«
Er ergriff ihre Hand und brachte sie in die gewünschte Lage, legte dann behutsam, ein wenig zögernd, seine Hand unter ihr Kinn und hob es. Sie schloß die Augen. Er nahm seine Hand nicht fort. Beinahe unmerklich glitt sein Daumen sachte über ihren schlanken Hals, und die anderen Finger folgten der Bewegung des Daumens. Es war ein federleichtes Streicheln, als streife ein Vogelflügel ihre Haut.
»Ja, so ist es gut«, sagte er, »so ist es vollkommen.«
Sie öffnete die Augen und sah ihn zum Apparat zurückhinken.
Die Marquise ermüdete nicht so schnell wie ihre Kinder. Sie gestattete Monsieur Paul, eine Aufnahme zu machen, dann noch eine, dann noch eine. Die Kinder kehrten zurück, wie ihnen geheißen war, und spielten in der Ecke des Balkons; ihr Geplapper bildete beim Photographieren die Begleitung, so daß sich zwischen der Marquise und dem Photographen im Belächeln des kindlichen Geschwätzes eine Art Einverständnis unter Erwachsenen entwickelte. Es herrschte nicht mehr die gleiche vibrierende Spannung wie zuvor.
Er wurde kühner, selbstsicherer, schlug ihr Stellungen vor, in die sie einwilligte; ein- oder zweimal war ihre Haltung falsch, und er sagte es ihr.
»Aber nein, Madame la Marquise, nicht so. So müssen Sie sitzen.«
Er kam zu ihrem Stuhl, kniete neben ihr, verschob einen Fuß, drehte eine Schulter, und mit jedem Mal wurde seine Berührung sicherer, fester. Wenn sie ihn jedoch zwingen wollte, ihrem Blick zu begegnen, sah er scheu und verlegen fort, als schäme er sich seines Tuns, als verleugneten diese sanften, sein Wesen spiegelnden Augen den Impuls seiner Hände. Sie spürte seine widerstreitenden Gefühle und genoß sie.
Und dann, nachdem er ihr Kleid zum zweitenmal drapiert hatte, merkte sie, daß er ganz blaß geworden war, daß seine Stirn voller Schweißperlen stand.
»Es ist sehr heiß«, sagte sie, »vielleicht ist es für heute genug.«

»Wie Sie belieben, Madame la Marquise. Es ist wirklich sehr warm. Ich glaube auch, es ist am besten, jetzt aufzuhören.«
Sie erhob sich, kühl und überlegen, fühlte sich weder ermüdet noch irritiert, ja sogar belebt, von neuer Energie durchströmt. Nachdem er sie verlassen hätte, würde sie an den Strand, zum Schwimmen gehen. Dem Photographen erging es anders. Sie sah, wie er sich mit dem Taschentuch das Gesicht wischte, wie erschöpft er wirkte, als er Kamera und Stativ zusammenlegte und einpackte, wieviel schwerfälliger er jetzt den plumpen Stiefel nachzog.
Mit geheucheltem Interesse blätterte sie die Abzüge ihres eigenen Films durch, den er für sie entwickelt hatte.
»Sie sind wirklich dürftig«, sagte sie leichthin, »ich glaube, ich kann mit meiner Kamera nicht richtig umgehen. Ich sollte Unterricht bei Ihnen nehmen.«
»Sie brauchen nur ein wenig Übung, Madame la Marquise«, sagte er. »Als ich anfing, hatte ich einen ganz ähnlichen Apparat wie Sie. Und wenn ich Außenaufnahmen mache und auf den Klippen am Meer umherwandere, nehme ich auch jetzt noch meine kleine Kamera mit, und das Ergebnis ist ebensogut wie mit der großen.«
Sie legte die Photos auf den Tisch. Er war zum Aufbruch bereit, hielt schon den Kasten in der Hand.
»In der Saison haben Sie sicher viel zu tun«, sagte sie. »Wie finden Sie da noch Zeit, Außenaufnahmen zu machen?«
»Ich nehme mir die Zeit, Madame la Marquise. Offen gestanden, finde ich es auch reizvoller als Porträtaufnahmen. Menschen zu photographieren ist nur selten so befriedigend wie zum Beispiel – heute.«
Sie sah ihn an, und wieder las sie in seinen Augen diese sklavische Ergebenheit. Sie blickte ihn so lange unverwandt an, bis er verwirrt die Augen niederschlug.
»An der ganzen Küste ist die Landschaft sehr schön«, sagte er. »Sie haben dies beim Spazierengehen sicher auch bemerkt. Ich hänge mir fast jeden Nachmittag meine kleine Kamera um und wandere zu den Klippen hinaus, dort rechts vom Badestrand, bei dem großen, vorspringenden Felsblock.«
Er zeigte ihr vom Balkon aus die Richtung; sie schaute hinüber, das grüne Hochland flimmerte im Dunst der Mittagshitze.
»Es war nur ein Zufall, daß Sie mich gestern zu Hause antrafen«, fuhr er fort. »Ich war im Keller und entwickelte Filme, die wir abreisenden Kurgästen für heute versprochen hatten. Gewöhnlich gehe ich um diese Zeit auf den Klippen spazieren.«
»Es muß doch furchtbar heiß sein dort«, sagte sie.
»Schon«, meinte er, »aber so hoch über dem Meer weht immer eine leichte Brise. Und das Angenehme ist, daß zwischen eins und vier so we-

nig Menschen unterwegs sind. Alle halten Mittagsruhe, und so habe ich die schöne Aussicht für mich allein.«

»Ja«, sagte die Marquise, »ich verstehe.«

Einen Augenblick lang verharrten beide schweigend. Es war, als ginge etwas Unausgesprochenes wie eine Botschaft vom einen zum andern. Die Marquise nestelte, lässig und verspielt, an ihrem Chiffontuch und knüpfte es lose ums Handgelenk.

»Ich muß selbst einmal versuchen, in der Mittagshitze spazierenzugehen«, sagte sie schließlich.

Miss Clay kam auf den Balkon hinaus und rief die Kinder, damit sie sich vor dem Déjeuner die Hände wüschen. Der Photograph trat, Entschuldigungen murmelnd, unterwürfig beiseite. Die Marquise warf einen Blick auf ihre Uhr und stellte fest, daß es schon Mittagszeit war; die Terrasse hatte sich inzwischen mit Gästen gefüllt, das übliche Lärmen und Schwatzen, das Gläsergeklirr und Tellergeklapper waren schon im Gange, ohne daß sie davon etwas bemerkt hatte.

Jetzt, wo die Sitzung vorüber war, wo Miss Clay die Kinder holen kam, wandte sie dem Photographen die Schulter zu und entließ ihn betont kühl und gleichgültig.

»Ich danke Ihnen«, sagte sie. »In den nächsten Tagen werde ich vorbeikommen, um mir die Probeabzüge anzusehen. Guten Morgen.«

Er verbeugte sich und ging, ein Angestellter, der ihre Befehle ausgeführt hatte.

»Hoffentlich sind ihm ein paar gute Aufnahmen geglückt«, sagte Miss Clay. »Der Herr Marquis würde sich sicherlich sehr darüber freuen.«

Die Marquise antwortete nicht. Sie nahm die goldenen Ohrclips ab, die ihrer Stimmung jetzt aus irgendeinem Grunde nicht länger zu entsprechen schienen. Sie würde ohne Schmuck, auch ohne Ringe, zum Déjeuner hinuntergehen; sie fühlte, daß ihre natürliche Schönheit heute genügte.

Drei Tage vergingen, ohne daß die Marquise zum Städtchen hinunterkam. Am ersten Tag ging sie schwimmen und sah am Nachmittag beim Tennis zu. Den zweiten Tag verbrachte sie mit den Kindern und gab Miss Clay Urlaub für einen Omnibusausflug, damit sie die mittelalterlichen Städtchen der Nachbarschaft besuchen konnte. Am dritten Tag schickte sie Miss Clay und die Kinder in die Stadt mit dem Auftrag, sich nach den Probeabzügen zu erkundigen, und sie brachten sie hübsch verpackt mit. Die Marquise betrachtete sie. Sie waren wirklich ausgezeichnet, die Porträtstudien von ihr selbst die besten, die je gemacht worden waren.

Miss Clay war außer sich vor Entzücken, sie erbat sich Abzüge, um sie nach Hause, nach England, schicken zu können. »Wer hätte das für möglich gehalten«, rief sie, »daß ein kleiner Photograph in so einem Nest solche wundervollen Bilder machen kann? Und wenn man bedenkt, daß Sie in den Ateliers in Paris für Aufnahmen Gott weiß was bezahlen müssen.«

»Ja, sie sind nicht übel«, meinte die Marquise gähnend. »Er hat sich sicher schrecklich viel Mühe gegeben. Die von mir sind besser als die von den Kindern.« Sie legte sie wieder zusammen und tat sie in ein Kommodenfach. »War Monsieur Paul auch damit zufrieden?« fragte sie die Gouvernante.

»Er hat nichts gesagt, schien aber enttäuscht, daß Sie nicht selbst gekommen waren; die Abzüge seien schon gestern fertig gewesen. Er erkundigte sich nach Ihrem Befinden, und die Kinder – sie waren übrigens sehr artig – erzählten ihm, Maman sei schwimmen gewesen.«

»Unten in der Stadt ist es zu heiß und staubig«, sagte die Marquise.

Am nächsten Nachmittag, als Miss Clay und die Kinder ruhten und das ganze Hotel in der Sonnenglut zu schlummern schien, zog die Marquise ein kurzes, ärmelloses Kleid an, ganz schlicht und unauffällig, hängte sich die kleine Kamera über die Schulter und ging, um die Kinder nicht zu wecken, leise die Treppe hinunter durch den Vorgarten des Hotels bis zum Strand, wo sie einen schmalen, zu dem grünen Hochland führenden Pfad emporstieg. Die Sonne brannte erbarmungslos, es störte sie jedoch nicht. Hier in dem sprießenden Gras gab es keinen Staub, und später am Klippenrand strichen ihr die üppig wuchernden Farne um die nackten Beine. Der kleine Pfad wand sich durch das dichte Farnkraut und führte zeitweise so nahe am Klippenrand entlang, daß ein falscher Schritt, ein Stolpern hätte gefährlich werden können. Die Marquise, die gelassen, mit wiegenden Hüften weiterschritt, spürte jedoch weder Furcht noch Anstrengung. Sie war einzig darauf bedacht, eine Stelle zu erreichen, von wo aus sie den ganzen Felsblock, der mitten in der Bucht aus der Küstenlinie herausragte, überblicken konnte. Sie befand sich ganz allein auf der Höhe, weit und breit war kein Mensch. Unter ihr in der Ferne sah sie die weißen Mauern des Hotels; die Reihen der Badekabinen am Strand wirkten wie Bauklötzchen, wie Kinderspielzeug. Das Meer war spiegelblank und still, nicht einmal dort, wo es in der Bucht den Felsen umspülte, kräuselte es sich.

Plötzlich sah die Marquise oben im Farnkraut etwas aufblitzen: es war die Linse einer Kamera. Sie tat, als hätte sie nichts bemerkt, wandte sich um und nahm, an ihrer eigenen Kamera hantierend, eine Haltung ein, als wolle sie die Aussicht photographieren. Sie knipste einmal, noch einmal, und dann hörte sie, wie jemand sich ihr durch das raschelnde Farnkraut näherte.

Sie drehte sich um, tat überrascht. »Ah, guten Tag, Monsieur Paul«, rief sie.

Diesmal trug er weder die billige, schlechtsitzende Jacke noch das grellblaue Hemd. Er war nicht geschäftlich unterwegs, es war die Stunde der

Siesta, wo er allein umherwanderte. Er hatte nur ein Trikothemd und eine dunkelblaue Hose an, auch der graue, verbeulte Hut, den sie bei seinem Besuch im Hotel voll Abscheu bemerkt hatte, fehlte, und nur das dichte schwarze Haar umrahmte sein Gesicht. Bei ihrem Anblick brach aus seinen Augen ein so leidenschaftliches Entzücken, daß sie sich abwenden mußte, um ein Lächeln zu verbergen.
»Sie sehen also, ich habe Ihren Rat befolgt, und wandere hier umher, um die Aussicht zu genießen«, sagte sie leichthin. »Ich glaube aber, ich halte meine Kamera nicht richtig. Zeigen Sie mir, wie ich es machen muß.«
Er stellte sich neben sie, stützte ihre Hände, die die Kamera hielten, und brachte sie in die richtige Lage.
»Ja, natürlich«, sagte sie und trat mit einem kleinen Auflachen einen Schritt beiseite. Als er neben ihr stand und ihre Hände führte, war es ihr gewesen, als habe sie sein Herz schlagen hören, und dieses Pochen versetzte auch sie in eine Erregung, die sie sich nicht anmerken lassen wollte.
»Haben Sie Ihre Kamera mitgebracht?« fragte sie.
»Ja, Madame la Marquise«, antwortete er, »ich habe sie oben bei meinem Rock im Farnkraut liegenlassen. Dort, dicht am Klippenrand, ist mein Lieblingsplatz. Im Frühling komme ich immer hierher, um die Vögel zu belauschen und zu photographieren.«
»Zeigen Sie ihn mir«, sagte sie.
Er ging, »Pardon« murmelnd voran; der von ihm ausgetretene Pfad führte zu einer kleinen Lichtung, die wie ein Nest ringsum von meterhohem Farnkraut umstanden war. Nur nach vorn war der Ausblick frei, dem Felsblock und dem Meer geöffnet.
»Nein, wie reizend«, rief sie und zwängte sich durch das Farnkraut zu dem lauschigen Plätzchen. Sie blickte lächelnd umher, ließ sich mit natürlicher Anmut wie ein Kind zu einem Picknick nieder und griff nach dem Buch, das neben der Kamera auf seinem Rock lag.
»Sie lesen wohl viel?« fragte sie.
»Ja, Madame la Marquise, ich lese sehr gern.« Sie warf einen Blick auf den Umschlag und las den Titel. Es war ein billiger Liebesroman von der Sorte, wie sie und ihre Freundinnen sie früher in ihren Schultaschen ins Lyzeum geschmuggelt hatten. Sie hatte solches Zeug seit Jahren nicht mehr gelesen. Wieder mußte sie ein Lächeln unterdrücken. Sie legte das Buch auf den Rock zurück.
»Ist der Roman hübsch?« fragte sie.
Er sah sie mit seinen großen Gazellenaugen ernst an.
»Er ist sehr zärtlich, Madame la Marquise«, sagte er.
Zärtlich... was für ein seltsamer Ausdruck! Sie begann über die Probeabzüge zu plaudern, welchen sie am besten finde, und während der ganzen Zeit genoß sie eine Art inneren Triumphs darüber, wie sie die Situation

meisterte. Sie wußte genau, was sie tun, was sie sagen, wann sie lächeln, wann sie ernst dreinschauen mußte. Er erinnerte sie so merkwürdig an die Tage der Kindheit, wenn sie und ihre kleinen Freundinnen die Hüte der Mütter aufsetzten und erklärten: »Jetzt wollen wir feine Damen spielen.« So spielte sie auch jetzt; nicht die feine Dame wie damals, sondern... ja, was eigentlich? Sie war sich nicht klar darüber. Aber irgend etwas anderes, als sie wirklich war, sie, die jetzt schon seit langem eine richtige Dame war, eine Marquise, die in ihrem Salon auf dem Schloß am Tee zu nippen pflegte, wo uralte Kostbarkeiten und mumienhafte Gestalten den Modergeruch des Todes ausströmten.
Der Photograph sprach nicht viel, er hörte der Marquise zu, stimmte ihr bei, nickte oder blieb einfach still, während sie verwundert ihrer eigenen, zwitschernden Stimme lauschte. Er war für sie nur ein Zuschauer, eine Marionette, die sie ignorieren konnte, um ganz versunken dem strahlenden, charmanten Geschöpf, in das sie sich plötzlich verwandelt hatte, zu lauschen.
Schließlich entstand in der einseitigen Unterhaltung eine Pause, und schüchtern brachte er hervor: »Dürfte ich es wagen, Sie um etwas zu bitten?«
»Gewiß.«
»Dürfte ich Sie hier vor diesem Hintergrund einmal allein photographieren?«
War das alles? Wie scheu er war, wie zurückhaltend.
»Knipsen Sie, soviel Sie wollen«, sagte sie. »Es sitzt sich hier sehr nett. Vielleicht schlafe ich dabei ein.«
»La belle au bois dormant«, entschlüpfte es ihm, aber gleich, als schäme er sich seiner Vertraulichkeit, murmelte er wieder »Pardon« und griff nach der Kamera.
Diesmal bat er sie nicht, zu posieren, die Stellung zu wechseln, sondern photographierte sie so, wie sie dort, lässig an einem Grashalm saugend, ruhte; jetzt war er es, der sich bewegte, der bald hierhin, bald dorthin ging, um ihr Gesicht aus jeder Richtung, en face, im Profil und im Halbprofil, aufnehmen zu können.
Allmählich wurde sie müde. Die Sonne brannte ihr auf das bloße Haupt, schillernde, grüngoldene Libellen tanzten und schwirrten ihr vor den Augen. Sie lehnte sich gähnend in das Farnkraut zurück.
»Darf ich Ihnen meinen Rock als Kopfkissen anbieten, Madame la Marquise?« fragte er.
Bevor sie antworten konnte, hatte er ihn aufgenommen, säuberlich zusammengefaltet und als Kissen auf die Farne gelegt. Sie ließ sich darauf zurücksinken; es lag sich wunderbar weich und wohlig auf dieser verabscheuten grauen Jacke.
Er kniete neben ihr nieder, beschäftigte sich mit der Kamera, hantierte

mit dem Film, und sie beobachtete ihn gähnend unter halbgeschlossenen Lidern; sie bemerkte, daß er sein ganzes Gewicht nur auf einem Knie ruhen ließ, daß er den mißgestalteten Fuß in dem plumpen Stiefel seitlich gelagert hatte. Träge überlegte sie, ob es wohl weh tue, sich darauf zu stützen. Der Stiefel war blank geputzt, blanker als der Halbschuh am linken Fuß; in einer plötzlichen Vision sah sie ihn vor sich, sah, wie er sich jeden Morgen beim Ankleiden damit abmühte, ihn putzte, vielleicht sogar mit einem Ledertuch polierte.

Eine Libelle ließ sich auf ihre Hand nieder, blieb abwartend mit schimmernden Flügeln sitzen. Worauf wartete sie? Die Marquise blies sie an, und sie flog davon. Bald kehrte sie wieder zurück, umschwirrte sie beharrlich.

Monsieur Paul hatte die Kamera beiseitegelegt, kniete aber noch immer neben ihr im Farnkraut. Sie spürte, daß er sie beobachtete, und dachte: wenn ich mich jetzt bewege, wird er aufstehen, und dann ist alles vorüber.

Sie starrte weiter auf die glitzernde, tanzende Libelle, wußte aber: in wenigen Sekunden muß ich den Blick abwenden, oder die Libelle fliegt davon, oder das Schweigen wird so gespannt und drückend, daß ich es mit einem Lachen verscheuchen und so alles verderben werde. Zögernd, gleichsam gegen ihren Willen, wandte sie sich dem Photographen zu, dessen große, demütige Augen in sklavischer Unterwürfigkeit auf sie gerichtet waren.

»Warum küssen Sie mich nicht?« fragte sie; ihre eigenen Worte überraschten sie, riefen in ihr plötzlich Furcht hervor.

Er blieb stumm, rührte sich nicht, blickte sie nur unverwandt an. Sie schloß die Augen, die Libelle flog von ihrer Hand auf.

Dann, als der Photograph sich über sie neigte und sie berührte, war alles anders, als sie erwartet hatte. Es war keine jähe, leidenschaftliche Umarmung, es war, als sei die Libelle zurückgekehrt, als liebkosten seidene Schwingen ihre zarte Haut.

Bei seinem Fortgang bewies er Zartgefühl und Rücksicht, er überließ sie sich selbst, so daß keine Peinlichkeit, keine Verlegenheit, keine gekünstelte Unterhaltung aufkommen konnte.

Die Hände über den Augen, blieb sie im Farnkraut liegen und überdachte das Geschehene; sie empfand keine Scham, war ganz gelassen und überlegte kühl, erst nach einer Weile ins Hotel zurückzukehren, damit er den Strand vor ihr erreichte und keiner, der ihn vielleicht zufällig vom Hotel aus beobachtet hatte, ihn mit ihr in Verbindung bringen könne, wenn sie in einer halben Stunde nachkäme.

Sie stand auf, ordnete ihr Kleid, holte Puderdose und Lippenstift aus der Handtasche und puderte sich, da sie ihren Spiegel vergessen hatte, mit

großer Vorsicht. Die Sonne brannte nicht mehr so stark wie vorher, vom Meer her wehte ein kühler Wind.
Wenn das Wetter so bleibt, dachte die Marquise, während sie sich kämmte, kann ich jeden Tag zur gleichen Zeit hierherkommen. Kein Mensch wird es je erfahren. Miss Clay und die Kinder halten zu dieser Stunde Mittagsruhe. Wenn wir, wie heute, getrennt kommen und getrennt zurückkehren und uns hier an dieser versteckten Stelle treffen, können wir unmöglich entdeckt werden. Die Ferien dauern noch über drei Wochen. Wichtig ist nur zu beten, daß das schöne, warme Wetter anhält. Falls es Regen geben sollte...
Auf dem Rückweg zum Hotel überlegte sie, wie sie es anstellen müßte, wenn sich das Wetter änderte. Sie konnte schließlich nicht im Trenchcoat zu den Klippen hinauswandern und sich dort hinlegen, wenn Regen und Wind das Farnkraut peitschten. Gewiß, da war ja der Keller unter dem Laden. Aber im Städtchen könnte man sie beobachten, es wäre zu gefährlich. Nein, solange es nicht in Strömen goß, waren die Klippen am sichersten.

An diesem Abend schrieb sie ihrer Freundin Elise einen Brief. »Dies ist ein wundervolles Fleckchen«, schrieb sie, »ich vertreibe mir die Zeit wie gewöhnlich und ohne meinen Gatten, bien entendu!« Sie machte jedoch keine näheren Angaben über ihre Eroberung, erwähnte nur das Farnkraut und den heißen Nachmittag. Sie vermutete, wenn sie alles unbestimmt ließe, würde Elise sich einen reichen Amerikaner vorstellen, der allein, ohne seine Frau, auf einer Vergnügungsreise weilte.
Am nächsten Vormittag kleidete sie sich mit ausgesuchter Sorgfalt – sie stand lange vor ihrer Garderobe und wählte schließlich bewußt ein für diesen Badeort auffallend elegantes Kleid – und begab sich dann in Begleitung von Miss Clay und den Kindern in die Stadt. Es war Markttag, die holprigen Straßen und der Marktplatz waren voller Menschen. Viele Landbewohner waren aus den umliegenden Dörfern gekommen; Touristen, Engländer und Amerikaner, streiften umher, betrachteten die Sehenswürdigkeiten, kauften Andenken und Ansichtskarten oder saßen, den Anblick genießend, im Café am Platz.
Die Marquise fiel allgemein auf, wie sie, umtrippelt von ihren beiden Töchterchen, in ihrem kostbaren Kleid, barhäuptig, mit Sonnenbrille, lässig einherschritt. Viele Leute reckten die Hälse, um ihr nachzuschauen, andere traten in unbewußter Ehrerbietung vor ihrer Schönheit zur Seite, um sie vorüberzulassen. Sie schlenderte über den Marktplatz, kaufte hier und da ein paar Kleinigkeiten, die Miss Clay in ihre Einkaufstasche legte, und betrat dann, wie zufällig, das Geplapper der Kinder stets heiter und gelassen beantwortend, den Laden, wo Photoapparate und Bilder ausgestellt waren.

Er war voller Kunden, die darauf warteten, bedient zu werden. Die Marquise, die keine Eile hatte, tat, als betrachte sie ein Album mit Ansichtskarten, um gleichzeitig beobachten zu können, was im Laden vor sich ging. Diesmal waren beide, Monsieur Paul und seine Schwester, anwesend; er in seinem gestärkten Hemd – es war von einem scheußlichen Rosa und noch unleidlicher als das blaue – und dem billigen grauen Jakkett, während seine Schwester, wie alle Verkäuferinnen, in einem dunklen, farblosen Grau steckte und ein Tuch um die Schultern trug.

Er mußte ihr Kommen bemerkt haben, denn kurz darauf trat er hinter dem Ladentisch hervor, überließ die Schlange der Wartenden seiner Schwester und näherte sich ihr, ergeben, höflich und ängstlich bemüht, ihr zu Diensten zu sein. Selbst in seinem Blick lag keine Spur von Vertraulichkeit, kein Zeichen heimlichen Einverständnisses; sie starrte ihn absichtlich unverhohlen an, um sich darüber Gewißheit zu verschaffen. Dann zog sie die Kinder und Miss Clay wie zufällig in die Unterhaltung, forderte die Gouvernante auf, die Abzüge auszuwählen, die sie nach England schicken wollte, und hielt ihn so an ihrer Seite. Dabei behandelte sie ihn herablassend, sogar hochmütig, fand an einigen Abzügen etwas auszusetzen, die, so ließ sie ihn wissen, den Kindern nicht gerecht würden und ihrem Gatten, dem Marquis, unmöglich präsentiert werden könnten. Der Photograph murmelte Entschuldigungen: es sei vollkommen richtig, die Bilder würden den Kindern nicht gerecht, er sei bereit, noch einmal ins Hotel zu kommen, um, selbstverständlich ohne etwas dafür zu berechnen, einen neuen Versuch zu machen. Vielleicht ließe sich auf der Terrasse oder im Garten eine bessere Wirkung erzielen.

Man drehte sich nach der Marquise um. Sie konnte spüren, daß die Blicke auf ihr ruhten, ihre Schönheit verschlangen. In unverändert herablassendem Ton, beinahe kalt und kurz, forderte sie den Photographen auf, ihr verschiedene Artikel zu zeigen; mit beflissener, ängstlicher Eile kam er ihrem Wunsch nach.

Die anderen Kunden wurden ungehalten, traten ungeduldig von einem Fuß auf den andern und warteten darauf, von der Schwester bedient zu werden; umdrängt von Käufern, humpelte sie verstört von einem Ende des Ladentisches zum andern und reckte immer wieder den Kopf, um zum Bruder, der sie so plötzlich im Stich gelassen hatte, hinüberzuspähen, ob er sie nicht entlasten komme.

Endlich hatte die Marquise ein Einsehen, war zufriedengestellt. Der erregende, köstlich verstohlene Kitzel, den sie seit Betreten des Ladens verspürt hatte, war nun besänftigt.

»Ich werde Sie an einem der nächsten Vormittage benachrichtigen«, sagte sie zu Monsieur Paul, »Sie können dann heraufkommen und die Kinder noch einmal photographieren. Inzwischen möchte ich aber bezahlen, was ich schuldig bin. Erledigen Sie es, bitte, Miss Clay.«

Sie nahm die Kinder an die Hand, und ohne guten Morgen zu wünschen, verließ sie gleichmütig den Laden.

Zum Déjeuner kleidete sie sich nicht um, sondern behielt das elegante Kleid an, so daß die ganze Hotelterrasse, wo sich heute besonders viele Gäste und Touristen drängten, von Ausrufen über ihre Schönheit und ihre Wirkung zu schwirren und zu summen schien. Der Maître d'hôtel, die Kellner, sogar der Direktor selbst näherten sich, devot lächelnd, wie magisch angezogen, ihrem Ecktisch, und sie konnte hören, wie ihr Name raunend von Mund zu Mund ging.

Alles trug zu ihrem Triumph bei: die bewundernde Menge, der Duft von Speisen, Wein und Zigaretten, die üppigen Blütenstauden in den Kübeln, der strahlende Sonnenschein und das leise Plätschern der See. Als sie sich schließlich erhob und mit den Kindern die Treppe emporschritt, durchströmte sie ein Glücksgefühl, wie es, so dachte sie, eine Primadonna nach langem Beifallsrauschen verspüren mußte.

Die Kinder und Miss Clay verschwanden in ihren Zimmern, um der Mittagsruhe zu pflegen; geschwind wechselte die Marquise Kleid und Schuhe, schlich auf Zehenspitzen die Stufen hinunter aus dem Hotel und eilte über den glühenden Strand den Pfad hinauf zur farnbewachsenen Höhe.

Wie sie vermutet hatte, erwartete er sie bereits. Keiner von beiden erwähnte ihren vormittäglichen Besuch im Laden, keiner berührte mit einer Silbe, was sie jetzt zu dieser Stunde auf die Klippen führte. Sie betraten die kleine Lichtung am Klippenrand und ließen sich gemeinsam nieder, und die Marquise beschrieb in mokantem Ton das unruhige und ermüdende Treiben auf der bevölkerten Terrasse beim Déjeuner und betonte, wie erholsam es sei, alledem zu entfliehen und hier oben die frische, reine Seeluft zu atmen.

Bei ihrer Schilderung des mondänen Lebens nickte er demütig zustimmend, hing an ihren Lippen, als tröffen sie von der Weisheit der Welt, und dann bat er, genau wie am vorhergehenden Tag, ein paar Aufnahmen von ihr machen zu dürfen, und wieder willigte sie ein, lehnte sich in das Farnkraut zurück und schloß die Augen.

Es war, als stände an diesem langen, schwülen Nachmittag die Zeit still. Wie zuvor schwirrten Libellen über ihr in den Farnen, wie zuvor brannte die Sonne auf ihren Körper. Gleichzeitig mit dem genießerischen Behagen an dem, was geschah, stellte sich bei ihr die seltsame befriedigende Erkenntnis ein, daß sie im Innern völlig unbeteiligt sei, daß ihr eigentliches Selbst, ihre Gefühle unberührt blieben. Sie hätte ebensogut daheim in Paris in einem Schönheitssalon ruhen können, wo man ihr die ersten verräterischen Fältchen sanft wegmassierte oder das Haar schamponierte; allerdings mit der kleinen Einschränkung, daß dies nur träge Zufriedenheit und kein eigentliches Lustgefühl ausgelöst hätte.

Wieder brach er taktvoll und diskret auf, verließ sie wortlos, so daß sie sich ungestört herrichten konnte. Und wieder erhob sie sich, als sie ihn außer Sicht wußte, und trat den langen Rückweg zum Hotel an.
Das Glück blieb ihr treu, das Wetter änderte sich nicht. Jeden Nachmittag, sobald das Déjeuner beendet und die Kinder zur Ruhe gelegt waren, machte sich die Marquise auf ihren Spaziergang und kehrte stets gegen halb fünf zur Teestunde zurück. Miss Clay, die anfänglich ihre Energie bestaunt hatte, nahm diese Wanderungen allmählich als Gewohnheit hin. Wenn die Marquise es sich in den Kopf gesetzt hatte, in der heißesten Tageszeit auszugehen, dann war es ihre Angelegenheit; tatsächlich schien es ihr gut zu bekommen. Sie war menschlicher zu ihr, Miss Clay, und weniger gereizt gegen die Kinder. Die ständigen Kopfschmerzen und Migräneanfälle waren wie fortgeblasen, die Marquise schien diese anspruchslosen Ferien an der See in Gesellschaft von Miss Clay und den beiden Töchterchen tatsächlich zu genießen.
Nachdem vierzehn Tage vergangen waren, mußte die Marquise feststellen, daß das erste Entzücken schwand, der Reiz der Neuheit allmählich verblaßte. Nicht etwa, daß Monsieur Paul sie in irgendeiner Weise enttäuschte, es war ganz einfach so, daß sie sich an das tägliche Ritual gewöhnt hatte; etwa wie eine erste Impfung erfolgreich wirkt, die ständige Wiederholung jedoch immer weniger anschlägt. Die Marquise entdeckte, daß sie nur dann wieder etwas von dem ersten Genuß verspüren könnte, wenn sie den Photographen nicht länger wie eine Marionette oder einen Friseur, der ihr die Haare legte, behandelte, sondern wie einen Menschen mit verletzlichen Gefühlen. Sie fand alles mögliche an seiner äußeren Erscheinung auszusetzen, bemängelte die Länge seiner Haare, den Schnitt und die billige Qualität seiner Kleidung und schalt ihn sogar, daß er sein Geschäft nicht mit der nötigen Umsicht betreibe, daß das Material und die Kartons, die er für seine Abzüge verwendete, schlecht seien.
Wenn sie ihm solcher Art die Meinung sagte, pflegte sie sein Gesicht zu belauern, und erst, wenn sie in seinen großen Augen Angst und Qual las, wenn er erbleichte und sich tiefe Niedergeschlagenheit seiner bemächtigte, als verstünde er, wie unwürdig er ihrer sei, wie in jeder Weise unterlegen, erst dann entzündete sich in ihr aufs neue das ursprüngliche Lustgefühl.
Mit vollem Bedacht begann sie die gemeinsamen Stunden zu verkürzen. Sie erschien spät zum Rendezvous im Farnkraut und fand ihn stets mit demselben bangen Ausdruck wartend, und wenn ihr der Sinn nicht danach stand, brachte sie alles rasch und ungnädig hinter sich und schickte ihn kurzerhand auf den Heimweg, um sich dann auszumalen, wie unglücklich und erschöpft er zu seinem Laden im Städtchen zurückhinkte.
Noch immer gestattete sie ihm, Aufnahmen von ihr zu machen. Dies gehörte zu den Spielregeln, und da sie wußte, daß es ihm keine Ruhe ließ,

ehe er es darin nicht bis zur Vollkommenheit gebracht hatte, zog sie mit
Wonne ihren Vorteil daraus. Sie bestellte ihn zuweilen des Vormittags
ins Hotel, um elegant gekleidet im Garten des Hotels zu posieren, umgeben von den Kindern und der bewundernden Miss Clay und bestaunt von
den Hotelgästen in den Fenstern oder auf der Terrasse.
Der Gegensatz zwischen diesen Vormittagen, wo er als ihr Angestellter
ihren Befehlen gemäß hin und her hinkte, das Stativ bald hierhin, bald
dorthin schleppte, und der unvermittelten Intimität der Nachmittage im
Farnkraut unter der glühenden Sonne erwies sich für sie während der
dritten Woche als einziger Reiz.
Schließlich an einem bewölkten Tag, als vom Meer her ein kühler Wind
wehte, erschien sie überhaupt nicht zum Rendezvous, sondern blieb statt
dessen auf dem Balkon liegen und las einen Roman; die Abwechslung von
dem Gewohnten empfand sie als wirkliche Wohltat.
Der folgende Tag war wieder schön, und sie beschloß, zu den Klippen hinauszuwandern; und zum erstenmal seit der Begegnung in jenem kühlen,
dunklen Keller unter dem Laden machte er ihr besorgt und mit heftiger
Stimme Vorwürfe.
»Ich habe gestern den ganzen Nachmittag auf Sie gewartet«, sagte er. »Ist
etwas geschehen?«
Sie starrte ihn verwundert an.
»Es war ungemütliches Wetter«, entgegnete sie. »Ich zog es vor, auf meinem Balkon zu bleiben und ein Buch zu lesen.«
»Ich fürchtete, Sie seien krank geworden«, fuhr er fort. »Ich war nahe
daran, im Hotel anzurufen und mich nach Ihnen zu erkundigen. Ich habe
heute nacht kaum schlafen können, so besorgt und aufgeregt war ich.«
Er folgte ihr mit bekümmerten Blicken und zerfurchter Stirn zum Versteck im Farnkraut. Obwohl es für die Marquise einen gewissen Reiz
hatte, seinen Kummer mitanzusehen, irritierte es sie doch gleichzeitig,
daß er sich soweit vergessen konnte, ihr Betragen zu kritisieren; es war,
als habe ihr Friseur in Paris oder ihr Masseur seinem Ärger darüber Ausdruck verliehen, daß sie einen bestimmten Termin nicht eingehalten
hatte.
»Wenn Sie glauben, ich fühlte mich in irgendeiner Weise verpflichtet, jeden Nachmittag hierherzukommen, dann irren Sie sich«, sagte sie. »Ich
habe weiß Gott noch anderes zu tun.«
Sofort lenkte er ein, wurde unterwürfig und bat sie, ihm zu verzeihen.
»Sie können nicht verstehen, was es mir bedeutet«, sagte er. »Seit ich Sie
kennengelernt habe, ist mein ganzes Leben verändert. Ich lebe überhaupt
nur für diese Nachmittage.«
Seine Fügsamkeit schmeichelte ihr, entflammte sie aufs neue, und gleichzeitig, während er neben ihr lag, überkam sie so etwas wie Mitleid; Mitleid mit diesem Geschöpf, das ihr so bedingungslos ergeben, so abhängig

von ihr war wie ein Kind. Sie fuhr ihm über das Haar und wurde einen Augenblick lang vor Mitgefühl beinahe mütterlich weich gestimmt. Der arme Junge, er war gestern den ganzen Weg ihretwegen hier herausgehumpelt und hatte dann, in dem scharfen Wind, allein und unglücklich hier gesessen. Sie stellte sich vor, was sie ihrer Freundin Elise im nächsten Brief schreiben würde.

»Ich fürchte wahrhaftig, ich habe Paul das Herz gebrochen, er hat diese kleine ›affaire de vacances‹ tatsächlich ernst genommen. Aber was soll ich tun? Schließlich muß diese Geschichte ja ein Ende haben. Ich kann seinetwegen unmöglich mein Leben ändern. Enfin, er ist ein Mann und wird darüber hinwegkommen.« Elise würde sich einen hübschen, blonden, leichtsinnigen Amerikaner vorstellen, der bekümmert in seinen Packard kletterte und voller Verzweiflung ins Unbekannte von dannen fuhr.

Heute ließ der Photograph sie nach dem Schäferstündchen nicht allein, sondern blieb neben ihr im Farnkraut sitzen und starrte auf den großen, ins Meer hinausragenden Felsblock.

»Ich habe über die Zukunft nachgedacht und meinen Entschluß gefaßt«, sagte er still.

Die Marquise witterte ein Drama. Wollte er damit andeuten, daß er sich das Leben nehmen würde? Gott, wie schrecklich! Natürlich würde er damit warten, bis sie abgereist war; sie würde es niemals zu erfahren brauchen.

»Erzählen Sie mir davon«, sagte sie teilnahmsvoll.

»Meine Schwester wird sich um den Laden kümmern«, sagte er. »Ich werde ihn ihr vermachen. Sie ist sehr tüchtig. Und ich, ja, ich werde Ihnen folgen, wohin Sie auch gehen, sei es nach Paris oder aufs Land. Ich werde immer für Sie bereit sein, werde da sein, wann immer Sie es wünschen.«

Der Marquise stockte der Atem, ihr blieb beinahe das Herz stehen.

»Das können Sie unmöglich tun«, sagte sie. »Wovon wollen Sie leben?«

»Ich habe keinen Stolz«, sagte er. »Ich weiß, daß Sie mir in Ihrer Herzensgüte etwas zukommen lassen werden. Meine Bedürfnisse sind sehr gering. Ich weiß nur, daß ich ohne Sie nicht mehr leben kann, darum ist das einzige, was mir zu tun übrigbleibt, Ihnen zu folgen. Ständig, immer. Ich werde mir ganz in der Nähe Ihres Palais in Paris und auch auf dem Lande ein Zimmer mieten. Wir werden schon Mittel und Wege finden, um beisammen zu sein. Eine starke Liebe wie die unsere kennt keine Hindernisse.«

Er hatte zwar mit der üblichen Bescheidenheit gesprochen, in seinen Worten lag jedoch eine überraschende Entschiedenheit. Sie spürte, daß es für ihn kein zu ungelegener Zeit inszeniertes Theater, sondern bitterer Ernst war. Er meinte wirklich, was er sagte. Er würde wahrhaftig imstande sein, seinen Laden aufzugeben und ihr nach Paris, ja sogar ins Schloß auf dem Lande zu folgen.

»Sie sind ja wahnsinnig«, rief sie heftig und setzte sich ohne an ihr Aussehen und ihr zerzaustes Haar zu denken, auf. »In dem Augenblick, wo ich abreise, bin ich nicht länger frei. Es ist ausgeschlossen, daß wir uns irgendwo treffen, die Gefahr, daß man uns entdeckt, wäre viel zu groß. Sind Sie sich denn über meine Situation klar? Darüber, was das für mich bedeuten würde?«

Er nickte. Sein Gesicht war traurig, aber fest entschlossen. »Ich habe alles überdacht«, sagte er. »Wie Sie wissen, bin ich sehr diskret. In dieser Hinsicht können Sie also unbesorgt sein. Ich habe mir überlegt, daß ich vielleicht eine Stellung als Diener bei Ihnen annehmen könnte. Der Verlust an Ansehen würde mich nicht stören. Ich bin nicht stolz. Aber bei einer solchen Anstellung könnten wir unser jetziges Leben weiterführen wie bisher. Ihr Gemahl, der Herr Marquis, ist sicherlich sehr beschäftigt und tagsüber häufig außer Hause, und Ihre Kinder und die englische Miss werden auf dem Lande wahrscheinlich jeden Nachmittag einen Spaziergang machen. Sie sehen also, alles wäre ganz leicht, wir müssen nur den Mut dazu aufbringen.«

Die Marquise war so außer sich vor Entsetzen, daß sie kein Wort hervorbringen konnte. Etwas Schlimmeres, Katastrophaleres, als daß der Photograph eine Stellung als Diener auf dem Schloß erhielte, war schlichthin nicht vorstellbar. Ganz abgesehen davon, daß er völlig ungeeignet war – ihr schauderte bei dem bloßen Gedanken, ihn um die Tafel des großen Speisesaals herumhinken zu sehen –, welche Qualen würde sie nicht ausstehen in dem Bewußtsein, daß er unter einem Dach mit ihr lebte, daß er tagtäglich nur darauf wartete, bis sie nachmittags ihr Zimmer aufsuchte. Und dann das zaghafte Klopfen an der Tür, das heimliche Geflüster! Welche Erniedrigung würde nicht darin liegen, daß diese Kreatur – es gab wahrhaftig keinen anderen Ausdruck für ihn – in ihrem Hause wohnte, ständig wartend, ständig hoffend.

»Es tut mir leid«, sagte sie mit Entschiedenheit, »aber was Sie sich ausgedacht haben, ist völlig unmöglich. Nicht allein die Idee, in meinem Haus eine Dienerstellung anzunehmen, sondern überhaupt die Vorstellung, daß wir uns nach meiner Abreise jemals wieder treffen könnten. Ihr gesunder Menschenverstand muß Ihnen das doch selbst sagen. Diese Nachmittage sind ... sind durchaus angenehm gewesen, aber meine Ferien sind in Kürze vorbei, und in ein paar Tagen wird mein Mann kommen, um mich und die Kinder abzuholen, und damit hat alles ein Ende.«

Um die Unabänderlichkeit ihrer Worte zu unterstreichen, stand sie auf, glättete ihr zerdrücktes Kleid, kämmte ihr Haar, puderte sich und griff nach ihrer Handtasche. Sie zog ihr Portemonnaie heraus und reichte ihm mehrere Zehntausendfrankennoten.

»Nehmen Sie dies für Ihr Photogeschäft, für dringende kleine Verbesserungen«, sagte sie. »Und kaufen Sie auch Ihrer Schwester eine Kleinigkeit. Seien Sie versichert, daß ich stets mit großer Zuneigung an Sie denken werde.«

Zu ihrer Verblüffung war er totenblaß geworden, seine Lippen begannen heftig zu zittern, er erhob sich.

»Nein, nein«, rief er, »ich werde das niemals annehmen! Es ist grausam und böse von Ihnen, so etwas überhaupt vorzuschlagen.« Und plötzlich begann er, das Gesicht in den Händen vergraben, mit bebenden Schultern zu schluchzen.

Die Marquise betrachtete ihn hilflos, wußte nicht, ob sie gehen oder bleiben sollte. Er schluchzte so hemmungslos, daß sie einen hysterischen Anfall befürchtete; niemand konnte sagen, was dann geschehen würde. Er tat ihr leid, aufrichtig leid, aber mehr noch bedauerte sie sich selbst, weil er nun beim Abschied zu einer lächerlichen Figur wurde. Ein Mann, der sich so von seinen Gefühlen hinreißen ließ, war erbärmlich. Jetzt schien ihr auch diese Lichtung im Farnkraut, die ihr vorher so traulich, so romantisch vorgekommen war, etwas Schmutziges, Beschämendes zu haben. Sein Hemd, das er über eine Farnstaude gehängt hatte, sah aus, als habe eine Waschfrau es zum Bleichen in die Sonne gelegt, daneben lag sein Schlips und der billige, verbeulte Hut.

Es fehlten nur noch Orangenschalen und Stanniolpapier, und das Bild wäre vollständig gewesen.

»Hören Sie auf mit dem Geheule«, sagte sie in plötzlicher Wut. »Nehmen Sie sich doch um Himmels willen zusammen.«

Das Schluchzen erstarb. Er nahm die Hände von dem verweinten Gesicht. Zitternd, mit tränenblinden, leidvollen Augen starrte er sie an. »Ich habe mich in Ihnen getäuscht«, sagte er, »jetzt habe ich Sie erkannt. Sie sind ein böses Weib, Sie zerstören herzlos das Leben leichtgläubiger Männer, wie ich es bin. Ich werde Ihrem Gatten alles erzählen.«

Die Marquise blieb stumm. Er hatte den Kopf verloren, war toll...

»Ja«, wiederholte der Photograph, noch immer nach Atem ringend, »das werde ich tun. Sobald Ihr Mann kommt, um Sie abzuholen, werde ich ihm alles erzählen. Ich werde ihm die Photos zeigen, die ich hier im Farnkraut von Ihnen gemacht habe. Das wird ihm zweifellos Beweis genug dafür sein, daß Sie ihn betrügen, daß Sie schlecht sind. Er wird mir schon glauben, wird mir glauben müssen! Was er mir antun wird, ist mir gleichgültig. Mehr als jetzt kann ich nicht leiden. Aber Ihr Leben, das wird ruiniert sein, das schwöre ich Ihnen. Er wird es erfahren, die englische Miss wird es erfahren, der Hoteldirektor, alle werden es erfahren, ich werde es jedem einzelnen erzählen, wie Sie Ihre Nachmittage verbracht haben.«

Er griff nach Jacke und Hut, warf den Riemen der Kamera über die Schulter. Ein Grauen packte die Marquise, schnürte ihr Herz und Kehle zusammen. Alles, womit er gedroht hatte, würde er tun. Er würde in der Hotelhalle beim Empfangstisch stehen und warten, bis Edouard käme.

»Hören Sie«, begann sie, »wir wollen überlegen, wir können vielleicht doch zu einer Übereinkunft gelangen...«
Er beachtete sie nicht. Sein Gesicht war bleich und entschlossen. Er bückte sich am Klippenrand, dort wo die Lichtung zum Meer hin offen war, um seinen Stock aufzuheben, und während er dies tat, flammte in ihr ein schrecklicher Impuls auf, überflutete ihr ganzes Wesen, packte sie mit unwiderstehlicher Gewalt. Mit ausgestreckten Händen lehnte sie sich vor und stieß den gebückt Stehenden hinab. Er gab nicht einmal einen Schrei von sich, er stürzte und war verschwunden.
Die Marquise sank auf die Knie zurück, kauerte dort, ohne sich zu rühren, wartete. Fühlte den Schweiß über Gesicht, Kehle und Körper rinnen. Auch ihre Hände waren feucht. Auf den Knien blieb sie dort im Versteck hocken. Allmählich kehrte ihr die Besinnung wieder; sie holte ihr Taschentuch hervor und wischte sich die Schweißtropfen von Stirn, Gesicht und Händen.
Es schien plötzlich kühl geworden zu sein, sie erschauerte. Schließlich erhob sie sich, ihre Beine trugen sie, wankten nicht, wie sie befürchtet hatte. Sie spähte über das Farnkraut: niemand war zu sehen, wie immer war sie ganz allein auf dem Vorsprung. Fünf Minuten vergingen, und endlich zwang sie sich, an den Klippenrand zu treten und hinunterzublicken. Die Flut war gekommen, das Meer umspülte den Fuß der Klippe, stieg, brandete gegen die Felsblöcke, sank und stieg von neuem. An der Klippenwand war nichts von ihm zu entdecken; es war auch unmöglich, denn der glatte Felsen fiel senkrecht ab. Im Wasser ebenfalls keine Spur von ihm; triebe er fort, so hätte sie ihn an der Oberfläche der glatten, blauen See entdecken müssen. Er mußte also nach dem Sturz sofort gesunken sein.
Die Marquise trat vom Klippenrand zurück. Sie raffte ihre Sachen zusammen und bemühte sich, das zu Boden gedrückte Farnkraut wieder zur ursprünglichen Höhe aufzurichten, um die Spuren ihres gemeinsamen Aufenthalts zu verwischen; das Fleckchen hatte ihnen jedoch so lange als Liebesnest gedient, daß sich dies als unmöglich erwies. Vielleicht war es auch überflüssig, vielleicht hielt man es für selbstverständlich, daß die Leute zur Klippe hinauswanderten, um hier die Einsamkeit zu genießen.
Plötzlich begannen ihr die Knie derart zu zittern, daß sie sich setzen mußte. Nach einer Weile sah sie auf die Uhr. Ihr war eingefallen, daß es wichtig sein könnte, die Zeit zu wissen. Ein paar Minuten nach halb vier. Falls man sie fragte, konnte sie sagen: »Ja, ich war gegen halb vier Uhr auf der Höhe draußen, habe aber nichts gehört.« Das würde die Wahrheit sein. Es wäre keine Lüge, sondern die reine Wahrheit.
Erleichtert stellte sie fest, daß sie heute ihren Spiegel in die Handtasche gesteckt hatte. Sie blickte angstvoll hinein. Ihr Gesicht war kalkweiß,

fleckig, fremd. Sie puderte sich sorgfältig und behutsam; es schien ihr Aussehen jedoch kaum zu verändern. Miss Clay würde sofort merken, daß irgend etwas nicht stimmte. Sie legte Rouge auf die Wangen, es wirkte aber zu grell, wie die roten Tupfen in einem Clownsgesicht.
Mir bleibt nur eins zu tun, dachte sie, ich muß geradewegs zum Strand in die Badekabine gehen, mich auskleiden, den Badeanzug anziehen und baden. Wenn ich dann mit feuchtem Haar und Gesicht ins Hotel zurückkehre, wird alles ganz natürlich wirken.
Sie machte sich auf den Rückweg, ihre Beine wollten sie kaum tragen, so als hätte sie tagelang krank zu Bett gelegen, und als sie schließlich den Strand erreichte, zitterte sie so sehr, daß sie fürchtete, hinzufallen. Mehr als nach irgend etwas anderem sehnte sie sich danach, im Schlafzimmer des Hotels, bei geschlossenen Fenstern und herabgelassenen Jalousien in ihrem Bett zu liegen, sich dort in der Dunkelheit zu verkriechen. Erst mußte sie sich aber zwingen, ihren Vorsatz auszuführen.
Sie ging in die Badekabine und zog sich aus. Einige Badegäste lagen bereits lesend oder faulenzend am Strand, die Mittagsruhe näherte sich ihrem Ende. Sie ging zum Wasser, streifte die Badeschuhe ab, und setzte die Bademütze auf. Während sie in dem stillen, lauen Wasser hin und her schwamm und ihr Gesicht benetzte, überlegte sie, wie viele Menschen am Strand sie wohl bemerkten, sie beobachteten und hinterher sagen würden: »Erinnert ihr euch denn nicht mehr, wir sahen doch am Nachmittag um diese Zeit eine Frau von den Klippen herkommen?«
Sie begann zu frösteln, schwamm aber mit steifen, mechanischen Stößen weiter, hin und her, bis sie plötzlich, von Übelkeit und Entsetzen gepackt, ohnmächtig zu werden drohte. Sie sah nämlich, wie ein kleiner Junge, der mit einem Hund umhertollte, aufs Meer hinauswies, wie der Hund ins Wasser sprang und einen dunklen Gegenstand – es hätte ein treibender Baumstamm sein können – anbellte. Taumelnd entstieg sie dem Wasser, stolperte in die Badekabine und blieb dort, das Gesicht in den Händen vergraben, auf den Holzdielen liegen. Wie leicht hätte sie, wenn sie weitergeschwommen wäre, die durch die Strömung auf sie zutreibende Leiche mit den Füßen berühren können!

In fünf Tagen wurde der Marquis erwartet, der seine Frau, die Kinder und die Gouvernante abholen und im Wagen heimfahren wollte. Die Marquise bestellte ein Ferngespräch zum Schloß und fragte ihren Mann, ob es ihm nicht möglich sei, früher zu kommen. Doch, es sei noch immer schönes Wetter, aber der Ort ginge ihr jetzt auf die Nerven. Er sei zu übervölkert, zu laut, das Essen habe sich auch verschlechtert. Ihr sei, offen gestanden, alles unleidlich geworden. Sie sehne sich nach Hause, in die häusliche Umgebung; der Park müsse doch jetzt bezaubernd sein.
Der Marquis bedauerte außerordentlich, daß sie sich langweile, aber drei

Tage, so meinte er, würde sie es sicher noch ertragen können. Er habe bereits alles geordnet und könne nicht früher kommen, da er in einer dringenden geschäftlichen Angelegenheit über Paris fahren müsse. Er versprach, am Donnerstagmorgen bei ihr zu sein, dann könne man unmittelbar nach dem Essen aufbrechen.

»Eigentlich«, sagte er, »hatte ich gehofft, daß wir über das Wochenende bleiben würden, damit ich auch noch ein wenig baden könnte. Die Zimmer sind doch wohl bis Montag reserviert?«

Aber nein, sie habe dem Direktor bereits mitgeteilt, daß sie die Zimmer nur bis Donnerstag benötige, er habe die Räume jetzt schon für andere Gäste gebucht. Das Hotel sei überfüllt, sei völlig reizlos geworden, versicherte sie ihm. Es würde ihm gewiß auch mißfallen, besonders am Wochenende sei es ganz unerträglich. Er solle doch alles daransetzen, am Donnerstag so früh wie möglich zu kommen, damit sie sofort nach dem Déjeuner aufbrechen könnten.

Die Marquise legte den Hörer auf und begab sich wieder zu ihrem Liegestuhl auf dem Balkon. Sie griff nach einem Buch und starrte, ohne zu lesen, auf die Seiten. Sie horchte angestrengt, wartete auf das Geräusch von Schritten, von Stimmen in der Hotelhalle, auf einen plötzlichen Anruf, wartete darauf, daß der Direktor unter vielen Entschuldigungen anfragte, ob er sie wohl bitten dürfe, sich in das Büro hinunterzubemühen, es handle sich um eine etwas delikate Angelegenheit... die Polizei wolle sie sprechen. Man glaube, sie werde eine Auskunft erteilen können. Aber das Telephon läutete nicht, weder Stimmen noch Schritte ertönten, das Leben ging weiter wie zuvor. Die langen Stunden schleppten sich durch den endlosen Tag: das Déjeuner auf der Terrasse, die Kellner geschäftig und unterwürfig wie immer, an den meisten Tischen die üblichen Gesichter, nur hier und da neue Gäste, die plappernden Kinder und Miss Clay, die sie zu gutem Benehmen ermahnte.

Und während der ganzen Zeit saß die Marquise da, beobachtete, lauschte, wartete...

Sie zwang sich zu essen; die Speisen, die sie zum Mund führte, schmeckten jedoch wie Sägemehl. Nach der Mahlzeit ging sie in ihr Zimmer, und während die Kinder schliefen, lag sie in ihrem Liegestuhl auf dem Balkon. Zum Tee begaben sie sich wieder auf die Terrasse hinunter. Wenn die Kinder nachmittags zum zweitenmal zum Strand gingen, um zu baden, begleitete sie sie nicht. Sie sei ein wenig erkältet, teilte sie Miss Clay mit, fühle sich nicht zum Baden aufgelegt. Sie blieb auf dem Balkon liegen. Wenn sie abends die Augen schloß und einzuschlafen versuchte, war ihr, als spürten ihre Hände wieder die vorgeneigten Schultern, als durchzucke sie aufs neue das Gefühl, das sie erfuhr, als sie ihm den heftigen Stoß versetzte. Diese Leichtigkeit, mit der er stürzte und verschwand! Eben noch neben ihr und im nächsten Augenblick fort! Kein Stolpern, kein Schrei!

Tagsüber suchte sie angestrengten Blickes die farnbewachsene Höhe ab, hielt nach umherwandernden Gestalten Ausschau – nannte man das einen »Polizeikordon«? Aber die Klippen flimmerten einsam im grellen Sonnenlicht, niemand wanderte dort oben im Farnkraut umher.
Zweimal regte Miss Clay an, vormittags ins Städtchen hinunterzugehen, um Einkäufe zu machen, und jedesmal erfand die Marquise eine Ausrede: »Es sind immer so schrecklich viele Menschen da. Es ist zu heiß. Ich fürchte, es tut den Kindern nicht gut. Im Park ist es angenehmer, auf dem Rasenplatz hinter dem Hotel schattig und still.«
Sie selbst verließ das Hotel nicht, nicht einmal zum Spaziergang. Und der bloße Gedanke an den Strand verursachte ihr Übelkeit, körperliches Unbehagen.
»Wenn ich nur erst die lästige Erkältung überstanden habe, dann bin ich wieder wohlauf«, erklärte sie Miss Clay.
Sie lag Stunde auf Stunde in ihrem Liegestuhl und blätterte in den Zeitschriften, die sie schon ein dutzendmal gelesen hatte.
Am Vormittag des dritten Tages, kurz nach dem Déjeuner, kamen die Kinder, Windrädchen schwenkend, auf den Balkon gelaufen.
»Schau, Maman«, rief Hélène, »meins ist rot, und Célestes blau. Nach dem Tee werden wir sie auf unsere Sandburgen stecken.«
»Woher habt ihr sie?« fragte die Marquise.
»Vom Markt«, antwortete die Kleine. »Wir haben heute nicht im Park gespielt, Miss Clay hat uns zur Stadt mitgenommen, sie wollte ihre Bilder abholen, die sollten schon gestern fertig sein.«
Die Marquise erstarrte vor Schrecken. Sie blieb unbeweglich sitzen.
»Lauft und macht euch zum Essen fertig«, brachte sie schließlich hervor.
Sie konnte die Kinder mit Miss Clay im Badezimmer schwatzen hören. Kurz danach trat die Gouvernante ein. Sie schloß die Tür hinter sich. Die Marquise mußte sich zwingen, sie anzusehen. Miss Clays langes, ziemlich einfältiges Gesicht trug einen feierlichen und bekümmerten Ausdruck.
»Es ist etwas Schreckliches geschehen«, sagte sie mit gedämpfter Stimme, »ich wollte vor den Kindern nicht davon sprechen. Sicher wird es Sie sehr schmerzlich berühren. Es betrifft den armen Monsieur Paul.«
»Monsieur Paul?« fragte die Marquise. Ihre Stimme klang völlig unberührt, auch das nötige Maß von Interesse schwang mit.
»Ich ging zum Laden, um meine Abzüge abzuholen, und fand ihn geschlossen«, berichtete Miss Clay. »Die Tür war versperrt, die Jalousien herabgelassen. Ich fand es befremdend und ging in die Apotheke nebenan, um zu fragen, ob das Geschäft vielleicht am späten Nachmittag wieder öffne. Dort sagte man mir, dies sei nicht zu erwarten, denn Mademoiselle Paul sei völlig verstört, ihre Verwandten seien gekommen, um ihr beizustehen. Ich fragte, was denn geschehen sei, und da erzählte man mir, der

arme Monsieur Paul sei verunglückt, ertrunken, seine Leiche sei drei Meilen von hier entfernt an der Küste von Fischern gefunden worden.«
Miss Clay war, während sie berichtete, ganz blaß geworden. Offensichtlich war sie tief erschüttert. Bei ihrem Anblick kehrte der Marquise der Mut wieder.
»Wie entsetzlich!« rief sie. »Weiß man denn, wann es geschah?«
»Ich konnte mich der Kinder wegen in der Apotheke nicht so genau erkundigen«, sagte Miss Clay. »Ich glaube, man hat die Leiche gestern gefunden. Schrecklich entstellt, sagt man, er muß beim Fallen gegen einen Felsen geprallt sein. Es ist zu grauenvoll, ich kann gar nicht daran denken. Und seine arme Schwester, was wird sie ohne ihn bloß anfangen?«
Die Marquise warf ihr einen warnenden Blick zu und hob, Schweigen heischend, die Hand, als die Kinder ins Zimmer gelaufen kamen.
Sie gingen zum Déjeuner auf die Terrasse hinunter, und zum erstenmal seit drei Tagen schmeckte der Marquise das Essen wieder, aus irgendeinem Grunde war ihr der Appetit wiedergekehrt. Weshalb dies so war, hätte sie nicht sagen können. Sie überlegte, ob es daran liege, daß dieses bedrückende Geheimnis jetzt gelüftet war. Er war tot, war gefunden worden. Diese Tatsache war also bekannt. Nach dem Déjeuner beauftragte sie Miss Clay, bei der Hoteldirektion zu erfragen, ob Näheres über den tragischen Unglücksfall bekannt sei. Miss Clay sollte ausrichten, die Marquise sei äußerst betroffen und bekümmert. Während Miss Clay den Auftrag ausführte, ging die Marquise nach oben.
Plötzlich schrillte das Telephon, es erklang der Laut, den sie so sehr gefürchtet hatte. Ihr Herzschlag setzte aus. Sie nahm den Hörer ab und lauschte.
Es war der Direktor. Er sagte, soeben sei Miss Clay bei ihm gewesen. Es sei sehr gütig von Madame la Marquise, soviel Anteil am Schicksal des verunglückten Monsieur Paul zu nehmen. Eigentlich habe er schon gestern, als das Unglück entdeckt wurde, darüber berichten wollen, habe es jedoch unterlassen, da er seine Gäste nicht gern beunruhige. Ein Unfall durch Ertrinken in einem Badeort sei immer peinlich, mache die Leute ängstlich. Ja, natürlich, man habe sofort nach Auffindung der Leiche die Polizei benachrichtigt, und es stehe fest, daß Monsieur Paul irgendwo an der Küste von den Klippen abgestürzt sei. Anscheinend habe er sehr gern Seemotive aufgenommen. Bei seiner körperlichen Behinderung habe er natürlich leicht ausgleiten können, seine Schwester habe ihn oft ermahnt, vorsichtig zu sein. Ja, es sei sehr traurig. Ein so sympathischer Mensch, sei überall beliebt gewesen, habe keine Feinde gehabt. In seiner Art wirklich ein Künstler. Ob die Aufnahmen, die er von Madame la Marquise und den Kindern gemacht habe, Beifall gefunden hätten? Oh, das freue ihn sehr. Er werde dafür sorgen, daß Mademoiselle Paul davon erfahre, und er werde sie auch wissen lassen, daß Madame la Marquise soviel An-

teil nehme. Ja, ganz sicher werde sie für ein paar Beileidsworte und Blumen sehr dankbar sein. Die arme Person sei ja völlig gebrochen. Nein, der Begräbnistermin stehe noch nicht fest...
Nach dem Gespräch rief die Marquise Miss Clay und bat sie, in einem Taxi zum Nachbarort zu fahren, wo es größere Geschäfte und, wie sie sich zu erinnern glaubte, eine sehr schöne Blumenhandlung gab. Miss Clay solle dort Blumen, vielleicht Lilien, kaufen und keine Kosten scheuen; sie werde ein Begleitkärtchen dafür schreiben. Nach der Rückkehr solle Miss Clay die Blumen dem Direktor geben, der dafür sorgen werde, daß Mademoiselle Paul sie rechtzeitig erhalte.
Die Marquise schrieb das Kärtchen, das an die Blumen geheftet werden sollte. »In tiefer Teilnahme an Ihrem großen Verlust.« Sie gab Miss Clay Geld, und die Gouvernante eilte, ein Taxi zu bestellen.
Etwas später begleitete die Marquise die Kinder zum Strand.
»Ist deine Erkältung besser, Maman?« fragte Céleste.
»Ja, Chérie, jetzt kann Maman wieder baden.«
Sie planschte mit den Kindern in dem warmen, schmeichelnden Wasser. Morgen würde Edouard eintreffen, morgen würde Edouard mit dem Wagen kommen, sie würden davonfahren, und die weißen, staubigen Landstraßen würden sich zwischen sie und das Hotel schieben. Sie würde es nie wiedersehen, auch die Klippen und das Städtchen nicht, die Ferien würden ausgelöscht sein wie etwas, das nie gewesen war.
Wenn ich tot bin, dachte die Marquise, als sie über das Meer hinausstarrte, dann werde ich dafür bestraft werden. Ich mache mir nichts vor, ich bin schuldig, ein Leben vernichtet zu haben, und Gott wird mich dafür zur Rechenschaft ziehen. Von jetzt ab will ich Edouard eine gute Frau und den Kindern eine gute Mutter sein. Von jetzt ab will ich versuchen, ein guter Mensch zu sein. Ich will mich darum bemühen und meine Tat sühnen, indem ich zu allen, Verwandten, Freunden und Dienern, gütiger, freundlicher bin.
Zum erstenmal seit vier Tagen schlief sie wieder gut.
Am nächsten Morgen, als sie noch frühstückte, kam ihr Mann. Sie war über sein Erscheinen so erfreut, daß sie aus dem Bett sprang und ihm um den Hals fiel. Der Marquis war über diesen Empfang ganz gerührt.
»Es sieht ja wirklich aus, als hätte meine Kleine mich sehr vermißt«, sagte er.
»Dich vermißt? Aber natürlich habe ich dich vermißt! Darum habe ich doch angerufen. Ich sehnte dein Kommen so sehr herbei.«
»Und du bist immer noch fest entschlossen, gleich nach dem Essen aufzubrechen?«
»Ja, unbedingt... Ich kann es hier nicht länger ertragen. Es ist alles schon gepackt, nur die letzten Kleinigkeiten sind noch in die Koffer zu legen.«
Während er auf dem Balkon Kaffee trank und mit den Kindern scherzte,

kleidete sie sich an und raffte alle noch im Zimmer verstreut liegenden Dinge zusammen. Der Raum, der einen ganzen Monat ihr Gepräge getragen hatte, wurde wieder kahl und unpersönlich. In fieberhafter Hast räumte sie alles vom Toilettentisch, vom Kaminsims und vom Nachttisch. Das wäre also zu Ende! Gleich würde das Zimmermädchen mit sauberen Laken kommen, um alles für den nächsten Gast zu bereiten. Dann würde sie, die Marquise, schon auf und davon sein.

»Sag mal, Edouard, warum müssen wir eigentlich zum Essen hierbleiben?« fragte sie. »Würde es nicht netter sein, irgendwo unterwegs einzukehren? Wenn man die Rechnung schon bezahlt hat, finde ich es immer ein bißchen ungemütlich, im Hotel zu essen. Die Trinkgelder sind schon verteilt, und alles ist erledigt. Ich kann diese Stimmung nicht ausstehen.«

»Wie du willst«, sagte er. Sie hatte ihn so herzlich empfangen, daß er bereit war, all ihren Launen nachzugeben. Die arme Kleine! Sie war ohne ihn doch wohl schrecklich einsam gewesen. Er mußte es wieder gutmachen.

Die Marquise stand vor dem Spiegel im Badezimmer und malte sich die Lippen; in diesem Augenblick läutete das Telephon.

»Geh doch bitte an den Apparat, ja?« rief sie ihrem Mann zu. »Es wird der Portier sein wegen des Gepäcks.«

Der Marquis tat es, und wenige Augenblicke darauf rief er ihr zu:

»Es ist für dich, Liebes. Eine Mademoiselle Paul möchte dich sprechen, um dir noch vor der Abreise für die Blumen zu danken.«

Die Marquise antwortete nicht. Als sie ins Schlafzimmer trat, schien es dem Marquis, als sei ihr Make-up unvorteilhaft, es machte sie älter, verhärmt. Wie seltsam! Sie mußte einen neuen Lippenstift benutzt haben, die Farbe stand ihr gar nicht.

»Nun, was soll ich ihr sagen?« fragte er. »Du wirst dich doch sicherlich jetzt nicht von dieser Person, wer sie auch sei, stören lassen wollen. Soll ich nicht hinuntergehen und sie abwimmeln?«

Die Marquise schien unentschlossen, beunruhigt. »Nein«, sagte sie, »nein, ich glaube, ich muß mich doch selbst um sie kümmern. Es handelt sich da nämlich um eine tragische Geschichte. Sie hatte zusammen mit ihrem Bruder ein kleines Photogeschäft in der Stadt – ich habe dort von mir und den Kindern ein paar Aufnahmen machen lassen –, und dann passierte dieses Unglück, der Bruder ertrank. Ich hielt es für richtig, ein paar Blumen zu schicken.«

»Wie aufmerksam von dir, wirklich eine nette Geste. Aber mußt du dich jetzt deshalb aufhalten lassen? Wir sind doch am Aufbruch.«

»Sag ihr das«, bat sie, »sag ihr, daß wir gerade am Aufbruch sind.«

Der Marquis ging wieder an den Apparat; nach ein paar Worten legte er die Hand über den Hörer und flüsterte ihr zu:

»Sie läßt sich nicht abweisen. Sie sagt, sie habe noch Aufnahmen von dir, die sie dir persönlich übergeben wolle.«
Eisiger Schrecken lähmte die Marquise. Aufnahmen? Was für Aufnahmen?
»Aber es ist doch alles bezahlt«, flüsterte sie zurück. »Ich begreife nicht, was sie will.«
Der Marquis zuckte die Schultern.
»Nun, was soll ich ihr sagen? Es hört sich an, als ob sie weinte.«
Die Marquise ging ins Badezimmer zurück und puderte sich noch einmal.
»Dann laß sie heraufkommen«, sagte sie. »Schärfe ihr aber ein, daß wir in fünf Minuten aufbrechen. Inzwischen kannst du schon hinuntergehen und die Kinder in den Wagen setzen. Nimm auch Miss Clay mit, ich möchte die Frau allein empfangen.«
Nachdem er gegangen war, blickte sie sich im Zimmer um. Außer ihren Handschuhen und ihrer Tasche war nichts zurückgeblieben. Noch eine letzte Anstrengung, dann die zufallende Tür, der Fahrstuhl, das Abschiedsnicken für den Direktor und dann – Freiheit!
Es klopfte; die Marquise stand wartend mit nervös verkrampften Händen an der Balkontür.
»Herein«, rief sie.
Mademoiselle Paul öffnete die Tür. Ihr Gesicht war vom Weinen rotfleckig und verquollen. Sie trug ein altmodisches Trauerkleid, das beinahe bis auf den Boden reichte. Zunächst blieb sie zögernd stehen, dann näherte sie sich mit grotesk schaukelnden, humpelnden Schritten, als bereite ihr jede Bewegung Qual.
»Madame la Marquis...«, begann sie mit bebenden Lippen und brach in Schluchzen aus.
»Bitte, weinen Sie nicht«, sagte die Marquise begütigend. »Es tut mir so schrecklich leid.«
Mademoiselle Paul zog ihr Taschentuch hervor und schnaubte sich die Nase.
»Er war das einzige, was ich auf Erden besaß«, sagte sie. »Er war so gut zu mir. Was soll ich jetzt anfangen? Wie soll ich jetzt... Wie soll ich bloß leben?«
»Haben Sie keine Verwandten?«
»Doch, Madame la Marquise, aber es sind alles arme Leute. Ich kann ihnen nicht zumuten, mich zu unterstützen. Allein, ohne meinen Bruder, kann ich das Geschäft nicht weiterführen. Ich hab nicht die Kraft dazu. Meine Gesundheit hat mir immer zu schaffen gemacht.«
Die Marquise suchte in ihrer Handtasche und entnahm ihr eine Zwanzigtausendfrankennote.
»Ich weiß, dies ist nicht viel«, sagte sie, »aber vielleicht bedeutet es doch

eine kleine Hilfe. Leider hat mein Mann in dieser Gegend nicht viele Verbindungen, aber ich will ihn fragen, vielleicht weiß er Rat.«
Mademoiselle Paul nahm den Geldschein. Seltsam. Sie bedankte sich nicht. »Dies wird mich bis Ende des Monats über Wasser halten und die Bestattungskosten decken«, sagte sie.
Sie öffnete ihre Handtasche und zog drei Photographien hervor.
»Ich habe noch andere, ganz ähnliche wie diese, im Laden«, fuhr sie fort. »Mir schien, Sie haben sie über Ihrem Aufbruch ganz vergessen. Ich hab sie zwischen den andern Aufnahmen und Negativen im Keller, wo mein Bruder sie immer entwickelt hat, gefunden.«
Sie reichte der Marquise die Bilder. Bei ihrem Anblick überfiel es sie eiskalt. Ja, die hatte sie vergessen, oder richtiger, sie war sich ihres Vorhandenseins gar nicht bewußt geworden. Es waren drei Aufnahmen von ihr im Farnkraut. Lässig, halb schlummernd, hingegeben, den Kopf auf seiner Jacke; ja, sie hatte das Klicken der Kamera gehört, es hatte den wollüstigen Reiz des Nachmittags erhöht. Einige hatte er ihr gezeigt, aber nicht diese.
Sie nahm die Photographien und steckte sie in ihre Handtasche.
»Sie sagen, Sie hätten noch andere?« fragte sie mit ausdrucksloser Stimme.
»Ja, Madame la Marquise.«
Sie zwang sich, dieser Frau in die Augen zu sehen. Sie waren noch immer vom Weinen geschwollen, aber das Glitzern darin war unmißverständlich.
»Was erwarten Sie von mir?« fragte die Marquise.
Mademoiselle Paul ließ die Augen im Zimmer umherschweifen. Überall auf dem Boden zerstreut lag Seidenpapier, der Papierkorb war voller Abfälle, das Bett zurückgeschlagen.
»Ich habe meinen Bruder verloren, meinen Ernährer, meinen ganzen Lebensinhalt«, sagte sie. »Madame la Marquise haben vergnügte Ferientage genossen und kehren jetzt nach Hause zurück. Ich nehme an, Madame la Marquise wünschen nicht, daß der Herr Gemahl oder die Familie diese Aufnahmen zu Gesicht bekommen.«
»Sie haben vollkommen recht«, sagte die Marquise. »Nicht einmal ich selbst wünsche sie zu sehen.«
»Wie auch immer, scheinen mir zwanzigstausend Franken eine allzu bescheidene Vergütung für diese Ferien, die Madame la Marquise so sehr genossen haben.«
Die Marquise öffnete noch einmal ihre Handtasche. Sie hatte nur noch zwei Tausend- und ein paar Hundertfrankennoten bei sich.
»Das ist alles, was ich bei mir habe«, sagte sie, »bitte nehmen Sie!«
Mademoiselle Paul schnaubte sich noch einmal die Nase.
»Ich glaube, es wäre für uns beide am zweckmäßigsten, wenn wir ein fe-

stes Übereinkommen träfen«, begann sie. »Jetzt, wo mein Bruder tot ist, ist meine Zukunft sehr unsicher geworden. Es könnte sein, daß ich gar nicht mehr an diesem Ort, der so viele traurige Erinnerungen für mich birgt, leben möchte. Ich frage mich immer wieder, wie mein Bruder eigentlich umgekommen ist. Am Nachmittag, bevor er für immer verschwand, ging er auf die Klippen hinaus und kam sehr niedergeschlagen zurück. Ich merkte, daß ihn irgend etwas bedrückte, fragte ihn aber nicht danach. Vielleicht hatte er jemanden treffen wollen, und dieser Jemand war nicht erschienen. Am nächsten Tag ging er wieder dorthin, und an diesem Abend kehrte er nicht mehr zurück. Ich unterrichtete die Polizei, und drei Tage später fand man seine Leiche. Ich habe der Polizei nichts von meinem Verdacht, daß er Selbstmord begangen hat, gesagt, sondern habe mich mit ihrer Darstellung von einem Unfall zufriedengegeben. Aber, Madame la Marquise, mein Bruder war ein sehr zart besaiteter Mensch, und falls er sehr unglücklich war, könnte er zu allem imstande gewesen sein. Und wenn ich vor Grübelei über diese Dinge gar nicht mehr ein und aus wissen sollte, dann könnte es passieren, daß ich zur Polizei gehe und durchscheinen lasse, er habe sich aus unglücklicher Liebe umgebracht. Es könnte sogar sein, daß ich der Polizei dann die Erlaubnis gebe, sein Photomaterial zu durchsuchen.«

In panischem Entsetzen hörte die Marquise vor der Tür die Schritte ihres Mannes.

»Kommst du nicht, Liebling«, rief er, indem er die Tür aufriß und ins Zimmer trat. »Das Gepäck ist verstaut, die Kinder werden schon ungeduldig.«

Er begrüßte Mademoiselle Paul. Sie knickste.

»Ich werde Ihnen meine Adresse geben«, sagte die Marquise, »von meiner Wohnung in Paris und vom Schloß.« Fieberhaft durchsuchte sie ihre Handtasche nach Visitenkarten. »Ich erwarte also, in ein paar Wochen von Ihnen zu hören.«

»Wahrscheinlich schon früher, Madame la Marquise«, sagte Mademoiselle Paul. »Wenn ich von hier wegziehen und in Ihrer Nähe wohnen sollte, würde ich mir erlauben, Ihnen, der Miss und Ihren Töchterchen in aller Ehrerbietung meine Aufwartung zu machen. Ich habe ganz in der Nähe Bekannte, auch in Paris habe ich Bekannte. Ich habe mir schon immer gewünscht, Paris einmal kennenzulernen.«

Mit einem verzerrten Lächeln wandte sich die Marquise an ihren Gatten.

»Ich habe nämlich Mademoiselle Paul aufgefordert, mich jederzeit wissen zu lassen, wenn ich ihr irgendwie behilflich sein kann.«

»Gewiß«, sagte der Marquis. »Ich hab zu meinem Leidwesen von dem Unglücksfall gehört, der Direktor hat mir davon erzählt.«

Mademoiselle Paul knickste aufs neue und richtete ihre Blicke von ihm fort auf die Marquise.

»Er war alles, was ich auf Erden besaß, Monsieur le Marquis«, sagte sie. »Madame la Marquise weiß, was er mir bedeutete. Es tut mir sehr wohl zu wissen, daß ich der gnädigen Frau schreiben darf und daß die gnädige Frau mir wiederschreiben wird. Ich werde mich dann nicht mehr so einsam und verlassen fühlen. Für jemanden, der, wie ich, allein in der Welt steht, ist das Leben sehr hart. – Darf ich Madame la Marquise eine angenehme Reise wünschen? Und eine schöne, vor allem ungetrübte Erinnerung an die Ferientage!«
Wieder knickste Mademoiselle Paul, dann drehte sie sich um und hinkte aus dem Zimmer.
»Das arme Geschöpf«, sagte der Marquis, »und dazu noch dieses Aussehen! Habe ich den Direktor richtig verstanden, daß der Bruder auch ein Krüppel war?«
»Ja...« Die Marquise schloß die Handtasche, nahm die Handschuhe, griff nach der Sonnenbrille.
»Seltsam, daß so was in der Familie liegen kann«, sagte der Marquis, während sie den Korridor entlanggingen. Er hielt inne und klingelte nach dem Fahrstuhl. »Du hast Richard du Boulay, einen alten Freund von mir, wohl niemals kennengelernt, nicht wahr? Er hatte dasselbe Gebrechen, wie es dieser unglückselige kleine Photograph gehabt hat, und trotzdem verliebte sich ein reizendes, völlig normales Mädchen in ihn, und sie heirateten. Sie bekamen einen Sohn, und es stellte sich heraus, daß er genauso einen schrecklichen Klumpfuß hatte wie sein Vater. Gegen diese Art Dinge ist man machtlos. Es liegt einfach im Blut und vererbt sich weiter.«
Sie stiegen in den Fahrstuhl, die Türen schlossen sich hinter ihnen.
»Hast du es dir vielleicht doch anders überlegt? Wollen wir nicht doch zum Déjeuner bleiben? Du siehst blaß aus, und du weißt, wir haben eine lange Reise vor uns.«
»Ich möchte lieber fort.«
Alle standen in der Halle, um sich zu verabschieden. Der Direktor, der Empfangschef, der Portier, der Maître d'hôtel.
»Besuchen Sie uns wieder, Madame la Marquise. Sie werden uns stets willkommen sein. Es war eine Freude, Ihnen dienen zu können. Wir alle hier werden Sie sehr vermissen.«
»Adieu... adieu...«
Die Marquise stieg in das Auto und nahm neben ihrem Gatten Platz. Der Wagen bog von der Hotelauffahrt in die Landstraße ein. Hinter ihr lagen die Klippen, der heiße Strand und das Meer. Vor ihr lag der lange, gerade Weg nach Haus, in die Sicherheit. Sicherheit...?

Der Alte

Fragten Sie nicht nach dem Alten? Aha. Sie sind fremd in dieser Gegend, ein Feriengast. In den Sommermonaten verbringen so viele Menschen ihren Urlaub hier, und irgendwie finden sie alle ihren Weg hierher, kommen schließlich über die Klippen herunter an diesen Strand, bleiben stehen und blicken vom Meer zurück zum See. Genauso wie Sie.
Ein zauberhafter Flecken Erde, nicht wahr? Ganz ruhig und abgelegen. Kein Wunder, daß der Alte sich dies Plätzchen ausgesucht hat!
Ich weiß nicht, wann er hierhergekommen ist. Niemand weiß das, doch es muß vor vielen Jahren gewesen sein. Er hauste schon hier, als ich – lange vor dem Krieg – hierherkam. Vielleicht hat er sich vor der Zivilisation hierher zurückgezogen, genau wie ich. Oder vielleicht haben die Leute ihm das Leben dort, wo er vorher lebte, zu sauer gemacht. Das ist schwer zu sagen. Von Anfang an, da ich ihn sah, hatte ich das Gefühl: entweder hat er etwas getan oder man hat ihm etwas getan, und jetzt haßt er die Welt deswegen. Ich weiß noch ganz genau, daß ich mir, als ich ihn das erstemal mit Bewußtsein sah, sagte: »Der Alte muß einen verteufelten Charakter haben.«
Ja, er lebte zusammen mit seinem Weib hier am See. Es war eine merkwürdig zusammengetragene Behausung, in der sie wohnten, und jedem Unwetter preisgegeben; aber sie schienen sich nichts daraus zu machen.
Einer der Leute vom Hof hatte mich gewarnt und mir grinsend geraten, dem Alten, der dort unten am See lebte, möglichst aus dem Weg zu gehen – er verstehe mit Fremden keinen Spaß. Ich war also auf meiner Hut und hielt mich möglichst wenig in seiner Nähe auf. Aber das hätte auch keinen Zweck gehabt, denn ich verstand ohnehin kein Wort von dem Kauderwelsch, das er sprach. Als ich ihn das erstemal sah, stand er am Rande des Sees und blickte aufs Meer hinaus; taktvoll, wie ich war, benutzte ich nicht den Steg, der über den kleinen Fluß führte – denn da hätte ich sehr nahe an ihm vorbeigehen müssen –, sondern ging um den See herum, um ans andere Ufer zu gelangen. Dann hockte ich mit dem Gefühl, ein Eindringling zu sein, der hier eigentlich nichts zu suchen habe, hinter einer Gruppe von Stechginstersträuchern, zog meinen Feldstecher hervor und nahm ihn einmal genau aufs Korn.
Er war ein großer Bursche, breit und kräftig – in der letzten Zeit ist er natürlich gealtert; die Zeit, von der ich spreche, liegt ja auch schon eine Reihe von Jahren zurück – aber man kann auch jetzt noch sehen, was er früher einmal für ein Kerl gewesen ist. Was für eine Kraft und was für ein Schwung in ihm lagen! Und dieser schöne Kopf, den er stolz wie ein König trug. Er tat das bestimmt nicht ohne Grund! Nein, ich scherze nicht! Wer weiß denn, was für königliches Blut in seinen Adern rollt und auf was für Urahnen es zurückweist? Manchmal – und das ist nicht seine

eigene Schuld – wallt dies Blut mächtig in ihm auf, gewinnt die Oberhand über ihn und macht ihn rasend. Damals habe ich darüber noch nicht nachgedacht. Ich beobachtete ihn nur, duckte mich, als er sich umdrehte, hinter den Stechginsterstrauch, und sann darüber nach, was wohl in ihm vorgehe und ob er wohl wisse, daß ich hinter dem Gebüsch saß und ihn beobachtete, oder nicht.

Wenn er sich nun entschlossen hätte, über den See zu kommen und mich zu verfolgen – ich weiß nicht, was ich dann getan hätte. Aber er mußte sich wohl eines Besseren besonnen haben, oder vielleicht machte er sich auch gar nichts daraus. Jedenfalls blickte er wieder aufs Meer hinaus, sah dem Flug der Möwen zu, beobachtete die hereinkommende Flut und verließ nach einer Weile gemächlichen Trottes das Ufer und kehrte nach Hause und zu seinem Weibe zurück.

Von ihr bekam ich an jenem ersten Tag nichts zu sehen. Sie war gerade nicht da. Da sie ganz dicht am linken Seeufer lebten und kein richtiger Weg zu ihnen hinüberführte, wagte ich es kaum, nahe heranzugehen, weil ich fürchtete, ihr plötzlich Auge in Auge gegenüberzustehen. Als ich sie jedoch endlich sah, war ich enttäuscht. Mit ihr war wirklich kein Staat zu machen. Ich will sagen, sie war nicht mit ihm zu vergleichen. Meiner Meinung nach war sie ein taubenhaft sanftes Wesen.

Sie kamen, als ich sie sah, gerade vom Fischen und stiegen vom Meeresufer zum See hinauf. Er selbstverständlich voran, sie hinterher. Sie würdigten mich beide keines Blickes, und darüber war ich im Innersten froh, denn der Alte hätte ja stehenbleiben, warten und ihr sagen können, sie solle nach Hause gehen, und hätte dann zu den Felsen herunterkommen können, auf denen ich saß. Sie fragen, was ich dann getan hätte? Verdammt, ich weiß es nicht. Vielleicht wäre ich aufgestanden, hätte vor mich hingepfiffen, ganz unbefangen getan, ihm zugenickt – was natürlich unsinnig gewesen wäre, aber ich hätte es trotzdem ganz instinktiv getan. Sie wissen schon, was ich meine – hätte ihm einen guten Tag gewünscht und wäre fortgeschlendert. Ich kann mir nicht vorstellen, daß er mich zurückgehalten hätte. Er hätte mir mit seinen eigenartig schmalen Augen sicherlich nachgestarrt und mich gehen lassen.

Nach dieser Begegnung war ich den ganzen Winter und Sommer hindurch immer unten am Strand oder in den Klippen, und sie führten ihr merkwürdiges, abseitiges Dasein und fischten manchmal auf dem See und manchmal draußen auf dem Meer. Manchmal, wenn ich mir die Jachten ansah, die im Hafen an der Flußmündung vor Anker lagen, und den Schiffsverkehr beobachtete, traf ich sie wohl auch dort. Ich fragte mich dann immer, wer von den beiden wohl den Vorschlag gemacht haben mochte, hier zu fischen. Vielleicht reizte ihn manchmal der Gedanke an das Getriebe und Leben im Hafen und an all die Dinge, die er entweder freiwillig aufgegeben oder niemals gekannt hatte, und er sagte dann zu

ihr: »Heute gehen wir in die Stadt.« Sie folgte ihm natürlich, glücklich, etwas zu tun, was ihm Freude machte.
Sehen Sie, was an ihnen auffiel – und was man einfach nicht übersehen konnte – war, wie die beiden sich liebten. Ich habe gesehen, wie sie ihn begrüßte, wenn er vom Fischfang heimkehrte; er war zumeist den ganzen Tag fort und ließ sie zu Hause zurück; dann ging sie abends an den Strand hinunter und wartete auf ihn. Sie sah ihn schon von weitem kommen, und auch ich sah ihn oft um die Landzunge herum in die Bucht hineinsegeln. Er kam gewöhnlich sofort an den Strand, sie trat ihm entgegen, und dort umarmten sie sich und kümmerten sich nicht im geringsten darum, ob sie etwa gesehen würden. Es war einfach rührend, verstehen Sie? Man spürte, daß der Alte etwas Liebenswertes an sich haben mußte, da sie so zärtlich zueinander waren. Mochten Fremde auch einen Teufel in ihm sehen, für sie war er ihr ein und alles. Es stieg ordentlich ein warmes Gefühl für ihn in mir auf, als ich sie so zusammen sah.
Wie bitte? Ob sie keine Kinder hatten? Ich wäre schon noch darauf gekommen, ja, eigentlich erzähle ich die ganze Geschichte nur wegen der Kinder; denn das war ja gerade die Tragödie, wissen Sie. Und außer mir weiß kein Mènsch etwas davon. Ich hätte es natürlich jemandem erzählen können, aber wer weiß, wenn ich es getan hätte... Vielleicht hätten sie den Alten fortgebracht, und ihr wäre ohne ihn das Herz gebrochen; aber wie dem auch sei, wenn Sie die Geschichte ganz gehört haben, werden Sie selbst zugeben, daß ich eigentlich gar nichts damit zu tun hatte. Ich weiß, die Tatsachen sprechen alle gegen den Alten, aber eindeutig könnte ich nichts beweisen; es hätte ebensogut ein Unfall sein können, und überdies hat niemand bei Boys Verschwinden Nachforschungen angestellt; wie kam ich also dazu, mich einzumischen und es an die große Glocke zu hängen?
Ich will versuchen zu erklären, wie alles gekommen ist. Aber Sie dürfen nicht vergessen, daß sich die ganze Geschichte schon vor langer Zeit abgespielt hat und ich manchmal fort von Hause oder bei der Arbeit war und nicht an den See herunterkam. Außer mir schien sich niemand für das Paar zu interessieren, das dort lebte, und so habe ich alles, was ich hier erzähle, mit eigenen Augen gesehen. Ich habe nichts von dritter Seite erfahren, keine Gesprächsfetzen aufgeschnappt oder gehört, wie hinter ihrem Rücken über sie geredet wurde.
Nein, sie sind nicht immer so allein gewesen wie jetzt. Sie hatten vier Kinder, drei Mädchen und einen Jungen. Sie zogen die vier in der baufälligen alten Behausung am See groß, und es war mir immer ein Rätsel, wie sie es überhaupt fertigbrachten. Mein Gott, ich habe Tage erlebt, da Regen und Wind den See peitschten, daß kleine Wellen hochschlugen, sich brachen, sich auf das schlammige Ufer in der Nähe ihrer Behausung ergossen und die ohnehin sumpfige Wiese um sie herum in einen Morast

verwandelten. Man hätte denken sollen, daß jeder, der nicht ganz stumpfsinnig sei, mit Frau und Kindern ausgezogen wäre und sich ein etwas wohnlicheres Heim gesucht hätte; aber weit gefehlt. Der Alte wird sich wohl gesagt haben: wenn ich es hier aushalten kann, dann kann meine Frau mit den Kindern es auch. Vielleicht wollte er seine Kinder auch spartanisch erziehen.

Sie können mir glauben, es waren entzückende Geschöpfe, besonders das jüngste Mädchen. Ich habe nie erfahren, wie es hieß, für mich war es einfach »die Kleine«; ach, sie war so vorwitzig. Sie war ganz der Alte, wenn auch viel kleiner als er. Ich sehe sie noch vor mir, wie sie es an einem schönen Morgen als erste wagte, im See zu schwimmen – allen ihren Geschwistern voraus.

Ihren Bruder nannte ich Boy. Er war der älteste und – unter uns gesagt – ein kleiner Dummkopf. Er sah ganz anders aus als seine ranken Schwestern, er war ein richtiger kleiner Trampel. Die Mädchen spielten für sich und gingen bereits fischen, während er immer im Hintergrund herumlungerte und nicht wußte, was er mit sich anfangen sollte. Wenn irgend möglich, trieb er sich in der Nähe der Behausung und seiner Mutter herum. Er war ein richtiges Muttersöhnchen. Nicht daß sie ihn den anderen Kindern vorgezogen hätte; durchaus nicht. Soweit ich es beurteilen konnte, behandelte sie alle vier gleichmäßig. Im übrigen kreisten ihre Gedanken viel mehr um den Alten als um die Kinder. Aber Boy war eben ein großes Baby, und wenn ich mich nicht sehr täusche, stimmte es bei ihm im Kopf nicht ganz.

Wie die Eltern, so hielten auch die Kinder sich meist völlig für sich. Wahrscheinlich hatte der Alte ihnen das eingebläut. Sie kamen niemals von sich aus an den Strand, um zu spielen; und dabei muß im Sommer, wenn die Feriengäste über die Klippen herunterkamen, am Strand lagerten und badeten, die Versuchung sehr groß für sie gewesen sein. Ich nehme an, der Alte hat sie aus Gründen, die nur er allein kannte, gewarnt, sich mit Fremden einzulassen.

Sie waren es gewöhnt, mich das Gestade abgehen und nach Treibholz und anderen Dingen suchen zu sehen. Ich blieb auch oftmals stehen und sah den Kleinen zu, wie sie am Seeufer spielten, wenn ich mich auch niemals mit ihnen unterhielt. So oft ich vorüberkam, blickten sie auf, schauten jedoch sogleich wieder scheu zur Seite. Nur die Kleine war anders. Sie ruckte mit dem Kopf und schlug einen Purzelbaum, als wollte sie sagen: »Nun, wer bin ich?«

Manchmal sah ich sie alle sechs – den Alten, seine Frau, Boy und die drei Mädchen – zum täglichen Fischfang ausziehen. Der Alte führte natürlich das Zepter; die Kleine, immer bereit, sich nützlich zu machen, wich ihrem Papa nicht von der Seite; ihre Mutter, die beiden anderen Mädchen neben sich, suchte unentwegt den Himmel ab, um festzustellen, ob das schöne

Wetter sich auch halte; und Boy, der arme Boy war immer derjenige, der das Haus zuletzt verließ. Ich habe niemals herausbekommen, was für ein Vergnügen sie an diesen Unternehmungen fanden. Sie blieben zumeist lange draußen auf dem Meer, und wenn sie abends nach Hause zurückkehrten, hatte ich den Strand im allgemeinen schon verlassen. Ich nehme jedoch an, sie fühlten sich dort draußen sehr wohl. Sie müssen fast nur von dem gelebt haben, was sie fingen. Nun, Fische sollen ja sehr viel Vitamine enthalten, nicht wahr? Vielleicht hatte der Alte seine eigenen Ideen in bezug auf die Ernährung.

Die Zeit verging, und die Kinder wuchsen heran. Die Kleine schien mir damals etwas von ihrer Eigenart zu verlieren und mehr ihren Schwestern zu gleichen. Die Mädchen waren still und wohlerzogen und bildeten ein entzückendes Dreigespann.

Nun zu Boy. Er war hochaufgeschossen, fast so groß wie sein Vater. Aber dennoch, welch ein Unterschied! Er sah weder so gut aus, noch hatte er seine enorme Kraft, noch war er eine Persönlichkeit. Er war nichts weiter als ein großer, tolpatschiger Lümmel. Und das Schlimmste war, glaube ich, daß der Alte sich seiner schämte.

Boy legte sich zu Hause nicht gerade tüchtig ins Zeug, das weiß ich genau. Und beim Fischfang war er auch zu nichts zu gebrauchen. Die Mädchen schafften emsig wie die Bienen, während Boy sich immer ein wenig abseits hielt und lauter dummes Zeug trieb. War seine Mutter da, so wich er nicht von ihrer Seite.

Ich sah, daß es dem Alten schwer zu schaffen machte, einen solchen Tölpel zum Sohn zu haben. Außerdem beunruhigte es ihn, daß Boy so groß war. Wahrscheinlich ertrug das sein unduldsamer Sinn nicht. Kraft und Beschränktheit, nein, das paßte nicht zusammen. In jeder anderen Familie hätte Boy jetzt natürlich das elterliche Haus verlassen und wäre auf Arbeit gegangen. Ich fragte mich oft, ob sie, der Alte und seine Frau, wohl abends zu Hause darüber redeten, oder ob es niemals zur Sprache kam und sie sich stillschweigend darüber klar waren – daß Boy ein Nichtsnutz sei. Nun, schließlich verließen sie doch das Elternhaus, jedenfalls die Mädchen.

Ich werde Ihnen erzählen, wie es geschah.

Es war an einem Spätherbsttag. Ich erledigte gerade ein paar Einkäufe in der drei Meilen von hier entfernt gelegenen Stadt und sah mich im Hafen um, da erblickte ich plötzlich den Alten, sein Weib, die drei Mädchen und Boy auf dem Wege nach Pont – das ist der äußerste Punkt einer schmalen Bucht, die vom Hafen aus ostwärts führt. Pont besteht nur aus wenigen Hütten, einem Bauernhaus und einer am Hang gelegenen Kirche. Die Kinder waren sauber gewaschen und geschniegelt, ebenso der Alte und seine Frau. Ich nahm an, sie wollten einen Besuch machen; war das tatsächlich der Fall, dann war es allerdings etwas äußerst Ungewöhnliches.

Aber möglicherweise hatten sie Freunde oder Bekannte dort oben, von denen ich nichts wußte. Wie dem auch sei, an diesem wundervollen Samstagnachmittag sah ich die Mädchen zum letztenmal.

Übers Wochenende wehte ein heftiger Wind; es war ein regelrechter Oststurm. Ich blieb zu Hause und ging überhaupt nicht nach draußen. Ich wußte, daß das Meer aufgewühlt sein und es unten am Strand schlimm zugehen mußte. Ich fragte mich, ob der Alte und seine Familie hatten zurückkommen können. Das Richtigste wäre gewesen, bei ihren Freunden in Pont zu bleiben – wenn sie dort Freunde hatten.

Erst am Dienstag legte sich der Wind, und ich ging wieder hinunter an den Strand. Tang und Treibholz waren an Land gespült worden, Teer und Ölflecke überzogen den Strand. Es ist nach dem Ostwind immer das gleiche Bild. Ich blickte zum See hinüber, zur Hütte des Alten, und sah ihn zusammen mit seinem Weib am Rande des Wassers stehen. Von den Kleinen keine Spur.

Das kam mir etwas seltsam vor; ich machte mir in der Nähe zu schaffen und wartete darauf, daß sie plötzlich irgendwo auftauchen würden. Doch sie kamen nicht zurück. Ich ging um den See herum und konnte vom gegenüberliegenden Ufer aus ihre Heimstatt gut überblicken; ich nahm sogar meinen alten Feldstecher hervor, um noch besser sehen zu können, konnte sie aber trotzdem nicht entdecken. Der Alte trieb sich, wie so oft, wenn er nicht zum Fischfang aus war, müßig am Ufer umher, und sein Weib hatte sich hingesetzt und nahm ein Sonnenbad. Dafür gab es nur eine Erklärung: sie hatten die Kinder in Pont bei Freunden zurückgelassen, damit sie dort die Ferien verbringen sollten.

Ehrlich gesagt, ich war erleichtert, denn einen schrecklichen Augenblick dachte ich, sie hätten sich vielleicht Samstagabend auf den Heimweg gemacht und seien vom Sturm überrascht worden; und ja, daß eben der Alte und sein Weib heil nach Hause gekommen waren, nicht aber die Kinder. Aber das war ja unmöglich. Ich hätte davon gehört, irgend jemand hätte es mir bestimmt erzählt. Und dann würde der Alte auch nicht wie sonst unbekümmert herumpusseln und sein Weib ein Sonnenbad nehmen. Nein, so war es; sie hatten die Kinder bei ihren Freunden zurückgelassen. Oder vielleicht auch nur die Mädchen, und Boy war weiter ins Innere des Landes gezogen, um zu guter Letzt doch noch Arbeit zu finden.

Irgendwie blieb eine Leere zurück. Ich war darüber tief betrübt, denn ich war es doch jetzt schon so lange gewöhnt, die Kleine und die anderen immer in der Nähe zu sehen. Albern, nicht wahr? Sich darum Gedanken zu machen, meine ich. Da waren der Alte und sein Weib und die vier Kinder – ich hatte sie mehr oder weniger heranwachsen sehen, und nun waren sie ohne jeden ersichtlichen Grund verschwunden.

Ich wünschte damals sehr, ich könnte wenigstens ein paar Worte seiner Sprache, so daß ich ihn wie ein guter Nachbar hätte ansprechen und zu

ihm sagen können: »Wie ich sehe, sind Sie und Ihre Frau allein. Es ist doch hoffentlich kein Unglück geschehen?«
Aber da haben wir's wieder, es wäre zwecklos gewesen. Er hätte mich bestimmt mit seinen eigenartigen Augen angestarrt und gesagt, ich solle mich zum Teufel scheren.
Ich habe die Mädchen niemals wiedergesehen, nein, niemals. Sie kamen einfach nicht zurück. Einmal glaubte ich, die Kleine draußen auf der Flußmündung inmitten einer Schar von Freundinnen gesehen zu haben, aber ich war nicht ganz sicher. Wenn sie es tatsächlich gewesen ist, so war sie inzwischen tüchtig gewachsen und hatte sich verändert. Wissen Sie, was ich glaube? Ich glaube, als der Alte und sein Weib sie an jenem letzten Wochenende mitnahmen, da waren sie sich vollkommen klar darüber, was sie mit ihnen vorhatten; entweder haben sie sie bei Freunden untergebracht oder ihnen gesagt, sie sollten von jetzt an selber sehen, wie sie weiterkämen.
Ich weiß, das klingt hart, und Sie würden bestimmt nicht so mit Ihrem Sohn und Ihren Töchtern umspringen, aber Sie dürfen nicht vergessen, daß der Alte ein ganz zäher Bursche war, für den es kein anderes Gesetz als seinen Willen gab. Zweifellos war er davon überzeugt, daß es für die Kinder das Beste sei, und das war es wohl auch. Wenn ich nur genau wüßte, was aus den Mädchen geworden ist, besonders aus der Kleinen, dann wäre ich auch ganz unbesorgt.
Manchmal mache ich mir aber doch Gedanken wegen der Sache mit Boy. Sehen Sie, Boy war so töricht, wieder zurückzukommen. Drei Wochen nach jenem letzten Wochenende war er plötzlich wieder da. Ich hatte – ganz entgegen meiner sonstigen Gewohnheit – den Weg durch den Wald eingeschlagen und war am Flüßchen entlanggegangen, das höher liegt als der See und von dem dieser gespeist wird. Ich war über die sumpfigen Wiesen um den See herum und in nördlicher Richtung in einiger Entfernung an der Behausung des Alten vorübergegangen, und das erste, was ich sah, war Boy.
Er tat nichts, sondern stand unbeweglich am Rande der Sumpfwiese. Er sah ganz verstört aus. Er war zu weit von mir entfernt, als daß ich ihn hätte begrüßen können; aber das hätte ich mich auch nicht getraut. Ich beobachtete ihn jedoch, wie er in seiner unbeholfenen, täppischen Art dastand und unbeweglich auf den gleichen Punkt am gegenüberliegenden Ufer starrte: dieser Punkt war der Alte.
Der Alte und ebenso sein Weib nahmen von Boy überhaupt keine Notiz. Sie standen unten am Wasser in der Nähe des kleinen Steges, und ich war mir nicht ganz klar darüber, ob sie gerade zum Fischen ausziehen wollten oder ob sie davon zurückkehrten. Und da stand Boy, auf seinem verstörten und beschränkten Gesicht Bestürzung, aber nicht nur das, sondern auch... Furcht.

Ich wollte sagen »Ist was geschehen?«, wußte jedoch nicht, wie ich mich verständlich machen sollte. Also stand ich genauso da wie Boy und starrte zum Alten hinüber.

Dann geschah das, was wir beide voller Beklemmung hatten kommen sehen:

Der Alte hob den Kopf und sah Boy.

Er mußte seinem Weib ein Wort zugerufen haben; denn sie bewegte sich nicht und blieb regungslos neben dem Steg stehen, während der Alte wie ein Blitz herumfuhr, die andere Seite des Sees entlangrauschte und auf die Sumpfwiese, auf Boy zuschoß. Er bot einen furchterregenden Anblick, ich werde ihn nie vergessen. Dies herrliche Haupt, das ich immer bewundert hatte, war jetzt ganz Zorn und Bosheit; schon von weitem überschüttete er seinen Sohn mit Flüchen. Sie können es mir ruhig glauben, ich habe es mit eigenen Ohren gehört.

Boy war entsetzt und voller Furcht; hilflos blickte er sich nach einer Zuflucht um, aber es war nichts in der Nähe, wohin er hätte fliehen können, außer dem spärlichen Schilf, das neben der sumpfigen Wiese wuchs. Aber der arme Bursche war so verdattert, daß er sich dort hinein verkroch, sich duckte und sich sicher glaubte – es war ein schrecklicher Anblick.

Ich nahm gerade meinen ganzen Mut zusammen, um dazwischenzufahren, da hielt der Alte plötzlich in voller Fahrt inne, drehte sozusagen bei, machte dann – immer noch vor sich hinpolternd und fluchend – kehrt und eilte zurück zum Steg. Boy blickte ihm aus dem Schutz des Schilfes nach. Dann kam der arme, ungeschlachte Kerl, der er war, wieder auf die sumpfige Wiese. Ich nehme an, er wollte versuchen, in die Hütte zu kommen.

Ich blickte mich um, doch es war niemand in der Nähe, den ich hätte rufen können und der zu Hilfe geeilt wäre. Wenn ich nun ginge und jemanden vom Hof zu Hilfe holte? Dort würde man mir höchstens raten, mich nicht einzumischen; man ließe den Alten, wenn er einen seiner Wutausbrüche hätte, am besten allein; außerdem sei Boy schließlich alt genug, um sich zu wehren; er sei ebenso groß wie der Alte und brauche ihm nichts schuldig zu bleiben. Aber ich kannte ihn besser: Boy war keine Kämpfernatur, er verstand es nicht, sich zu verteidigen.

Ich wartete längere Zeit in der Nähe des Sees, aber es geschah nichts. Es begann zu dunkeln, und es hatte keinen Sinn, noch länger zu warten. Der Alte und sein Weib kehrten von der Brücke nach Hause zurück, und Boy stand immer noch auf der sumpfigen Wiese am Rande des Sees.

Ich rief ihm leise zu: »Es hat keinen Zweck! Er läßt dich doch nicht hinein. Kehre nach Pont zurück oder wo immer du gewesen bist. Gehe, wohin du willst, nur mach, daß du von hier fortkommst.«

Er blickte auf. Der Schrecken war noch nicht von seinen Zügen gewichen. Ich bin überzeugt, er hat kein Wort von dem, was ich sagte, verstanden.

Es stand nicht in meiner Macht, ihm zu helfen, und so ging ich nach Hause. Aber Boy ging mir den ganzen Abend nicht aus dem Sinn, und in der Frühe war ich wieder am See; ich hatte einen großen Stecken mitgenommen, um mir Mut zu machen, wenn ich mir auch darüber klar war, daß ich damit nicht viel hätte ausrichten können, nicht gegen den Alten.
Nun... Ich nehme an, es war in der Nacht zu irgendeiner Verständigung zwischen ihnen gekommen; denn dort, an der Seite seiner Mutter, war Boy, und der Alte pusselte für sich allein herum.
Ich gestehe, mir fiel ein Stein vom Herzen. Denn was hätte ich schließlich sagen sollen oder gar tun können? Wenn der Alte Boy nicht zu Hause haben wollte, so war das seine Sache. Und wenn Boy zu dumm war, um fortzugehen, so war das Boys Sache.
Ich gab jedoch der Mutter einen großen Teil der Schuld. Denn schließlich hätte sie es Boy sagen müssen, daß er im Wege war, daß der Alte eine seiner Launen hatte und daß es am besten wäre, Boy machte sich auf und davon, solange er noch mit heiler Haut fortkäme. Ich habe sie nie für sehr intelligent gehalten, sie machte so ganz und gar nicht den Eindruck einer besonders klugen Person.
Doch was für eine Vereinbarung sie auch getroffen haben mochten, es ging eine Zeitlang. Boy wich seiner Mutter nicht von der Seite – ich nehme an, er half ihr im Haushalt, aber ich weiß es nicht –, der Alte ließ sie allein und suchte immer mehr die Einsamkeit.
Er setzte sich in der Nähe des Steges nieder, sank ganz in sich zusammen und schaute brütenden Blickes hinaus aufs Meer. Er schien verändert und einsam. Mir gefiel es gar nicht. Ich wußte ja nicht, was für Gedanken in seinem Kopf herumgingen; eines aber wußte ich: es konnten keine guten Gedanken sein. Mir kam es plötzlich vor, als sei es schon sehr lange her, daß ich die ganze Familie, den Alten, sein Weib und die Kinder, glücklich und zufrieden zum Fischfang hatte ausziehen sehen. Jetzt war für ihn alles anders geworden. Er blieb während der Kälte ausgesperrt, während seine Frau und Boy drinnen waren.
Er tat mir aufrichtig leid, aber ich fürchtete ihn auch. Denn ich fühlte instinktiv: so konnte es nicht weitergehen, irgend etwas mußte geschehen.
Eines Tages ging ich an den Strand, um Treibholz zu sammeln – es hatte in der Nacht heftig geweht –, und als ich zum See hinüberblickte, sah ich, daß Boy nicht mehr bei seiner Mutter war. Er stand wieder dort, wo ich ihn am ersten Tage gesehen hatte: am Rande der sumpfigen Wiese. Er war genau so groß wie sein Vater. Wenn er es verstanden hätte, seine Kräfte anzuwenden, so hätte er sich von seinem Vater nichts gefallen zu lassen brauchen, aber ihm fehlte der Verstand. Da stand er nun wieder am Rande der Sumpfwiese, ein mächtiger, ungeschlachter, aber ängstlicher Tölpel, und vor der Behausung stand der Alte und starrte seinen Sohn an: Mordlust in den Augen.

Ich sagte mir, »er wird ihn umbringen«. Aber ich wußte weder wie noch wann, noch wo; weder ob bei Nacht, wenn sie alle schliefen, oder bei Tage, während des Fischfanges. Seine Mutter würde ihm nicht beistehen, sie würde es nicht verhindern. Es hätte keinen Zweck, sich an die Mutter zu wenden. Wenn Boy doch nur einen Funken Vernunft besäße und gehen würde...
Ich wartete und beobachtete die beiden bis zum Einbruch der Dämmerung, doch es geschah nichts.
In der Nacht regnete es. Es war grau, kalt und feucht. Es war ein richtiger Dezembertag, die Bäume standen kahl und dunkel gegen den Himmel. Ich konnte erst am Spätnachmittag zum See hinunterkommen, doch da hatte sich der Himmel aufgeklärt, und die Sonne sandte, kurz bevor sie am Horizont im Meer versank, die letzten, kraftlosen winterlichen Strahlen herüber.
Ich erblickte den Alten und auch sein Weib. Sie standen dicht aneinandergeschmiegt in der Nähe der alten Hütte. Sie sahen mich kommen, denn sie schauten zu mir herüber. Boy war nicht da. Er stand weder auf der sumpfigen Wiese noch am Wasser.
Ich ging über den Steg und am rechten Seeufer entlang. Ich hatte mein Fernglas mit, konnte aber Boy nirgends entdecken. Doch spürte ich die ganze Zeit über, daß der Alte mich beobachtete.
Dann sah ich ihn. Ich arbeitete mich mühsam am Ufer entlang und ging über die Wiese auf das zu, was ich dort hinter dem Schilf liegen sah.
Er war tot. Er hatte eine klaffende Wunde auf der Brust und geronnenes Blut auf dem Rücken. Da er jedoch schon die ganze Nacht dort gelegen hatte, war er vollkommen vom Regen durchtränkt.
Sie denken sicher, ich sei närrisch, aber ich fluchte wie ein Idiot und schrie zum Alten hinüber: »Du Mörder, du gottverdammter, schurkischer Mörder.« Er gab mir keine Antwort, er stand regungslos da. Er stand neben seinem Weib vor der Hütte und blickte zu mir herüber.
Sie wollen wissen, was ich tat. Ich ging nach Hause, holte einen Spaten und grub im Schilf hinter der sumpfigen Wiese ein Grab für Boy und sprach, da ich nicht wußte, was für eine Religion er hatte, ein stummes Gebet für ihn. Als ich fertig war, blickte ich über den See zum Alten hinüber.
Und wissen Sie, was ich da sah?
Ich sah, wie er seinen mächtigen Kopf senkte, sich zu ihr neigte und sie umarmte. Und sie reckte ihren Kopf zu ihm empor und umarmte ihn gleichfalls. Das war sowohl Requiem als auch Dankgebet; war Buße und Lobgesang zugleich. Auf ihre Weise wußten sie ganz genau, daß sie Unrecht getan hatten, aber jetzt war es vorüber, denn ich hatte Boy begraben und er war fort. Sie waren frei, konnten wieder beieinandersein, und es war kein Dritter mehr da, der sich zwischen sie stellte.

Sie glitten in die Mitte des Sees hinaus und plötzlich sah ich, wie der Alte den Kopf vorstreckte, mit den Flügeln schlug und sich, von ihr gefolgt, voller Kraft aus dem Wasser in die Luft erhob. Ich blickte den beiden Schwänen, die da hinaus aufs Meer und geradewegs in die Strahlen der untergehenden Sonne hineinflogen, lange nach, und ich sage Ihnen, es war eines der schönsten Dinge, die ich in meinem Leben gesehen habe: der einsame Flug des Schwanenpaars im Winter.

Der Kreuzweg

Reverend Edward Babcock stand neben einem der Hallenfenster des Ölberghotels und blickte über das Kidrontal zur Altstadt Jerusalems auf dem jenseitigen Hügel hinüber. Die Dunkelheit war so jäh hereingebrochen – er und seine kleine Gruppe hatte inzwischen gerade nur ihre Zimmer bezogen, ausgepackt und sich ein wenig frischgemacht –, und jetzt würden ihn bestimmt gleich alle mit Fragen bestürmen, und jeder würde ein gewisses Maß individueller Aufmerksamkeit beanspruchen, ohne daß er überhaupt Zeit gefunden hätte, sich in Ruhe seine Aufzeichnungen und den Reiseführer anzusehen.
Er hatte sich diese Aufgabe nicht ausgesucht: Er vertrat den Vikar von Little Bletford, den ein Grippeanfall gezwungen hatte, in Haifa an Bord der *Ventura* zu bleiben, so daß sich seine sieben Gemeindemitglieder, die er begleitete, plötzlich ohne Hirten sahen. Und da ihnen ein Geistlicher unter allen Umständen der geeignetste Führer für ihren geplanten Vierundzwanzig-Stunden-Abstecher nach Jerusalem zu sein schien, war ihre Wahl auf Edward Babcock gefallen. Er bedauerte es. Jerusalem zum erstenmal als einer unter vielen Pilgern oder selbst als gewöhnlicher Tourist zu besuchen, war zweifellos erfreulicher als unvermittelt für eine Gruppe fremder Menschen verantwortlich zu sein, die die unvermeidliche Abwesenheit ihres eigenen Vikars beklagen und überdies noch Führereigenschaften von ihm erwarten würden oder, schlimmer noch, die gesellschaftliche Wendigkeit, die seinen erkrankten Kollegen auszeichnete. Edward Babcock kannte den Typ nur allzu gut. Es war ihm an Bord nicht entgangen, daß sich der Vikar mit ungeheurer Selbstsicherheit vorzugsweise unter den wohlhabenderen oder adligen Passagieren bewegte. Der eine oder andere redete ihn sogar mit dem Vornamen an, so bemerkenswerterweise auch Lady Althea Mason, die prominenteste Persönlichkeit in der Gruppe aus Little Bletford und augenscheinlich Herrin von Bletford Hall. Babcock, an seine Slumpfarrei in den Außenvierteln von Huddersfield gewöhnt, hatte durchaus nichts gegen Vornamen – er selbst wurde von den Mitgliedern seines Jugendclubs oft genug ›Cocky‹ genannt –, aber Snobismus konnte er einfach nicht vertragen; und falls der kranke Vikar

sich etwa einbildete, daß er, Babcock, vor einer Adligen und ihrer Familie katzbuckeln würde, hatte er sich gewaltig getäuscht. Lady Altheas Gatte, der Oberst a. D. Mason, war Babcock von Anfang an sehr klassenbewußt und arrogant vorgekommen, und ihrem verwöhnten Enkel Robin hätte seiner Meinung nach ein bißchen Kontakt mit Dorfkindern weitaus besser getan als die teure Privatschule, die er zweifellos besuchte.
Mr. und Mrs. Foster waren andersgeartet, in Babcocks Augen jedoch nicht weniger suspekt. Foster war Direktor einer Kunststoff-Firma, und seine Gespräche während der Busfahrt von Haifa nach Jerusalem deuteten darauf hin, daß er sich weitaus mehr für etwaige Geschäftsverbindungen mit den Israelis interessierte als für die Besichtigung der heiligen Stätten. Seine Frau hatte sich, während er seine materialistischen Themen abhandelte, über die Notlage der arabischen Flüchtlinge verbreitet und sie emphatisch als ein Anliegen der ganzen Welt bezeichnet. Sie hätte ja bei sich selbst anfangen, einen weniger kostspieligen Pelzmantel tragen und das Geld den Flüchtlingen geben können, dachte Babcock.
Mr. und Mrs. Smith waren ein junges Flitterwochenpaar, was sie zwangsläufig besonders interessant machte und allerseits zu nachsichtigen Blicken und Lächeln Anlaß gab – nebenbei auch zu verschiedenen unpassenden Witzen seitens Mr. Fosters. Babcock fand allerdings, sie hätten lieber in dem Hotel am See Genezareth bleiben und einander erst einmal richtig kennenlernen sollen, statt in Jerusalem herumzulaufen, dessen geschichtliche und religiöse Bedeutung sie in ihrer derzeitigen Stimmung überhaupt nicht erfassen konnten.
Das achte Mitglied der Gruppe war eine alte Jungfer, Miss Dean. Sie war schon fast siebzig, wie sie allen erzählt hatte, und es war der Traum ihres Lebens gewesen, unter der Obhut ihres Vikars Jerusalem zu besuchen. Daß Reverend Edward Babcock als Ersatzmann einspringen mußte, hatte ihr Idyll zerstört.
Alles in allem, so stellte der Hirte der Herde fest, während er auf seine Uhr sah, ist meine Lage also nicht gerade beneidenswert, aber ich muß mich darin zurechtfinden.
Die Halle füllte sich, und die vielen Touristen und Pilger, die sich bereits im Speisesaal zum Essen niederließen, brachten eine lärmende, mißtönende Unruhe in den Raum. Edward Babcock blickte noch einmal zu den Lichtern Jerusalems auf dem gegenüberliegenden Hügel hinüber. Er fühlte sich fremd und einsam und verspürte ein merkwürdiges Heimweh nach Huddersfield. Er wünschte, die netten, wenn auch oft ziemlich rauhen Burschen seines Jugendclubs stünden neben ihm.

Althea Mason saß auf dem Hocker vor dem Toilettentisch und drapierte einen blauen Organzaschal um ihre Schultern. Sie hatte dieses Blau gewählt, weil es zu ihren Augen paßte. Es war ihre Lieblingsfarbe, die sie

immer in irgendeiner Form an sich trug, und an diesem Abend kam sie neben dem dunkleren Kleid besonders gut zur Geltung. Mit der schlichten Perlenkette und den kleinen Perlohrringen war die Gesamtwirkung schlechthin perfekt. Kate Foster würde natürlich, wie stets, übertrieben herausgeputzt erscheinen – dieser ganze Modeschmuck war ja so geschmacklos, und das blaugetönte Haar machte sie nur älter, aber offenbar merkte sie das nicht. Geld half eben nicht, wo es an der Erziehung fehlte... Ansonsten waren die Fosters soweit ganze nette Menschen, und man hörte überall, daß Jim Foster demnächst für einen Sitz im Parlament kandidieren würde, was man ihm auch nicht mißgönnte'– man wußte ja, daß seine Firma der Konservativen Partei große Summen spendete –, aber es haftete ihm unweigerlich etwas Prahlerisches, Vulgäres an, das seine Herkunft verriet. Althea lächelte. Ihre Menschenkenntnis wurde von allen ihren Freunden gerühmt.
»Phil?« rief sie über die Schulter hinweg. »Bist du fertig?«
Oberst Mason feilte gerade im Badezimmer seine Fingernägel. Ein winziges Körnchen Schmutz hatte sich unter seinem Daumennagel festgesetzt und war schwer zu entfernen. Er ähnelte seiner Frau nur darin, daß er sehr auf eine gepflegte Erscheinung hielt. Schlecht geputzte Schuhe, ein nachlässig ausgebürstetes Jackett, ein unsauberer Fingernagel – dies alles war tabu. Und wenn er und Althea ihren Reisegefährten hierin mit gutem Beispiel vorangingen, so erwiesen sie damit zugleich auch ihrem Enkel Robin einen Dienst. Gewiß, er war erst neun Jahre alt, aber ein Junge war nie zu klein, um etwas zu lernen, und Robin war von erstaunlich schneller Auffassungsgabe. Er würde einmal einen guten Soldaten abgeben – sofern dieser unmögliche Wissenschaftler, den er sich als Vater ausgesucht hatte, es erlaubte. Doch wenn die Großeltern schon für die Erziehung des Jungen aufkamen, dann sollten sie auch bei seiner Berufswahl ein Wort mitreden dürfen. Merkwürdig, daß die jüngeren Leute heutzutage so zungenfertig über Ideale und Weltverbesserungspläne sprechen konnten, wenn es jedoch darauf ankam, bereitwilligst die ältere Generation die Zeche zahlen ließen. Diese Kreuzfahrt zum Beispiel... Robin begleitete sie, weil es seinen Eltern gelegen kam. Ob es ihm und Althea gelegen kam, interessierte niemanden. Gewiß, sie hatten gern akzeptiert, weil sie sehr an dem Kind hingen, aber das war nicht der springende Punkt: es geschah in den Ferien allzu häufig, um noch ein Zufall zu sein.
»Ich komme«, rief er, zog seine Krawatte gerade und ging ins Schlafzimmer hinüber. »Sehr komfortabel alles, wirklich«, bemerkte er. »Vor zwanzig Jahren gab es so etwas natürlich noch nicht.«
Du lieber Gott, dachte Althea, hören diese Vergleiche mit der britischen Besatzungszeit denn niemals auf? Phil war imstande, Jim Foster bei Tisch mit Salzfäßchen strategische Positionen zu erläutern...
»Was für ein Jammer, daß Arthur nicht bei uns sein kann«, sagte sie. »Er

hätte die Tour so lebendig gestaltet. Ich kann nicht behaupten, daß ich den jungen Babcock besonders schätze.«
»Oh, ich weiß nicht«, erwiderte der Oberst. »Er scheint doch soweit ein ganz netter Mensch zu sein. Es war auch eine ziemliche Zumutung für ihn, da muß man schon etwas Nachsicht zeigen.«
»Er hätte ja ablehnen können, wenn er sich der Sache nicht gewachsen fühlte«, entgegnete Althea. »Ich muß sagen, es überrascht mich immer wieder, was für junge Leute heutzutage Seelsorger werden. Er ist nicht gerade die Elite der Gesellschaft. Hast du seinen Akzent bemerkt?«
Sie stand auf, um einen letzten prüfenden Blick in den Spiegel zu werfen. Oberst Mason räusperte sich und sah auf seine Uhr. Hoffentlich kehrte Althea vor dem unglücklichen Babcock nicht ihre herablassendste Art heraus.
»Wo ist Robin?« fragte er. »Wir sollten allmählich hinuntergehen.«
»Ich bin hier, Großvater.«
Der Junge hatte die ganze Zeit hinter den zugezogenen Vorhängen gestanden und zur Stadt hinübergeschaut. Komischer kleiner Bursche. Tauchte ständig an den unerwartetsten Orten auf. Schade, daß er diese Brille tragen mußte. Sie machte ihn zum Ebenbild seines Vaters.
»Na, mein Junge«, sagte der Oberst, »was hältst du von alledem? Vor zwanzig Jahren war Jerusalem nicht so strahlend beleuchtet.«
»Und vor zweitausend Jahren auch nicht«, erwiderte sein Enkel. »Die Elektrizität hat die ganze Welt verändert. Ich habe im Bus schon zu Miss Dean gesagt, daß Jesus sehr erstaunt wäre.«
»Hm...« Der Oberst schwieg. Was für merkwürdige Dinge Kinder manchmal sagten. Er wechselte einen Blick mit seiner Frau. Sie lächelte nachsichtig und tätschelte Robins Schulter. Sie war der Überzeugung, daß niemand außer ihr sein kindliches Wesen verstand.

Jim Foster genehmigte sich schnell ein Glas an der Bar. Oder zwei, um genau zu sein. Sobald die anderen erschienen, würde er reihum Drinks spendieren, und Kate würde wohl kaum die Stirn haben, ihn vor allen Leuten auf drohende Herzinfarkte und den Kaloriengehalt eines doppelten Gins hinzuweisen. Er betrachtete die schwatzende Menschenmenge um sich herum. Das Hotel war mit Touristen geradezu vollgestopft. Und morgen in der Stadt würde es noch schlimmer sein. Er hatte gute Lust, bei der Besichtigungstour nicht mitzumachen und statt dessen mit einem Mietwagen zum Toten Meer hinunterzufahren, wo gerade diese Kunststoff-Fabrik errichtet wurde, von der so viel die Rede war. Die Israelis hatten ein neues Herstellungsverfahren entwickelt, und wenn sie etwas in die Hand nahmen, wovon sie überzeugt waren, dann hatten sie auch Erfolg damit, da konnte man todsicher sein. Blödsinn, so eine weite Reise zu unternehmen und bei der Heimkehr noch nicht einmal sachverständig

über dieses Projekt sprechen zu können. Sinnlose Verschwendung der Firmengelder. Hallo, da kamen die Jungvermählten. Man brauchte sie nicht zu fragen, was sie seit der Ankunft getrieben hatten! Bob Smith sah etwas mitgenommen aus. Vielleicht war die junge Frau, wie alle Rothaarigen, unersättlich. Ein Drink würde beide wieder zu Kräften bringen.
»Kommen Sie«, rief er. »Sie bestellen, ich zahle. Ein bißchen Entspannung tut uns allen gut.«
Galant überließ er Jill Smith seinen Hocker, und seine Hand blieb wie zufällig noch eine Sekunde lang unter ihrem kleinen Hinterteil, während sie seinen Platz einnahm.
»Tausend Dank, Mr. Foster«, sagte die junge Frau, und um ihm zu zeigen, daß sie durchaus nicht aus der Fassung gebracht war und die zögernde Hand als Kompliment zu nehmen wußte, fügte sie hinzu: »Ich weiß nicht, wie Bob es halten will, aber ich hätte gern Sekt.«
Ihre Worte klangen so herausfordernd, daß der junge Ehemann dunkelrot anlief. Verdammt, dachte er. Mr. Foster wird natürlich aus Jills Ton schließen, daß zwischen uns etwas nicht klappt, daß ich ein Versager bin. Es ist ein Alptraum, ich weiß nicht, woran es liegt, ich werde einen Arzt fragen müssen, ich...
»Whisky, bitte, Sir«, sagte er.
»Whisky, gut.« Jim Foster lächelte. »Aber tun Sie mir beide bloß den Gefallen und nennen Sie mich nie anders als Jim.«
Er bestellte einen Champagnercocktail für Jill, einen doppelten Whisky für Bob und einen Gin-Tonic für sich selbst, und ausgerechnet in diesem Augenblick zwängte sich Kate durch die Menschenmenge, die die Bar belagerte.

Ich wußte es ja, dachte Kate. Ich wußte, daß das der Grund war, weshalb er vor mir unten sein wollte. Und dazu hatte er noch ein Auge auf dieses blutjunge Ding geworfen. Er kann wirklich keine junge Frau in Ruhe lassen, nicht einmal, wenn sie auf ihrer Hochzeitsreise ist. Gottlob hatte sie wenigstens verhindern können, daß er sich mit seinen Geschäftsfreunden in Tel Aviv verabredete und sie allein nach Jerusalem schickte. Diese Jerusalem-Tour könnte wirklich für jeden, der auch nur einen Funken Intelligenz und ein bißchen Interesse für das Weltgeschehen mitbrachte, so lohnend sein, wenn Oberst Mason nicht so gräßlich langweilig und Lady Althea nicht so ungeheuerlich versnobt wäre. Aber was konnte man von ihnen schon erwarten? Sie waren ja nicht einmal zu dem Vortrag über das Weltflüchtlingsproblem erschienen, den sie vor ein paar Wochen in Little Bletford gehalten hatte. Angeblich, weil sie abends nie ausgingen, was natürlich überhaupt nicht stimmte. Wenn Lady Althea mehr an andere Menschen und weniger an die Tatsache dächte, daß sie die einzige Tochter eines Peers war, der sich im Oberhaus nie von seinem Sitz erho-

ben hatte und ziemlich vertrottelt gewesen sein mußte, hätte Kate mehr Hochachtung vor ihr gehabt. Aber so... Entrüstet betrachtete sie die Leute ringsum... All diese Touristen... Da tranken sie, amüsierten sich und gaben das Geld aus, das einem sinnvollen wohltätigen Zweck hätte zufließen können – Kate schämte sich geradezu unter ihnen. Na ja, wenn sie sich im Augenblick schon nicht für die Lösung der Weltprobleme einsetzen konnte, dann wollte sie wenigstens Jims kleiner Party ein Ende machen. Mit hochrotem Gesicht steuerte sie auf die Bar zu.
»Bitte, Mr. Smith«, sagte sie, »ermutigen Sie meinen Mann nicht. Der Arzt hat ihm dringend nahegelegt, mit dem Rauchen und dem Trinken zurückhaltend zu sein, wenn er nicht einen Herzinfarkt bekommen will. Du brauchst kein solches Gesicht zu machen, Jim, du weißt genau, daß es wahr ist. Alkohol ist der Gesundheit sowieso abträglich. Es ist statistisch erwiesen, daß die Leber selbst durch geringen Alkoholgenuß schon erheblich geschädigt werden kann.«
Bob Smith stellte sein Glas auf der Bartheke ab. Er hatte sich gerade ein bißchen selbstsicherer zu fühlen begonnen, und jetzt kam Mrs. Foster und verdarb gleich wieder alles.
»Oh, trinken Sie ruhig weiter«, sagte sie. »Auf mich hört sowieso niemand, aber eines Tages wird die Menschheit schon noch merken, daß man diesem hektischen Leben viel eher gewachsen ist, wenn man nur reine Fruchtsäfte trinkt. Wir würden alle länger leben, jünger aussehen, mehr leisten. Ja, ich möchte einen Grapefruitsaft, bitte. Mit viel Eis.«
Puh! Es war stickig hier. Sie spürte förmlich, wie ihr eine Blutwelle vom Hals in die Schläfen stieg und wieder zurückging. Wie dumm von ihr... Sie hatte vergessen, ihre Hormone zu nehmen.
Jill Smith betrachtete Kate Foster über den Rand ihrer Sektschale hinweg. Sie mußte älter sein als er. Zumindest wirkte sie älter. Bei diesen Leuten in mittleren Jahren wußte man nie so recht, woran man war, und Männer täuschten einen besonders leicht. Sie hatte irgendwo gelesen, daß Männer noch bis Ende achtzig zum Geschlechtsverkehr fähig seien, Frauen dagegen nach den Wechseljahren das Interesse daran verloren. Vielleicht hatte Mrs. Foster recht mit dem, was sie über Fruchtsäfte sagte. Oh, warum mußte Bob nur diese getüpfelte Krawatte tragen? Sie machte ihn so blaß. Und neben Mr. Forster sah er so schuljungenhaft aus. Mr. Foster berührte schon wieder ihren Arm. Sah ganz so aus, als sei eine jungverheiratete Frau gar nicht tabu für andere Männer. Im Gegenteil... Sie nickte, als er ihr noch einen Cocktail anbot.
»Passen Sie auf, daß Ihre Frau Sie nicht hört«, flüsterte sie. »Sie würde sagen, es schadet meiner Leber.«
»Mädchen«, murmelte er, »eine so junge Leber wie Ihre hält noch einige Strapazen aus.«
Jill kicherte. Und über dem zweiten Glas vergaß sie die unangenehme

Szene im Schlafzimmer, wo Bob mit weißem, verkrampftem Gesicht zu ihr gesagt hatte, sie gehe nicht richtig mit, und es sei nicht seine Schuld. Mit einem herausfordernden Blick auf Bob, der höflich Mrs. Fosters Ausführungen über die hungernden Menschen im Nahen und im Mittleren Osten, in Asien und in Indien beipflichtete, lehnte sie sich gegen Jim Fosters Arm und sagte: »Ich weiß nicht, warum Lady Althea dieses Hotel ausgesucht hat. Das andere, das uns auf dem Schiff empfohlen worden ist, liegt in Jerusalem selbst und veranstaltet jeden Abend einen Stadtrundgang, der mit dem Besuch eines Nachtclubs endet – Getränke inbegriffen.«

Miss Dean schaute sich hilflos um. Sie war kurzsichtig, und wie sollte sie in einem solchen Gedränge ihre Reisebegleiter finden? Father Garfield hätte nie zugelassen, daß sie so allein hier herumirrte. Dieser junge Geistliche, der ihn vertrat, hatte bisher kaum zwei Worte mit ihr gesprochen. Bestimmt war er gar kein Anglikaner. Wenn sie nur Lady Althea oder den Oberst erspähen könnte, dann wäre das schon ein Trost, obwohl Lady Althea dazu neigte, ab und zu ein bißchen hochgestochen zu sein, aber sie hatte natürlich auch an so viel zu denken... Was für eine Mühe sie sich mit diesem Ausflug gemacht hatte! Jerusalem... Der Ölberg... Es gehörte sich eigentlich nicht, an einem so heiligen Ort, wo Jesus mit seinen Jüngern so oft gewandelt war, ein modernes Hotel zu errichten. Wie sehr sie Father Garfield vermißt hatte, als der Bus für ein paar Minuten im Dorf hielt und der Führer ihnen die zerfallene Kirche zeigte, unter der vor zweitausend Jahren das Elternhaus Marias, Marthas und Lazarus' gestanden hatte! Er hätte das alles so lebendig beschrieben.
Ah, da kam Lady Althea gerade den Korridor entlang. Wie vornehm sie aussah, so englisch, so kultiviert im Vergleich zu den anderen Leuten hier im Hotel, die meistenteils Ausländer zu sein schienen, und der Oberst neben ihr jeder Zoll ein Soldat und ein Gentleman. Der kleine Robin war so ein originelles Kind. Diese Bemerkung von ihm über Jesus und das elektrische Licht... »Aber Er hat es doch erfunden«, hatte sie ihm erklärt. »Alles, was je erfunden oder entdeckt worden ist, hat Er geschaffen.« Sie bezweifelte, ob er es ganz erfaßt hatte. Doch das machte nichts. Sie würde schon noch Gelegenheit haben, die richtigen Eindrücke bei ihm zu erwecken.

»Oh, Miss Dean«, sagte der Oberst im Näherkommen, »ich hoffe, Sie haben sich von der langen Busfahrt ein bißchen erholt und bringen Appetit für das Abendessen mit.«
»Oh, vielen Dank, ja... aber meinen Sie, wir bekommen hier englische Kost oder dieses fette, ausländische Zeug? Ich muß vorsichtig sein.«
»Wenn Sie sich nach meinen Erfahrungen im Nahen Osten richten wollen, dann vermeiden Sie frisches Obst und Melonen. Auch Salat. Das

Zeug wird hier nie richtig gewaschen. Darmerkrankungen, die durch Obst und Salat verursacht wurden, waren für unsere Truppen ein größeres Problem als alles andere.«

»Aber Phil, was für ein Unsinn«, sagte Lady Althea lächelnd. »Du lebst in der Vergangenheit. Selbstverständlich wird in einem modernen Hotel wie diesem alles gewaschen. Hören Sie nicht auf ihn, Miss Dean. Wir bekommen fünf Gänge serviert, und Sie müssen allem, was ihnen vorgelegt wird, tüchtig zusprechen. Stellen Sie sich vor, wie Ihre Schwester Dora, die in diesem Augenblick vielleicht gerade ein weiches Ei verzehrt, Sie beneiden würde.«

Eine möglicherweise sogar gutgemeinte Bemerkung, dachte Miss Dean, aber entschieden ungehörig. Wie kam Lady Althea darauf, daß sie und Dora nur ein weiches Ei zu Abend aßen? Gewiß, ihr Dinner war niemals üppig, aber nur, weil sie beide keinen großen Appetit hatten, und durchaus nicht, weil sie sich etwas anderes nicht hätten leisten können. Wenn Father Garfield dagewesen wäre, hätte er gleich die richtige Antwort für Lady Althea parat gehabt. Er hätte ihr mit dem freundlichsten Lächeln – denn er war ja so höflich – versichert, daß er von niemandem in Little Bletford so gut beköstigt wurde wie von den beiden Damen Dean.

»Vielen Dank«, sagte sie zu Oberst Mason. »Ich werde Ihren Rat beherzigen und keinen Salat und auch kein Obst essen. Und im übrigen will ich erst einmal sehen, was uns geboten wird.«

Sie hoffte, daß sie bei Tisch neben dem Oberst sitzen konnte. Er war so aufmerksam. Und er kannte Jerusalem schon von früher.

»Ihr Enkel«, plapperte sie weiter, »ist ein sehr zutraulicher Junge. Kein bißchen scheu.«

»Das stimmt«, erwiderte Oberst Mason. »Meine Erziehung, möchte ich annehmen. Er liest auch viel. Die meisten Kinder schlagen nie ein Buch auf.«

»Ihr Schwiegersohn ist doch Wissenschaftler, nicht wahr?« fragte Miss Dean. »Das sind so kluge Menschen. Vielleicht schlägt der Kleine ihm nach.«

»Hm, das kann ich nicht beurteilen«, sagte der Oberst.

Was für ein dummes, altes Frauenzimmer, dachte er. Schwätzt das sinnloseste Zeug daher. Robin war ein Mason. Er erinnerte ihn an seine eigene Kindheit. Auch er hatte viel Spaß an Büchern gehabt. Und viel Phantasie.

»Komm, Robin«, rief er, »deine Großmutter verlangt nach ihrem Abendessen!«

»Aber bitte, Phil«, protestierte Lady Althea mit etwas süßsaurer Miene, »das klingt ja, als wäre ich ein gieriger Wolf!«

Gemessen durchquerte sie die Halle, und sie war sich vollkommen bewußt, daß ihr viele Blicke folgten und sie – obwohl sie die sechzig schon

überschritten hatte – unter den anwesenden Frauen noch immer die bestaussehende und distinguierteste war. Sie hielt nach ihrer kleinen Gruppe Ausschau und überlegte inzwischen, wie sie sie plazieren wollte. Ach, da waren sie ja, in der Bar – das hieß alle, mit Ausnahme von Babcock. Sie schickte ihren Mann auf die Suche nach ihm und betrat dann den Speisesaal, wo sie mit gebieterischer Geste den Maître herbeizitierte.
Ihre Sitzordnung schien jedermann zu befriedigen. Miss Dean sprach dem Dinner und dem Wein tüchtig zu, obgleich es vielleicht etwas taktlos von ihr war, ihr Glas zu heben, kaum daß man ihr eingeschenkt hatte, und zu Reverend Babcock, ihrem Nachbarn zur Linken, zu sagen: »Wir wollen hoffen, daß sich unser lieber Father Garfield schnell erholt. Ich bin sicher, er weiß, wie sehr wir alle ihn heute abend vermissen.«
Erst beim dritten Gang wurde ihr die volle Tragweite ihrer Worte klar, und es fiel ihr ein, daß der junge Mann, der sich mit ihr unterhielt, ja selbst Geistlicher war und ihren geliebten Vikar vertrat. Das Glas Sherry an der Bar hatte sie ein bißchen wirr im Kopf gemacht, und die Tatsache, daß nichts an Reverend Babcocks Kleidung auf seinen Beruf hinwies, hatte ihre Konfusion noch vergrößert.
»Sehen Sie sich vor mit dem Essen«, sagte sie zu ihm in der Hoffnung, ihren kleinen Fauxpas aus der Welt zu schaffen. »Der Oberst rät von Obst und Salat dringend ab. Die Eingeborenen waschen diese Sachen nicht gründlich genug. Ich glaube, Lammbraten wäre...«
Edward Babcock starrte sie fassungslos an. Den »Eingeborenen« nach hätte man meinen können, Miss Dean sei im afrikanischen Busch. Was für vorsintflutliche Ansichten man entwickeln konnte, wenn man in einem südenglischen Dorf lebte!
»Offen gestanden«, erwiderte er, während er sich Hühnerragout nahm, »finde ich persönlich, daß wir mehr Gutes auf der Welt täten, wenn wir uns danach umschauten, wie die andere Hälfte lebt, und nicht immer nur an unserer eigenen Routine klebten. In unserem Club sind außer den einheimischen Jungen auch eine ganze Reihe Burschen aus Pakistan und Jamaika, die alle abwechselnd eine Mahlzeit in der Kantine richten. Man muß da natürlich auf Überraschungen gefaßt sein, aber auf diese Weise bildet sich eine Gemeinschaft heran, in der jeder etwas mit den anderen teilt, und darum geht es ja. Außerdem macht es den Jungen Spaß.«
»Sehr richtig, sehr richtig«, bestätigte der Oberst, der nur das Ende mitbekommen hatte. »Wo der Teamgeist fehlt, ist die Moral schnell dahin.«
Der alte Knabe faselt wohl schon wieder von vergangenen Zeiten, dachte Jim Foster. Er stieß Jill Smith mit dem Fuß an, und seine vertraute Geste wurde sogleich mit einem Stoß gegen sein Knie quittiert. Sie hatten jenes Stadium erreicht, wo körperlicher Kontakt Wärme in eine Beziehung bringt, zu der es in Ermangelung von etwas Besserem gekommen ist, und die harmloseste Bemerkung von dritter Seite einen Doppelsinn erhält.

»Es kommt darauf an, was man teilt und mit wem, finden Sie nicht?« murmelte er.
»Wenn eine Frau einmal verheiratet ist«, flüsterte sie zurück, »dann bleibt ihr keine Wahl mehr – sie muß nehmen, was der Ehemann ihr gibt.«
Und als sie sah, daß Mrs. Foster sie über den Tisch hinweg anstarrte, stieß sie mit einem unschuldsvollen Augenaufschlag noch einmal gegen sein Knie.
Lady Althea besah sich die Gäste an den anderen Tischen und überlegte, ob sich Jerusalem überhaupt gelohnt hatte. Es waren keine sonderlich interessanten Leute hier. Nun, sie würden ja schon in vierundzwanzig Stunden auf ihr Schiff zurückkehren und nach Zypern weiterfahren. Sie wollte zufrieden sein, daß Phil und der liebe Robin ihren Spaß an der Tour hatten. Sie mußte Robin ermahnen, nicht mit offenem Mund dazusitzen. Sein Gesicht bekam dadurch einen einfältigen Zug, und er war ein so hübscher Junge. Kate Foster schien es heiß zu sein, sie hatte ein ganz rotes Gesicht.
»Sie hätten diese Eingabe, in der wir die Einstellung der Nervengasproduktion forderten, wirklich unterzeichnen müssen«, sagte Kate gerade zu Bob Smith. »Dieses schreckliche Problem geht uns alle an!« Sie schlug auf den Tisch. »Würde es Ihnen denn gefallen, wenn Ihre Kinder taub, verkrüppelt und blind geboren würden?«
»Nun machen Sie es bitte nicht schlimmer, als es ist«, protestierte der Oberst. »Das Zeug steht unter strenger Kontrolle. Und es hat keine tödliche Wirkung. Mit irgend etwas muß man das aufrührerische Gesindel auf der Welt doch einschüchtern können. Meiner Meinung nach...«
»Deine Meinung in Ehren, Phil«, unterbrach ihn seine Frau, »aber ich finde, wir werden ein bißchen zu ernst. Wir sind schließlich nicht nach Jerusalem gekommen, um über Nervengas zu diskutieren. Wir wollen doch angenehme Erinnerungen aus einer der berühmtesten Städte der Welt mit nach Hause nehmen.«
Sofort verstummten alle. Sie lächelte. Eine gute Gastgeberin weiß, wann es angezeigt ist, auf die Stimmung einer Gesellschaft einzuwirken. Selbst Jim Foster zog vorerst einmal seine Hand von Jill Smiths Knie zurück. Die Frage war nur, wer jetzt die Unterhaltung in eine neue Richtung lenken würde. Robin sah seine Gelegenheit gekommen. Er hatte während des ganzen Abendessens darauf gewartet. Sein Vater hatte ihm beigebracht, daß man ein Thema nur dann anschneiden durfte, wenn man sich über jede Einzelheit im klaren war, und er hatte sich deshalb gut vorbereitet und eigens vor dem Essen noch im Reiseführer nachgeschlagen, damit auch alles stimmte. Die Erwachsenen würden keine andere Möglichkeit haben, als ihm zuzuhören. Die bloße Vorstellung war schon herrlich. Er beugte sich vor, den Kopf zur Seite geneigt, die Brille leicht verrutscht.

»Weiß überhaupt jemand von Ihnen«, begann er, »daß heute der dreizehnte Nisan ist?« Dann lehnte er sich in seinem Stuhl zurück, um seine Worte wirken zu lassen.
Die Erwachsenen am Tisch sahen ihn verdutzt an. Wovon redete das Kind? Sein Großvater, gewohnt, auf Unerwartetes zu reagieren, war der erste, der antwortete.
»Der dreizehnte Nisan?« wiederholte er. »Bitte versuch dich nicht interessant zu machen und sag uns erst einmal, was du meinst.«
»Ich versuch mich gar nicht interessant zu machen, Großvater«, erwiderte Robin. »Ich habe nur eine Tatsache erwähnt. Es handelt sich um den hebräischen Kalender. Morgen, am vierzehnten Nisan, beginnt bei Sonnenuntergang das Passah-Fest, das Fest des ungesäuerten Brotes. Das hat mir der Fremdenführer erzählt. Deshalb sind auch so viele Leute hier. Und es weiß ja jeder – Mr. Babcock wenigstens weiß es ganz bestimmt –, daß nach Johannes und vielen anderen zuverlässigen Quellen das letzte Abendmahl am 13. Nisan stattgefunden hat, am Tag vor dem Fest des ungesäuerten Brotes. Es paßt also gut, daß wir heute abend zusammen hier gegessen haben. Jesus und seine Jünger haben vor zweitausend Jahren genau dasselbe getan.«
Er schob seine Brille an seinen Platz zurück und lächelte. Der Erfolg war nicht so überwältigend, wie er gehofft hatte. Keinerlei Beifall. Keine erstaunten Ausrufe über seine Allgemeinbildung. Alle zeigten eine eher abweisende Miene.
»Hm«, sagte Oberst Mason, »das ist Ihr Fach, Reverend.«
Babcock überlegte schnell. Die Frage hatte ihn etwas unvorbereitet getroffen.
»Du hast deine Evangelien offenbar gründlich gelesen, Robin«, sagte er. »Matthäus, Markus und Lukas scheinen mit Johannes hinsichtlich des genauen Datums nicht übereinzustimmen. Ich muß gestehen, ich hatte nicht daran gedacht, daß morgen der vierzehnte Nisan ist. Es war eine Nachlässigkeit von mir, nicht selbst mit dem Fremdenführer zu sprechen.«
Miss Dean war sichtlich verwirrt. »Aber wie kann das sein, daß heute der Tag des letzten Abendmahls ist?« fragte sie. »Dieses Jahr war Ostern doch schon Ende März?«
»Der jüdische Kalender unterscheidet sich von unserem«, antwortete Babcock. »Das Passah-Fest fällt nicht unbedingt mit Ostern zusammen.«
Man erwartete doch hoffentlich nicht von ihm, daß er sich hier wegen dieses kleinen Angebers auf eine theologische Diskussion einließ?
Jim Foster schnippte mit den Fingern. »Jetzt verstehe ich, weshalb ich Rubin telefonisch nicht erreichen konnte, Kate«, sagte er. »Man erklärte mir, das Büro in Tel Aviv sei bis zum 21. geschlossen. Also gesetzliche Feiertage.«

»Ich hoffe, die Läden und Basare sind offen«, rief Jill aus. »Ich möchte doch Souvenirs für unsere Verwandten und Freunde kaufen.«
Robin überlegte und nickte dann. »Ich glaube schon«, meinte er. »Wenigstens bei Sonnenuntergang. Aber Sie könnten Ihren Freunden auch ungesäuertes Brot schenken.« Plötzlich kam ihm eine Idee, und er wandte sich begeistert an Babcock. »Wenn schon der Abend des dreizehnten Nisan ist«, sagte er, »sollten wir dann nicht zum Garten Gethsemane hinunterspazieren? Es ist nicht weit. Ich habe den Führer gefragt. Jesus und die Jünger haben das Tal überquert, aber das brauchen wir ja nicht zu tun. Wir könnten uns ganz einfach vorstellen, es wäre zweitausend Jahre früher und sie würden gleich kommen.«
Selbst seine Großmutter, die normalerweise immer mit ihm einverstanden war, schien ihn diesmal etwas lästig zu finden.
»Aber Robin«, sagte sie. »Ich glaube, niemand von uns hat Interesse daran, jetzt nach dem Abendessen in der Dunkelheit herumzustolpern.«
Der Junge heftete nun einen so flehenden Blick auf Babcock, daß dieser es nicht über sich brachte, ihn abzuweisen. »Na gut, wenn du unbedingt zum Garten Gethsemane gehen möchtest, dann begleite ich dich.«
»Ausgezeichnet!« sagte der Oberst. »Ich schließe mich an. Ein bißchen frische Luft tut uns allen gut. Ich kenne das Terrain – wenn Sie sich meiner Führung anvertrauen, verlaufen wir uns bestimmt nicht.«
»Was meinen Sie?« murmelte Jim Foster seiner Tischnachbarin Jill zu. »Wenn Sie mitmachen, bin ich auch dabei.«
Ein glückliches Lächeln überzog Robins Gesicht. Jetzt bekam er doch noch seinen Willen. Es bestand keine Gefahr mehr, reihum die Hand geben zu müssen und frühzeitig ins Bett gesteckt zu werden.
Er berührte Babcocks Arm. »Wissen Sie«, sagte er mit sehr lauter, heller Stimme, »wenn wir wirklich die Jünger wären und Sie wären Jesus, dann müßten Sie jetzt anfangen, uns die Füße zu waschen. Aber meine Großmutter würde wahrscheinlich finden, das ginge ein bißchen zu weit.«

Der schmale, steinige Pfad, der steil nach unten führte, war auf beiden Seiten von Mauern eingefaßt. Zur Rechten verdeckten dunkle Zypressen und Pinien die sieben Turmspitzen der Russischen Kathedrale und die kleinere Kuppel der Dominus-Flevit-Kirche. Bei Tag, so dachte Babcock, würden die Zwiebeltürme der Gethsemane-Kirche golden in der Sonne glänzen, und die Ringmauern der Stadt, aus denen im Vordergrund der Felsendom hervorragte, würden das Herz jedes Pilgers höher schlagen lassen, aber jetzt bei Nacht... In dieser Nacht mit ihrem dunklen Himmel und dem blaßgelben Mond schien selbst das leise Summen des Verkehrs auf der Straße nach Jericho unter ihnen in der Stille aufzugehen. Mit jedem Schritt, den sie auf dem abschüssigen Pfad taten, stieg die Stadt mächtiger vor ihnen auf, und das Kidrontal wirkte in seiner düsteren

Schwärze wie ein gewundenes Flußbett. Moscheen, Kirchen, Kuppeln, Türme und die Dächer unzähliger menschlicher Behausungen verschmolzen mit dem Himmel, und nur die wehrhaften Stadtmauern waren zu erkennen.
Ich schaffe es nicht, dachte er. Es ist überwältigend. Ich kann es nicht verkraften. Ich hätte im Hotel bleiben und für morgen meine Aufzeichnungen durchsehen und die Karte studieren sollen. Oder aber ich hätte allein herkommen müssen.
Es war unfreundlich und verständnislos von ihm, aber das unaufhörliche Geschwätz des Obersten an seiner Seite ging ihm auf die Nerven. Wen interessierte es schon, was sein Regiment 1948 getan hatte? Es paßte nicht zu der Szenerie, die sich vor ihnen ausbreitete.
»Und so«, sagte der Oberst gerade, »wurde das Mandat im Mai der UN übergeben, und am 1. Juli hatten wir alle das Land verlassen. Meiner Auffassung nach hätten wir bleiben sollen. Seit der Zeit herrscht bloß noch ein fürchterliches Durcheinander. Die Leute hier werden nie zur Ruhe kommen, und wenn Sie und ich schon längst im Grabe liegen, wird Jerusalem noch immer ein Zankapfel sein. Von hier aus ist es ein herrlicher Anblick. Drinnen wirkte die Stadt damals ziemlich schäbig und heruntergekommen.«
Die Pinien zu ihrer Rechten bewegten sich nicht. Nichts regte sich. Links von ihnen schien der Hügelhang kahl und verödet zu sein, aber vielleicht täuschte er sich auch. Das Mondlicht war trügerisch, und es konnte gut sein, daß jene weißen Umrisse, die er als Felsblöcke ansah, in Wirklichkeit Grabstätten waren. Früher einmal hatte es hier weder dunkle Pinien und Zypressen noch eine Russische Kathedrale gegeben, nur Olivenbäume, deren silbrige Zweige über den steinigen Boden strichen, und das Rieseln des Baches unten im Tal.
»Komisch«, sagte der Oberst, »das hier war mein letzter Einsatz draußen. Ich war noch eine Zeitlang in Aldershot, aber dann kamen verschiedene Dinge zusammen, die militärische Neuorganisation und alles mögliche, und außerdem ging es meiner Frau damals gesundheitlich nicht besonders gut, und so beschloß ich, den Dienst zu quittieren. Ich hätte das Kommando meines Regiments bekommen und nach Deutschland gehen können, aber Althea war dagegen, und ich wollte sie nicht zwingen. Ihr Vater hat ihr den Landsitz in Little Bletford hinterlassen. Sie ist dort aufgewachsen, und es war immer der Mittelpunkt ihres Lebens und ist es noch jetzt. Sie tut viel für Little Bletford.«
Edward Babcock zwang sich, ein bißchen Interesse zu bekunden. »Haben Sie es bedauert, aus der Armee auszuscheiden?«
Der Oberst antwortete nicht sofort, und als er es endlich tat, klang seine Stimme nicht mehr so forsch und selbstsicher wie sonst, sondern etwas befangen und angespannt.

»Es war mein ganzer Lebensinhalt«, sagte er. »Und es ist merkwürdig, ich glaube, ich habe das erst heute abend richtig erkannt.«
In den Schatten unter ihnen bewegte sich etwas. Es war Robin. Eine Karte und eine Taschenlampe in der Hand, hatte er sich gegen die Mauer gelehnt.
»Schauen Sie, Mr. Babcock«, sagte er, »sie müssen aus dem Tor da drüben links in der Stadtmauer gekommen sein. Wir können es von hier aus nicht sehen, aber es ist in der Karte eingetragen. Jesus und seine Jünger, meine ich, nach dem Abendmahl. Wenn wir noch ein Stückchen weitergehen, können wir uns das Ganze gut vorstellen: Die Kriegsknechte und die Diener der Hohenpriester, wie sie mit Fackeln aus dem anderen Tor herauskommen, da, wo jetzt dieser Wagen zu sehen ist, vielleicht.«
Und schon lief er den Hügel hinunter und schwenkte seine kleine Taschenlampe hin und her, bis er um eine Mauerbiegung herum verschwand.
»Paß auf, Robin«, rief ihm sein Großvater nach. »Du könntest hinfallen. Es ist sehr steil da unten.« Dann wandte er sich seinem Begleiter zu. »Er kann genausogut Karten lesen wie ich selbst. Erst neun Jahre alt.«
»Ich will ihm lieber nachgehen«, sagte Babcock. »Warten Sie hier auf Lady Althea.«
»Sie brauchen sich keine Sorgen zu machen, Reverend«, erwiderte der Oberst. »Der Junge weiß schon, was er tut.«
Babcock tat, als hätte er nichts gehört. Dies war seine letzte Gelegenheit, die Szenerie auf sich wirken zu lassen. Nur so würde er sie den Jungen in Huddersfield später beschreiben können.
Oberst Mason blieb neben der Mauer stehen. Er hörte seine Frau und Miss Dean mit langsamen, vorsichtigen Schritten herankommen, und die unbewegte, kühle Luft trug ihm Altheas Stimme zu.
»Wenn wir sie nicht gleich sehen, gehen wir zurück«, sagte sie gerade. »Ich weiß, wie Phil sein kann, wenn er einen irgendwohin führt. Er meint immer, er kenne den Weg, aber sehr oft ist das durchaus nicht der Fall.«
»Das kann ich kaum glauben«, entgegnete Miss Dean. »Er war doch schließlich Offizier.«
Lady Althea lachte. »Der gute Phil«, sagte sie. »Er möchte allen Leuten einreden, daß er vielleicht General hätte werden können. Aber in Wirklichkeit, Miss Dean, hätte er das nie erreicht. Ich wußte das aus sehr kompetenter Quelle. Oh, sie mochten ihn alle gerne, nur hatte der liebe alte Junge beim Militär, so wie es heute ist, eben keine Chance mehr. Deshalb haben wir ihn auch dazu überredet, den Dienst zu quittieren. Manchmal wünschte ich ihn mir wirklich ein bißchen aktiver, aber ich kann ihn wohl nicht ändern. Ich muß immer für uns beide handeln. Nur im Garten tut er Wunder.«
»Diese entzückende Rabatte!« sagte Miss Dean.

»Ja, und auch die Steingartenbepflanzung. Das ganze Jahr hindurch eine wahre Augenweide.«
Die langsamen Schritte verklangen. Keine der beiden Frauen hatte einen Blick nach rechts oder links geworfen, so sehr waren sie darauf bedacht, auf dem rauhen Pfad nicht zu stolpern. Ein paar Sekunden lang hoben sich ihre beiden Gestalten deutlich von den Bäumen auf der anderen Seite ab, dann waren sie um die Ecke verschwunden.
Oberst Mason rief sie nicht an. Er schlug seinen Mantelkragen hoch, denn es schien ganz plötzlich kälter zu werden, und begann langsam zurückzugehen. Er war fast oben angelangt, als er auf zwei andere Mitglieder der Gruppe stieß.
»Hallo«, sagte Jim Foster, »geben Sie's schon auf? Ich dachte, Sie wären mittlerweile in Jerusalem angelangt!«
»Es ist sehr kalt geworden«, antwortete der Oberst. »Hat nicht viel Sinn, bis zur Talsohle hinunterzustapfen. Sie finden die andern weiter unten.«
Mit einem hastigen Gutenachtgruß stieg er an ihnen vorbei zum Hotel hinauf.
»Na, wenn er da oben meine Frau trifft und ihr erzählt, daß Sie und ich hier herumspazieren, dann sind wir in einer peinlichen Lage«, sagte Jim Foster. »Nehmen Sie das Risiko in Kauf?«
»Was für ein Risiko?« fragte Jill Smith. »Wir tun doch überhaupt nichts.«
»Na, also das würde ich ja fast eine direkte Aufforderung nennen, mein liebes Mädchen. Machen Sie sich aber nichts daraus. Kate kann inzwischen Ihren Mann in der Bar trösten. Vorsicht, es ist ein steiler Pfad, der uns zwei hier in finstere Abgründe führt. Halten Sie sich gut fest.«
Jill schüttelte ihr Kopftuch ab und schöpfte tief Atem, ohne seinen Arm loszulassen. »Wenn ich die vielen Lichter dort drüben sehe, werde ich richtig neidisch. Da ist bestimmt viel los. In unserem Hotel ist man ja wie von der Welt abgeschnitten.«
»Keine Sorge. Sie werden morgen unter der Führung unseres Kirchenmannes noch alles sehen. Ich bezweifle allerdings, daß er sie in eine Diskothek bringt, wenn es das ist, was Sie interessiert.«
»Na, wir müssen natürlich zuerst den historischen Teil besichtigen – dafür sind wir ja hier, nicht wahr? Aber ich möchte auch das Geschäftsviertel sehen.«
»Die Souks, meine Liebe, die Souks. Das sind unzählige kleine Souvenirbuden in finsteren Gäßchen, wo schwarzäugige junge Verkäufer Sie in den Allerwertesten kneifen.«
»Sie glauben doch wohl nicht, daß ich mir das bieten lasse?«
»Ich weiß es nicht. Auf jeden Fall kann ich es den Burschen nicht verübeln, wenn sie es versuchen.«
Er warf einen Blick zurück. Kate war nicht zu sehen. Vielleicht war sie

doch im Hotel geblieben. Und was Bob Smith betraf, so war es seine Sache, wenn er nicht besser auf seine junge Frau aufpaßte. Die Baumgruppe da unten hinter der Mauer sah sehr einladend aus.
»Was halten Sie von der Ehe, Jill?«
»Das kann ich noch nicht sagen«, antwortete sie, und ihre Stimme hatte einen abweisenden Klang.
»Natürlich. Dumme Frage. Die Flitterwochen sind sowieso meistens eine Pleite. Meine waren es auch. Wir brauchten Monate, um uns einander anzupassen. Ihr Bob ist ein prächtiger Bursche, nur noch sehr jung. Alle frischgebackenen Ehemänner sind nervös, wissen Sie, selbst in unserer aufgeklärten Zeit. Sie bilden sich ein, wer weiß wie erfahren zu sein, aber sie sind's eben nicht, und die Frau muß darunter leiden.« Jill schwieg. Sie hatten die Baumgruppe jetzt fast erreicht. »Erst wenn ein Mann eine Zeitlang verheiratet ist«, fuhr Jim Foster fort, »weiß er, wie er es anfangen muß, damit seine Frau richtig mitgeht. Es ist Technik, wie alles im Leben – der Natur einfach ihren Lauf zu lassen, genügt nicht. Und die Frauen sind auch so unterschiedlich in ihren Stimmungen, Neigungen und Abneigungen. Schockiere ich Sie?«
»O nein«, erwiderte sie. »Ganz und gar nicht.«
»Gut. Ich möchte sie nämlich durchaus nicht schockieren. Dafür sind Sie viel zu bezaubernd und süß. Ich sehe keine Spur von den anderen. Können Sie jemanden entdecken?«
»Nein.«
»Kommen Sie, wir lehnen uns da unten ein bißchen gegen die Mauer und schauen zu den Lichtern hinüber. Wunderbarer Fleck. Wunderbarer Abend. Sagt Ihnen Bob jemals, wie entzückend Sie sind?«

Kate Foster war nach oben gegangen, um ihre Hormonpillen zu nehmen. Als sie wieder in die Halle hinunterkam und ihren Mann nirgends finden konnte, ging sie in die Bar, wo sie Bob Smith einsam vor einem doppelten Whisky sitzen sah.
»Wo sind denn die anderen?« fragte sie.
»Spazierengegangen, glaube ich«, antwortete er.
»Ihre Frau auch?«
»Ja. Kurz nach Lady Althea und Miss Dean. Mit Ihrem Gatten.«
»Ich verstehe.«
Sie verstand also. Um so besser. Er war Jill absichtlich aus dem Weg gegangen.
»Na, es tut Ihnen bestimmt nicht gut, hier zu sitzen und dieses Giftzeug zu trinken«, sagte sie. »Ich schlage vor, Sie holen Ihren Mantel, und wir suchen die anderen. Sinnlos, hier allein herumzuhängen.«
Vielleicht hatte sie recht. Vielleicht brachte es tatsächlich nichts ein, einsam in der Bar zu hocken und zu trinken, wenn Jill von Rechts wegen bei

ihm sein müßte. Aber die Art, wie sie Foster angelächelt hatte, war unerträglich für ihn gewesen, und er hatte gedacht, es könnte so etwas wie eine Lehre für sie sein, wenn er hierbliebe. In Wirklichkeit hatte er sich nur selbst bestraft. Jill war es vermutlich völlig egal.
»Schön«, sagte er und rutschte von seinem Hocker herunter. »Machen wir uns also auf den Weg. Wir holen sie sicher noch ein.«
Ein seltsam ungleiches Paar, verließen sie zusammen das Hotel: Bob Smith groß und schmächtig, mit einer wirren dunklen Mähne, die fast seine Schultern berührte, die Hände tief in die Manteltaschen vergraben – Kate Foster mit ihrer Nerzjacke und übergroßen goldenen Ohrklips unter dem blaugetönten Haar.
»Wenn Sie mich fragen«, sagte sie, während sie in ihrem untauglichen Schuhwerk den Pfad hinunterstolperte, »so war dieser Ausflug nach Jerusalem ein Fehler. Im Grunde hat niemand ein besonderes Interesse an der Stadt. Außer vielleicht Miss Dean. Aber Sie wissen ja, wie Lady Althea ist, sie hatte mit dem Vikar alles arrangiert, und sie muß eben überall die Herrin spielen, ganz gleich, ob sie in England ist, auf einem Schiff oder im Nahen Osten. Dazu kommt noch, daß Babcock völlig unbrauchbar ist. Ohne ihn wären wir besser drangewesen. Und Sie beide... Na, es ist wohl kaum der beste Start für eine Ehe, wenn Sie Ihre Frau immerfort tun lassen, was sie will. Sie sollten ein bißchen Autorität zeigen.«
»Jill ist noch sehr jung«, erwiderte er. »Kaum zwanzig.«
»Oh, die Jugend... Sie alle haben es heutzutage viel zu gut. Bei uns jedenfalls. Für die jungen Leute hier sieht die Sache im allgemeinen ganz anders aus – ich denke dabei in erster Linie an die arabischen Länder. Da passen die Ehemänner gut auf, daß ihre jungen Frauen keinen Unfug treiben.«
Ich weiß nicht, warum ich das alles sage, dachte sie, es ist ja doch umsonst. Sie denken allesamt nur an sich. Wenn ich nur nicht einen so geschärften Sinn für alles hätte, er ist eine solche Belastung, ich werde mich noch krank machen, wenn ich mir über alles und jedes den Kopf zerbreche – über die Probleme der Welt, die Zukunft, Jim... wohin mag er bloß mit diesem Mädchen verschwunden sein? Mein Herzschlag setzt manchmal aus. Ob ich diese Pillen vertrage...
»Gehen Sie nicht so schnell«, sagte sie. »Ich komme nicht mit.«
»Entschuldigen Sie, Mrs. Foster. Ich glaubte eben, da drüben bei den Bäumen wären zwei Gestalten.«
Und wenn es sind, dachte er. Ich meine, was soll ich tun? Ich kann keine Szene machen, nur weil Jill lieber mit einem anderen Mann aus dem Hotel spaziert. Ich werde warten, bis wir allein sind, und ihr dann die Hölle heißmachen. Wenn diese verdammte Frau bloß endlich einmal den Mund hielte...
Beim Näherkommen erwies sich, daß die beiden Gestalten Lady Althea und Miss Dean waren.

»Haben Sie Jim gesehen?« rief Kate Foster.
»Nein«, antwortete Lady Althea. »Ich überlegte gerade, wo Phil wohl stecken mag. Unsere Männer sind wirklich sehr rücksichtslos. Ich finde, wenigstens Babcock hätte auf uns warten müssen.«
»Er ist wirklich ganz anders als unser lieber Vikar. Er hätte uns alles so schön gezeigt. Wir wissen ja nicht einmal genau, wo der Garten von Gethsemane liegt.«
Die Bäume jenseits der Mauer waren so schwarz, und der Pfad wurde offenbar mit jedem Schritt steiniger. Wenn der Vikar bei ihnen gewesen wäre, hätte sie sich auf seinen Arm stützen können. Lady Althea betrug sich gewiß sehr liebenswürdig, aber es war doch nicht dasselbe.
»Ich suche weiter«, sagte Bob. »Bleiben Sie bitte hier.«
Mit langen Schritten ging er den Pfad hinunter. Die anderen mußten irgendwo in der Nähe sein, und der Oberst würde schon auf Jill achten. Etwa hundert Meter vor ihm war eine Lücke zwischen den Pinien, und man blickte auf offenes Gelände mit kleinen Olivenbäumen und ungepflügter Erde. Nichts hier erinnerte an einen Garten. Was für eine verrückte Idee überhaupt, dieser Nachtspaziergang, und morgen würde man das Ganze noch einmal mitmachen müssen. Dann sah er eine Gestalt vor einem Felsblock kauern. Es war Babcock, der im Licht einer Taschenlampe etwas in ein Notizbuch kritzelte. Als er Bobs Schritte hörte, hob er den Kopf und schwenkte eine Taschenlampe.
»Wo sind die anderen?« rief Bob.
»Der Oberst ist schon zurückgegangen«, antwortete Babcock, »und der Junge ist weiter unten, wo er einen besseren Ausblick auf Gethsemane hat. Der Garten selbst ist geschlossen, aber man kann die Atmosphäre auch von hier aus in sich aufnehmen.« Er lächelte etwas verschämt, als Bob herankam. »Wenn ich nicht aufschreibe, was ich sehe, kann ich mich nicht daran erinnern. Robin hat mir seine Taschenlampe geliehen. Ich habe vor, den Jungen zu Hause einen Vortrag über das alles zu halten. Na ja, keinen eigentlichen Vortrag. Ich möchte lediglich meine Eindrücke weitergeben.«
»Haben Sie Jill gesehen?« fragte Bob.
Babcock starrte ihn an. Jill... Ach ja, seine junge Frau. »Nein«, sagte er. »Ist sie nicht mit Ihnen gekommen?«
»Sie sehen doch, daß sie nicht bei mir ist«, Bob schrie fast vor Erbitterung. »Und weiter oben sind nur Mrs. Foster und Lady Althea und Miss Dean.«
»Oh«, sagte Babcock. »Ja, ich fürchte, ich kann Ihnen da auch nicht helfen. Ich bin allein mit dem Jungen weitergegangen.«
Bob spürte, wie der Zorn in ihm anschwoll. »Hören Sie«, begann er von neuem. »Ich will nicht unhöflich sein, aber wer ist eigentlich der Leiter der Gruppe?«

Reverend Babcock errötete. Es bestand doch wirklich kein Anlaß für Bob Smith, sich derartig aufzuregen.
»Wer der Leiter der Gruppe ist, spielt in diesem Fall gar keine Rolle«, antwortete er. »Der Oberst, Robin und ich haben das Hotel auf eigene Faust verlassen. Wenn die anderen uns nachgegangen sind und sich verlaufen haben, dann dürfte das kaum meine Angelegenheit sein.«
Er war von den Jungen zwar rauhe Töne gewöhnt, aber das hier, man hätte ja meinen mögen, er sei ein bezahlter Reisebegleiter.
»Entschuldigen Sie«, lenkte Bob ein. »Wissen Sie, die Sache ist die...«
Die Sache war die, daß er sich noch nie hilfloser und verlassener vorgekommen war. Durfte man von Geistlichen nicht erwarten, daß sie einem beistanden, wenn man ein Problem hatte? »Wissen Sie, ich bin schrecklich besorgt. Es ist alles schiefgelaufen. Ich hatte vor dem Abendessen eine scheußliche Auseinandersetzung mit Jill, und ich kann überhaupt nicht mehr klar denken.«
Babcock legte sein Notizbuch hin und knipste die Lampe aus. Er würde keine nächtlichen Eindrücke von Gethsemane mehr sammeln können. Na, es ließ sich nicht ändern.
»Das tut mir leid«, erwiderte er, »aber so etwas kommt vor. Jungverheiratete Paare streiten sehr oft, und sie meinen immer gleich, das sei das Ende der Welt. Morgen früh werden Sie beide alles mit anderen Augen ansehen.«
»Nein«, beharrte Bob, »das ist es ja gerade. Ich meine, das glaube ich eben nicht. Ich frage mich immer wieder, ob unsere Ehe nicht ein großer Fehler war.«
Sein Gefährte schwieg. Der arme Mensch war vermutlich ganz einfach müde und überreizt. Und überhaupt war es schwer, irgendwelche Ratschläge zu erteilen, wenn man keinen der beiden kannte.
»Die Ehe besteht aus Geben und Nehmen«, sagte er. »Sie ist nicht nur... wie soll ich es ausdrücken? Sie ist nicht nur eine körperliche Verbindung.«
»Aber genau da funktioniert sie eben nicht«, erwiderte Bob Smith.
»Ich verstehe.«
Babcock überlegte, ob er dem jungen Mann empfehlen sollte, zu Hause einen Arzt zu konsultieren. Im Augenblick konnte man jedenfalls nicht viel unternehmen.
»Machen Sie sich keine allzu großen Sorgen«, sagte er. »Seien Sie so rücksichtsvoll wie möglich zu Ihrer Frau. Vielleicht...«
Aber er konnte nicht fortfahren, denn in diesem Augenblick kam Robin den Weg heraufgerannt.
»Der jetzige Garten von Gethsemane sieht sehr klein aus«, rief er. »Ich glaube nicht, daß sich Jesus und die Jünger dort hingesetzt hätten. Sie wären eher hierhergekommen, wo es doch damals so viele Olivenbäume gab.

Wissen Sie, Mr. Babcock, ich verstehe nur nicht, wie die Jünger einschlafen konnten, wenn es so kalt war wie heute. Meinen Sie, das Klima hat sich in den zweitausend Jahren geändert? Oder könnte es sein, daß die Jünger vielleicht ein bißchen zu viel Wein zum Abendessen getrunken haben?«

Babcock gab Robin die Taschenlampe, und sie begannen zum Hotel zurückzugehen. »Wir wissen es nicht, Robin, aber man darf nicht vergessen, daß sie einen langen, erschöpfenden Tag hinter sich hatten.«

Das ist nicht die richtige Antwort, dachte er, aber etwas Besseres fällt mir nicht ein. Bob Smith habe ich auch nicht geholfen. Und ich habe keine große Anteilnahme für die Fragen des Obersten gezeigt. Ich kenne eben all diese Leute kaum. Ihr eigener Vikar hätte genau gewußt, wie er sie anpacken mußte. Und sie wären auf jeden Fall zufrieden gewesen, selbst wenn er ihnen die richtigen Antworten schuldig geblieben wäre.

»Da sind sie«, sagte Robin. »Sehen Sie sie stehen? Die Jünger, meine ich. Sie halten sich in Bewegung, weil das das beste Mittel ist, um wach zu bleiben.«

Es war Lady Althea, die sich in Bewegung hielt. Sie hatte im Hotel vorsichtshalber vernünftiges Schuhwerk angezogen. Kate Foster war zwar hinsichtlich der Schuhe im Nachteil, übertrumpfte Lady Althea dafür aber durch ihr warmes Nerzjäckchen. Miss Dean saß etwas abseits auf einem Haufen zerbröckelnder Steine in einer Mauerlücke. Sie hatte es allmählich langweilig gefunden, ihren beiden Begleiterinnen zuzuhören, deren einziges Gesprächsthema der Verbleib ihrer Ehemänner war.

Ich bin froh, daß ich nie geheiratet habe, dachte sie. Zwischen Mann und Frau scheinen ewig Unstimmigkeiten zu bestehen. Die ideale Ehe gibt es sicher nur sehr selten. Es war traurig für den lieben Vikar, daß er vor so vielen Jahren seine Frau verlieren mußte, aber eine Wiederheirat hatte er offenbar nie erwogen. Sie lächelte zärtlich, als sie an den männlichen Geruch in seinem Arbeitszimmer dachte. Er rauchte Pfeife, und jedesmal, wenn Miss Dean kam, was sie normalerweise zweimal wöchentlich tat, um Blumen zur Verschönerung seines einsamen Heims zu bringen oder einen selbstgebackenen Kuchen oder ein Glas hausgemachte Marmelade, warf sie schnell einen Blick durch die offene Arbeitszimmertür, um zu sehen, ob seine Haushälterin es auch richtig aufgeräumt und eine gewisse Ordnung in das Chaos der Bücher und Papiere gebracht hatte. Männer waren wie Kinder, sie brauchten jemanden, der sich um sie kümmerte...

Jetzt nahm sie plötzlich eine leise Unruhe in den Bäumen hinter sich wahr. Dann hörte sie einen Mann lachen und eine weibliche Stimme etwas wispern.

»Es ist nur Miss Dean«, murmelte der Mann. »Sie sitzt da ganz einsam und verlassen und beklagt die Abwesenheit ihres geliebten Vikars.«

»Wenn sie wüßte«, flüsterte es zurück, »daß er sich immer versteckt,

wenn sie kommt. Sie sei ein Nagel zu seinem Sarg, hat er einmal zu meiner Mutter gesagt. Trotz ihres Alters war sie jahrelang hinter ihm her.«
Man hörte unterdrücktes Gelächter, und dann hustete Jim Foster plötzlich laut und trat aus der dunklen Baumgruppe heraus, Jill Smith im Gefolge.
»Schau an, Miss Dean«, sagte er. »Was für eine Überraschung. Wir haben die anderen gesucht. Ach, ist das nicht Kate, die da oben bei Lady Althea steht? Und aus der entgegengesetzten Richtung kommt auch jemand.« Er hielt Jill die Hand hin und half ihr über den Steinhaufen. »Na, Miss Dean, wie ist es mit Ihnen? Nehmen Sie meinen Arm?«
»Danke, Mr. Foster, ich finde mich schon zurecht.«
Jill Smith sah Bob, Reverend Babcock und den kleinen Robin den Pfad heraufkommen. Robin schwatzte und schwenkte eine Taschenlampe hin und her. Es würde einen besseren Eindruck machen, wenn sie bei Miss Dean bliebe. Sie stieß Jim Foster mit dem Ellbogen an, und er begriff sofort und begann allein zu Kate und Lady Althea hinaufzugehen.
»Hallo«, rief er. »Wir scheinen alle im Kreis herumgelaufen zu sein. Ich kann wirklich nicht verstehen, wie es möglich ist, daß wir uns nicht getroffen haben.«
Er zögerte kurz, als er die zusammengepreßten Lippen seiner Frau bemerkte, doch dann lächelte er und schlenderte lässig und selbstsicher zu ihr hin.
»Tut mir leid, altes Mädchen«, sagte er. »Bist du schon lange hier?«
Er legte ihr den Arm um die Schultern und küßte sie leicht auf die Wange.
»Mindestens zwanzig Minuten«, antwortete sie.
Jetzt kam Robin heraufgelaufen und leuchtete ihnen ins Gesicht.
»Oh, Mr. Foster«, rief er begeistert, »das sah so unheimlich aus, als sie Ihre Frau küßten. Sie hätten Judas sein können. Mr. Babcock und ich sind bis zum Garten Gethsemane hinuntergegangen. Es war herrlich!«
Kate kehrte sich ihrem Mann zu. »Wo warst du denn dann?«
»Mr. Foster und Mrs. Smith waren unter den Bäumen hinter der Mauerlücke dort«, sagte Robin. »Aber sie haben von da bestimmt keine gute Aussicht auf Jerusalem gehabt. Ich habe Sie einmal angeleuchtet, Mr. Foster, aber Sie drehten mir gerade den Rücken zu.«
Gott sei Dank, dachte Jim Foster. Denn sonst...
»Wo ist Phil eigentlich hingeraten?« fragte Lady Althea.
»Oh, er wollte ins Hotel zurück«, erklärte Jim, der sehr erleichtert war, daß sich die allgemeine Aufmerksamkeit nun jemand anders zuwandte. »Ich habe ihn getroffen, als ich von oben kam. Es war ihm kalt, wie er mir sagte.«
»Kalt?« wiederholte Lady Althea ungläubig. Phil friert doch nie. Was für eine ungewöhnliche Bemerkung für ihn. Höchst sonderbar.
Langsam begann die kleine Gesellschaft den Weg zum Hotel hinaufzuge-

hen. Lady Althea und Robin führten die Gruppe an, hinter ihnen kamen schweigend die Fosters, und in einiger Entfernung, heftig diskutierend, die jungen Smiths.

»Natürlich wollte ich lieber spazierengehen, als mit dir in der Bar herumsitzen«, sagte Jill. »Eine Schande, wie du dich benommen hast.«

»Ich?« antwortete Bob. »Das ist ja großartig. Was meinst du wohl, wie mir zumute war, als mich Mrs. Foster bat, ihren Mann suchen zu helfen? Ich wußte sehr gut, wo er war. Und du weißt es auch.«

Reverend Babcock blieb mit Miss Dean ein wenig zurück. Es würde sie nur unnötig aufregen, das junge Paar streiten zu hören. Sie mußten ihre Angelegenheiten allein ins reine bringen. Er konnte dazu nichts tun. Miss Dean, sonst eine so geschwätzige Person, war auffallend still.

»Es tut mir sehr leid«, begann er verlegen, »daß ich ein so schlechter Ersatz für Ihren Vikar bin. Aber machen Sie sich keine Sorgen, Sie werden ihm alles beschreiben können, wenn wir wieder an Bord sind. Diese Nachtwanderung über dem Garten von Gethsemane war ein herrliches Erlebnis.«

Miss Dean hörte ihn nicht. Sie war weit fort. Sie ging zum Pfarrhaus hinauf, einen Korb am Arm, und plötzlich sah sie eine Figur hinter dem Fenster des Arbeitszimmers aufspringen und sich an die Wand drücken. Als sie klingelte, öffnete niemand.

»Ist Ihnen nicht wohl, Miss Dean?« erkundigte sich Reverend Babcock.

»Oh, ich bin nur sehr müde...«

Die Stimme versagte ihr. Sie durfte sich nicht bloßstellen. Sie durfte nicht weinen. Aber sie fühlte sich so entsetzlich einsam, so grausam verraten...

»Ich kann mir nicht vorstellen«, sagte Lady Althea zu Robin, »warum dein Großvater zum Hotel zurückging. Hat er dir etwas davon gesagt, daß ihm kalt sei?«

»Nein«, erwiderte Robin. »Er redete mit Mr. Babcock über die alten Zeiten und erzählte ihm, daß er den Befehl über sein Regiment bekommen hätte, aber den Dienst quittieren mußte, weil es dir damals nicht gutging und Little Bletford der Mittelpunkt deines Lebens war. Davon, daß ihm kalt sei, hat er nichts gesagt. Seine Stimme klang bloß ein wenig traurig.«

Ihretwegen den Dienst quittiert? Wie konnte er so etwas behaupten, und noch dazu einem Fremden gegenüber? Es stimmte nicht. Es war sehr ungerecht – Phil hatte nie angedeutet, daß... Oder vielleicht doch? Hatte sie nur nicht zugehört? Aber Phil hatte immer so zufrieden gewirkt, und seine Zeit schien restlos mit dem Garten ausgefüllt, und mit den Papieren aus seiner Militärzeit und den Büchern in der Bibliothek, die er ab und zu ordnete... Zweifel und Schuldgefühle begannen sich in ihr zu regen Es war alles schon so lange her. Weshalb sollte ausgerechnet heute abend

bei Phil Verbitterung ausgebrochen sein, so daß er allein zurückging und sich nicht einmal nach ihr umschaute? Bestimmt hatte Babcock irgendeine taktlose Bemerkung gemacht, die ihn verstimmte.
Oben angelangt, blieben sie noch einen Moment im Hoteleingang stehen, um sich gute Nacht zu sagen. Sie sahen alle müde und überreizt aus. Robin konnte das nicht verstehen. Er hatte den Abend trotz der Kälte so schön gefunden! Warum waren sie nur so schlechter Laune? Er gab seiner Großmutter einen Kuß, versprach, nicht mehr lange zu lesen, und wartete vor seiner Schlafzimmertür, bis Mr. Babcock erschien, der das Nebenzimmer bewohnte.
»Ich danke Ihnen für den wunderbaren Abend«, sagte er. »Ich hoffe, er hat Ihnen ebensogut gefallen wie mir.«
Babcock lächelte. Der Junge war gar nicht so übel. Für sein altkluges Wesen konnte er nichts; er verbrachte ja schließlich die meiste Zeit mit Erwachsenen.
»Ich habe dir zu danken, Robin«, antwortete er. »Es war deine Idee. Ich wäre nie darauf gekommen.« Und dann hörte er sich spontan hinzufügen: »Es bedrückt mich nur, daß ich den Spaziergang für die anderen nicht interessanter gemacht habe. Sie sind ohne euren Vikar alle ein bißchen verloren.«
Robin legte den Kopf schräg und erwog die Angelegenheit. Es gefiel ihm, wenn man ihn wie einen Erwachsenen behandelte. Er mußte jetzt etwas sagen, was den armen Mr. Babcock beruhigte, und so kramte er aus seinem Gedächtnis Bruchstücke des Gesprächs aus, das seine Großeltern vor dem Abendessen miteinander geführt hatten.
»Heutzutage haben es die Pfarrer nicht leicht. Deshalb findet mein Großvater auch, daß man nachsichtig sein muß. Meine Großmutter hat gesagt, es gebe jetzt so viele Feld-Wald-und-Wiesen-Geistliche. Ich weiß nicht genau, was das ist, aber ich nehme an, es hängt irgendwie mit dem Examen zusammen. Schlafen Sie gut, Mr. Babcock.«
Er verbeugte sich höflich, wie man es ihm beigebracht hatte, und verschwand in seinem Zimmer.

»Rechts die Kirche von Sankt Anna, die Geburtsstätte der Jungfrau Maria...« – »Links geht es zum Felsendom und der El-Aksa-Moschee...« – »Zum Judenviertel, zum Tempelbezirk, zur Klagemauer bitte hier entlang...« – »Pilger zum Heiligen Grab geradeaus durch die Via Dolorosa...«
Edward Babcock hatte mit seiner kleinen Gruppe das Stephans-Tor passiert und wurde nun von Fremdenführern jeglicher Nationalität belagert. Er scheuchte sie fort. Er hatte einen Stadtplan bei sich und einen Zettel mit den notwendigsten Hinweisen, den er sich im Hotel besorgt hatte.
»Wir tun gut daran, zusammenzubleiben, wenn wir etwas sehen wollen«,

sagte er. »Zuerst einmal müssen wir uns klarmachen, daß das Jerusalem, das wir besichtigen werden, auf den Fundamenten jener Stadt errichtet worden ist, die Christus kannte. Der Boden, den Sein Fuß betreten hat, liegt tief unter uns. Das heißt...«
Der Oberst ergriff ihn am Arm. »Alles schön der Reihe nach«, sagte er munter. »Lassen Sie Ihre Truppen an einem strategisch günstigen Ort aufmarschieren. Ich schlage vor, wir fangen mit der Sankt-Anna-Kirche an. Folgen Sie mir.«
Fügsam trabte die kleine Schar hinter ihm her und stand schließlich, Sankt Anna zur Rechten, auf einem großen Platz.
»Von Kreuzfahrern erbaut«, verkündete der Oberst. »Im zwölften Jahrhundert fertiggestellt. Eins der schönsten Beispiele der Kreuzfahrer-Architektur, die Sie je zu sehen bekommen werden.« Er wandte sich an Reverend Babcock. »Ich weiß das noch von früher«, sagte er.
Babcock steckte erleichtert seine Notizen in die Tasche. Beim Frühstück war ihm der Oberst etwas bedrückt vorgekommen. Jetzt schien er wieder unternehmungslustig und selbstsicher wie immer zu sein. Pflichteifrig folgte die Gruppe ihrem Führer durch die fast leere Kirche. Sie hatten bereits die Franziskanerkirche im Garten Gethsemane besichtigt, trotz aller Unterschiede war vieles gleich: die Schweigen fordernde Atmosphäre, die schlürfenden Schritte, die herumschweifenden Augen, die Unfähigkeit, Gesichter zu unterscheiden, und das Gefühl der Erleichterung, als der Rundgang beendet war und man wieder in das helle Sonnenlicht hinaustreten konnte.
»Wenn man eine gesehen hat, kennt man alle«, flüsterte Jim Foster Jill Smith zu. Sie wich seinem Blick aus, und er wandte sich achselzuckend ab. Schlechtes Gewissen? Na schön, wenn sie es so haben wollte... Letzte Nacht hatte sie einen ganz anderen Anschein erweckt...
Lady Althea betrachtete ihren Mann, während sie sich ein blaues Chiffontuch so um den Kopf drapierte, daß es lose über ihre Schultern fiel. Er schien wieder er selbst zu sein. Sie war erleichtert gewesen, als sie ihn am Vorabend bei ihrer Rückkehr schlafend im Bett vorfand. Sie hatte ihm auch keine Fragen gestellt. Es war besser, an gewisse Dinge nicht zu rühren... Sie hatte Freunde getroffen, Lord und Lady Chaseborough, die im King-David-Hotel abgestiegen waren, und sich mit ihnen um elf Uhr beim Felsendom verabredet. Was für eine Überraschung. Wenn sie gewußt hätte, daß sich die Chaseborough in Jerusalem aufhielten, hätte sie es eingerichtet, ebenfalls im King-David-Hotel zu wohnen. Nun, jetzt war nichts mehr zu machen. Wenigstens reichte es noch für einen kurzen Gedankenaustausch.
»Dort drüben steht eine ganze Schlange Leute«, sagte Robin. »Sollen wir schauen, was los ist, Großvater? Vielleicht werden da Ausgrabungen gemacht.«

»Das ist der Teich von Bethesda«, erklärte der Oberst. »Im Grund ein Teil der städtischen Kanalisation. Nicht viel zu sehen.«
Aber Robin war schon hingelaufen. Seine Aufmerksamkeit war durch einen Mann angezogen worden, der sich mit einem schreienden Kind im Arm zur Spitze der Menschenschlange vordrängte.
»Was macht er denn mit dem Kind?« fragte Kate Foster.
Babcock hatte inzwischen seine Notizen konsultiert. »Das ist der alte Schafmarkt. Erinnern Sie sich an das Kapitel 5 des Johannes-Evangeliums, Mrs. Foster, an den Teich von Bethesda, wo die Gebrechlichen auf Heilung warteten und ein Engel von Zeit zu Zeit das Wasser bewegte? Jesus heilte den Mann, der achtunddreißig Jahre lahm gewesen war.« Er wandte sich an den Oberst. »Wir sollten einen Blick darauf werfen.«
»Dann kommen Sie«, sagte der Oberst. »Aber Sie werden enttäuscht sein.«
Miss Dean stand noch immer vor der Sankt-Anna-Kirche. Das Stimmengewirr und das geschäftige Hin und Her hatten sie ganz konfus im Kopf gemacht. Was meinte Reverend Babcock damit, wenn er sagte, daß der Boden, den Christus betreten hatte, tief unter ihnen lag? Die Kirche hier war zweifellos sehr schön, aber der Oberst hatte erklärt, auch sie sei auf den Fundamenten einer älteren errichtet worden, die sich ihrerseits über der einfachen Behausung des heiligen Joachim und der heiligen Anna erhoben hatte. War das so aufzufassen, daß die Eltern Marias unter der Erde wohnten? In dieser merkwürdigen Grotte vielleicht, die sie besichtigt hatten, bevor sie aus der Kirche gekommen waren? Miss Dean war ernüchtert. Sie hatte sich den heiligen Joachim und die heilige Anna immer in einem hübschen weißgekalkten Haus mit einem kleinen Blumengarten drumherum vorgestellt...
Sie schaute sich um und versuchte den nicht mehr vorhandenen Garten heraufzubeschwören, aber es waren zu viele Leute da, und niemand bezeigte auch nur die geringste Ehrerbietung, und eine junge Frau aß sogar eine Orange und gab einem kleinen Kind, das an ihrem Rockzipfel hing, Stückchen davon, um nachher die Schale auf den Boden zu werfen. Oh, seufzte Miss Dean, wie sehr die heilige Maria diesen herumliegenden Müll verabscheut hätte...
An den Stufen, die zum Teich von Bethesda hinunterführten, herrschte großes Gedränge, und ein Aufseher wies die Leute an, nacheinander hinunterzugehen. Das kleine Mädchen auf dem Arm seines Vaters schrie immer lauter.
»Warum macht sie so ein Theater?« fragte Robin.
»Ich vermute, sie möchte nicht zum Teich«, erwiderte Babcock etwas zögernd. Er wandte die Augen ab. Es handelte sich offenbar um ein spasmisches Kind, und der Vater, seine besorgte Frau zur Seite, wollte es sicher in der Hoffnung auf ein Wunder in den Teich tauchen.

»Ich glaube«, sagte der Oberst, die Lage abschätzend, »wir täten gut daran, zum Praetorium weiterzugehen, bevor das Gedränge noch schlimmer wird.«

»Nein, warte eine Minute«, bat Robin. »Ich möchte sehen, was sie mit dem kleinen Mädchen machen.«

Er beugte sich über das Geländer und starrte interessiert auf den Teich hinunter. Es war tatsächlich kein sehr einladender Ort mit seinem verschlammten Wasser und den schlüpfrigen Treppen. Der Mann, der achtunddreißig Jahre lahm gewesen war, hatte Glück gehabt, daß er nicht weiter auf jemanden warten mußte, der ihn zum Teich brachte, sondern statt dessen schnell von Jesus geheilt wurde. Vielleicht sah Jesus, daß das Wasser schmutzig war. Der Vater mit dem schreienden Kind ging langsam die Treppe hinunter. Drunten tauchte er seine Hand in den Teich und benäßte dreimal Gesicht, Hals und Arme seiner Tochter. Dann lächelte er triumphierend zu den Neugierigen hinauf und stieg wieder nach oben, wo seine Frau mit befriedigter Miene das Gesicht des Kindes abtrocknete. Das kleine Mädchen begann von neuem zu schreien, und der Vater versuchte es zu beruhigen und trug es fort.

Robin wandte sich an Reverend Babcock. »Pech. Es ist kein Wunder geschehen. Ich hatte eigentlich auch nicht damit gerechnet, aber man weiß ja nie...«

Die anderen waren verlegen und bekümmert – unfreiwillige Zeugen eines übertriebenen Glaubens – weitergegangen. Alle außer Miss Dean, die noch immer vor der Kirche stand und den Zwischenfall gar nicht bemerkt hatte. Robin lief zu ihr hin.

»Miss Dean«, rief er. »Sie haben den Teich von Bethesda nicht gesehen.«

»Den Teich von Bethesda?«

»Ja, Sie wissen schon. Er kommt im Johannes-Evangelium vor. Der Teich, wo der Engel das Wasser bewegt und der Lahme geheilt wurde. Nur daß ihn Jesus heilte, nicht der Teich.«

»Ja, natürlich«, sagte Miss Dean. »Ich erinnere mich gut daran. Der arme Mann hatte niemanden, der ihn hinunterbrachte, und er wartete Tag für Tag.«

»Ja«, erklärte Robin stolz. »Das ist da drüben. Ich habe gerade gesehen, wie ein Mann ein kleines Mädchen hinuntergetragen hat. Aber sie ist nicht geheilt worden.«

Der Teich von Bethesda. Was für ein seltsamer Zufall. Sie hatte gestern nach der Rückkehr ins Hotel genau dieses Kapitel gelesen und dabei an Lourdes gedacht und an all die armen kranken Menschen, die jedes Jahr dorthin fuhren und von denen manchmal sogar tatsächlich jemand geheilt wurde, ohne daß es eine medizinische Erklärung dafür gegeben hätte. Natürlich kamen auch viele ungeheilt zurück, aber es konnte ja sein, daß ihr Glaube nicht fest genug war.

»Oh, Robin«, sagte sie, »ich würde ihn gerne sehen.«
»Wissen Sie«, erwiderte er, »eigentlich ist er ein bißchen enttäuschend. Großvater sagt, er sei eine Kloake. Er kennt ihn von 1948. Und wir wollen jetzt zum Praetorium, wo Jesus von den Soldaten gegeißelt worden ist.«
»Ich glaube, ich ertrage es nicht, dorthin zu gehen«, meinte Miss Dean, »vor allem, wenn es unter der Erde liegt, wie offenbar alles hier.«
Robin, auf neue Erlebnisse erpicht, war nicht gewillt, seine Zeit zu verschwenden.
»Der Teich ist da drüben«, erklärte er. »Oben an der Treppe steht ein Mann, der aufpaßt. Bis später.«
Seine Großmutter winkte ihm ungeduldig zu. Lady Althea wollte rechtzeitig beim Felsendom sein, um ihre Freunde zu treffen. »Sag Miss Dean, sie soll sich beeilen, Robin«, rief sie.
»Sie will nicht mit zum Praetorium«, verkündete er.
»Ich auch nicht«, antwortete seine Großmutter. »Ich bin mit den Chaseboroughs verabredet. Na, dann muß Miss Dean sehen, wie sie zurechtkommt. Lauf jetzt, damit du deinen Großvater noch einholst. Er geht gerade unter dem Bogen durch.«
Wegen Babcocks mangelnder Erfahrung war alles so schlecht organisiert, daß jeder für sich selbst sorgen mußte, dachte sie. Wenn Miss Dean die andern nicht mehr antraf, dann konnte sie ja im Hotelbus warten, der gleich vor dem Stephanstor parkte. Sie schaute Robin nach, bis er seinen Großvater erreicht hatte, und folgte dann dem Schild, das den Weg zum Felsendom wies.
»Via Dolorosa... Der Kreuzweg...«
Der Oberst drängte sich durch die Menge, ohne auf die Führer zu achten, die sich allenthalben anboten. Die von hohen Mauern flankierte Straße war sehr schmal, und man kam kaum vorwärts. Einige der Pilger knieten nieder.
»Warum knien die Leute?« wollte Robin wissen.
»Die erste Kreuzwegstation«, erklärte der Oberst. »Wir sind schon beim Praetorium angelangt«, fuhr er dann, an Babcock gewandt, fort. »Das alles gehörte zur alten Antonia-Festung. Wir bekommen eine bessere Vorstellung, wenn wir ins Ecce-Homo-Kloster gehen.«
Er war allerdings nicht ganz so sicher. Seit 1948 schien sich vieles verändert zu haben. An einem Tisch wurden Eintrittskarten verkauft. Er beriet sich leise mit Babcock.
»Wie viele sind wir?« fragte er und schaute sich um.
Doch außer dem Vikar und Robin war offenbar niemand mitgekommen. Es wimmelte von Nonnen, die die Pilger in die Gruppen einteilten.
Dann gingen sie eine Treppe hinunter. Das war es sicher, was Miss Dean nicht gefiel, dachte Robin. Ihm kam es gar nicht so unheimlich vor. Die Nonne, die ihre Gruppe betreute, erklärte, daß sie gleich den gepflasterten

Gerichtsplatz des Pilatus sehen würden. Die Pflasterung war erst vor kurzem freigelegt worden, und der eindeutigste Beweis dafür, daß es sich tatsächlich um den Ort handelte, wo Pilatus Jesus Christus hatte geißeln und verspotten lassen, waren die sonderbaren Markierungen auf den Steinplatten – gekreuzte Linien und Aushöhlungen, die nach Auffassung der Experten von den römischen Soldaten für Glücksspiele benutzt worden waren. Die Nonne erzählte, daß es ein römisches Spiel gegeben habe, bei dem ein zum Tode Verurteilter während seiner letzten Stunden zum König gekrönt und mit heuchlerischer Förmlichkeit behandelt wurde.
Vielleicht, dachte Robin, haben die Kriegsknechte Jesus überhaupt nicht verspottet. Es war nur ein Spiel, an dem sie ihn teilnehmen ließen. Womöglich hatte er gar mit ihnen gewürfelt. Die Krone und das Purpurgewand waren lediglich eine Kostümierung. Ich glaube nicht, daß Leute, die einen zum Tode Verurteilten bewachen, gemein zu ihm sind. Sie versuchen ihm nur die Zeit zu vertreiben, weil er ihnen leid tut. Sicher war es so, und man hatte es eben bisher mißverstanden und falsch gelehrt. Er wollte Mr. Babcock darauf aufmerksam machen und blickte sich um, konnte aber nur seinen Großvater entdecken, der regungslos dastand und in die entgegengesetzte Ecke des Gewölbes starrte. Die anderen Leute begannen sich zu entfernen, doch der Oberst rührte sich nicht.
Wir haben nur unseren Anweisungen entsprechend gehandelt, sagte der Oberst zu sich selbst. Der Terrorismus war damals ein schweres Problem, mit dem die Polizei nicht fertig wurde, so daß wir die Kontrolle übernehmen mußten. Die Juden legten Minen an allen Straßenecken, die Situation verschlechterte sich von Tag zu Tag. Im Juli sprengten sie das King-David-Hotel in die Luft. Wir mußten die Truppen bewaffnen und die Zivilbevölkerung vor den Angriffen der Terroristen schützen. Leider war um die Zeit zu Hause die Labour-Partei am Ruder, so daß keine vernünftige Politik getrieben wurde. Ja, und dann erwischten wir diesen jüdischen Jungen und peitschten ihn aus. Er gehörte zu den Terroristen. Wir hatten ihn auf frischer Tat ertappt. Niemand findet es schön, anderen Qualen zuzufügen... Natürlich kam es hinterher zu Vergeltungsmaßnahmen. Einer unserer Offiziere und drei Unteroffiziere wurden gekidnappt und ausgepeitscht. Gab einen höllischen Stunk deshalb in England. Ich weiß nicht, warum mir die Szene plötzlich so erschreckend klar vor Augen steht. Ich hatte nie mehr daran gedacht... Er erinnerte sich jetzt an das angstverzerrte Gesicht des Jungen und an seinen zuckenden Mund. Er war noch ein halbes Kind. Und dieses Kind stand plötzlich hier vor ihm, mit Robins Augen. Sie klagten ihn nicht an. Ihr Blick war ein dumpfer, flehentlicher Appell. O Gott, dachte er, o Gott, vergib mir. Und seine Dienstjahre schienen unversehens von ihm abzufallen – vergeudete, sinnlos verschwendete Zeit.
»Komm, gehen wir«, sagte er abrupt und zwängte sich durch die Men-

schenmenge nach oben und auf die Straße hinaus, ohne nach rechts oder links zu schauen.

»Warte einen Moment, Großvater«, rief Robin hinter ihm. »Wo genau hat eigentlich Pilatus gestanden?«

»Ich weiß es nicht«, antwortete der Oberst. »Es ist auch unwichtig.«

Lady Althea wanderte im Tempelbezirk herum und tat ihr Bestes, um Kate Foster abzuschütteln, bevor sie ihre Freunde traf.

»Ja, ja, sehr interessant«, sagte sie vage, als Kate ihr aus dem Reiseführer irgend etwas über den Mameluckensultan Quait Bai vorlas, der einen Brunnen über dem Allerheiligsten erbaute. Sie gingen von einem Gebäude zum anderen, stiegen Stufen hinauf und wieder hinunter, besichtigten den Stein, wo Isaak von Abraham geopfert wurde und Mohammed zum Himmel auffuhr, und noch immer war von den Chaseboroughs nichts zu sehen. Die Sonne schien sengend auf sie herab.

»Ich glaube, ich habe genug«, sagte Lady Althea. »Ich erspare es mir, diese Moschee von innen zu bewundern.«

»Sie versäumen das Schönste von ganz Jerusalem«, erwiderte Kate. »Die Glasmalereifenster der El-Aksa-Moschee sind weltberühmt. Ich hoffe nur, daß sie durch die Bombenexplosionen, von denen man dauernd liest, keinen Schaden gelitten haben.«

Lady Althea seufzte. Die Nahostpolitik langweilte sie immer, es sei denn, ein sachverständiges Parlamentsmitglied diskutierte sie beim Dinner. Juden und Araber unterschieden sich im übrigen auch kaum voneinander. Sie legten alle Bomben.

»Schauen Sie sich Ihre Moschee ruhig an«, sagte sie.

Kate Foster verschwand, und Lady Althea schlenderte zu der Treppe vor dem Felsendom zurück. Der Tempelbezirk hatte den großen Vorteil, daß hier kein solches Gedränge herrschte wie in der erstickend engen Via Dolorosa. Hier hatte man wenigstens ein bißchen Bewegungsfreiheit. Sie verspürte plötzlich Hunger und hatte das Gefühl, seit dem Frühstück seien Ewigkeiten vergangen. Das ringförmige Brot fiel ihr ein, das sie auf Robins Drängen bei einem Straßenverkäufer erstanden hatte, und sie öffnete ihre Handtasche. »Es ist nicht ungesäuert«, hatte er ihr erklärt, »aber bestimmt auch sehr gut.« Sie lächelte. Er war ein so amüsantes Kind. Lady Althea biß in das Brot, das weitaus härter war, als sie erwartet hatte, und im selben Augenblick sah sie Eric Chaseborough und seine Frau inmitten einer Gruppe Touristen aus den Marställen Salomons kommen. Sie winkte ihnen zu, und Eric Chaseborough schwenkte seinen Hut. Als sie das Stück Brot wieder in ihre Handtasche schob, merkte sie auf einmal an einem sonderbaren Gefühl im Mund, daß etwas Schreckliches geschehen war. Ihre Zunge betastete den Oberkiefer und stieß gegen zwei scharfe Zacken. Sie betrachtete das Brot in ihrer Tasche, und da waren sie, die beiden Jacketkronen, mit denen der Zahnarzt noch kurz vor der

Abreise ihre Schneidezähne versehen hatte. Entsetzt griff sie nach ihrem Taschenspiegel. Ein fremdes Gesicht starrte ihr entgegen, und aus ihrem Zahnfleisch ragten zwei kleine schwärzliche Stummel. Alle Schönheit war dahin. Sie sah aus wie eine dieser vorzeitig gealterten Frauen, die an den Straßenecken bettelten.
O nein..., dachte sie. O nein, nicht hier, nicht ausgerechnet jetzt! Und in ihrer qualvollen Scham verhüllte sie ihren Mund mit dem blauen Chiffontuch, als die Chaseboroughs lächelnd näher kamen.
»Endlich haben wir dich gefunden«, rief Eric Chaseborough, aber sie schüttelte nur mit abwehrenden Handbewegungen den Kopf.
»Was hat Althea? Ist ihr schlecht geworden?« fragte Lady Chaseborough ihren Mann.
Die hochgewachsene, elegante Gestalt wich vor ihnen zurück, einen Schal vor dem Mund, und dann fiel das Chiffontuch plötzlich zurück und enthüllte die Tragödie. Die Besitzerin des Tuches bemühte sich, etwas zwischen den geschlossenen Lippen hervorzumurmeln und deutete auf das Brot in ihrer Handtasche und auf die beiden Zähne, die darin staken.
»Oh«, murmelte Eric Chaseborough, »das ist scheußliches Pech.«
Er blickte sich hilflos um, als könne ihm jemand von den Passanten die Adresse eines Zahnarztes geben.
Seine Frau nahm ihre Freundin mitfühlend beim Arm. »Mach dir keine Sorgen«, sagte sie. »Man sieht es nicht, wenn du das Tuch vor den Mund hältst. Du hast doch hoffentlich keine Schmerzen?«
Lady Althea schüttelte den Kopf. Schmerzen hätte sie aushalten können, aber nicht diese brennende Scham, dieses erniedrigende Bewußtsein, daß sie mit einem einzigen Biß in ein Stück Brot all ihre Eleganz und Würde eingebüßt hatte.
»Die Israelis sind sehr fortschrittliche Menschen«, erklärte Eric Chaseborough. »Es gibt hier ganz bestimmt einen erstklassigen Arzt, der imstande ist, das zu reparieren. Der Empfangschef im Hotel kann uns sicher jemand empfehlen.«
Lady Althea schüttelte den Kopf und dachte an die endlosen Stunden in der Harley Street und an die Geduld, die sie hatte aufbringen müssen, um ihre Schönheit intakt zu halten. Sie dachte an den Lunch, der ihr bevorstand, und sah sich schon auf einem Stuhl sitzen und jeden Gang zurückweisen, während ihre Freunde so taten, als sei alles in bester Ordnung. Selbst ein Zahnarzt konnte bestenfalls kaschieren, was geschehen war. Phils bestürzte Miene. Robins neugieriger Blick. Die abgewandten Augen der anderen. Der Ausflug würde als Alptraum in ihrer Erinnerung haften bleiben.
»Da kommt eine Dame, die dich zu kennen scheint«, murmelte Eric Chaseborough.
Kate Foster hatte nach der Besichtigung der El-Aksa-Moschee dem Ein-

gang zur Klagemauer entschlossen den Rücken gekehrt. Es drängten sich zu viele orthodoxe Juden dort, und sie konnte nicht vergessen, daß die israelische Regierung an diesem Ort so rücksichtslos jordanische Behausungen eingerissen hatte. Und dann sah sie plötzlich Lady Althea vor dem Felsendom zwischen einem unbekannten Paar stehen, das sie zu stützen schien. Hastig lief sie hinzu.
»Um Gottes willen, was ist denn passiert?« fragte sie. Lord Chaseborough stellte sich vor und erklärte die Situation.
»Die arme Althea ist todunglücklich«, murmelte er.
»Sie hat ihre Schneidezähne verloren?« sagte Kate Foster. »Nun, das ist doch kein Weltuntergang, oder?« Mit einer gewissen Neugier betrachtete sie das Häuflein Elend, das noch vor kurzem so stolz und selbstsicher neben ihr hergegangen war. »Lassen Sie einmal sehen...«
Lady Althea senkte mit bebender Hand das Chiffontuch und versuchte sich ein Lächeln abzuringen, und zu ihrer und ihrer Freunde Verblüffung brach Kate Foster in Gelächter aus.
»Nein wirklich«, sagte sie, »ein Boxer hätte das nicht sauberer erledigen können.«
Alle Leute ringsum – so schien es Lady Althea – starrten und flüsterten und lächelten. Sie hatte selbst so oft jemanden verspottet und wußte, daß nichts so erheiternd auf eine anonyme Menschenmenge wirkt wie der Anblick eines Menschen, der plötzlich eine groteske Figur abgab.

»Geradeaus zur Via Dolorosa... Zum Kreuzweg...«
Jim Foster zog Jill Smith an der Hand hinter sich her. An jeder Straßenecke wurden sie von knienden Pilgern aufgehalten. Aber Jill hatte unbedingt die Souks sehen wollen, also sollte sie die Souks sehen. Bei dieser Gelegenheit konnte er auch gleich ein kleines Versöhnungsgeschenk für Kate kaufen.
»Ich glaube, ich sollte lieber auf Bob warten«, meinte Jill.
Doch Bob war nirgends zu entdecken. Er hatte sich der kleinen Gruppe angeschlossen, die mit Babcock zum Praetorium ging.
Erstaunlich, wie sich eine Frau zwischen Mitternacht und Mittag ändern konnte, dachte Jim Foster. Gestern noch hatte sie unter seiner Berührung nach anfänglichem Protest vor Wonne gestöhnt, und jetzt war sie so kühl und abweisend, als wollte sie nichts mehr mit ihm zu tun haben. Na gut, okay. Jedem das Seine. Trotzdem war es ein Schlag ins Gesicht. Für schlechtes Gewissen hätte er ja noch Verständnis gehabt, aber dieses abweisende Gehabe... Wer weiß, dachte er, ob sie nicht gestern abend jammernd zu ihrem Mann gelaufen ist und das Opfer eines Überfalls gespielt hat? Obwohl dieser verklemmte Bursche bestimmt nie etwas unternehmen würde... Na, es war vermutlich das einzige Abenteuerchen ihres Lebens gewesen. Armes Ding. Wenigstens eine schöne Erinnerung...

»Komm«, drängte er, »wenn du dieses Armband kaufen willst, müssen wir uns beeilen.«
»Wir können nicht weiter«, flüsterte sie. »Der Geistliche dort betet gerade.«
»...denn durch das heilige Kreuz hast Du die Welt erlöst...«
Ich hätte es nicht tun dürfen, dachte Jill Smith. Ich hätte es nicht zulassen sollen. Es war nicht recht. Mir ist entsetzlich elend zumute, wenn ich mich daran erinnere. Und wir sind hierhergekommen, um die heiligen Stätten zu besichtigen. Jesus Christus ist für uns gestorben. All diese betenden Menschen. Ich bin so schlecht, so verdorben. Und auch noch auf der Hochzeitsreise! Was würden die anderen sagen, wenn sie es wüßten? Sie würden sagen, ich sei eben eine Hure, ein Flittchen. Und dabei liebe ich ihn nicht einmal, nein, ich liebe Bob. Ich weiß wirklich nicht, was gestern abend über mich gekommen ist, daß ich ihn das habe tun lassen.
Die Pilger hinter dem Geistlichen erhoben sich und gingen weiter, und gottlob wirkte die Straße, als sie fort waren, nicht mehr so heilig. Es wimmelte plötzlich von ganz gewöhnlichen Leuten, man sah Gemüsestände, die Berge von Orangen und Grapefruits, enorme Kohlköpfe, Zwiebeln und Bohnen ausgelegt hatten, und Fleischerläden, wo abgehäutete Lämmer an Haken hingen, und überall riefen Händler ihre Waren aus.
»Wir scheinen im falschen Souk zu sein«, meinte Jim Foster. »Ich fürchte, hier gibt es nur Eßwaren.« Doch dann erspähte er hinter einem Torbogen eine schmale Gasse mit einer Reihe Souvenirbuden, darunter auch eine, in der ein alter Mann allerlei billigen Schmuck verkaufte. »Hier, das ist schon eher etwas«, sagte er und steuerte darauf zu. Aber ein mit Melonen beladener Esel versperrte ihm den Weg, und eine Frau, die einen Korb auf dem Kopf trug, stolperte über seinen Fuß.
»Gehen wir lieber zurück«, schlug Jill vor. »Wir werden uns rettungslos verirren.«
Ein junger Mann schlängelte sich an sie heran. Er hielt ihr ein Bündel Prospekte hin. »Möchten Sie Künstlerkolonie sehen? Einen Nachtklub besuchen?«
»O bitte, lassen Sie mich in Ruhe«, sagte Jill. »Mich interessiert das alles überhaupt nicht.«
Sie hatte Fosters Hand losgelassen, und er winkte ihr nun von der gegenüberliegenden Straßenseite zu. Vielleicht war das ein günstiger Augenblick, um ihm zu entwischen und Bob zu suchen, aber Jill scheute vor dem Gedanken zurück, allein durch diese engen, verwirrenden Gäßchen gehen zu müssen.
Jim Foster stand vor der Schmuckbude und nahm einen Gegenstand nach dem anderen in die Hand. Purer Ramsch. Lohnte sich nicht, hier etwas zu kaufen. Medaillons mit dem Felsendom und Kopftücher mit aufgedruckten Eseln. Wenn er Kate so etwas mitbrachte, würde sie es womög-

lich als einen schlechten Scherz ansehen. Er schaute sich nach Jill um und vergaß ganz, daß er noch immer eins der verschmähten Medaillons festhielt. Jill verschwand gerade um eine Straßenecke. Albernes Mädchen, was war nur mit ihr los? Als er die Straße überqueren wollte, rief eine wütende Stimme etwas hinter ihm her.

»Drei Dollar für das Medaillon. Sie schulden mir drei Dollar!«
Jim drehte sich um. »Ach, ich will das Ding doch gar nicht. Da haben Sie es«, sagte er und warf es dem zornroten Verkäufer hin.

»Sie haben es genommen, Sie kaufen es!« schrie der Mann und begann auf seinen Nachbarn einzureden, beide schüttelten die Fäuste, und andere Leute wurden aufmerksam. Jim zögerte einen Moment, und dann verlor er plötzlich die Nerven. Man wußte bei diesem Pöbel nie, was geschehen würde. Schnell ging er fort, und als der Lärm hinter ihm anschwoll und sich Köpfe nach ihm umdrehten, beschleunigte er seinen Schritt, begann zu laufen, und die Leute beiseite zu drängen, obwohl er damit nur noch mehr Aufsehen erregte. »Was ist los? Ist er ein Dieb? Hat er eine Bombe gelegt?«

Er rannte ein paar Stufen hinauf, sah zwei israelische Polizisten von oben kommen und rannte sofort zurück, um eine andere Richtung einzuschlagen. Sein Atem ging schnell, und er spürte links unter den Rippen einen stechenden Schmerz. Der Gedanke, daß die beiden Polizisten jemanden befragt haben könnten und ihn nun verfolgten, in der Meinung, er sei ein Dieb oder ein Anarchist oder so etwas, versetzte ihn in panische Furcht. Wie konnte er sich aus dieser peinlichen Lage befreien? Wie sollte er die Sache erklären?

Er zwängte sich durch die Volksmassen und hatte längst jeglichen Orientierungssinn verloren, als er schließlich vor einer hohen gelblichen Mauer landete. Der Schmerz in seiner linken Seite wurde immer bohrender, und er hätte sich gern für eine Weile an die Mauer gelehnt, wenn der Weg dorthin nicht von einer Reihe Männern mit schwarzen Hüten und krausem Haar blockiert gewesen wäre, die sich verneigten, gegen die Brust schlugen und beteten. Das alles sind Juden, dachte er, ich bin ein Fremder, ich gehöre nicht dazu... Und wieder befiel ihn Panik und ein Gefühl der Verlassenheit. Wie, wenn die zwei israelischen Polizisten ihm wirklich auf den Fersen waren und sich nun zu ihm durchzwängten? Wie, wenn die Männer an der Klagemauer sich umdrehten, um ihn strafend anzustarren, während aus der Menge ein Schrei aufstieg... »Dieb... Dieb...«

Jill Smith hatte nur den einen Gedanken, sich möglichst weit von Jim Foster zu entfernen. Sie wollte nichts mehr mit ihm zu tun haben. Sie mußte natürlich höflich sein, solange sie zusammen waren, aber am Spätnachmittag würden sie ja Jerusalem schon verlassen, und an Bord des Schiffes

konnte man jeden engen Kontakt vermeiden. Gott sei Dank würden sie und Bob einige Kilometer außerhalb Little Bletfords wohnen.
Sie ging die enge, verstopfte Straße zurück und begegnete Touristen, Pilgern, Priestern. Nur von Bob und den anderen war keine Spur zu sehen. Überall standen Schilder, die den Weg zum Heiligen Grab wiesen, aber sie kümmerte sich nicht darum. Sie wollte das Heilige Grab nicht besichtigen. Es erschien ihr nicht recht, nicht – nun – moralisch. Es wäre heuchlerisch gewesen, sich unter diese betenden Menschen zu mischen. Die Mauern der Altstadt hatten etwas Bedrohliches. Vielleicht würde sie sich von ihnen befreien können, wenn sie weiterging. Vielleicht gab es doch irgendwo einen ruhigen Ort, wo sie sich eine Weile hinsetzen und nachdenken konnte.
Dann sah sie in einiger Entfernung ein Tor. Die Beschilderung machte nicht klar, ob es nun eigentlich Shechem- oder Damaskus-Tor hieß, aber es war ihr auch gleichgültig, was für einen Namen es hatte, solange es sie nur aus der Altstadt herausführte.
Sie ging unter dem großen Bogen hindurch. Draußen parkten Wagen und Autobusse, wie vor dem Stephans-Tor, und Touristen strömten in Scharen herbei. Und da, inmitten dieser Menschenmenge, stand Kate Foster, und sie sah ebenso verloren und verwirrt aus wie vermutlich sie selbst. Zu spät, um noch umkehren zu können. Kate hatte sie schon erblickt. Zögernd ging Jill auf sie zu.
»Haben Sie Jim gesehen?« fragte Kate.
»Nein«, erwiderte sie. »Ich habe ihn in diesen engen Gassen aus den Augen verloren. Ich suche Bob.«
»Na, machen Sie sich keine Hoffnungen, sie finden ihn bestimmt nicht«, meinte Kate. »Einen derartigen Mangel an Organisation habe ich noch nie erlebt. Und diese Volksmassen bringen einen ja um. Lady Althea ist mit einem halben Nervenzusammenbruch ins Hotel gefahren. Sie hat ihre Zähne verloren.«
»Was hat sie?« fragte Jill.
»Ihre Schneidezähne. Sie staken plötzlich in einem Stück Brot. Sie sieht wie eine Vogelscheuche aus.«
»O du meine Güte, wie unangenehm für sie, das tut mir aber leid«, sagte Jill.
Ein Wagen hupte, und sie traten zur Seite und begannen ohne ein bestimmtes Ziel weiterzugehen.
»Die Freunde, die mit ihr zusammen waren, redeten ständig davon, daß sie einen Zahnarzt suchen wollten, aber wo soll man in diesem hektischen Betrieb einen Zahnarzt finden? Dann trafen wir beim Stephans-Tor glücklicherweise den Oberst...«
»Und was tat er?«
»Er holte sofort ein Taxi und packte sie hinein. Sie war den Tränen nahe.

Er schickte ihre Freunde fort und setzte sich neben sie, und wenn Sie mich fragen, so war sie – obwohl sie ihn ja oft ziemlich schnöde behandelt – noch nie in ihrem Leben so erleichtert, jemanden zu sehen. Ich wünschte bloß, ich könnte Jim finden. Was machte er denn, als Sie ihn zuletzt sahen?«
»Ich bin nicht ganz sicher«, stammelte Jill. »Ich glaube, er wollte ein Geschenk für Sie kaufen.«
»Ich kenne Jims Geschenke«, sagte Kate. »Ich bekomme immer eines, wenn er ein schlechtes Gewissen hat. Gott, ich könnte eine Tasse Tee gebrauchen. Oder wenigstens einen Ort, wo man sich hinsetzen und die Füße von sich strecken kann.«
Sie gingen weiter und kamen zu einem Schild, das den »Garten der Auferstehung« anpries.
»Da bekommen wir wohl kaum eine Tasse Tee«, meinte Jill.
»Das weiß man nie«, erwiderte Kate. »In Jerusalem hat alles die unsinnigsten Namen. Das ist wie in Stratford-on-Avon, wo man dauernd über Shakespeare oder Ann Hathaway stolpert. Hier ist es eben Jesus Christus.«
Der Weg führte zu einer von Felsen umgebenen Einfriedung, die nach allen Seiten von gepflasterten Pfaden durchzogen war. Ein Aufseher gab ihnen einen Prospekt, worin irgend etwas über den Garten Josephs von Arimathea stand.
»Also, Tee gibt es hier tatsächlich nicht«, sagte Kate. »Nein danke, wir wollen keinen Führer.«
»Wir könnten uns aber wenigstens auf die kleine Mauer da setzen«, murmelte Jill. »Dafür müssen wir bestimmt nicht bezahlen.«
Der Aufseher entfernte sich achselzuckend. Es würden sicher bald Scharen von Touristen kommen, die mehr Interesse zeigten. Kate betrachtete den Prospekt.
»Der Garten will mit dem Heiligen Grab konkurrieren«, erklärte sie. »Vermutlich wollen sie die Touristen etwas verteilen. Das zerfallene kleine Ding dort an dem Felsen muß wohl das Grab sein.«
Sie schlenderten hin und schauten durch die Öffnung in der Wand.
»Es ist leer«, sagte Jill.
»Nun, das war doch zu erwarten, oder nicht?« entgegnete Kate.
Es war jedenfalls ein friedlicher Ort wo man sich ein bißchen ausruhen konnte. Weit und breit war kein Tourist zu sehen. Kate nahm an, daß es noch zu früh war und sich die üblichen Horden erst später einfinden würden, um überall herumzutrampeln. Sie musterte ihre Begleiterin mit einem Seitenblick. Jill wirkte müde und abgespannt. Vielleicht hatte sie sie doch falsch beurteilt. Es war sicher Jims Schuld.
»Wenn ich Ihnen einen Rat geben darf«, sagte sie spontan, »dann legen Sie sich bald ein Kind zu. Wir wollten warten, und das Ergebnis war, daß

wir dann später keine Kinder mehr bekamen. O ja, ich habe alles versucht. Es nutzte nichts. Die Ärzte meinten, wahrscheinlich liege es an Jim, aber er war zu keiner Untersuchung bereit. Jetzt ist es natürlich längst zu spät. Ich bin mitten in den Wechseljahren.«

Jill wußte nicht, was sie erwidern sollte. Was Kate Foster ihr erzählt hatte, verstärkte ihr Schuldbewußtsein nur noch.

»Es tut mir so leid«, sagte sie.

»Na, ich muß mich eben damit abfinden. Seien Sie froh, daß Sie noch jung sind und das ganze Leben vor sich haben. Manchmal habe ich das Gefühl, daß nichts mehr übrig ist und es Jim völlig egal wäre, wenn ich morgen stürbe.«

Zu Kates Bestürzung brach Jill Smith plötzlich in Tränen aus.

»Um Himmels willen, was ist denn los?« fragte Kate.

Jill schüttelte den Kopf. Sie konnte nicht sprechen. Wie sollte sie die Gewissensbisse erklären, die sie peinigten?

»Entschuldigen Sie bitte«, sagte sie. »Wissen Sie, mir ist nicht besonders gut. Ich war die ganze Zeit schon so müde und fühlte mich nicht wohl.«

»Haben Sie Ihre Tage?«

»Nein... nein. Ich zweifle nur manchmal, ob Bob mich wirklich liebt, ob wir zueinander passen.«

Oh, was sagte sie da, und überhaupt konnte das Kate Foster wohl kaum interessieren!

»Sie haben vermutlich zu jung geheiratet«, meinte Kate. »Ich habe das auch getan. Alle Leute heiraten zu jung. Ich denke oft, daß ledige Frauen es viel besser haben.«

Aber was nutzte das? Sie war über zwanzig Jahre mit Jim verheiratet, und trotz aller Aufregungen und Belastungen, die ihr Zusammenleben mit sich brachte, hätte sie sich doch nie von ihm trennen können. Sie liebte ihn, er brauchte sie. Wenn ihn eine Krankheit befiele, würde er immer zuerst zu ihr kommen.

»Ich hoffe, es ist ihm nichts passiert«, sagte sie unvermittelt.

Jill, die sich gerade die Nase putzte, blickte auf. Von wem sprach sie? Von Bob oder von Jim?

»Wie meinen Sie das?« fragte sie.

»Jim kann Gedränge nicht ertragen. Deswegen wollte ich auch, daß er mich zum Tempelbezirk begleitete; ich wußte, daß es dort ruhiger sein würde. Aber er mußte ja unbedingt mit Ihnen in entgegengesetzter Richtung fortlaufen. Menschenansammlungen lösen bei ihm eine regelrechte Panikstimmung aus. Er bekommt Klaustrophobie.«

»Ich wußte das nicht«, sagte Jill. »Er hat es nie erwähnt...«

Vielleicht verlor auch Bob die Nerven, wenn ihn diese wogende Masse umgab... Ihre Blicke schweiften über den stillen Garten, die vereinzelten Sträucher, die öde kleine Gruft.

»Es ist sinnlos, hierzubleiben«, stellte sie fest. »Sie kommen nie hierher.«
»Ich weiß«, sagte Kate. »Aber was sollen wir tun? Wohin können wir gehen?«
Die Vorstellung, noch einmal in die verhaßte Altstadt zurückkehren zu müssen, war unangenehm, doch es gab keine andere Möglichkeit. Sie würden weitersuchen müssen.

Miss Dean wartete, bis sich das Gedränge um die Sankt-Anna-Kirche und den Teich von Bethesda etwas gelichtet hatte, und ging dann langsam auf die Treppe zu, die zum Wasser hinunterführte. Eine ausgefallene, wunderbare Idee war ihr gekommen. Was sie am Vorabend zufällig mithörte, hatte sie sehr getroffen und zutiefst verletzt. Ein Nagel zu seinem Sarg... Jill Smith hatte Mr. Foster erzählt, der Vikar habe zu ihrer Mutter gesagt, daß sie, Mary Dean, ein Nagel zu seinem Sarg und seit Jahren hinter ihm her gewesen sei. Es war natürlich eine Lüge. Der liebe Vikar würde so etwas nie sagen. Dennoch hatte die Tatsache, daß solche Dinge überhaupt ausgesprochen werden konnten, daß vielleicht in Little Bletford irgendwelche Gerüchte über sie im Umlauf waren, sie so bekümmert, daß sie kaum geschlafen hatte. Und dies ausgerechnet beim Garten Gethsemane...
Dann hatte ihr der liebe kleine Robin erklärt, daß ein Kind zum Teich von Bethesda hinuntergetragen worden sei, damit es von einer Krankheit geheilt würde. Nun, vielleicht trat die Heilung nicht sofort ein, vielleicht dauerte es ein paar Stunden oder sogar Tage, bis sich das Wunder zeigte. Miss Dean hatte keine Krankheit, sie war vollkommen gesund. Aber sie konnte ihre kleine Eau-de-Cologne-Flasche mit Wasser aus dem Teich füllen und es mit nach Hause nehmen und dem Vikar für das Weihwasserbecken in der Kirche geben. Diese Geste des Glaubens würde ihn überwältigen. Sie konnte sich gut vorstellen, was für einen Ausdruck sein Gesicht annehmen würde, wenn sie ihm das Fläschchen übergab. »Oh, Miss Dean, was für ein rührender, wunderbarer Einfall!«
Das Schlimme war, daß man vielleicht kein Wasser aus dem Teich nehmen durfte, und der Mann, der beim Eingang stand, repräsentierte zweifellos die Obrigkeit... Aber sie konnte ja warten, bis er einmal wegging – schließlich diente der kleine Betrug ja einem guten, religiösen Zweck.
Miss Dean harrte eine Weile aus, und dann – bestimmt hatte ihr Christus beigestanden – schritt der Mann auf eine Gruppe Leute zu, die ihn etwas fragten. Das war ihre Chance. Sie näherte sich unauffällig der Treppe, umklammerte vorsichtig das Geländer und begann hinunterzusteigen. Robin hatte in gewisser Weise recht gehabt. Der Teich sah tatsächlich wie eine Kloake aus, aber zumindest lag er tief unter der Erdoberfläche, und nach dem, was ihnen Reverend Babcock erzählt hatte, handelte es sich also

zweifellos um die authentische Stätte. Unten angelangt, vergewisserte sie sich, daß sie von niemandem beobachtet wurde, nahm ihr Taschentuch heraus, kniete sich darauf und leerte die Eau-de-Cologne-Flasche auf dem Boden aus. Es schien ja eine Verschwendung, doch man konnte es auch als eine Art Opfer betrachten.
Sie beugte sich über den Teich und ließ Wasser in die Flasche fließen. Dann stand sie auf und schraubte den Verschluß zu, und bei der Bewegung glitt sie auf der feuchten Steinplatte aus, und die Flasche fiel ins Wasser. Miss Dean entfuhr ein leiser Aufschrei der Bestürzung. Sie versuchte das Fläschchen noch zu ergreifen, doch es versank bereits, und plötzlich verlor sie das Gleichgewicht und war eine Sekunde später ringsum von modrig riechendem Wasser umgeben.
»O Gott«, rief sie. »Lieber Gott, hilf mir!«
Sie streckte die Arme nach oben und versuchte den Rand der schlüpfrigen Steinplatte zu erreichen, auf der sie gestanden hatte, doch das Wasser drang in ihren offenen Mund, und sie sah nur noch die hohen Mauern und einen Fleck blauen Himmels über ihrem Kopf.

Reverend Babcock war von der historischen Stätte unter dem Ecce-Homo-Kloster ebenso ergriffen wie der Oberst, nur aus nicht ganz so persönlichen Gründen. Auch er sah einen Mann ausgepeitscht werden, aber die Szene lag zweitausend Jahre zurück, und der Mann, der da litt, war Jesus. Er kam sich absolut unwürdig und gleichzeitig bevorzugt vor, auf diesem heiligen Boden gestanden zu haben. Demütig, mit gesenktem Kopf, folgte er dem Strom der Pilger, der langsam durch die Via Dolorosa zog.
»O Gott«, betete er, »laß mich den Kelch leeren, den Du geleert hast, laß mich Deine Leiden teilen.«
Jemand zupfte ihn am Arm. Es war der Oberst. »Führen Sie die andern allein weiter«, bat er. »Ich bringe meine Frau ins Hotel. Sie hat ein kleines Mißgeschick mit ihren Zähnen gehabt und ist ziemlich aufgeregt. Es ist vielleicht besser, wenn sie aus diesem Gedränge herauskommt.«
»Natürlich«, sagte Babcock teilnehmend. »Das tut mir wirklich leid. Wo sind die andern?«
Der Oberst warf einen Blick zurück. »Ich kann nur zwei von ihnen sehen, unseren Robin und den jungen Smith. Ich habe Ihnen schon gesagt, daß sie Sie nicht aus den Augen verlieren sollen.«
Nachdem der Oberst verschwunden war, setzte sich Babcock wieder zum Kalvarienberg in Bewegung. Wir sind wirklich ein Querschnitt durch die Christenheit, dachte er. Menschen sämtlicher Nationen, Männer, Frauen, Kinder – alle gehen den Weg, den Unser Herr einst gegangen ist. Und auch damals starrten neugierige Augen, während der Verurteilte vorbeikam. Auch damals verkauften Händler ihre Waren, blieben Frauen mit

Körben auf dem Kopf in Torbögen stehen, jagten Hunde Katzen nach, diskutierten alte Männer miteinander, weinten Kinder.
Via Dolorosa... Der Kreuzweg...
Links, dann wieder rechts, und an der Biegung strömten von der anderen Seite noch mehr Pilger herbei. Als Babcock sich umschaute, sah er weder Robin noch Bob Smith, ganz zu schweigen vom Rest der Gruppe. Vor sich hatte er nun eine Schar Nonnen, und hinter ihm schritten bärtige, schwarzgewandete griechisch-orthodoxe Priester einher. Nach rechts oder links auszuscheren war völlig unmöglich.
Die Nonnen sprachen gerade auf holländisch das Ave Maria. Das heißt, er hielt es für Holländisch, es konnte aber auch Deutsch sein. Als der Zug die fünfte und sechste Station erreichte, knieten sie nieder, und Babcock erinnerte sich daran, daß an der fünften Station das Kreuz auf Simon von Kyrene gelegt worden war und an der sechsten Veronika Christus den Schweiß abgetrocknet hatte. Er überlegte, ob er mit den Nonnen niederknien oder mit den griechisch-orthodoxen Priestern stehenbleiben sollte. Er beschloß, niederzuknien. Es zeigte mehr Ehrerbietung, mehr Demut. Weiter, weiter, immer weiter nach oben, und dann erhob sich die Kuppel der Grabeskirche über ihnen, und es gab eine letzte Pause, weil sie den gepflasterten Hof vor der großen Basilika erreicht hatten und gleich das imposante Portal zu den letzten Stationen durchschreiten würden, die in der Kirche selbst lagen.
In diesem Augenblick merkte Babcock – allerdings nicht zum erstenmal, denn er hatte schon im Ecce-Homo-Kloster einen leichten Brechreiz verspürt –, daß sein Magen revoltierte. Ein stechender Schmerz durchzuckte ihn, ließ nach, kam wieder. Er begann zu schwitzen und schaute sich um, aber er war von Pilgern förmlich eingekeilt und hatte keine andere Möglichkeit, als weiterzugehen und in die Kirche einzutreten.
Die Grabeskirche nahm ihn auf. Er wurde Dunkelheit gewahr, Weihrauch, den Geruch vieler Körper. Was soll ich nur tun, wohin kann ich gehen, überlegte er verzweifelt, während ihm das Hühnerragout vom Vorabend aufstieß, und als er hinter den Nonnen die Stufen zu der Kapelle von Golgatha hinaufstolperte, sah er nichts mehr von den Altären zu beiden Seiten mit ihren Kerzen, Lichtern, Kreuzen und den unzähligen Votivgaben. Er nahm nur noch den Druck in seinem Magen wahr und die vehemente Forderung seiner aufbegehrenden Eingeweide, die keine Willenskraft, keine göttliche Barmherzigkeit bezwingen konnte.

Bob Smith, der mit Robin etwas nach hinten abgedrängt worden war, hatte bemerkt, daß Babcocks Gesicht, als er vor dem Kircheneingang zum letztenmal niederkniete, sehr weiß aussah und er sich die Stirn mit dem Taschentuch abwischte.
Ob ihm übel ist? dachte er. Schwäche, vielleicht. Er wandte sich an Robin.

»Hör mal«, sagte er. »Ich mache mir Sorgen um unseren Pfarrer. Ich glaube, ihm ist nicht gut.«
»Vielleicht muß er auf die Toilette«, meinte Robin. »Ich möchte übrigens auch ganz gerne...«
Er schaute sich suchend um.
Bob Smith zögerte. »Warum bleibst du nicht hier und wartest auf uns?« schlug er vor. »Das heißt, wenn du es verschmerzen kannst, das Heilige Grab von innen zu sehen.«
»Oh, ich bin gar nicht scharf darauf«, antwortete Robin. »Ich glaube sowieso nicht, daß es das richtige ist.«
»Na, dann gut. Ich will schauen, ob ich ihn finden kann.«
Als Bob sich durch die Tür zwängte, waren die Nonnen und die griechisch-orthodoxen Priester gerade dabei, die Stufen hinunterzusteigen. Babcocks Gestalt, die vorher auf der Via Dolorosa so aufgefallen war, konnte er nirgends sehen.
Dann entdeckte er ihn – an einer Wand zusammengekauert, die Hände vor dem Gesicht, neben sich einen Sakristan, der den Kopf hob, als Bob herankam.
»Ein englischer Pilger«, flüsterte er. »Ihm ist übel geworden.«
»Ich kenne ihn«, sagte Bob. »Er gehört zu unserer Reisegruppe.« Er bückte sich und berührte Babcocks Arm. »Machen Sie sich keine Sorgen«, sagte er. »Ich bin hier.«
Babcock wies mit dem Kopf zur Seite. »Er soll weggehen«, flüsterte er. »Mir ist etwas Schreckliches passiert.«
»Ja, ich verstehe.« Bob machte dem Sakristan ein Zeichen, und der Mann nickte und dirigierte die hereinströmenden Pilger an der kleinen Kapelle vorbei, während Bob Babcock auf die Füße half.
»Das kann jedem passieren«, bemerkte er. »Ich erinnere mich, daß einmal...«
Er beendete seinen Satz nicht. Babcock war zu sehr von Schwäche und Scham überwältigt, um auf ihn zu hören. Bob nahm seinen Ellbogen und führte ihn aus der Kirche hinaus. »An der frischen Luft wird es Ihnen gleich besser gehen«, sagte er.
Babcock stützte sich auf ihn. »Es war das Huhn«, erklärte er. »Das Huhn, das ich gestern abend gegessen habe. Ich hatte eigens weder Obst noch Salat angerührt, weil mich Miss Dean davor gewarnt hatte. Das Hühnerragout hielt ich für ungefährlich.«
»Machen Sie sich keine Gedanken«, tröstete Bob. »Sie können doch nichts dafür! Meinen Sie, daß es vorüber ist?«
»Ja, ja, es ist vorbei.«
Bob schaute sich um, aber Robin war nicht zu sehen. Er war offenbar doch in die Kirche gegangen. Was sollte er nur tun? Den Jungen durfte man nicht allein lassen, doch Babcock ebensowenig. Es konnte ihm ja noch ein-

mal übel werden. Am besten brachte er ihn zum Autobus am Stephans-Tor und ging dann zurück, um Robin abzuholen.
»Hören Sie«, sagte er. »Ich glaube, Sie sollten so schnell wie möglich ins Hotel und sich hinlegen. Ich begleite Sie zum Bus.«
»Ich bin Ihnen so dankbar«, murmelte sein Gefährte, »so unendlich dankbar.«
Es war ihm gleichgültig, daß er vielleicht Aufsehen erregte, daß sich die Leute umdrehten und starrten. Während er mit Bob Smith die Anhöhe hinunter und durch die Via Dolorosa ging, vorbei an singenden Pilgern, an Touristen, an Verkäufern, die Gemüse oder Fleisch anpriesen, war ihm bewußt, daß er nun doch noch die Tiefen der Erniedrigung kennengelernt und durch diesen Akt menschlicher Schwäche eine Schmach erlitten hatte, wie sie vielleicht auch Christus in seiner Einsamkeit und Furcht hatte hinnehmen müssen, bevor er ans Kreuz genagelt wurde.
Als sie zum Stephans-Tor kamen, sahen sie, daß ein Krankenwagen neben ihrem Bus stand, von einer Schar Neugieriger umringt. Ein Sanitäter wies sie gerade an, weiterzugehen. Bobs erster Gedanke war, daß Jill etwas passiert sei. Dann tauchte Jim Foster hinkend und mit zerzaustem Haar aus der Menge auf.
»Es ist etwas passiert«, sagte er.
»Sind Sie verletzt?« fragte Bob.
»Nein... nein, mir fehlt nichts, ich bin nur in eine Art Demonstration hineingeraten... Es ist Miss Dean. Sie ist in den Teich von Bethesda gefallen.«
»O Gott«, rief Babcock aus und blickte verzweifelt von Jim Foster zu Bob. »Das ist nur meine Schuld, ich hätte mich um sie kümmern müssen. Aber ich wußte ja nicht... ich dachte, sie sei mit den anderen zusammen.« Er wollte schon auf den Krankenwagen zugehen, als er sich an seinen eigenen Zustand erinnerte und hilflos die Hände hob. »Ich glaube, ich schaffe es nicht«, sagte er. »Ich bin nicht in der Verfassung, jemanden zu sehen, der...«
Jim Foster starrte ihn verständnislos an.
»Er ist ziemlich mitgenommen«, murmelte Bob. »Es ist ihm vorhin in der Kirche übel geworden. Er sollte so schnell wie möglich ins Hotel zurück.«
»Armer Teufel«, erwiderte Jim Foster leise. »Was für eine unangenehme Geschichte.«
Er wandte sich an Babcock. »Hören Sie, steigen Sie doch schon in den Bus. Ich sage dem Chauffeur, daß er Sie ins Hotel bringen soll. Ich fahre mit Miss Dean in dem Krankenwagen.«
»Geht es ihr sehr schlecht?« erkundigte sich Babcock.
»Das weiß man offenbar noch nicht«, antwortete Jim Foster. »Es ist hauptsächlich der Schock, nehme ich an. Sie war praktisch bewußtlos, als

der Fremdenführer sie aus dem Wasser zog. Glücklicherweise hielt er sich ganz in der Nähe auf. Ich möchte wissen, wo unsere Frauen abgeblieben sind. Sie müssen noch irgendwo in dieser schrecklichen Stadt sein.«
Er ergriff Babcocks Arm und führte ihn zum Bus. Komisch, wie das Mißgeschick anderer eigenes vergessen macht. Als er am Stephans-Tor den Krankenwagen sah, war seine eigene Panikstimmung sofort in die beklemmende Sorge umgeschlagen, Kate könnte das Opfer auf der Bahre sein, die die Sanitäter hineinschoben. Aber es war nur Miss Dean. Die arme, unglückliche Miss Dean. Gott sei Dank, nicht Kate.
Der Autobus mit dem blassen Babcock rumpelte davon.
»Na, der ist weg, das ist schon einmal etwas«, sagte Jim Foster. »Was für eine Kalamität, was für eine Situation. Ich wünschte, der Oberst wäre hier, um die Dinge in die Hand zu nehmen.«
»Ich bin beunruhigt wegen Robin«, sagte Bob Smith. »Er wollte vor der Grabeskirche auf uns warten, und als wir herauskamen, war er verschwunden.«
»Verschwunden? In diesem Volksgewühl?« Jim Foster starrte ihn entsetzt an.
Dann sah er mit unbeschreiblicher Erleichterung seine Frau mit Jill durch das Stephans-Tor kommen. Er lief ihr entgegen.
»Gott sei Dank, daß du da bist«, sagte er. »Wir müssen Miss Dean ins Krankenhaus bringen. Sie ist schon im Krankenwagen. Ich erkläre es dir unterwegs. Es hat auf allen Seiten nichts als Mißgeschick gegeben. Babcock ist krank, Robin ist verschwunden, es war ein verheerender Tag.«
Kate ergriff seinen Arm. »Und du? Was ist mit dir?«
»Ach, nichts... Ich bin völlig in Ordnung.«
Er zog sie zu dem Krankenwagen, wo Bob noch immer unschlüssig stand, und überlegte, was er tun sollte. Dann drehte er sich um und sah seine Frau.
»Wo bist du gewesen?« fragte er.
»Ich weiß es nicht«, antwortete sie müde. »In einer Art Garten. Ich habe dich gesucht, konnte dich aber nicht finden. Kate war mit mir zusammen. Sie machte sich Sorgen um ihren Mann, weil er Menschenansammlungen nicht ertragen kann.«
»Das können wir alle nicht«, gab er zurück, »aber wir müssen uns wohl oder übel noch einmal hineinwagen. Der kleine Robin ist verschwunden, und ich muß ihn suchen gehen.«
»Ich begleite dich.«
»Traust du dir das zu? Du siehst fix und fertig aus.«
Die Fosters stiegen gerade in den Krankenwagen. Als die Sirene aufheulte, traten die Neugierigen zurück. Jill dachte an die endlose, gewundene Straße, die Via Dolorosa hieß, an die singenden Pilger, die schwatzenden Verkäufer, den Lärm.

»Ich schaffe es schon«, seufzte sie. »Wenn wir beieinander sind, kommt es mir sicher nicht so lang vor.«

Robin genoß es, allein zu sein. Es gab ihm ein Gefühl der Freiheit. Und er hatte es auch allmählich langweilig gefunden, immer inmitten dieser Pilger dahinzutrotten, die jeden Augenblick niederknieten. Und dabei war es noch nicht einmal der richtige Weg. Die Stadt war so oft niedergerissen und wiederaufgebaut worden, daß sie jetzt ganz anders aussah als vor zweitausend Jahren. Die einzige Möglichkeit, sie zu rekonstruieren, wäre, sie noch einmal abzureißen und dann zu graben, bis man sämtliche Fundamente freigelegt hatte. Vielleicht wurde er Archäologe, wenn er groß war, das hieß, sofern er es nicht vorzog, Wissenschaftler zu werden wie sein Vater. Die beiden Berufe waren einander ziemlich ähnlich, fand er. Bestimmt würde er kein Geistlicher werden wie Mr. Babcock. In diesen Zeiten...

Er fragte sich, wie lange sie wohl in der Kirche bleiben würden. Stunden, wahrscheinlich. Sie war vollgestopft mit Priestern und Pilgern, die alle beten wollten und sich vermutlich dabei auf den Füßen herumtreten würden. Die Vorstellung machte ihn lachen, und als er lachte, verspürte er das dringende Verlangen, zur Toilette zu gehen, und da eine Toilette nicht vorhanden war, verrichtete er sein Bedürfnis an der Kirchenmauer. Niemand sah es. Dann setzte er sich auf eine Stufe, entfaltete seine zwei Stadtpläne und breitete sie über seinen Knien aus. Jesus war entweder in der Antonia-Festung gefangengehalten worden oder in der Zitadelle. Vermutlich in beiden. Aber wo war er zuletzt gewesen, bevor er mit den anderen beiden Gefangenen sein Kreuz nach Golgatha hatte tragen müssen? Die Evangelien drückten sich da sehr unklar aus. Er wurde von Pilatus geführt, doch Pilatus konnte sich genausogut hier wie da aufgehalten haben. Pilatus überantwortete Jesus den Hohenpriestern, damit er gekreuzigt würde, aber wo warteten die Hohenpriester auf ihn? Das war der springende Punkt. Es konnte im Palast des Herodes gewesen sein, wo jetzt die Zitadelle stand, und in diesem Fall hätten Jesus und die zwei Diebe die Stadt durch das Genath-Tor verlassen. Er verglich die beiden Karten: Das Genath-Tor hieß jetzt Jaffa-Tor oder auf Hebräisch Yafo-Tor, je nachdem, was für eine Sprache man sprach.

Robin sah zum Kirchenportal hinüber. Sie würden noch eine Ewigkeit ausbleiben. Er beschloß, zum Jaffa-Tor zu gehen und es sich anzuschauen. Es war nicht sehr weit, und mit Hilfe des neuen Stadtplanes konnte er sich gar nicht verirren. Knapp zehn Minuten später war er schon angelangt und sah sich interessiert um. Leute strömten herein und hinaus, und draußen parkten reihenweise Wagen wie vor dem Stephans-Tor auf der anderen Seite der Ringmauer. Das Problem war natürlich, daß es da draußen jetzt statt der kahlen Hügelhänge und der Gärten von einst eine

Hauptstraße und eine moderne Stadt gab. An der nordwestlichen Ecke der Stadt hatte einmal ein mächtiger, trutziger Wehrturm gestanden, der Psephinus, von wo aus Kaiser Titus die Lage inspiziert hatte, bevor seine römischen Legionen im Jahre 70 n. Chr. Jerusalem einnahmen und plünderten. Jetzt stand an dieser Stelle das Collège des Frères. Einen Augenblick... War es das Collège des Frères oder das Knight's Palace Hotel? Auf jeden Fall lag es innerhalb der alten Ringmauer, und irgendwie war das nicht richtig, auch wenn die Mauern verschiedentlich neu aufgebaut worden waren.

Ich will mir einmal vorstellen, dachte er, daß ich Jesus bin, und ich bin gerade aus dem Genath-Tor gekommen, und hier sind überall Gärten, und in einem Garten wird niemand gekreuzigt. Dazu entfernt man sich ein bißchen weiter von der Stadt, besonders vor dem Passah-Fest, weil das Volk sonst unruhig würde, und es hat schon genug Aufruhr gegeben. Also mußten Jesus und die beiden anderen Verurteilten ein ganzes Stück zu Fuß gehen, und das ist auch der Grund, weshalb man Simon, den Landarbeiter – denn Kyrene bedeutet auf aramäisch Landarbeiter, das hat mir der Schulleiter gesagt – gezwungen hat, das Kreuz zu tragen. Er kam gerade vom Feld zurück. Jesus konnte es nicht schaffen, weil er von all den Geißelungen geschwächt war. Und sie brachten ihn und die anderen hinaus zu einer öden Stätte, die man vom Psephinus-Turm überblicken konnte, wo die Soldaten wegen möglicher Befreiungsversuche einen Wachtposten aufgestellt hatten...

Von seinen Schlußfolgerungen tief befriedigt, marschierte Robin durch das Jaffa-Tor hinaus und die Hauptstraße entlang, bis er fand, er sei jetzt weit genug von dem längst verschwundenen Psephinus-Turm entfernt. Er hatte eine belebte große Kreuzung erreicht, und das Gebäude auf der anderen Seite des Platzes war dem Stadtplan zufolge das Rathaus.

Hier ist es also, dachte er. Das ist unbebautes Land, und wo das Rathaus steht, sind Felder, und der Tagelöhner schwitzt, und Jesus und die andern auch. Und die Sonne brennt vom Himmel wie jetzt, und wenn die Kreuze aufgestellt und die Männer drangenagelt sind, dann sehen sie nicht die Felder, sondern die Stadt vor sich.

Er schloß seine Augen einen Moment, drehte sich um und betrachtete Jerusalem und seine Ringmauern, und es schimmerte golden und war sehr schön. Für Jesus, der einen großen Teil seines Lebens über Land gewandert war, mußte es die prächtigste Stadt der Welt sein. Doch nachdem er sie unter Qualen drei Stunden lang angestarrt hatte, kam sie ihm sicher nicht mehr so prächtig vor, und das Sterben war in einem solchen Fall vermutlich eine Erlösung.

Eine Hupe scheuchte ihn zur Seite. Wenn er nicht aufpaßte, würde er auch gleich sterben, und das wäre ziemlich sinnlos, dachte er.

Er beschloß, durch das Neue Tor in die Stadt zurückzukehren. Ein paar

Arbeiter, die gerade ein Stück Straße reparierten, blickten auf, als er herankam. Sie schrien etwas und deuteten auf den Verkehr, und obwohl Robin begriff, was sie sagen wollten, verstand er doch kein einziges Wort. Es konnte Yiddisch sein, vielleicht auch Hebräisch, aber er wünschte, es wäre Aramäisch gewesen. Er wartete, bis der Preßluftbohrer sein ohrenzerreißendes Werk beendet hatte, und rief die Männer dann an. »Spricht jemand von Ihnen Englisch?«
Der Mann mit dem Preßluftbohrer lächelte und schüttelte den Kopf. Dann redete er mit einem anderen, der sich über ein Stück Rohrleitung beugte. Der Mann schaute hoch. Er war jung wie die andern auch und hatte schneeweiße Zähne und schwarzes, lockiges Haar.
»Ich spreche Englisch, ja«, erklärte er.
Robin starrte in die Grube hinunter. »Können Sie mir dann sagen, ob Sie da unten etwas Interessantes gefunden haben?«
Der junge Mann lachte und hob ein kleines Tier am Schwanz hoch. Es sah aus wie eine tote Ratte.
»Willst du das als Andenken?« meinte er.
»Keine Schädel? Keine Knochen?« forschte Robin hoffnungsvoll.
»Nein.« Der Arbeiter lächelte. »Dafür müßten wir sehr tief bohren. Da, kannst du fangen!« Er warf Robin ein kleines Stück Stein herauf. »Nimm das mit. Es wird dir Glück bringen.«
»Vielen Dank«, sagte Robin.
Er überlegte, ob er ihnen erzählen sollte, daß sie in allernächster Nähe einer Stätte arbeiteten, wo vor zweitausend Jahren drei Männer gekreuzigt worden waren, fürchtete aber dann, daß sie ihm nicht glauben würden; und selbst wenn sie es taten, würde es sie nicht sehr beeindrucken. Jesus war ja längst nicht so wichtig für sie wie Abraham oder David; und überhaupt waren so viele Männer in Jerusalem gefoltert und getötet worden, daß der junge Arbeiter mit einigem Recht sagen könnte: »Ja und?« Es war taktvoller, ihnen einen schönen Feiertag zu wünschen. Heute war der 14. Nisan, und sobald die Sonne unterging, würde alle Arbeit ruhen. Er steckte den Stein in seine Tasche.
»Ich hoffe, Sie haben einen angenehmen Passah«, sagte er.
Der junge Mann starrte ihn an. »Bist du Jude?«
»Nein«, antwortete Robin, und er war nicht sicher, ob sich die Frage auf seine Nationalität oder auf seinen Glauben bezog. »Nein, ich komme aus Little Bletford in England, aber ich weiß, daß heute der 14. Nisan ist und daß Sie morgen einen Feiertag haben.« Er hoffte den jungen Mann gebührend zu beeindrucken. »Es ist Ihr Fest des ungesäuerten Brotes«, fuhr er fort.
Der junge Mann lächelte und zeigte seine weißen Zähne, und dann rief er seinem Kollegen, der den Bohrer bediente, etwas zu, und dieser entgegnete irgend etwas, bevor er den Preßluftbohrer ansetzte. Der ohren-

betäubende Lärm begann von neuem, und der junge Mann legte die Hände trichterförmig um den Mund und schrie Robin zu: »Es ist auch das Fest unserer Freiheit!«

Robin winkte und begann auf das Neue Tor zuzugehen, die Hand fest um den Stein in seiner Tasche geschlossen. Das Fest unserer Freiheit... Das klang besser als Passah. Moderner, zeitgemäßer, würde seine Großmutter sagen...

Kurz vor Sonnenuntergang bog der Autobus in die Straße ein, die vom Ölberg nach Norden führte. Es hatte sich kein weiterer Zwischenfall mehr ereignet. Nachdem Bob und Jill Smith zuerst erfolglos die Umgebung des Heiligen Grabes abgesucht hatten und zum Neuen Tor weitergegangen waren, sahen sie schließlich Robin seelenruhig hinter einer Gruppe singender Pilger in die Stadt spazieren. Die Abfahrt verzögerte sich aber doch etwas, weil man Miss Dean ein paar Stunden im Krankenhaus festhielt, damit sie sich von ihrem Schock ein wenig erholen könne. Glücklicherweise hatte sie weder äußerliche noch innere Verletzungen erlitten. Man hatte ihr eine Injektion und ein Beruhigungsmittel verabreicht, und dann war sie für reisefähig erklärt worden unter der Bedingung allerdings, daß sie an Bord unverzüglich ins Bett gebracht werden müsse. Kate Foster betätigte sich als Krankenpflegerin.

»Das ist so freundlich von Ihnen«, hatte Miss Dean gemurmelt, »so freundlich.«

Sie kamen überein, Miss Deans schlimmes Mißgeschick nicht zu erwähnen. Miss Dean selbst sprach mit keinem Wort davon. Sie saß stumm zwischen den Fosters, eine Decke über den Knien. Auch Lady Althea schwieg. Ihr blauer Chiffonschal verhüllte den unteren Teil ihres Gesichts, so daß sie fast wie eine Mohammedanerin aussah, die den Schleier noch nicht aufgegeben hatte. Die Würde und Eleganz ihrer Erscheinung wurde dadurch noch betont. Auch über ihren Knien lag eine Decke, und darunter hielt der Oberst ihre Hand umschlossen.

Die jungen Smiths saßen ebenfalls Hand in Hand da. Jill trug ein neues Armband, ein billiges Stück, das Bob ihr in einem der Souks gekauft hatte, als sie mit Robin vom Neuen Tor zurückkehrten.

Babcock hatte den Platz neben Robin eingenommen. Auch bei ihm war, wie bei Miss Dean, ein Kleiderwechsel vonnöten gewesen, und Jim Foster hatte ihm eine Hose geliehen, die ihm etwas zu lang war. Zu seiner Erleichterung machte niemand eine Bemerkung über die Stunden in Jerusalem. Niemand schaute zurück auf die Stadt, als der Autobus um den Scopus-Berg herumfuhr. Niemand außer Robin. Die neunte Stunde des 14. Nisan war gekommen und vergangen, und man hatte die Diebe, Rebellen oder was immer sie waren, von ihren Kreuzen abgenommen. Auch Jesus, und vielleicht lag sein Leichnam genau unter der Stelle, wo die jungen

Straßenarbeiter die Asphaltdecke aufgebrochen hatten, in einem Felsengrab. Jetzt konnten die Männer heimgehen und sich auf den Feiertag freuen. Robin wandte sich an Reverend Babcock.
»Es ist sehr schade«, sagte er, »daß wir nicht zwei Tage länger bleiben konnten.«
Babcock, der sich nichts anderes wünschte, als heil an Bord zurückzukehren, wo er sich in seine Kabine einschließen und versuchen würde, die peinliche Szene in der Grabeskirche zu vergessen, konnte nur staunen über den Schwung und die Widerstandskraft der Jugend. Robin war den ganzen Tag durch die Stadt gelaufen und hatte sich obendrein noch fast verirrt!
»Warum?« fragte er den Jungen.
»Na, man weiß nie...«, erwiderte Robin. »Es ist heutzutage sehr unwahrscheinlich, aber vielleicht hätten wir die Auferstehung gesehen.«

Die blauen Gläser

Es war der Tag, da die Verbände abgenommen und die blauen Gläser eingesetzt wurden. Marda West hob die Hand an die Augen, betastete die Kreppbinde und spürte die Verbände, die über der Watte darunter lagen. Endlich würde ihre Geduld belohnt werden. Die Tage seit ihrer Operation hatten sich zu Wochen gestreckt, und sie war dagelegen, ohne Schmerzen zu leiden, nichts als das Gefühl einer anonymen Dunkelheit, ein gewissermaßen negativer Eindruck, daß Welt und Leben an ihr vorüberglitten. Während der ersten Tage hatte sie auch Schmerzen gehabt, die aber mit Hilfe von Mitteln barmherzig bekämpft wurden, und dann verschwand die quälende Erschöpfung, und nur eine große Müdigkeit blieb, die aber, wie man ihr versicherte, nur die natürliche Reaktion auf den Schock der Operation war. Und die Operation selbst hatte Erfolg gehabt. Das konnte man ihr endgültig versprechen. Einen hundertprozentigen Erfolg!
»Sie werden sehen«, hatte der Arzt ihr gesagt. »Deutlicher als je zuvor.«
»Wie können Sie das schon jetzt wissen?« fragte sie, denn es verlangte sie danach, daß der dünne Hoffnungsfaden verstärkt würde.
»Weil wir Ihre Augen untersucht haben, während Sie noch in der Narkose waren«, erwiderte er. »Und seither noch einmal, als wir Sie abermals anästhesiert hatten. Wir würden Sie bestimmt nicht anlügen, Mrs. West.«
So beruhigte man sie zweimal, dreimal täglich, und sie mußte sich mit Geduld wappnen, während die Wochen verstrichen, so daß sie selbst vielleicht nur einmal alle vierundzwanzig Stunden eine Anspielung darauf wagte; und auch dann in Form einer Falle, um ihre Umgebung zu überraschen. »Werfen Sie die Rosen nicht weg«, sagte sie etwa. »Ich würde sie gern noch sehen.« Und die Tagesschwester müßte dann zugeben: »Die

Rosen werden verblüht sein, bevor Sie sie sehen können.« Und das bedeutete, daß ihre Augen in dieser Woche noch nicht geheilt wären.
Ein genaues Datum wurde nie genannt. Kein Mensch sagte: ›Am Vierzehnten dieses Monats werden Sie wieder sehen können.‹ Und die Komödie ging weiter, die Vorspiegelung, als läge ihr nichts daran, als wäre sie zufrieden, sich noch zu gedulden. Sogar Jim, ihr Mann, gehörte jetzt zu ›ihnen‹, dem Personal der Klinik, das nicht ins Vertrauen gezogen wurde.
Einmal, vor langer Zeit, hatte sie kein Hehl aus ihrer Niedergeschlagenheit, ihrer Angst gemacht. Und er hatte ihre Gefühle geteilt. Das war vor der Operation. Damals, im Grauen vor Schmerz, vor Erblindung, hatte sie sich an ihn geklammert und gesagt: »Und was, wenn ich nie wieder sehen kann? Was soll dann aus mir werden?« Schon war sie in ihrer Vorstellung hilflos, verkrüppelt. Doch Jim, dessen Besorgnis nicht geringer war als ihre, hatte erwidert: »Was auch kommen mag – wir werden es miteinander durchhalten.«
Jetzt aber, ohne rechten Grund – es sei denn, daß die Dunkelheit sie empfindlicher gemacht hatte –, scheute sie davor zurück, mit ihm über ihre Augen zu sprechen. Die Berührung seiner Hand war nicht anders als eh und je, und ebenso die Wärme seiner Stimme; und dennoch wurde sie die Furcht nicht los, er, wie das Personal der Klinik, sei zu gut zu ihr. Es war die Güte jener, die wußten, gegenüber dem einen Menschen, dem man nichts sagen durfte. Und darum, als es schließlich soweit war, als bei seinem Besuch am Abend der Arzt gesagt hatte: »Morgen werden Ihnen die Gläser eingesetzt werden«, da war die Überraschung größer als die Freude. Sie vermochte gar nichts zu sagen, und er hatte das Zimmer verlassen, bevor sie ihm danken konnte. Es war also wirklich wahr! Das lange Leiden war zu Ende! Sie erlaubte sich noch einen letzten listigen Versuch, bevor die Tagesschwester abgelöst wurde. »Man wird sich wohl daran gewöhnen müssen, nicht? Und anfangs tun sie gewiß ein wenig weh?« Sie hatte eine Feststellung in die Form einer unbefangenen Frage gekleidet. Doch die Stimme der Frau, die sie in so vielen langen Tagen gepflegt hatte, erwiderte: »Sie werden gar nicht wissen, daß man sie Ihnen eingesetzt hat, Mrs. West.«
Die Stimme war so ruhig, so tröstend, die Art, wie die Schwester die Kissen richtete, das Glas an die Lippen der Patientin hielt, die Hand, die leicht nach der Farnkrautseife roch, mit der sie gewaschen wurde – all diese Dinge flößten Vertrauen ein! Nein, die Schwester konnte sie nicht belügen!
»Morgen werde ich Sie sehen«, sagte Marda West.
Und die Schwester mit dem fröhlichen Lachen, das manchmal auch auf den Gängen zu hören war, erwiderte: »Ja, ich werde Ihr erster Schreck sein!«

Es war seltsam, wie die Erinnerungen an ihre Einlieferung in die Klinik jetzt verwischt waren. Das Personal, das sie empfangen hatte, war nur noch eine Reihe dunkler Schatten, das Zimmer, das sie bezogen hatte, wo sie noch immer lag, war eine Holzkiste, nur gebaut, um sie abzusondern. Selbst der Augenarzt, der bei den zwei raschen Konsultationen, als er die unverzügliche Operation empfohlen hatte, so energisch, so lebendig gewesen war, schien ihr jetzt eher eine Stimme zu sein als eine menschliche Gegenwart. Er erteilte seine Aufträge, und die Aufträge wurden ausgeführt, und es war schwierig, diesen Zugvogel mit dem Mann in Übereinstimmung zu bringen, der vor etlichen Wochen verlangt hatte, sie solle sich ihm anvertrauen, der tatsächlich an den Häutchen und Geweben, die ihre lebendigen Augen waren, ein Wunder vollbracht hatte.
»Sind Sie nicht aufgeregt?« Das war die weiche, sanfte Stimme der Nachtschwester, die mehr als alle übrigen verstand, was Marda erduldet hatte. Schwester Brand strahlte tagsüber Helligkeit aus; sie war ein Sonnenmensch, brachte Blumen, ließ Besucher eintreten. Das Wetter draußen, das sie schilderte, schien ihre eigene Schöpfung zu sein. »Was richtig Großartiges!« sagte sie und riß die Fenster auf, und die Patientin spürte die kühle Tracht, die gestärkte Haube, die irgendwie die schreckliche Hitze zu mildern schienen. Oder sie lauschte auf das ständige Plätschern des Regens und schnupperte die leichte Abkühlung, die sich eingestellt hatte. »Das wird den Gärtnern recht sein, aber der Oberschwester wird's den freien Tag auf dem Fluß verderben.«
Auch die Mahlzeiten, die langweiligsten Mittagessen, wurden durch ihre Vorreden zu Delikatessen. »Ein Stückchen Heilbutt *au beurre*?« schlug sie verzückt vor, um den widerstrebenden Appetit anzuregen, und nun mußte der gekochte Fisch gegessen werden, obgleich er nach gar nichts schmeckte, sonst wäre es allzu kränkend für Schwester Brand gewesen, die ihn so warm empfohlen hatte. »Apfelschnitten – davon können Sie bestimmt zwei essen!« Und die Zunge begann sich an knusprigen Apfelschnitten zu ergötzen, die in Wirklichkeit zäh und ledern waren. Und so duldete ihr heiterer Optimismus keine Unzufriedenheit – es wäre beleidigend gewesen, sich zu beklagen, hätte einen Mangel an Rückgrat bedeutet, wenn man sagte: »Lassen Sie mich einfach ruhig liegen. Ich will gar nichts.«
Der Abend brachte Tröstung und Schwester Ansel. Sie erwartete keinen Mut. Zuerst, während der schmerzenreichen Tage, war es Schwester Ansel gewesen, die ihr die Mittel gegeben hatte. Sie war es gewesen, die die Kissen geglättet und das Glas an die ausgetrockneten Lippen gehalten hatte. Dann, im Verlauf der Wochen, war es die sanfte Stimme, die ruhige Ermutigung gewesen. »Es geht bald vorüber. Dieses Warten ist das Schlimmste.« Nachts brauchte die Patientin nur die Glocke zu berühren, und schon war Schwester Ansel an ihrem Bett. »Können wir nicht schla-

fen? Ich weiß, das ist schlimm. Aber ich gebe Ihnen nur zweieinhalb Pulver, und die Nacht wird nicht gar so lang sein.«
Wie mitleidsvoll war diese weiche, seidige Stimme! Die Phantasie, die sich während der erzwungenen Ruhe und Muße mit Vorstellungen füllte, erdachte sich eine Gemeinschaft mit Schwester Ansel, etwas, das nichts mit der Klinik zu tun hatte, vielleicht Ferien zu dritt im Ausland, wenn Jim mit einem nicht deutlich erkennbaren Gefährten Golf spielte und sie, Marda, mit Schwester Ansel eine Wanderung unternahm. Alles, was die Schwester tat, war einwandfrei. Nie gab es einen Grund zu der leisesten Verärgerung. Die kleinen, gemeinsamen Vertraulichkeiten der Nacht knüpften ein Band zwischen Pflegerin und Patientin, und wenn die Schwester am Morgen, fünf Minuten vor acht, ihren Dienst beendet hatte, flüsterte sie: »Auf heute abend!« Und schon das bloße Flüstern weckte die freudige Erwartung, als wäre acht Uhr abends keine bloße Zeitangabe, sondern ein Stelldichein.
Schwester Ansel hatte Verständnis für Klagen. Wenn Marda West müde sagte: »Es war so ein langer Tag«, so bedeutete ihr fragendes »Ja?« daß auch für sie der Tag sich hingeschleppt, daß sie in irgendeinem Pensionszimmer vergebens zu schlafen versucht hatte, und daß sie erst jetzt hoffen durfte, wiederaufzuleben.
Es war geradezu ein heimliches Einverständnis in ihrer Stimme, wenn sie den abendlichen Besucher anmeldete. »Da ist jemand, den Sie gern sehen möchten, ein wenig früher als gewöhnlich gekommen!« Und der Ton schien anzudeuten, daß Jim nicht seit zehn Jahren der Gatte war, sondern ein Troubadour, ein Verehrer, einer, dessen Blumenstrauß in einem fernen Zaubergarten gepflückt und jetzt zu einem Balkon gebracht worden war. »Was für herrliche Lilien!« Der Ausruf war halb Verzückung, halb Seufzen, so daß Marda West sich köstliche, zum Himmel aufstrebende, exotische Pflanzen vorstellte, vor denen Schwester Ansel, eine kleine Priesterin, kniete. Und dann flüsterte die Stimme schüchtern: »Guten Abend, Mr. West, Mrs. West erwartet Sie schon.« Marda hörte, wie die Türe leise geschlossen wurde, wie trippelnde Füße das Zimmer verließen, und wie die Schwester fast geräuschlos mit den Lilien wiederkam, deren Duft den Raum erfüllte.
Während der fünften Woche mußte es gewesen sein, als Marda West zuerst gegenüber Schwester Ansel und dann vor ihrem Mann ein tastendes Wort darüber fallen ließ, ob vielleicht, wenn sie nach Hause durfte, die Nachtschwester für eine Woche mitkommen könnte. Das würde mit Schwester Ansels Ferien zusammenfallen. Gerade nur eine Woche. Bis Marda West sich eingelebt hatte.
»Wäre Ihnen das lieb?« Zurückhaltung war in der Stimme der Schwester, doch auch eine Verheißung.
»Ja, sehr! Anfangs wird's doch so schwierig sein.« Die Patientin wußte

nicht, was sie unter schwierig verstand, meinte aber, sie würde hilflos sein und Schutz und Aufmunterung benötigen, die ihr derzeit nur Schwester Ansel gespendet hatte.
»Jim, wie wär's damit?«
Seine Aufnahme war halb Überraschung, halb Nachsicht. Überraschung darüber, daß seine Frau eine Pflegerin auch außerhalb der Klinik als Gesellschaft bei sich haben wollte, Nachsicht, weil es sich eben um die Laune einer Kranken handelte. So wenigstens faßte Marda West es auf, und später, nachdem der Abendbesuch vorüber war, sagte sie zu der Schwester: »Ich weiß nicht recht, ob mein Mann das für eine gute Idee hält oder nicht.«
Die Antwort war ruhig, aber zuversichtlich. »Nur keine Sorge; Mr. West findet sich damit ab.«
Abfinden? Womit? Mit der Veränderung im Alltag? Drei Menschen bei Tisch? Konversation? Der ungewöhnliche Fall eines Gastes, der sich völlig der Frau des Hauses widmete und dafür ein Honorar empfing? Wenn dieser Punkt auch nicht erwähnt wurde, mußte das doch am Ende der Woche mit einem diskret überreichten Umschlag erledigt werden.
»Sind Sie nicht aufgeregt?« Schwester Ansel stand neben dem Kissen, berührte den Verband, und es war die Wärme in ihrer Stimme, die Gewißheit, daß in wenigen Stunden die Erlösung kommen sollte, und das verdrängte endlich den noch immer lauernden Zweifel am Erfolg. Die Operation war nicht fehlgeschlagen. Morgen würde sie wieder sehen können!
»In gewissem Sinn«, sagte Marda West, »ist es, als würde man neugeboren. Ich habe vergessen, wie die Welt aussieht.«
»Und was für eine wunderbare Welt«, flüsterte Schwester Ansel an ihrem Ohr. »Und Sie sind so lange geduldig gewesen.«
Die mitfühlende Hand drückte ein Verdammungsurteil über alle jene aus, die während der Wartezeit auf den dicken Verbänden bestanden hatten. Man wäre entgegenkommender gewesen, wenn Schwester Ansel zu befehlen gehabt und einen Feldherrnstab geschwungen hätte.
»Merkwürdig«, sagte Marda West. »Morgen sind Sie für mich nicht mehr bloß eine Stimme. Sie werden ein Mensch sein.«
»Und jetzt bin ich kein Mensch?«
Freundliches Necken, scherzender Vorwurf, das gehörte zu ihrer Beziehung und wirkte auf die Patientin so beruhigend. Das mochte wohl auch, nachdem die Sehkraft wieder vorhanden war, so bleiben.
»Ja, natürlich, aber es wird doch anders sein.«
»Ich wüßte nicht, warum.«
Obgleich Marda wußte, daß Schwester Ansel brünett und schmächtig war – denn so hatte die Pflegerin sich selbst beschrieben –, würden doch Überraschungen beim ersten Anblick kaum ausbleiben – die Kopfhaltung, der

Schnitt der Augen oder vielleicht eine unerwartete Gesichtsform, ein zu großer Mund, zu viele Zähne...
»Fühlen Sie...« Und nicht zum erstenmal nahm Schwester Ansel Marda Wests Hand und ließ sie über das Gesicht gleiten; das mochte vielleicht ein wenig peinlich sein, denn es war gewissermaßen eine Kapitulation, und die Hand der Patientin war eine Gefangene. Marda entzog ihr mit einem Lachen die Hand.
»Das sagt mir gar nichts.«
»Dann schlafen Sie! Nur allzubald wird es Morgen werden.«
Nun folgte der übliche Ritus, die Glocke wurde in Mardas Reichweite gelegt, ein zweites Glas, eine Pille und dann ein sanftes: »Gute Nacht, Mrs. West. Läuten Sie, wenn Sie etwas brauchen.«
»Vielen Dank. Gute Nacht!«
Es war immer, ganz leise, ein Gefühl des Verlustes, der Einsamkeit, wenn die Türe sich schloß und die Pflegerin sich entfernte; und auch ein Gefühl der Eifersucht, denn es gab ja andere Patienten, denen die gleiche Aufmerksamkeit zuteil wurde, die ebenfalls läuten durften, wenn sie Schmerzen hatten. Sobald sie erwachte – und das geschah häufig in den frühesten Morgenstunden –, würde Marda West sich nicht mehr Jim daheim vorstellen, einsam auf seinem Kissen, sondern ein Bild der Schwester Ansel vor sich sehen, die vielleicht an einem Krankenbett saß, sich über einen Leidenden beugte und ihm gütig zuredete, und das allein würde bewirken, daß Marda nach der Glocke griff, den Daumen darauf drückte und, wenn die Türe sich auftat, fragte: »Haben Sie geschlafen?«
»Im Dienst schlafe ich nie.«
Sie saß also in dem kleinen Raum, der an den Gang anstieß, trank vielleicht Tee oder trug verschiedene Daten der Krankentabellen in ein Buch ein. Oder stand neben einem Kranken, wie sie jetzt neben Marda West stand.
»Ich kann mein Taschentuch nicht finden.«
»Hier ist es. Die ganze Zeit unter Ihrem Kissen.«
Ein Klopfen auf die Schulter – auch das ein Zeichen einer freundlichen Beziehung –, ein paar Worte, um die Gemeinsamkeit zu verlängern, und dann war die Schwester gegangen, andere Glocken riefen sie, andere Wünsche wollten befriedigt werden.

»Nun, über das Wetter können wir uns nicht beklagen!« Jetzt war der Tag angebrochen, und wie die erste Morgenbrise stürmte Schwester Brand herein, eine Hand auf einem Barometer, das auf ›schön‹ stand. »Alles bereit für das große Ereignis? Wir müssen vom Fleck kommen! Das schönste Nachthemd heben wir für den Besuch des Herrn Gemahl auf.«
Es war ihre Operation in verkehrter Reihenfolge. Diesmal aber in demselben Zimmer und keine Bahre, sondern nur die geschickten Hände des

Arztes, unterstützt von Schwester Brand. Zuerst verschwand die Kreppbinde, dann wurden die Verbände entfernt, dann kam der kaum merkliche Stich einer Injektionsnadel, um jede Empfindung auszuschalten. Dann machte er sich an ihren Augenlidern zu schaffen. Schmerzen fühlte sie nicht. Was er auch tun mochte, sie spürte etwas Kaltes, als ob Eis dort aufgelegt würde, wo die Verbände gelegen hatten. Doch es hatte gleichzeitig etwas Beruhigendes.
»Und nun seien Sie nicht enttäuscht«, sagte er. »Vor einer halben Stunde werden Sie überhaupt keinen Unterschied merken. Dann wird es nach und nach hell um Sie werden. Während dieser Zeit müssen Sie ganz still liegen.«
»Ich verstehe. Ich werde mich nicht rühren.«
Der heißersehnte Moment durfte nicht zu plötzlich eintreten. Das war nur vernünftig. Die dunklen Linsen, die man unter ihre Lider eingesetzt hatte, waren nur für die ersten Tage bestimmt. Nachher wurden sie entfernt und andere angepaßt.
»Wieviel werde ich sehen?« Endlich wagte sie die lange unterdrückte Frage.
»Alles. Aber nicht gleich in Farben. Es ist, als ob Sie bei grellem Licht Sonnengläser tragen würden. Gar nicht unangenehm.«
Sein fröhliches Lachen weckte ihr Vertrauen, und als er und Schwester Brand das Zimmer verlassen hatten, legte sie sich im Bett zurück und wartete, daß der Dunst sich klärte, daß der Sommertag in ihr Gesichtsfeld einbrach – wenn auch noch so gedämpft, noch so sehr durch die dunklen Linsen abgeschwächt.
Nach und nach löste sich der Dunst. Der erste Gegenstand hatte kantige Umrisse. Es war ein Schrank. Dann ein Stuhl. Dann, als sie den Kopf wandte, gewann das Fenster eine Form, die Vasen auf dem Fensterbrett, die Blumen, die Jim ihr gebracht hatte. Geräusche von der Straße her verschmolzen mit den Gestalten, und was vorher scheinbar scharf gewesen war, fügte sich jetzt in eine Harmonie. Sie dachte: ›Ob ich wohl weinen kann? Ob die Gläser meine Tränen zurückhalten?‹ Doch im Glück über die wiedergeschenkte Sehkraft spürte sie auch die Tränen, eine oder zwei, die sie leicht wegwischen konnte. Es war nichts, dessen man sich schämen mußte.
Jetzt war alles in ihrem Gesichtsfeld. Die Blumen, das Waschbecken, das Glas mit dem Thermometer darin, ihr Schlafrock. Staunen und Seligkeit waren so groß, daß sie kaum zu denken vermochte.
»Man hat mich nicht belogen! Es ist geschehen! Es ist wahr!«
Auch das Gewebe der Decke, das sie so oft gespürt hatte, konnte sie jetzt betrachten. Die Farbe war nicht wichtig. Das gedämpfte Licht, das durch die blauen Linsen eindrang, erhöhte nur den Zauber, den milden Reiz von allem, was sie sah. So groß war ihre Freude an Formen, an Gestalten, daß

sie meinte, die Farbe werde ihr immer gleichgültig sein. Die blaue Symmetrie der Bilder, das allein war es, worauf es ankam. Zu sehen, zu fühlen, beides ineinander übergehen zu lassen. Ja, das war eine Wiedergeburt. Es war die Entdeckung einer Welt, die sie so lange verloren hatte!
Jetzt schien nichts eilig zu sein. Sie spähte in dem kleinen Zimmer umher, ihre Blicke verweilten an allem, und das war ein Reichtum, das war etwas, das man genießen mußte. Stunden konnten damit verbracht werden, den Raum zu betrachten, zu fühlen, durch das Fenster zu wandern und zu den Fenstern des Hauses gegenüber.
›Selbst ein Gefangener‹, meinte sie, ›könnte in seiner Zelle Trost finden, wenn er zuerst blind war und seine Sehkraft sich wiedereingestellt hat.‹
Draußen hörte sie die Stimme Schwester Brands, und sie drehte den Kopf, um sich das Öffnen der Tür nicht entgehen zu lassen.
»Nun ... sind wir wieder glücklich?«
Lächelnd sah sie die Gestalt in der Schwesterntracht das Zimmer betreten, ein Glas Milch auf einem Tablett. Doch, völlig sinnlos, völlig unverständlich – der Kopf mit der gestärkten Haube war kein Frauenkopf! Was da auf sie zukam, war eine Kuh ... eine Kuh mit einem Frauenkörper. Die gefältelte Haube saß auf ausladenden Hörnern. Die Augen waren groß und gutmütig, aber es waren Kuhaugen, die Nüstern breit und feucht, und wie sie da stand und atmete, stünde auch eine Kuh auf der Weide und nähme den Tag hin, wie er kam, zufrieden, gleichgültig.
»Noch ein wenig seltsam zumute?«
Das Lachen war ein Frauenlachen, das Lachen einer Pflegerin, Schwester Brands Lachen, und sie setzte das Tablett auf den Tisch neben dem Bett. Die Patientin sagte nichts. Sie schloß die Augen, dann öffnete sie sie wieder. Noch immer stand vor ihr die Kuh in Schwesterntracht.
»Geben Sie nur zu«, sagte Schwester Brand, »wenn's nicht wegen der Farbe wäre, wüßten Sie gar nicht, daß man Ihnen Gläser eingesetzt hat.«
Es war wichtig, Zeit zu gewinnen. Behutsam streckte die Patientin ihre Hand nach dem Milchglas aus. Ohne jede Hast schlürfte sie die Milch. Es mußte eine Absicht dahinter sein, daß die Schwester diese Maske trug. Vielleicht war das ein Experiment, das mit dem Anpassen der blauen Linsen zusammenhing – obgleich Marda West sich nicht vorstellen konnte, was es für einen Sinn haben sollte. Und ganz gewiß war es ein Wagnis, einem solche Überraschungen zu bereiten, und Leuten gegenüber, die schwächer waren als sie und die gleiche Operation überstanden hatten, war es geradezu grausam.
»Ich sehe sehr gut«, sagte sie schließlich. »Ich glaube wenigstens, daß ich sehr gut sehe.«
Schwester Brand hatte die Arme übergeschlagen und beobachtete sie. Die breite Gestalt in der Tracht entsprach ziemlich dem, was Marda sich vorgestellt hatte, doch dieser aufgesetzte Kuhkopf, diese lächerliche Haube

auf den Hörnern – wo, wenn es eine Maske war, begann der Kopf und wo der Körper?
»Das klingt nicht allzu zuversichtlich«, sagte Schwester Brand. »Sie werden doch nicht behaupten, daß Sie, nach allem, was wir für Sie getan haben, enttäuscht sind?!«
Das Lachen war heiter wie gewöhnlich, doch sie sollte Gras kauen! Die Kiefer bewegten sich langsam hin und her.
»Ich fühle mich meiner ganz sicher«, erwiderte Marda. »Aber Ihrer bin ich nicht ganz sicher. Ist das ein Scherz?«
»Was soll ein Scherz sein?«
»Die Art, wie Sie aussehen... Ihr... Gesicht?«
Ihre Sehkraft war durch die blauen Linsen nicht so sehr gedämpft, daß sie nicht einen Wandel im Ausdruck des Kuhkopfes bemerken konnte. Der Unterkiefer sank sichtlich herab.
»Nun, Mrs. West!« Diesmal war das Lachen nicht so herzlich, und das Staunen war unverkennbar. »Ich bin, wie der liebe Gott mich geschaffen hat. Gewiß, er hätte es auch besser machen dürfen!«
Die Schwester, die Kuh bewegte sich vom Bettrand nach dem Fenster und zog die Vorhänge kräftig zurück, so daß das Licht voll in den Raum strömte. Es war nicht zu erkennen, wo die Maske aufsaß. Kopf und Körper gingen ineinander über. Marda sah, wie die Kuh in Verlegenheit die Hörner senkte.
»Ich wollte Sie nicht kränken«, sagte Marda. »Aber es ist nun einmal ein wenig seltsam. Verstehen Sie...«
Weitere Erklärungen wurden ihr erspart, denn nun wurde die Tür aufgerissen, und der Augenarzt trat ein. Seine Stimme wenigstens war erkennbar, als er schon auf der Schwelle rief: »Hallo! Nun, wie geht's?« Und seine Gestalt in dem dunklen Rock und den breiten Hosen entsprach völlig der Vorstellung, die man sich von einem großen Spezialisten machte, doch... dieser Foxterrierkopf mit den spitzen Ohren, der scharfe, forschende Blick? In der nächsten Sekunde würde er bellen...
Diesmal lachte die Patientin. Die Wirkung war gar zu komisch. Ja, es mußte ein Scherz sein. Es war ein Scherz – anderes war doch nicht möglich; warum aber all die Kosten, all die Mühe, und was erreichte man am Ende mit dieser Komödie? Jäh erstarb ihr Lachen, als sie sah, wie der Foxterrier sich zu der Kuh wandte und die beiden sich wortlos verständigten. Dann hob die Kuh ihre allzu breiten Schultern.
»Mrs. West meint, daß wir einen Scherz mit ihr treiben«, sagte sie. Doch ihre Stimme klang nicht besonders erfreut.
»Dagegen habe ich gar nichts einzuwenden«, erwiderte der Arzt. »Es wäre doch schlimm, wenn sie uns unsympathisch fände, nicht?«
Dann kam er näher, streckte die Hand aus und beugte sich, um die Augen zu beobachten. Sie lag ganz still. Er trug auch keine Maske. Zum minde-

sten ließ sich nicht erkennen, wo die Maske beginnen sollte. Die Ohren waren gespitzt, die scharfe Nase schnüffelte. Er hatte sogar ein besonderes Kennzeichen, ein Ohr war schwarz, das andere weiß. Sie konnte sich ihn beim Eingang zu einem Fuchsbau vorstellen, wie er schnupperte, dann blitzschnell dem Geruch nach in die Höhle flitzte, eifrig auf die Tätigkeit bedacht, zu der er dressiert worden war.

»Sie sollten Jack Russell heißen«, sagte sie laut.

»Wie bitte?«

Er hatte sich aufgerichtet, stand aber noch immer neben ihrem Bett, das helle Auge sah sie durchdringend an, das eine Ohr hatte er rückwärts gelegt.

»Ich meine –«, Marda West suchte nach Worten, »– der Name schien besser zu Ihnen zu passen als Ihr eigener.«

Sie war verwirrt. Mr. Edmund Greaves, auf dessen Tafel in der Harley Street so viele Titel und Auszeichnungen zu lesen waren! Was mußte er von ihr denken!

»Ich kenne einen Jack Russell«, sagte er. »Das ist aber ein Orthopäde und bricht einem die Knochen. Haben Sie den Eindruck, daß ich das mit Ihnen auch gemacht habe?«

Seine Stimme war heiter, und doch klang sie ein wenig überrascht, ganz wie Schwester Brands Stimme geklungen hatte. Die Dankbarkeit, die sie ihnen beiden schuldete, hatte sich noch nicht sehr deutlich bemerkbar gemacht.

»Nein, nein«, sagte sie hastig. »Nichts ist gebrochen. Ich habe keine Schmerzen. Ich sehe sehr deutlich. Fast zu deutlich, möchte ich sagen.«

»So muß es sein«, meinte er, und das Lachen, das folgte, glich einem kurzen, scharfen Bellen.

»Nun, Schwester«, fuhr er fort, »die Patientin kann, innerhalb der Grenzen der Vernunft, alles tun; nur nicht die Linsen anrühren. Sie haben sie wohl gewarnt, nicht?«

»Ich war gerade dabei, Sir, als Sie eintraten.«

Mr. Greaves wandte die spitze Terriernase wieder Marda West zu.

»Donnerstag komme ich wieder, und dann wechseln wir die Linsen. Bis dahin brauchen Sie nur dreimal am Tag die Augen mit einer Lösung zu spülen. Das werden die Schwestern schon besorgen. Sie selbst sollten die Augen lieber gar nicht anrühren. Und, vor allem, die Linsen nicht! Ein Patient hat das einmal getan und dadurch die Sehkraft wieder verloren. Nachher konnten wir sie ihm nie wieder verschaffen.«

›Wenn du das versuchst‹, schien der Foxterrier zu sagen, ›dann hättest du nur, was du verdienst. Fang also lieber gar nicht an. Meine Zähne sind scharf!‹

»Ich verstehe«, sagte die Patientin langsam. Doch die Gelegenheit war verpaßt. Jetzt konnte sie keine Erklärung verlangen. Der Instinkt ließ sie

fühlen, daß er nicht begreifen würde. Der Foxterrier sagte noch etwas zu der Kuh, gab ihr verschiedene Aufträge. Er sprach in abgehackten Worten, und der Kuhkopf nickte. An einem heißen Tag müßten die Fliegen sie schrecklich plagen – oder hielt die gestärkte Haube die Insekten ab? Als sie auf die Tür zugingen, wagte Marda einen letzten Versuch.
»Und mit den andern Gläsern – wird es ebenso sein wie mit diesen?«
»Genauso«, jaulte der Spezialist. »Nur daß sie nicht gefärbt sind. Sie werden alles in natürlichen Farben sehen. Bis Donnerstag also.«
Er war fort und die Schwester mit ihm. Sie konnte ein Gemurmel von Stimmen vor der Türe hören. Was geschah jetzt? Wenn es wirklich ein Experiment war – nahmen sie die Tierköpfe sofort ab? Das festzustellen, schien Marda West von allergrößter Bedeutung zu sein. Nein, dieser Trick war wirklich nicht anständig; es war ein Mißbrauch ihres Vertrauens. Sie schlüpfte aus dem Bett und ging zur Türe. Sie konnte den Arzt sagen hören: »Anderthalb Pillen. Sie ist ein wenig überreizt. Das ist natürlich die Reaktion.«
Tapfer riß sie die Tür auf. Da standen die beiden im Gang und hatten noch immer die Masken aufgesetzt. Sie wandten sich zu ihr um, und die scharfen, hellen Augen des Foxterriers, die tiefen Augen der Kuh waren vorwurfsvoll auf sie gerichtet, als hätte sie durch ihre Handlungsweise die Etikette verletzt.
»Wünschen Sie irgend etwas, Mrs. West?« fragte Schwester Brand.
Marda schaute an ihnen vorbei den Gang hinunter. Die ganze Abteilung war im Komplott. Ein Zimmermädchen, das, Bürste und Kehrichtschaufel in den Händen, aus dem Nebenzimmer trat, hatte einen Wieselkopf auf dem schmalen Körper, und die Schwester, die von der andern Seite her kam, war ein geschniegeltes Kätzchen, die Haube kokett auf dem Kopf, und der Doktor neben ihr war ein stolzer Löwe. Selbst der Türhüter, der jetzt mit dem Aufzug gegenüber ankam, trug einen Eberkopf zwischen den Schultern. Er stellte Koffer auf den Gang, und aus dem Eberkopf drang ein dumpfes Grunzen.
Mit einem Mal überfiel Marda West ein heftiges Angstgefühl. Woher konnten sie wissen, daß sie gerade in dieser Minute die Türe öffnen würde? Wie hatten sie es eingerichtet, daß sie mit ihren Masken durch den Korridor gingen, daß gleichzeitig das Mädchen aus dem Nebenzimmer erschien, die andere Schwester, der andere Arzt, der Hausdiener mit dem Aufzug? Etwas von ihrer Furcht mußte auf ihren Zügen zu erkennen gewesen sein, denn Schwester Brand, die Kuh, bemächtigte sich ihrer und führte sie in das Zimmer zurück.
»Ist Ihnen nicht wohl, Mrs. West?« fragte sie besorgt.
Langsam legte Marda sich wieder ins Bett. Wenn es eine Verschwörung war – welchen Zweck hatte es? Sollten auch andere Patienten getäuscht werden?

»Ich bin ziemlich müde«, sagte sie. »Ich würde gern schlafen.«
»Ja, ja, das ist vernünftig! Sie haben sich zu sehr aufgeregt.«
Sie mischte etwas in einem Glas, und diesmal, als Marda West ihr das Glas abnahm, zitterte ihre Hand.
Konnte eine Kuh auch deutlich genug erkennen, was sie da mischte? Und was, wenn sie sich vergriff?
»Was geben Sie mir da?«
»Ein Beruhigungsmittel«, erwiderte die Kuh.
Butterblumen und Margueriten, saftiges, grünes Gras. Marda West glaubte, all das in dem Gebräu zu spüren. Sie erschauderte. Sie legte sich in die Kissen zurück, und Schwester Brand zog die Vorhänge zu.
»So – und jetzt ruhen Sie sich aus«, sagte sie. »Und wenn Sie aufwachen, werden Sie sich viel besser fühlen.« Der schwere Kopf streckte sich vor – in der nächsten Sekunde würde das Maul sich bestimmt öffnen und muhen...
Das Mittel wirkte schnell. Schon erfüllte angenehme Müdigkeit die Glieder der Patientin.
Bald senkte sich friedliches Dunkel herab, doch sie erwachte keineswegs zu dem Normalzustand, den sie sich erhofft hatte, sondern zu dem Mittagessen, das das Kätzchen hereinbrachte. Schwester Brand hatte dienstfrei.
»Wie lange muß das noch andauern?« fragte Marda West. Sie hatte sich mit der Komödie abgefunden. Ein traumloser Schlaf hatte ihr die Kräfte wiedergegeben und auch ein gewisses Maß an Selbstsicherheit. Wenn es für die Wiederherstellung der Sehkraft irgendwie notwendig war, oder wenn sie es auch nur aus einem schwer zu erforschenden Grund taten, nun, das war ihre Sache!
»Was meinen Sie damit, Mrs. West?« fragte das Kätzchen lächelnd. So ein winziges kleines Ding mit dem spitzen Mäulchen! Selbst beim Sprechen hob sie die Hand an die Haube.
»Dieses Experiment mit meinen Augen«, sagte die Patientin und hob den Deckel von dem Huhn auf ihrem Teller. »Ich verstehe den Sinn der Sache nicht, euch so zu verkleiden! Was soll das vorstellen?«
Das Kätzchen, ernsthaft, wenn ein Kätzchen ernsthaft sein konnte, starrte sie an. »Es tut mir leid, Mrs. West, aber ich weiß nicht recht... haben Sie Schwester Brand gesagt, daß Sie nicht recht sehen können?«
»Nicht, daß ich nicht sehen könnte«, entgegnete Marda West. »Ich sehe ganz vorzüglich. Der Stuhl ist ein Stuhl. Der Tisch ist ein Tisch. Ich bin gerade im Begriff, Huhn zu essen. Warum sehen Sie aber wie ein Kätzchen aus? Und wie ein getigertes Kätzchen dazu?«
Vielleicht klang das unhöflich. Es war aber schwer, ruhig zu sprechen. Die Schwester – Marda West erinnerte sich jetzt an die Stimme, es war Schwester Sweetling –, wich vom Rolltisch zurück.

»Es tut mir leid«, sagte sie, »aber ich bin nicht gekommen, um Sie zu kratzen. Bisher hat man mich noch nie eine Katze genannt!«
Kratzen war gut! Schon streckten sich die Klauen heraus! Mit dem Löwen im Gang schnurrte sie wahrscheinlich; nicht aber mit Marda.
»Ich erfinde nichts«, sagte sie. »Ich sehe, was ich sehe. Sie sind eine Katze, wenn Sie wollen, und Schwester Brand ist eine Kuh.«
Diesmal mußte die Kränkung sehr deutlich gewesen sein. Schwester Sweetling hatte feine Barthaare am Schnäuzchen, und diese Barthaare sträubten sich.
»Wollen Sie, bitte, Ihr Huhn essen, Mrs. West. Und wenn Sie fertig sind, so läuten Sie!«
Damit stelzte sie aus dem Zimmer. Hätte sie nicht bloß den Kopf einer Katze, sondern auch den Körper, so hätte sie den Rücken krumm gemacht und gefaucht.
Nein, sie konnten keine Masken tragen. Überraschung und Erbostheit des Kätzchens waren zu echt gewesen. Und das ganze Personal der Klinik hätte doch für eine Patientin, für Marda West allein, keine solche Komödie einstudiert – die Kosten wären zu groß gewesen. Der Fehler mußte also an den Gläsern liegen, an den blauen Gläsern. Ihrer Art, ihrem Schliff nach, durch irgendeine Eigenschaft, die der Laie nicht begreifen konnte, mußten sie den Menschen, den man durch sie betrachtete, völlig verwandeln. Plötzlich kam ihr ein Einfall. Sie schob den Rolltisch weg, stieg aus dem Bett und ging zum Toilettentisch. Ihr eigenes Gesicht schaute sie aus dem Spiegel an. Die dunklen Linsen verbargen die Augen, das Gesicht aber war ihr eigenes Gesicht.
›Dem Himmel sei Dank!‹, sagte sie sich; dann aber fand sie, es müsse also doch eine Komödie sein. Daß ihr eigenes Gesicht durch die Linsen nicht verändert wurde, wies auf ein Komplott hin, und so war ihr erster Eindruck richtig gewesen. Wozu aber? Was wollten sie damit erreichen? Konnte es eine Verschwörung sein, um sie zum Wahnsinn zu treiben? Diesen Gedanken verdrängte sie sogleich. Sie war doch in einer bekannten Londoner Klinik, und Ärzte und Personal genossen den besten Ruf. Der Augenarzt hatte Mitglieder des Königshauses operiert. Wenn man sie überdies verrückt machen oder gar töten wollte, so wäre das ja mit Mitteln sehr leicht möglich. Oder in der Anästhesie. Man hätte ihr während der Operation stärkere Mittel geben können, und sie wäre einfach gestorben. Niemand wäre auf diese umständliche Methode verfallen, den Ärzten und dem Personal Tiermasken aufzusetzen.
Noch einen Versuch wollte sie machen. Sie stand am Fenster, der Vorhang verbarg sie, und nun schaute sie nach den Vorübergehenden aus. Es war gerade kein Mensch auf der Straße. Um die Mittagszeit war der Verkehr sehr schwach. Dann, am anderen Ende der Straße, fuhr ein Taxi, doch es war zu weit, als daß sie den Kopf des Chauffeurs sehen konnte.

Sie wartete. Nun kam der Türhüter aus dem Haus, stand auf den Stufen und schaute dahin und dorthin. Sein Eberkopf war deutlich sichtbar. Aber er zählte nicht. Er konnte sehr gut im Komplott sein. Ein Lastwagen näherte sich, doch sie konnte den Chauffeur nicht erkennen... ja, jetzt verlangsamte er seine Fahrt, hielt vor der Klinik, stieg von seinem Sitz, und sie sah den viereckigen Froschkopf, die vorgewölbten Augen.
In kläglichem Zustand verließ sie das Fenster und legte sich wieder ins Bett. Sie hatte keinen Hunger mehr und schob den Teller fort, der Rest des Huhns blieb unberührt. Sie läutete auch nicht, und nach einer Weile öffnete sich die Tür.
Es war nicht das Kätzchen. Es war das kleine Zimmermädchen mit dem Wieselkopf.
»Wünschen Sie Pflaumentorte oder Eiscrème, Madame?« fragte sie.
Marda West, die Augen halb geschlossen, schüttelte den Kopf. Das Wiesel näherte sich schüchtern und nahm das Tablett. »Käse also und nachher Kaffee?«
Der Kopf schloß sich nahtlos an den Hals an. Es konnte keine Maske sein; es sei denn, daß ein genialer Zeichner Masken entworfen hatte, die mit dem Körper verschmolzen, die künstliche Haut mit der natürlichen vereinigten.
»Nur Kaffee«, sagte Marda West.
Das Wiesel verschwand. Wieder klopfte es an der Türe, und nun erschien das Kätzchen, die Barthaare noch immer gesträubt. Wortlos schenkte sie den Kaffee in die Tasse, und Marda West, die sehr gereizt war – denn, gewiß, wenn jemand das Recht hatte, gereizt zu sein, dann war sie es! –, sagte scharf: »Soll ich Ihnen die Milch in die Untertasse gießen?«
Das Kätzchen schaute auf. »Ein Scherz ist ein Scherz, Mrs. West«, sagte sie. »Und ich vertrage Spaß. Aber was ich nicht vertrage, ist Unhöflichkeit.«
»Miau!« erwiderte Marda West.
Das Kätzchen verließ das Zimmer. Kein Mensch, nicht einmal das Wiesel, kam, um den Kaffee zu holen. Die Patientin war in Ungnade gefallen. Das war ihr gleichgültig. Wenn die Leute hier im Haus glaubten, sie könnten die Schlacht gewinnen, so irrten sie sich sehr. Abermals trat sie ans Fenster. Ein bejahrter Dorsch, der auf Krücken ging, ließ sich von dem eberköpfigen Türhüter in einen wartenden Wagen helfen. Nein, das konnte keine Verschwörung sein! Sie konnten nicht wissen, daß sie sie beobachtete. Marda ging ans Telephon und ließ sich mit dem Bureau ihres Mannes verbinden. In der nächsten Sekunde erinnerte sie sich daran, daß er noch beim Mittagessen sein mochte. Dennoch erhielt sie die Verbindung und hatte Glück. Er war da.
»Jim... Jim... Liebster...«
»Ja?«

Welche Erleichterung, die vertraute Stimme zu hören! Sie legte sich im Bett zurück, den Hörer an das Ohr gepreßt.
»Liebster, wann kannst du hier sein?«
»Nicht vor abends, fürchte ich. Ich habe einen schrecklich gehetzten Tag; eines nach dem andern! Nun, und wie geht's? Ist alles okay?«
»Nicht ganz.«
»Was meinst du damit? Kannst du nicht sehen? Greaves hat doch nicht am Ende etwas verpatzt?!«
Wie sollte sie ihm erklären, was ihr zugestoßen war? Am Telephon klänge das so albern!
»Ja, ich kann sehen. Ich sehe tadellos. Es ist nur... daß alle Schwestern wie Tiere aussehen. Und Greaves auch. Er ist ein Foxterrier. Einer von den kleinen Jack Russells.«
»Was redest du da für Zeug?«
Gleichzeitig sagte er auch etwas zu seiner Sekretärin, offenbar handelte es sich um eine Verabredung, und seinem Ton merkte sie an, daß er zu tun hatte, viel zu tun, und daß sie die ungeeignetste Zeit gewählt hatte, um ihn anzurufen. »Was meinst du mit Jack Russell?« wiederholte er.
Marda wußte, daß es keinen Zweck hatte. Sie mußte warten, bis er kam. Dann würde sie versuchen, ihm alles zu erklären, und er wäre sicher imstande, die Hintergründe festzustellen.
»Ach, lassen wir's«, sagte sie. »Später!«
»Tut mir leid«, erklärte er. »Aber ich bin wirklich unter einem furchtbaren Druck. Wenn die Gläser dir nicht helfen, so sag's doch jemandem; den Schwestern! Der Oberschwester!«
»Ja... ja...«
Dann legte sie den Hörer hin. Sie griff nach einem Magazin, einem, das Jim wahrscheinlich einmal liegengelassen hatte. Sie war froh, als sie merkte, daß das Lesen ihre Augen nicht anstrengte. Und die blauen Linsen machten hier keinen Unterschied, denn auf den Photographien sahen Männer und Frauen ganz normal aus, wie sie immer ausgesehen hatten. Hochzeitsgesellschaften, Empfänge, neue Erscheinungen auf Bühne und Film, alles war wie gewöhnlich. Nur hier, in der Klinik und draußen auf der Straße waren sie anders.
Viel später, am Nachmittag, war es, als die Oberschwester kam, um einige Worte mit ihr zu reden. Sie sah es der Tracht an, daß es die Oberschwester war. Doch ohne Überraschung beobachtete sie, daß auf dem Hals ein Schafskopf saß.
»Hoffentlich fühlen Sie sich ganz wohl, Mrs. West.«
Eine, bei aller Freundlichkeit, ein wenig forschende Frage. Und glaubte man nicht die Spur eines Blökens zu hören?
»Danke, ja.«
Marda West war vorsichtig. Es hatte keinen Zweck, die Oberschwester

zu reizen. Selbst wenn die ganze Angelegenheit ein gigantisches Komplott war, tat sie besser daran, nichts zu tun, was die Beziehung zum Personal trüben konnte.
»Die Linsen sitzen gut?«
»Sehr gut.«
»Das freut mich. Es war eine heikle Operation, und Sie haben die Wartezeit so tapfer überstanden.«
Aha, dachte die Patientin. Mich einseifen! Das gehört zu der Komödie!
»Nur noch wenige Tage, sagt Dr. Greaves, und dann bekommen Sie die endgültigen Gläser eingesetzt.«
»Ja, das hat er gesagt.«
»Es mag wohl eine Enttäuschung sein, wenn man keine Farben unterscheiden kann, nicht?«
»Wie die Dinge nun einmal stehen, ist es eine Erleichterung.«
Diese Antwort war ihr entschlüpft, bevor sie sich beherrschen konnte. Die Oberschwester strich sich über das Kleid. Wenn du nur wüßtest, dachte Marda, wie du aussiehst! Mit diesem Band unter dem Kinn! Du würdest schon verstehn, was ich meine!
»Mrs. West...« Die Oberschwester mußte sichtlich ein Unbehagen überwinden und wandte den Schafskopf von der Patientin ab. »Mrs. West, Sie nehmen mir hoffentlich nicht übel, was ich Ihnen sagen werde, aber unsere Schwestern leisten hier außerordentlich viel, und wir alle sind stolz auf sie. Sie haben, wie Ihnen ja bekannt ist, sehr lange Dienststunden, und da ist es wirklich nicht sehr freundlich, wenn man sich über sie lustig macht; obgleich ich überzeugt bin, daß es nur ein Scherz sein sollte...«
Bäh... bäh... blök du nur! Marda West zog die Lippen zusammen.
»Geht es darum, daß ich Schwester Sweetling ein Kätzchen genannt habe?«
»Ich weiß nicht, was Sie zu ihr gesagt haben, aber sie war ganz verstört. Sie kam beinahe in Tränen zu mir.«
Fauchend, meinst du! Fauchend und kratzend! Diese geschickten kleinen Hände sind ja in Wahrheit Klauen.
»Es wird nicht wieder vorkommen.«
Sie war entschlossen, nichts mehr zu sagen. Es war nicht ihre Schuld. Sie hatte keine Gläser verlangt, die alles entstellten, durch die alles Schwindel, alles Komödie war.
»Es muß sehr kostspielig sein«, setzte sie hinzu, »so eine Klinik zu führen.«
»Das kann man wohl sagen«, erwiderte die Oberschwester; erwiderte das Schaf. »Es ist überhaupt nur dadurch möglich, daß unser Personal so hervorragend ist; und daß alle unsere Patienten mithelfen.«
Diese Bemerkung war gegen sie gerichtet. Selbst ein Schaf konnte also bissig werden!

»Wir wollen ganz friedlich bleiben«, sagte Marda West. »Aber was hat das alles für einen Sinn?«
»Was meinen Sie damit?«
»Diese Dummheiten! Diese Verkleidung!« So, jetzt war es gesagt! Und um noch deutlicher zu machen, was sie meinte, wies sie auf die Haube der Oberschwester. »Was soll dieser närrische Aufzug? Es ist nicht einmal lustig.«
Tiefe Stille folgte. Die Oberschwester, die Anstalten gemacht hatte, sich ans Bett zu setzen und mit der Patientin zu reden, war sichtlich andern Sinnes geworden. Sie ging zur Türe.
»Wir, die wir bei St. Hilda ausgebildet wurden, sind stolz auf unsere Tracht«, sagte sie. »Wenn Sie uns in wenigen Tagen verlassen, werden Sie sich hoffentlich mit mehr Nachsicht an uns erinnern, als Sie heute zur Schau tragen.«
Damit verließ sie das Zimmer. Marda West griff wieder nach dem Magazin, das sie weggelegt hatte, doch es langweilte sie. Sie schloß die Augen. Sie öffnete sie wieder. Sie schloß sie noch einmal. Wenn der Stuhl zu einem Schwamm und der Tisch zu einem Heuhaufen geworden wäre, so hätte man die Schuld auf die blauen Linsen schieben können. Warum waren es nur Menschen, die sich verändert hatten? Was war denn mit den Menschen los? Als man ihr den Tee brachte, hielt sie die Augen geschlossen, und als eine Stimme freundlich sagte: »Ein paar Blumen für Sie, Mrs. West«, da öffnete sie die Augen dennoch nicht, sondern wartete, bis die Besitzerin der Stimme gegangen war. Die Blumen waren Nelken. Die Karte war von Jim. Und die Botschaft darauf lautete: ›Nur Mut! Wir sind nicht so schlimm, wie wir zu sein scheinen.‹
Sie lächelte und begrub das Gesicht in den Blumen. An ihnen war kein Falsch. Nichts Ungewöhnliches an ihrem Duft. Nelken waren Nelken, duftend, lieblich. Selbst die Schwester, die jetzt Dienst hatte, und sie in Wasser tat, konnte mit ihrem Ponykopf Marda nicht aufregen. Schließlich war es ein anmutiger kleiner Ponykopf mit einer Blesse auf der Stirn. Im Zirkus würde dieses Pony sich sehr gut ausnehmen. »Vielen Dank!« Marda West lächelte ihm zu.
Der merkwürdige Tag schleppte sich weiter, und sie wartete ungeduldig, daß es endlich acht Uhr würde. Sie wusch sich, wechselte das Nachthemd und machte sich das Haar. Sie zog die Vorhänge zu und zündete die Lampe neben dem Bett an. Eine seltsame Nervosität hatte sie überkommen. Es wurde ihr bewußt, daß sie an diesem ganzen aufregenden Tag nicht ein einziges Mal an Schwester Ansel gedacht hatte. An die liebe, trostreiche, gütige Schwester Ansel! Schwester Ansel, die ihren Dienst um acht Uhr antreten sollte. War sie auch im Komplott? Dann allerdings würde Marda West es zum Äußersten kommen lassen. Schwester Ansel würde sie nicht belügen. Marda würde auf sie zutreten, ihr die Hände auf die Schultern

legen, die Maske ergreifen und zu ihr sagen: »So, nehmen Sie sie ab! Sie werden mich doch nicht auch betrügen!« Waren es aber die Linsen, waren es die ganze Zeit über nur die blauen Gläser, die Schuld daran trugen, wie sollte sie das erklären?

Sie saß vor ihrem Toilettentisch, legte etwas Crème auf ihr Gesicht, und die Türe mußte sich geöffnet haben, ohne daß Marda es gemerkt hatte; doch jetzt hörte sie die wohlbekannte Stimme, die sanfte, bestrickende Stimme, und die Stimme sagte zu ihr: »Beinahe wär ich noch früher gekommen. Aber ich habe es nicht gewagt. Sie hätten mich für ganz töricht gehalten!« Langsam glitt er in Mardas Gesichtsfeld, der lange Schlangenkopf, der gewundene Hals, die spitze, gespaltene Zunge, die flink vorstieß, sich ebenso flink zurückzog, das alles wurde jetzt über den Schultern sichtbar.

Marda West rührte sich nicht. Nur ihre Hand fuhr automatisch fort, Crème auf das Gesicht zu streichen. Die Schlange aber hielt nicht still, sie drehte und wendete sich ununterbrochen, als wollte sie die Crème, die Puderdose näher betrachten.

»Nun, wie ist es, wenn man sich selber wieder sieht?«

Schwester Ansels Stimme aus diesem Kopf war nur noch grotesker, noch grauenhafter, und der Umstand, daß auch die gespaltene Zunge mitzuspielen schien, wirkte geradezu lähmend. Marda West spürte, wie eine Übelkeit in ihrem Magen aufstieg, sie würgte, und plötzlich war die Reaktion zu stark geworden; sie wandte sich ab, doch schon hatten die ruhigen Hände der Schwester sich nach ihr ausgestreckt, geleiteten sie zum Bett, und nun lag sie da, die Augen geschlossen, und die Übelkeit verzog sich.

»Meine arme liebe Mrs. West, was hat man Ihnen denn gegeben? War es das Beruhigungsmittel? Ich habe es auf Ihrer Tabelle gesehen«, und die sanfte Stimme, die so beruhigend, so tröstlich war, konnte nur jemandem gehören, der Verständnis hatte. Die Patientin öffnete die Augen nicht. Sie wagte es nicht. Sie lag auf ihrem Bett und wartete.

»Es ist zuviel für Sie gewesen«, sagte die Stimme. »Man hätte Sie am ersten Tag mehr in Ruhe lassen sollen. Sind Besuche dagewesen?«

»Nein.«

»Trotzdem hätten Sie sich mehr ausruhen sollen. Sie sind wirklich ganz blaß. So können wir Sie doch Mr. West nicht zeigen! Ich hatte große Lust ihn anzurufen, ihm zu sagen, daß er nicht kommen soll.«

»Nein... bitte nicht... ich möchte ihn sehen, ich muß ihn sehen...«

Die Angst zwang sie, die Augen zu öffnen, doch kaum hatte sie es getan, als die Übelkeit sie wieder befiel, denn der Schlangenkopf war länger als vorher, bog sich aus dem Schwesternkragen, und zum erstenmal sah sie auch das halbverhüllte Auge glitzern. Sie preßte die Hand an den Mund, um einen Schrei zu ersticken.

Schwester Ansels Stimme klang sehr besorgt.

»Irgend etwas muß Ihnen geschadet haben«, sagte sie. »Das Beruhigungsmittel kann es nicht gewesen sein. Sie haben es ja schon häufig genommen. Was hatten Sie abends zu essen?«
»Gekochten Fisch. Ich war nicht hungrig.«
»Vielleicht war er nicht ganz frisch. Ich will mich erkundigen, ob sich vielleicht jemand beklagt hat. Unterdessen liegen Sie nur still, meine Liebe, und regen Sie sich nicht auf!«
Die Türe öffnete und schloß sich fast geräuschlos, und Marda West glitt, ohne die Mahnung zu beachten, aus dem Bett und griff nach der ersten Waffe, die ihr in die Hand kam, nach ihrer Nagelschere. Dann legte sie sich wieder ins Bett, ihr Herz pochte heftig, und die Schere verbarg sie unter der Decke. Zu groß war der Abscheu gewesen. Sie mußte sich verteidigen, wenn die Schlange sich ihr nähern sollte. Jetzt war sie gewiß, daß das, was geschah, Wahrheit war, Wirklichkeit. Irgendeine böse Gewalt umschloß die ganze Klinik und ihre Bewohner, die Oberschwester, die Schwestern, die Ärzte, ihren Spezialisten – sie waren darin verfangen, sie alle waren Spießgesellen bei einem ungeheuerlichen Verbrechen, dessen Zweck undurchdringlich war. Hier, in der Upper Street, war die teuflische Verschwörung ausgebrütet worden, und sie, Marda West, war eines der Opfer; irgendwie benützte man sie als ein Instrument.
Eines war ihr klar. Sie durfte diese Menschen nicht wissen lassen, daß sie sie beargwöhnte. Sie mußte versuchen, sich Schwester Ansel gegenüber nicht anders zu verhalten als vorher. Ein einziger Fehler, und sie war verloren. Sie müßte so tun, als fühlte sie sich wohler. Wenn sie sich von ihrem Widerwillen unterkriegen ließ, dann würde Schwester Ansel sich über sie beugen – mit dem Schlangenkopf, mit der gespaltenen Zunge! Die Tür öffnete sich, und sie trat wieder ein. Marda West ballte unter der Decke die Hände. Dann zwang sie sich zu einem Lächeln.
»Was ich für eine Plage bin!« sagte sie. »Mir war schwindlig geworden; aber jetzt geht's schon besser.«
Die Schlange hatte eine Flasche in der Hand; sie trat zum Waschbecken und ließ drei Tropfen in das Glas fallen.
»Damit wird's erledigt sein, Mrs. West«, sagte sie, und abermals packte Furcht die Patientin, denn diese Worte konnten eine Drohung enthalten. ›Damit wird's erledigt sein‹ – erledigt? Was? Sollte ein Ende mit ihr gemacht werden? Die Flüssigkeit hatte keine Farbe, doch das besagte nichts. Sie nahm das Glas und erfand rasch einen Vorwand.
»Könnten Sie mir dort aus der Schublade ein frisches Taschentuch geben?«
»Natürlich!«
Die Schlange wandte den Kopf, und Marda West benützte die Gelegenheit, um den Inhalt des Glases auf den Boden zu gießen. Dann beobachtete sie, gefesselt und gleichzeitig angewidert, wie der lange Kopf den Inhalt

der Schublade absuchte, ein Taschentuch erspähte. Und dann brachte Schwester Ansel ihr das Taschentuch. Marda West hielt den Atem an, als der Kopf sich dem Bett näherte, und diesmal bemerkte sie auch, daß der Hals nicht glatt war, wie er zuerst gewirkt hatte, sondern geschuppt mit einer Zickzackzeichnung. Merkwürdig! Dabei saß die Schwesternhaube gar nicht schlecht darauf. Sie war weniger fehl am Ort als die Hauben von Kätzchen, Schaf und Kuh. Marda nahm das Taschentuch.
»Sie bringen mich in Verlegenheit«, sagte die Stimme, »wenn Sie mich so fest anschauen. Versuchen Sie, meine Gedanken zu lesen?«
Marda West antwortete nicht. Die Frage konnte eine Falle sein.
»Sagen Sie«, fuhr die Stimme fort, »sind Sie enttäuscht? Sehe ich so aus, wie Sie mich in Ihren Vorstellungen gesehen haben?«
Wieder eine Falle. Sie mußte auf der Hut sein.
»Ich glaube schon«, sagte sie langsam. »Doch mit der Haube läßt es sich schwer feststellen.«
Schwester Ansel lachte, das leise, sanfte Lachen, das in den langen Wochen der Blindheit so tröstlich gewesen war. Sie hob die Hände, und in der nächsten Sekunde enthüllte sich der ganze Schlangenkopf, der flache breite Kopf mit dem vielsagenden V der Viper. »Ist's so recht?« fragte sie.
Marda West drückte sich in die Kissen. Und doch zwang sie sich, abermals zu lächeln.
»Sehr hübsch«, sagte sie. »Wirklich sehr hübsch!«
Die Haube wurde wieder aufgesetzt, der lange Hals ringelte sich, und dann nahm eine Hand das Glas aus der Hand der Patientin und stellte es wieder über das Waschbecken. Alles wußte die Schlange eben doch nicht!
»Wenn ich zu Ihnen gehe«, sagte Schwester Ansel, »brauche ich keine Uniform zu tragen – das heißt, wenn Sie keinen Wert darauf legen. Wissen Sie – dann sind Sie meine Privatpatientin und ich für diese eine Woche Ihre persönliche Pflegerin.«
Mit einem Mal überlief es Marda West kalt. In dem Wirrwarr des Tages hatte sie sämtliche Pläne vergessen. Ja, Schwester Ansel sollte doch eine Woche bei ihr daheim sein! Alles war schon geordnet. Wichtig war jetzt, keine Angst zu zeigen. Nichts durfte verändert zu sein scheinen. Und dann, wenn Jim kam, wollte sie ihm alles sagen. Wenn er den Schlangenkopf nicht sehen konnte, wie sie ihn sah – und das war durchaus möglich, wenn diese Täuschungen eine Folge der blauen Gläser sein sollten –, dann mußte er einfach begreifen, daß sie, aus Gründen, die sich der Erklärung entzogen, kein Vertrauen mehr zu Schwester Ansel hatte, ja, daß es ihr unmöglich wäre, die Anwesenheit der Schwester in ihrem Hause zu ertragen. Der Plan mußte abgeändert werden. Sie brauchte niemanden mehr, der sich um sie kümmerte. Sie wollte nur wieder daheim sein. Mit Jim.

Das Telephon am Bett läutete, und Marda West griff danach wie nach einem Rettungsring. Es war Jim, es war ihr Mann!
»Tut mir leid, daß ich spät komme«, sagte er. »Ich nehme ein Taxi und bin gleich bei dir. Der Anwalt hat mich festgehalten.«
»Der Anwalt?«
»Ja. Forbes & Millwall; du erinnerst dich doch. Wegen der Familienstiftung.«
Das hatte sie vergessen. Es hatte vor der Operation so viele finanzielle Erörterungen gegeben. Wie gewöhnlich waren die Ratgeber sich nicht einig. Und schließlich hatte Jim die ganze Sache der Anwaltsfirma Forbes & Millwall überlassen.
»Ach richtig! Und ist es jetzt in Ordnung?«
Er hängte auf, und als Marda aufschaute, sah sie, wie der Schlangenkopf sie beobachtete. Kein Zweifel, dachte sie, kein Zweifel – du wüßtest gern, was wir einander zu sagen haben.
»Sie müssen mir versprechen, daß Sie sich nicht allzusehr aufregen, wenn Mr. West kommt.« Schwester Ansel stand an der Tür.
»Ich bin gar nicht aufgeregt. Ich sehne mich einfach danach, ihn wiederzusehen; das ist alles.«
»Sie haben so rote Wangen.«
»Es ist warm hier.«
Der gewundene Hals richtete sich auf; dann reckte er sich gegen das Fenster. Zum erstenmal hatte Marda West den Eindruck, daß der Schlange nicht ganz behaglich zumute war. Sie spürte eine Spannung. Sie wußte, sie mußte wissen, daß die Atmosphäre zwischen Pflegerin und Patientin sich verändert hatte.
»Ich will das Fenster ein klein wenig öffnen.«
Wenn du ganz und gar eine Schlange wärst, könnte ich dich durch den Spalt hinausstoßen, dachte Marda. Oder du würdest dich um meinen Hals ringeln und mich erwürgen!
Das Fenster war geöffnet worden, und die Schlange verweilte noch am Ende des Bettes, wartete vielleicht auf ein Dankwort. Dann zog der Hals sich in den Kragen zurück, die Zunge flitzte im Rachen ein und aus, und Schwester Ansel glitt aus dem Zimmer.
Marda West wartete auf das Geräusch des Taxis draußen auf der Straße. Ob sie Jim wohl überreden könnte, daß er die Nacht über in der Klinik bliebe? Wenn sie ihm ihre Angst, ihren Schreck erklärte, gewiß, er würde sie begreifen. Im Nu wüßte sie es, wenn auch er hier ein falsches Spiel gewittert hätte. Sie würde läuten, unter irgendeinem Vorwand Schwester Ansel kommen lassen, und dann, am Ausdruck seines Gesichts, an dem Klang seiner Stimme würde sie merken, ob auch er sah, wie sie selbst den ganzen Tag gesehen hatte.
Endlich kam das Taxi. Sie hörte, wie es stehenblieb, wie die Türe zuschlug,

und dann – welch ein Segen! – schon auf der Straße tönte Jims Stimme. Das Taxi fuhr weiter. Er würde im Aufzug kommen. Ihr Herz begann rascher zu schlagen, und sie heftete die Blicke auf die Türe. Sie hörte seine Schritte draußen, dann wieder seine Stimme – er sagte offenbar etwas zu der Schlange. Sofort wüßte sie, ob er den Schlangenkopf gesehen hatte. Er würde eintreten, wäre entweder verdutzt, würde seinen Augen nicht trauen oder lachen, erklären, es handle sich um einen Scherz, um eine Komödie. Warum beeilte er sich nicht? Warum mußte er sich noch draußen aufhalten? Warum klangen die Stimmen gedämpft?
Die Türe öffnete sich, der vertraute Regenschirm, der runde Hut, das waren die ersten Dinge, die sie erschaute, dann die stämmige Gestalt aber – Gott nein – um Himmels willen, nicht auch Jim, Jim in eine Maske gepreßt, in eine Organisation von Lügnern, von Teufeln gezwungen ... Jim hatte einen Geierkopf! Nein, ein Irrtum war nicht möglich. Das heimtückische Auge, die blutige Schnabelspitze, die schlaffen Hautfalten! Während sie elend, sprachlos vor Grauen dalag, stellte er den Schirm in eine Ecke, nahm den runden Hut ab, zog den Mantel aus.
»Es soll dir nicht allzugut gehn«, sagte er, wandte ihr den Geierkopf zu und starrte sie an. »Ein wenig durcheinander, was, und aufgeregt? Nun, ich bleibe nicht lang. Eine ausgiebige Nachtruhe wird alles wieder ins Geleise bringen.«
Sie war zu benommen, um zu antworten. Ganz still lag sie da, als er sich ihrem Bett näherte, sich über sie beugte, um sie zu küssen. Der Geierschnabel war scharf.
»Das ist die Reaktion, meint Schwester Ansel«, fuhr er fort. »Der plötzliche Schock, die Ungewohntheit! Es wirkt bei verschiedenen Menschen verschieden. Sie meint, wenn wir dich nach Hause bringen, wird's viel besser sein.«
Wir ... Schwester Ansel und Jim. Der Plan war also noch immer vorhanden!
»Ich weiß nicht«, sagte sie schwach, »ob ich Schwester Ansel zu Hause brauchen werde.«
»Ob du sie brauchen wirst?« Es klang seltsam erregt. »Du hattest es doch selber vorgeschlagen. Du kannst jetzt nicht mit einem Mal alles umwerfen.«
Sie hatte keine Zeit zu antworten. Sie hatte nicht geläutet, doch Schwester Ansel kam ungerufen. »Eine Tasse Kaffee, Mr. West?« Das war zum allabendlichen Brauch geworden. Heute aber tönte es eigentümlich, als wäre draußen vor der Türe eine Vereinbarung getroffen worden.
»Danke, Schwester! Und wie gern! Was ist das für ein Unsinn? Sie kommen nicht zu uns?« Der Geier wandte sich zu der Schlange, der Schlangenkopf bewegte sich hin und her, und Marda West wußte, als sie die beiden beobachtete, die Schlange mit der gespaltenen Zunge, den Geier mit

dem Kopf zwischen den Schultern eines Mannes, daß der Plan, Schwester Ansel mitzunehmen, im Grunde gar nicht von ihr stammte; jetzt erinnerte sie sich, daß die erste Anregung von der Schwester selbst gekommen war. Schwester Ansel war es gewesen, die gesagt hatte, Mrs. West werde während der Genesung noch sorgfältige Pflege brauchen. Schwester Ansel hatte es angeregt, nachdem Jim den Abend lachend und scherzend hier, in diesem Zimmer, verbracht hatte, und seine Frau, die Augen unter dem Verband, ihm zugehört hatte und froh gewesen war, seiner Stimme lauschen zu dürfen. Jetzt, als sie den glatten Schlangenkopf beobachtete, dessen Vipernmerkmal unter der Schwesternhaube verborgen war, jetzt wußte sie, warum Schwester Ansel mit ihr gehen wollte, und sie wußte auch, warum Jim keinen Widerstand geleistet, nein, den Plan auf der Stelle gutgeheißen hatte!
Der Geier öffnete den blutbefleckten Schnabel. »Sagt mir nicht, daß ihr zwei euch gezankt habt!«
»Unmöglich!« Die Schlange ringelte den Hals, schaute seitwärts nach dem Geier und setzte hinzu: »Mrs. West ist nur heute abend ein wenig müde. Sie hatte einen sehr anstrengenden Tag. Ist's nicht so?«
Was sollte sie darauf antworten? Keiner von beiden durfte etwas wissen. Weder der Geier noch die Schlange, noch sonst eine der verkappten Bestien, von denen sie umgeben war, durfte je ahnen, durfte je wissen.
»Es geht mir ganz gut«, sagte sie. »Ich bin nur ein wenig durcheinander. Wie die Schwester sagt – morgen früh wird es wieder gut sein.«
Die beiden verständigten sich offenbar schweigend miteinander. Und das war – jetzt wurde es ihr bewußt – das Erschreckendste von allem. Vierfüßler, Vögel und Reptilien bedurften ja der Sprache nicht. Sie machten eine Bewegung, sie warfen einander einen Blick zu, sie wußten, was sie vorhatten. Und doch würden sie sie, Marda West, nicht vernichten. Trotz aller Verwirrung, trotz allem Schrecknis, war ihr der Wille zu leben geblieben.
»Ich werde dich heute abend nicht mit diesen Akten plagen«, sagte der Geier. »So dringend ist es nicht. Du kannst sie daheim unterzeichnen.«
»Was für Akten?«
Wenn sie den Blick abwandte, brauchte sie den Geierkopf nicht zu sehen. Die Stimme war noch immer Jims Stimme, war ruhig und beruhigend.
»Die Akten wegen der Familienstiftung. Forbes & Millwall haben sie mir gegeben. Sie meinen, ich sollte auch in der Direktion der Stiftung sein.«
Die Worte schlugen eine Saite an, eine Erinnerung an die Wochen vor der Operation tauchte wieder auf. Etwas, das mit ihren Augen zu tun gehabt hatte. Wenn die Operation erfolglos blieb, so hätte sie Schwierigkeiten gehabt, ihren Namen auf Aktenstücke zu setzen.
»Wozu?« Ihre Stimme klang unsicher. »Am Ende ist es doch mein Geld!«

Er lachte. Und als sie sich zu ihm wandte, sah sie den Geierschnabel geöffnet. Wie eine Falle gähnte er; und dann schloß er sich wieder.

»Natürlich ist's dein Geld! Darauf kommt es nicht an. Es wäre nur gut, wenn ich die Unterschrift hätte für den Fall, daß du krank oder verreist wärst.«

Marda West warf einen Blick auf die Schlange, die dessen gewahr wurde, den Kopf in den Kragen einzog und zur Türe glitt. »Bleiben Sie nicht zu lang, Mr. West«, sagte Schwester Ansel. »Unsere Patientin muß sich heute gut ausschlafen.«

Sie verschwand, und Marda West war allein mit ihrem Mann. Mit dem Geier.

»Ich habe nicht vor, zu verreisen oder krank zu sein.«

»Wahrscheinlich nicht. Darum handelt es sich auch nicht. Diese Advokaten wollen aber immer alles in Betracht ziehen. Nun, ich werde dich heute nicht damit langweilen.«

War es denkbar, daß die Worte allzu lässig gesagt wurden? Daß die Hand, die jetzt Akten in die Taschen des Mantels stopfte, eine Klaue war? Das war eine Möglichkeit, vielleicht etwas Entsetzliches, das noch bevorstand. Daß auch die Körper sich veränderten, Hände und Füße zu Flügeln, Klauen, Hufen, Pfoten wurden und den Menschen, die sie umgaben, nichts Menschliches mehr anhaftete? Das Letzte, was entschwand, wäre die menschliche Stimme. Wenn auch die menschliche Stimme dahin war, dann blieb keine Hoffnung. Der Dschungel würde alles überwuchern, vielfältiges Kreischen und Schreien stiege aus Hunderten von Kehlen auf.

»Hast du das ernst gemeint?« fragte Jim. »Das mit der Schwester?«

Undurchdringlich beobachtete sie, wie der Geier seine Nägel feilte. Er trug immer eine Feile in der Tasche. Früher war ihr das nie aufgefallen – es gehörte zu Jim wie seine Füllfeder und seine Pfeife. Heute aber war ein Grund dahinter – ein Geier brauchte scharfe Klauen, um sein Opfer zu zerreißen.

»Ich weiß nicht«, sagte sie. »Jetzt, da ich wieder sehen kann, kommt es mir eigentlich töricht vor, daß ich eine Krankenschwester mitnehmen soll.«

Er antwortete nicht gleich. Der Kopf sank tiefer zwischen die Schultern. Sein dunkler Stadtanzug wirkte wie die gesträubten Federn eines großen, lauernden Vogels. »Ich finde sie einfach großartig«, sagte er. »Und anfangs wirst du dich sicher noch unsicher auf den Beinen fühlen. Ich bin dafür, daß wir an dem Plan festhalten. Wenn's nicht klappen sollte, können wir sie ja schließlich immer wegschicken.«

»Vielleicht.«

Wer bleibt noch, dem sie vertrauen konnte? Sie dachte angestrengt nach. Ihre Familie war zerstreut. Ein verheirateter Bruder in Südafrika, Freunde in London, kein Mensch, mit dem sie wirklich befreundet war. Jedenfalls nicht in diesem Ausmaß. Keiner, dem sie sagen konnte, daß ihre Pflegerin sich in eine Schlange, ihr Mann sich in einen Geier verwandelt hatte. Die völlige Hoffnungslosigkeit ihrer Lage war geradezu ein Verdammungsurteil. Das war ihre Hölle. Sie war ganz allein und sich klar bewußt, daß Haß und Grausamkeit sie umgaben.

»Was machst du heute abend?« fragte sie ruhig.

»Ich werde wohl im Klub zu Abend essen. Es wird mit der Zeit eintönig. Jetzt dauert's nur noch zwei Tage. Gott sei Dank! Dann bist du wieder zu Hause.«

Ja, doch zu Hause mit einem Geier und einer Schlange – wäre sie ihnen nicht noch mehr auf Gnade und Ungnade ausgeliefert als hier?

»Hat Greaves gesagt, daß es bestimmt Donnerstag sein kann?« fragte sie.

»Ja, heute früh, als er mich anrief. Dann wirst du die Linsen haben, mit denen du auch Farben sehen kannst.«

Jene, die auch die Körper zeigen würden. Das war die Erklärung. Die blauen Linsen zeigten nur die Köpfe. Sie waren das erste Experiment. Greaves, der große Spezialist, war natürlich auch im Komplott. Er spielte sogar eine Hauptrolle bei der Verschwörung. Vielleicht war er bestochen worden. Wer war es nur, der zuerst an die Operation gedacht hatte? Sie versuchte sich zu erinnern. War es der Hausarzt nach einem Gespräch mit Jim? Waren die beiden nachher nicht zu ihr gekommen und hatten gesagt, das sei die einzige Möglichkeit, ihre Augen zu retten? Die Verschwörung mußte tief in die Vergangenheit zurückreichen, Monate, vielleicht Jahre weit. Doch, um Himmels willen, zu welchem Zweck? Wild forschte sie in ihrem Gedächtnis, um sich eines Blicks, eines Zeichens, eines Worts zu entsinnen, die ein Licht auf dieses schreckliche Komplott werfen konnten, auf diese Verschwörung gegen ihre Person oder gegen ihren gesunden Menschenverstand.

»Du siehst aber nicht besonders gut aus«, sagte er plötzlich. »Soll ich die Schwester rufen?«

»Nein...« Wie ein Schrei brach es aus ihr.

»Dann sollte ich vielleicht jetzt gehen. Sie hat gesagt, daß ich nicht zu lang bleiben darf.«

Er erhob sich aus dem Stuhl, eine massige Gestalt, und sie schloß die Augen, als er ans Bett trat, um sie zu küssen. »Schlaf gut, mein armes Kind. Und nimm's nicht zu schwer!«

Trotz aller Angst spürte sie, wie sie seine Hand umklammerte.

»Was hast du denn?« fragte er.

Der Kuß, an den sie sich erinnerte, hätte ihr gutgetan; nicht aber der Stich eines Geierschnabels, eines vorstoßenden, blutbefleckten Schnabels. Nachdem er fort war, preßte sie den Kopf in die Kissen und stöhnte.

»Was soll ich tun?« sagte sie. »Was soll ich tun?«
Die Türe öffnete sich wieder, und Marda legte die Hand vor den Mund. Man durfte ihren Schrei nicht hören. Man durfte sie nicht weinen sehen. Mit ungeheurer Anstrengung riß sie sich zusammen.
»Nun, wie fühlen Sie sich, Mrs. West?«
Die Schlange stand am Fuß des Bettes, und neben ihr stand der Hausarzt der Klinik. Sie hatte ihn immer gern gehabt, er war ein liebenswürdiger junger Mann, und obgleich er, ebenso wie die andern, einen Tierkopf trug, erschreckte sie das nicht. Es war ein Hundekopf. Der Kopf eines Aberdeen-Terriers, und die braunen Augen schienen ihr zuzuzwinkern. Vor langen Jahren, als Kind, hatte sie einen Aberdeen-Terrier besessen.
»Könnte ich mit Ihnen allein sprechen?« fragte sie.
»Natürlich! Sie haben doch nichts dagegen, Schwester?« Er wies mit dem Kopf nach der Türe, und sie verschwand.
»Sie werden mich für verrückt halten«, begann sie, »aber das sind die Linsen. Ich kann mich nicht daran gewöhnen.«
»Das tut mir leid. Sie tun Ihnen doch nicht weh?«
»Nein, nein; das nicht. Ich spüre sie gar nicht. Es ist nur so, daß alle Leute durch sie so seltsam aussehen.«
»Das muß so sein, verstehen Sie? Sie sehen ja noch keine Farben.« Seine Stimme war heiter, freundlich. »Es ist natürlich ein gewisser Schock, wenn man so lange die Augen unter einem Verband gehabt hat. Und Sie dürfen nicht vergessen, daß es doch eine richtige Operation war. Die Nerven hinter den Augen sind gewiß noch sehr empfindlich.«
»Ja«, sagte sie. Seine Stimme, sogar sein Kopf flößten ihr Vertrauen ein. »Haben Sie schon Menschen gekannt, an denen man diese Operation vorgenommen hat?«
»Dutzende! In zwei Tagen ist alles in Butter!« Er klopfte ihr auf die Schulter. So ein guter Hund war das! So ein lustiger, netter Hund! Ganz wie der längst eingegangene Angus! »Ich will Ihnen noch etwas sagen«, fuhr er fort. »Ihre Sehkraft kann nachher besser sein, als sie je vorher gewesen ist. Sie werden in jeder Beziehung klarer sehen. Eine Patientin sagte mir, es sei, als hätte sie ihr Leben lang eine Brille getragen, und nach der Operation habe sie ihre Freunde und Verwandten erst so gesehen, wie sie wirklich waren.«
»Wie sie wirklich waren!« Sie wiederholte die Worte.
»Ja, ganz so. Nun, sie hatte vorher immer schlecht gesehen. Sie hatte geglaubt, ihr Mann habe braunes Haar, in Wirklichkeit aber war er rot, hellrot. Zuerst war das ein Schlag für sie. Aber nachher war sie entzückt.«
Der Aberdeen-Terrier trat zurück, steckte das Stethoskop in die Tasche und nickte. »Dr. Greaves hat an Ihnen etwas Großartiges fertiggebracht, das kann ich Ihnen versprechen«, sagte er. »Er war imstande, einen Nerv zu stärken, den er für abgestorben gehalten hatte. Sie haben ihn nie früher

verwendet – er funktionierte nicht. Wer weiß, Mrs. West, vielleicht wird Ihr Fall in der Geschichte der Medizin eine große Rolle spielen. Und jetzt schlafen Sie gut, und viel Glück. Gute Nacht.«
Er trottete aus dem Zimmer. Sie hörte, wie er draußen der Schwester Ansel gute Nacht zurief, und dann verhallte sein Schritt auf dem Gang.
Die tröstenden Worte waren zu Galle geworden. In gewissem Sinn hatten sie ihr eine Erleichterung gebracht, denn seine Erklärung deutete doch anscheinend darauf hin, daß es keine Verschwörung gegen sie gab. Statt dessen aber, wie jener andern Patientin, war ihr mit der Sehkraft auch eine tiefere Einsicht zuteil geworden. Sie gebrauchte die Worte, die er selber gebraucht hatte. Marda West konnte die Menschen sehen, wie sie wirklich waren. Und jene, die sie am meisten geliebt, denen sie am meisten vertraut hatte, waren in Wirklichkeit ein Geier und eine Schlange...
Die Tür öffnete sich, und Schwester Ansel erschien mit dem Beruhigungsmittel.
»Wollen wir jetzt Nacht machen, Mrs. West?«
»Ja, danke.«
Eine Verschwörung war vielleicht nicht vorhanden, doch mit dem Glauben, mit dem Vertrauen war es dennoch vorbei.
»Lassen Sie es nur mit einem Glas Wasser da; ich nehme es später.«
Sie beobachtete, wie die Schlange das Glas auf den Nachttisch stellte. Sie beobachtete, wie sie die Decken richtete. Dann ringelte der Hals sich näher, und die halbverdeckten Augen erblickten die Nagelschere unter dem Kissen.
»Was haben Sie denn da?«
Die Zunge flitzte heraus, zog sich wieder zurück. Die Hand streckte sich nach der Schere. »Sie hätten sich ja schneiden können! Soll ich sie nicht lieber wegräumen? Es ist sicherer.«
Ihre einzige Waffe verschwand in einer Tasche, wurde nicht auf den Toilettentisch zurückgelegt. Die Art, wie Schwester Ansel die Schere in die Tasche schob, wies darauf hin, daß sie Marda Wests Verdacht erkannt hatte. Sie wollte der Patientin die einzige Möglichkeit rauben, sich zu verteidigen.
»So, und jetzt denken Sie daran zu läuten, wenn Sie irgendwas brauchen.«
»Ich werde daran denken.«
Die Stimme, die einst zärtlich geklungen hatte, klang jetzt nur allzu glatt und falsch. Wie trügerisch sind doch die Ohren, dachte Marda West. Wie wenig können sie die Wahrheit merken! Und zum erstenmal wurde sie sich ihrer eigenen, neuen Macht bewußt, der Macht, Wahres von Falschem, Gut von Böse zu unterscheiden.
»Gute Nacht, Mrs. West!«

»Gute Nacht!«
Sie lag wach, auf ihrem Nachttisch tickte die Uhr, die gewohnten Straßengeräusche drangen herein. Marda West faßte einen Plan. Sie wartete bis elf, das war eine volle Stunde nach der Zeit, da alle Patienten schliefen. Das wußte sie. Dann löschte sie ihre Lampe aus. Das würde die Schlange täuschen, falls sie durch das Schiebefenster in die Türe spähen sollte. Die Schlange würde glauben, daß Marda schlief. Und nun stieg sie aus dem Bett. Sie nahm ihre Kleider aus dem Schrank und begann sich anzuziehen; sie nahm Mantel und Schuhe und band sich einen Shawl um den Kopf. Als sie fertig war, ging sie zur Türe und drehte lautlos den Knauf. Auf dem Gang war alles still. Reglos blieb sie stehen. Dann machte sie einen Schritt über die Schwelle und schaute nach rechts, wo die diensttuende Schwester saß. Die Schlange war da. Die Schlange saß über ein Buch gebeugt. Das Deckenlicht schien ihr auf den Kopf, und ein Irrtum war nicht möglich. Da war die schmucke Tracht, die weiße gestärkte Haube, der steife Kragen, doch aus dem Kragen hob sich der gewundene Hals der Schlange, der lange, flache, böse Kopf.
Marda West wartete. Sie war darauf vorbereitet, Stunden zu warten. Doch jetzt tönte der Laut, den sie erhofft hatte, die Glocke eines Patienten. Die Schlange hob den Kopf von ihrem Buch und sah nach dem roten Licht an der Wand. Und dann eilte sie zu dem Zimmer des Patienten. Sie klopfte an, sie trat ein. Kaum war sie verschwunden, so verließ auch Marda West ihr Zimmer und hastete zur Treppe. Kein Laut war zu hören. Sie lauschte angestrengt, und dann schlich sie die Treppe hinunter. Vier Stockwerke gab es, vier breite Gänge, doch das Treppenhaus selber war von dem Raum aus, darin die Nachtschwester saß, nicht sichtbar. Sie hatte Glück.
Unten, in der Halle, war die Beleuchtung nicht so hell. Sie wartete am Fuß der Treppe, bis sie sicher war, daß niemand sie beobachtete. Sie konnte den Rücken des Nachtportiers sehen – seinen Kopf sah sie nicht, denn er beugte sich über sein Pult. Doch als er sich jetzt aufrichtete, bemerkte sie den breiten Fischkopf. Sie zuckte die Achseln. Sie hatte sich nicht bis hierher gewagt, um sich jetzt von einem Fisch erschrecken zu lassen. Kühn ging sie durch die Halle. Der Fisch starrte sie an.
»Wünschen Sie etwas, Madame?« fragte er.
Er war genauso dumm, wie sie es erwartet hatte. Sie schüttelte den Kopf.
»Ich gehe aus. Gute Nacht.« Und damit ging sie einfach an ihm vorüber, durch die Schwingtüre hinaus und über die Stufen auf die Straße hinunter. Rasch wandte sie sich nach links, und als sie am Ende der Straße ein Taxi erblickte, hob sie die Hand und rief. Das Taxi fuhr langsamer und blieb stehen. Als sie sich näherte, sah sie, daß der Chauffeur den viereckigen Kopf eines Affen hatte. Der Affe grinste. Der Instinkt warnte sie. Nein, sie wollte das Taxi nicht nehmen.
»Verzeihung«, sagte sie, »ich habe mich geirrt.«

Das Grinsen verschwand von den Zügen des Affen. »Nächstens überlegen Sie sich's rechtzeitig«, schrie er sie an und fuhr weiter.
Marda West ging die Straße entlang. Sie wandte sich nach rechts, dann nach links, dann ging sie geradeaus, und in der Ferne sah sie die Lichter der Oxford Street. Sie begann, rascher zu gehen. Der lebhafte Verkehr zog sie an wie ein Magnet, die fernen Lichter, die fernen Männer und Frauen. Als sie zur Oxford Street kam, machte sie halt. Wohin sollte sie gehen? Bei wem sollte sie Zuflucht suchen? Und da fiel es ihr schwer auf die Seele, daß es ja keinen Menschen gab, keinen einzigen Menschen, an den sie sich wenden konnte. Denn das Paar, das gerade vorüberging, ein Krötenkopf mit kurzem, schwarzem Körper, am Arm eines Panthers, konnte sie nicht schützen, und der Polizist an der Ecke war ein Pavian, die Frau, die mit ihm redete, ein kleines, aufgeputztes Schwein. Keiner hatte ein menschliches Gesicht, bei keinem war Sicherheit, der Mann, ein oder zwei Schritte hinter ihr, war, wie Jim, ein Geier. Auch auf dem Trottoir gegenüber waren Geier. Und was auf sie zukam und lachte, war ein Schakal.
Sie machte kehrt und lief. Sie lief, stieß gegen sie, gegen Schakale, Hyänen, Geier, Hunde. Ihnen gehörte die Welt, nichts Menschliches war übrig. Als sie sie sahen, wandten sie sich um und schauten ihr nach, sie zeigten auf sie, sie kreischten und jappten, sie liefen hinter ihr her, die Schritte folgten ihr. Sie lief die Oxford Street hinunter, von ihnen gehetzt, die Nacht war nichts als Schatten und Dunkel, kein Licht glänzte mehr, sie war allein in einer Welt von Tieren.

»Liegen Sie ganz still, Mrs. West. Nur ein kleiner Einstich. Es wird Ihnen nicht weh tun.«
Sie erkannte die Stimme des Augenarztes, der sie operiert hatte, und undeutlich wußte sie, daß man sie wieder eingefangen hatte. Sie war wieder in der Klinik, und jetzt war das auch gleichgültig – sie konnte ebensogut hier sein wie anderswo. Hier, in der Klinik waren die Tierköpfe ihr wenigstens bekannt. Man hatte ihr wieder Verbände über die Augen gelegt, und dafür war sie dankbar. O diese gesegnete Dunkelheit – alles Böse der Nacht verhüllte sie!
»So, Mrs. West, jetzt dürften alle Störungen vorbei sein. Keine Schmerzen mehr, keine Verwirrung durch die blauen Linsen! Von jetzt an hat die Welt ihre richtigen Farben wieder.«
Ein Verband nach dem andern wurde gehoben, Lage auf Lage entfernt. Und plötzlich war alles hell, war Tag, und das Gesicht Dr. Greaves' lächelte zu ihr hinunter. Neben ihm stand eine rundliche, wohlgelaunte Schwester.
»Wo haben Sie ihre Masken?« fragte die Patientin.
»Für diese Kleinigkeit haben wir keine Masken gebraucht«, sagte der

Arzt. »Wir haben nur die provisorischen Linsen entfernt. So ist es besser – nicht?«
Sie ließ die Blicke durch das Zimmer schweifen. Ja, sie war wieder hier. Das war der Schrank, der Toilettentisch, dort waren die Blumenvasen. Alles in natürlichen Farben, nichts verhüllt. Doch man konnte sie am Ende nicht foppen, ihr einreden, alles wäre ein Traum gewesen! Der Shawl, den sie um den Kopf geschlungen hatte, bevor sie nachts aus dem Haus gelaufen war, lag noch auf dem Stuhl.
»Irgend etwas ist mit mir vorgegangen, nicht?« sagte sie. »Ich versuchte, wegzulaufen.«
Die Schwester warf dem Arzt einen Blick zu. Er nickte.
»Ja«, sagte er. »Das ist richtig. Und, offen gestanden, ich kann Ihnen keinen Vorwurf daraus machen. Der Vorwurf trifft nur mich selber. Die Linsen, die ich Ihnen gestern eingesetzt habe, drückten auf einen Nerv, und dieser Druck hat Sie aus dem Gleichgewicht gebracht. Jetzt ist das alles vorüber.«
Sein Lächeln war beruhigend. Und die großen, warmen Augen der Schwester Brand – denn es mußte bestimmt Schwester Brand sein – schauten voller Mitgefühl auf sie herab.
»Es war schrecklich«, sagte Marda. »Ich werde nie erklären können, wie schrecklich es war.«
»Versuchen Sie's gar nicht«, riet Dr. Greaves. »Ich verspreche Ihnen, daß das nicht mehr vorkommt.«
Die Tür öffnete sich, und der junge Hausarzt trat ein. Auch er lächelte.
»Die Patientin hat sich wieder ganz erholt?«
»Ich glaube schon«, sagte der Augenarzt. »Nicht wahr, Mrs. West?«
Marda West musterte die drei sehr ernst, Dr. Greaves, den Hausarzt der Klinik und Schwester Brand; welches verwundete Gewebe vermochte drei Menschen in Typen aus dem Tierreich verwandeln? Welche Zelle verband den Muskel mit der Vorstellungskraft?
»Ich glaubte, Sie wären Hunde«, sagte sie langsam. »Sie waren ein Foxterrier, Dr. Greaves, und Sie ein Aberdeener.«
Der Hausarzt lachte.
»Das bin ich ja auch«, sagte er. »Aberdeen ist meine Geburtsstadt. Ihr Urteil ist also nicht völlig falsch, Mrs. West. Ich gratuliere Ihnen zu Ihrem Scharfblick.«
Marda West stimmte nicht in das Lachen ein.
»Sie mögen das heiter aufnehmen«, sagte sie. »Andere waren nicht so erbaut.« Sie wandte sich an Schwester Brand. »Ich glaubte, Sie wären eine Kuh. Eine gütige Kuh. Aber Sie hatten spitze Hörner.«
Diesmal war es Dr. Greaves, der laut lachte. »Da haben Sie's, Schwester! Genau, was ich Ihnen oft gesagt habe. Es ist Zeit, daß man Sie auf die Weide führt und Ihnen Gänseblümchen zu essen gibt.«

Schwester Brand nahm es nicht übel. Sie glättete das Kissen der Patientin, und ihr Lächeln war wohlwollend. »Von Zeit zu Zeit hat man seltsame Bezeichnungen für uns«, sagte sie. »Das gehört eben auch zu unserem Beruf.«
Die Ärzte gingen, noch immer lachend, zur Tür, und Marda West spürte die normale Atmosphäre, aller Zwang war verschwunden. Und so fragte sie: »Wer hat mich eigentlich gefunden? Was war geschehen? Wer hat mich zurückgebracht?«
Dr. Greaves drehte sich an der Türe um. »Sie sind nicht sehr weit gekommen, Mrs. West, und das war verdammt günstig für Sie. Sonst wären Sie jetzt nicht hier. Der Portier ist Ihnen nachgegangen.«
»Das alles ist jetzt vorüber«, sagte der Hausarzt. »Und die Episode hat nur fünf Minuten gedauert. Sie waren wohlbehalten in Ihrem Bett, bevor irgendein Schaden angerichtet werden konnte. Und ich war da. So hat sich das abgespielt. Der Mensch, den es am schwersten getroffen hat, war Schwester Ansel, als sie nämlich merkte, daß Sie nicht in Ihrem Bett waren.«
Schwester Ansel ... der Widerwille des Abends war nicht so leicht zu vergessen. »Sagen Sie nicht, daß unsere liebe kleine Schwester auch ein Tier gewesen ist«, fügte der Hausarzt lächelnd hinzu.
Marda West spürte, wie ihre Wangen sich röteten. Jetzt mußten die Lügen beginnen. »Nein«, sagte sie schnell. »Nein, natürlich nicht!«
»Schwester Ansel ist jetzt hier«, sagte Schwester Brand. »Sie war so aufgeregt, als ihr Dienst zu Ende war, daß sie nicht schlafen gehen wollte. Hätten Sie nicht Lust, ein Wort mit ihr zu sprechen?«
Die Patientin wurde von Angst gepackt. Was hatte sie im Fieber, in der Panik des Vorabends zu Schwester Ansel gesagt? Bevor sie antworten konnte, öffnete der Hausarzt die Türe und rief in den Gang hinaus: »Mrs. West möchte Ihnen gern guten Morgen sagen!«
Er lächelte über das ganze Gesicht. Dr. Greaves winkte ihr noch einmal zu und ging. Schwester Brand folgte ihm, und der Hausarzt grüßte mit seinem Stethoskop und machte eine tiefe scherzhafte Verbeugung, als er jetzt Schwester Ansel eintreten ließ. Marda West riß die Augen auf, dann begann sie zitternd zu lächeln und streckte die Hand aus.
»Es tut mir leid«, sagte sie. »Sie müssen mir verzeihen.«
Wie hatte sie Schwester Ansel nur als Schlange sehen können! Die haselnußbraunen Augen, die helle Haut, das dunkle Haar unter der Haube hervorlugend! Und dieses Lächeln! Dieses leise und so verständnisvolle Lächeln!
»Ihnen vergeben, Mrs. West?« sagte Schwester Ansel. »Was hätte ich Ihnen zu vergeben? Sie haben ja eine schreckliche Prüfung durchgemacht.«
»Ich verstehe noch immer nicht, was eigentlich geschehen ist«, sagte sie

und klammerte sich an den Arm der Pflegerin. »Dr. Greaves hat versucht, es mir zu erklären. Etwas mit einem Nerv.«
Schwester Ansel schnitt eine Grimasse nach der Türe. »Er weiß es selber nicht«, flüsterte sie. »Und er wird das auch nicht zugeben, sonst käme er in Verlegenheit. Er hat die Linsen zu tief befestigt. Zu nahe an einem Nerv. Ein Wunder, daß es Sie nicht umgebracht hat!«
Sie sah ihre Patientin an. Ihre Augen lächelten. Sie war so reizend, so gut. »Denken Sie nicht mehr daran. Von jetzt an werden Sie glücklich sein. Versprechen Sie mir's?«
»Ich verspreche es.«
Das Telephon läutete, und Schwester Ansel ließ Mardas Hand los und griff nach dem Hörer. »Sie wissen, wer das sein wird«, sagte sie. »Ihr armer Mann!« Sie reichte Marda den Hörer.
»Jim... Jim... bist du's?«
Wie angstvoll klang die geliebte Stimme am andern Ende des Drahtes. »Bist du ganz wohl? Zweimal habe ich die Oberschwester angerufen, und sie sagte, sie würde es mich wissen lassen. Was, zum Teufel, ist denn geschehen?«
Marda West lächelte und reichte der Schwester den Hörer.
»Sagen Sie es ihm!«
Schwester Ansel hielt den Hörer ans Ohr. Ihre Hände waren glatt, und die Nägel schimmerten in schwachem, rosafarbenem Glanz.
»Sind Sie's, Mr. West? Unsere Patientin hat uns eine furchtbare Angst eingejagt.« Sie lächelte und nickte der Frau im Bett zu. »Nun, jetzt brauchen Sie sich nicht mehr zu sorgen. Dr. Greaves hat ihr die anderen Gläser eingesetzt. Die ersten drückten auf einen Nerv, aber jetzt ist alles in Ordnung. Sie sieht tadellos. Ja, Dr. Greaves sagt, wir könnten morgen heimkommen.«
Die schmeichelnde Stimme entsprach den zarten Farben, den braunen Augen. Noch einmal griff Marda nach dem Hörer.
»Jim, ich hatte eine sehr schlimme Nacht. Erst jetzt fange ich an, es zu begreifen. Ein Nerv im Gehirn...«
»Ja, ja, so scheint's«, erwiderte er. »Eine verdammte Geschichte! Gott sei Dank, daß man's gefunden hat! Dieser Kerl, dieser Greaves hat offenbar keine Ahnung von seinem Handwerk...«
»Es kann nicht wieder vorkommen. Jetzt, da die richtigen Linsen eingesetzt sind, kann's nicht wieder geschehen.«
»Darf auch nicht!« rief Jim. »Sonst hänge ich ihm eine Klage an. Und wie fühlst du dich?«
»Wunderbar! Noch ein wenig wirr, aber wunderbar!«
»Liebste! Reg dich nur nicht auf! Ich bin bald bei dir.«
Die Stimme verstummte. Marda West reichte den Hörer der Schwester, die ihn in die Gabel legte.

»Hat der Doktor wirklich gesagt, daß ich morgen nach Hause kann?«
»Ja, wenn Sie brav sind!« Schwester Ansel lächelte und streichelte die Hand der Patientin. »Und sind Sie noch immer sicher, daß ich mitkommen soll?«
»Ja, natürlich«, sagte Marda West. »Alles ist doch fest besprochen!«
Sie setzte sich im Bett auf, und die Sonne strömte durch das Fenster, warf ihr Licht auf die Rosen, die Lilien, die Iris mit den langen Stengeln. Das Summen des Verkehrs draußen war nahe und freundlich. Sie dachte an ihren Garten, der sie daheim erwartete, an ihr eigenes Schlafzimmer, an alle ihre kleinen Besitztümer, an den häuslichen Alltag, der jetzt, da die Sehkraft wiederhergestellt war, beginnen konnte, an all die Sorgen und Ängste der vergangenen Zeit, die jetzt für immer vorüber waren.
»Das Kostbarste auf der Welt«, sagte sie zu Schwester Ansel, »ist das Augenlicht. Jetzt weiß ich es. Ich weiß, was ich beinahe verloren hätte.«
Die Schwester hatte die Hände übereinandergelegt und nickte ihr verständnisvoll zu. »Sie haben Ihre Augen zurück. Das ist das Wunder. Und Sie werden die Sehkraft nie wieder verlieren.«
Sie ging zur Türe. »Ich will rasch ins Schwesternheim und mich ein wenig ausruhen«, sagte sie. »Jetzt, da ich weiß, daß alles mit Ihnen in Ordnung ist, werde ich schlafen können. Brauchen Sie noch irgendwas?«
»Geben Sie mir meine Gesichtscrème und meinen Puder«, sagte Marda. »Und den Lippenstift und die Bürsten und den Kamm.«
Die Schwester holte das alles vom Toilettentisch und legte es in Reichweite der Patientin. Auch den Handspiegel und die Parfümflasche. Mit leisem Lächeln schnupperte sie an dem Verschluß. »Wundervoll!« flüsterte sie. »Das ist doch das, was Mr. West Ihnen gebracht hat, nicht wahr?«
Schon fügte Schwester Ansel sich in den Familienkreis, dachte Marda West. Sie sah sich selber Blumen in das kleine Gastzimmer stellen, die richtigen Bücher aussuchen, einen Radioapparat für den Fall, daß die Schwester sich abends langweilen sollte.
»Um acht bin ich wieder bei Ihnen.«
Die vertrauten Worte, seit so vielen Tagen jeden Morgen gesprochen, klangen in Mardas Ohren wie eine Melodie, die ihr gerade durch die Wiederholung lieb geworden war. Und sie gehörten zum mindesten zu dem Individuum, zu der Person, die lächelte, deren Augen Freundschaft und Aufrichtigkeit verhießen.
»Auf heute abend!«
Die Türe schloß sich. Schwester Ansel war gegangen. Das normale Leben in der Klinik, durch die Aufregungen der Nacht unterbrochen, nahm wieder seinen Gang. Doch statt Dunkelheit Licht! Statt Verzagtheit Leben!
Marda West nahm den Verschluß von der Parfümflasche und strich sich einige Tropfen hinter die Ohren. Der Duft verbreitete sich, gehörte schon

zu dem warmen, hellen Tag. Sie hob den Handspiegel und sah hinein. Nichts im Zimmer hatte sich verändert, der Straßenlärm drang durch das Fenster, und jetzt kam das kleine Zimmermädchen, das gestern scheinbar einem Wiesel geglichen hatte. Sie sagte »Guten Morgen«, doch die Patientin antwortete nicht. Vielleicht war sie müde. Das Mädchen räumte rasch auf und verzog sich wieder.
Dann hob Marda West den Handspiegel und schaute noch einmal hinein. Nein, sie hatte sich nicht getäuscht. Die Augen, die ihren Blick erwiderten, waren Rehaugen, von Angst vor der Opferung erfüllt, und schon senkte sich der Kopf des scheuen Tiers demütig und in das Schicksal ergeben.

Plötzlich an jenem Abend

Nachdem ich aus der Armee entlassen worden war und ehe ich mich irgendwo festsetzte, sah ich mich erst ein bißchen um und fand schließlich Arbeit in der Gegend von Hampstead, und zwar in einer Autowerkstatt dicht bei Chalk Farm am Ende von Haverstock Hill. Es war genau das richtige für mich. Ich hatte schon immer gern an Maschinen herumgebastelt, bei den Pionieren tat ich auch nichts anderes, besaß also Übung darin – ist mir auch immer alles leichtgefallen, was mit Maschinen zu tun hat. Ein angenehmes Leben hab ich mir immer so vorgestellt: in einem schmierigen Overall auf dem Rücken unter einem Auto oder Lastwagen liegen und mit einem Schraubenschlüssel einen alten Bolzen bearbeiten, Ölgeruch in der Nase, und um mich herum andere, von denen einer einen Motor rattern läßt, die andern vor sich hin pfeifen und mit ihren Werkzeugen klappern. Der Gestank und der Dreck haben mich nie gestört. Schon als Dreikäsehoch hab ich das gern gehabt; wenn ich mit einer rostigen Blechbüchse im Schmutz herumwühlte, pflegte meine alte Mutter immer zu sagen: »Das schadet ihm nicht, ist ja sauberer Dreck«; und das stimmt auch, wo es sich um Maschinen handelt.
Mein Chef war ein netter Kerl, umgänglich und vergnügt, und er merkte auch, daß mir die Arbeit Freude machte. Er selbst war kein großartiger Mechaniker, darum schob er mir auch immer die Reparaturen zu, und gerade das machte mir am meisten Spaß.
Ich wohnte nicht bei meiner alten Mutter, es war zu weit weg, draußen in Shepperton; es hatte keinen Sinn, den halben Tag mit Hin- und Herfahren zu vertrödeln. Ich hab's gern bequem, alles auf einem Fleck beisammen, sozusagen. Ich mietete mir ein Zimmer bei einem Ehepaar, Thompson hießen sie, von dort waren es nur zehn Minuten zur Werkstatt. Nette Leute waren es, diese Thompsons. Er hatte eine kleine Schuhmacherei, Flickschuster wär wohl die richtige Bezeichnung für ihn, und

seine Frau kochte das Essen und hielt die Wohnung in Ordnung, die über der Werkstatt lag. Ich war bei ihnen in Kost, Frühstück und Abendbrot – es gab immer ein warmes Gericht –, und da ich der einzige Mieter war, wurde ich wie ein Sohn behandelt.

Ich bin für ein geregeltes Leben. Am liebsten tu ich meine Arbeit an einem Stück, und wenn Feierabend ist, mach ich mir's gern mit einer Pfeife und der Zeitung gemütlich, höre ein bißchen Musik oder Kabarett oder etwas Ähnliches im Radio, und dann früh in die Federn. Aus Mädchen hab ich mir nie viel gemacht, nicht mal als Soldat. War damals übrigens im Vorderen Orient, Port Said und so weiter.

Ja, mit meinem Leben war ich ganz zufrieden, mit meiner Bude bei Thompsons und dem täglichen Einerlei, bis zu dem Abend, wo es geschah. Seitdem ist alles verändert. Und wird auch niemals wieder so werden, wie es war. Ich weiß nicht...

Die beiden Thompsons waren zu ihrer verheirateten Tochter nach Highgate gefahren. Sie hatten mich gefragt, ob ich nicht mitkommen möchte, aber ich drängte mich nicht gern auf; weil ich aber keine Lust hatte, nach Feierabend allein zu Hause zu sitzen, ging ich ins Kino. Es gab einen Wildwestfilm; auf dem Kinoplakat war ein Cowboy abgebildet, der einem Indianer sein Messer in die Eingeweide stieß. So was seh ich gern – hab ein kindliches Vergnügen an Wildwestfilmen –, bezahlte also und trat ein. Ich gab der Platzanweiserin mein Billett und sagte: »Letzte Reihe«, denn ich sitze gern weit hinten, damit ich meinen Kopf gegen die Balustrade lehnen kann.

Ja, und da sah ich sie. In manchen Kinos staffieren sie ja die Mädchen unglaublich aus: Tellermützen aus Samt und weiß der Himmel was, machen die reinen Jungens aus ihnen. Na, aus dieser hatten sie jedenfalls keinen Jungen machen können. Sie hatte kupferrotes Haar, Pagenschnitt, so glaub ich, nennt man das, und blaue Augen, solche, die kurzsichtig aussehen, aber weiter blicken, als man denkt, und die nachts ganz dunkel, beinahe schwarz werden. Ihr Mund war mürrisch, so, als habe sie alles satt, als müsse man ihr die ganze Welt zu Füßen legen, um ihr ein Lächeln abzugewinnen. Sie hatte keine Sommersprossen, auch keinen milchweißen Teint, sondern solchen mit einem warmen Schimmer wie ein Pfirsich, und war gar nicht zurechtgemacht. Klein und zierlich war sie, und ihr Samtanzug – blau – saß ihr wie angegossen, und unter der keck aufgestülpten Mütze quoll ihr kupferrotes Haar hervor.

Ich kaufte ein Programm – nicht weil ich eins haben wollte, sondern weil ich es nicht so eilig hatte, durch den Vorhang zu schlüpfen – und fragte sie: »Wie ist der Film?«

Sie sah mich an. Starrte einfach weiter ins Leere, auf die gegenüberliegende Wand. »Diese Messerstecherei ist stümperhaft«, sagte sie, »aber schlimmstenfalls können Sie ja schlafen.«

Ich mußte lachen. Sie war aber ganz ernst dabei, hatte nicht etwa versucht, mich zu verspotten.
»Das tönt nicht gerade nach Reklame«, meinte ich. »Wenn der Chef das gehört hätte?«
In diesem Augenblick schaute sie mich an. Ihre blauen Augen wandten sich mir zu; noch immer voll Überdruß und teilnahmslos, aber etwas lag darin, was ich noch nie gesehen hatte, und auch später hab ich es niemals wieder gesehen, etwas Verhangenes, wie bei jemandem, der aus einem langen Traum erwacht und froh ist, nicht allein zu sein. In den Augen von Katzen glimmt es manchmal so, wenn man sie streichelt und sie sich dann schnurrend zu einem Knäuel zusammenrollen und alles mit sich geschehen lassen. Genauso sah sie mich eine Sekunde lang an, und um ihren Mund schien ein verstecktes Lächeln zu lauern; man mußte sich wohl nur darauf verstehen, es hervorzuzaubern. Sie riß mein Billett durch und sagte: »Ich werde nicht dafür bezahlt, Reklame zu machen. Ich werde dafür bezahlt, so auszusehen, wie ich aussehe, und Sie hereinzulocken.«
Sie zog den Vorhang beiseite und ließ in der Finsternis ihre Taschenlampe aufblitzen. Ich sah nicht die Hand vor Augen, es war pechschwarz, wie immer, ehe man sich daran gewöhnt hat und die Umrisse der andern Leute erkennen kann. Auf der Leinwand erschienen zwei große Köpfe, und der eine Kerl sagte zu dem anderen: »Gesteh, sonst knall ich dich über den Haufen«, gleichzeitig zerbrach jemand eine Fensterscheibe, und ein Frauenzimmer kreischte.
»Scheint das Richtige für mich zu sein«, sagte ich und tastete nach einem Sitz.
»Dies ist noch nicht der Film, erst die Voranzeige für nächste Woche«, sagte sie und wies mir im Schein der Taschenlampe einen Sitz in der letzten Reihe an, den zweiten neben dem Gang.
Ich sah mir die Geschäftsreklamen und die Wochenschau an, und dann kam ein Kerl und spielte auf der Kinoorgel, und der Vorhang vor der Leinwand wurde erst rot und dann golden und dann grün – komisch, sie bilden sich wohl ein, sie müßten einem für sein Geld etwas bieten –, und als ich mich umschaute, sah ich, daß das Kino halb leer war; wahrscheinlich hatte das Mädchen recht, mit dem Hauptfilm war nicht viel los, und deshalb sah ihn auch kaum ein Mensch an.
Kurz bevor es wieder dunkel wurde, kam sie den Seitengang heruntergeschlendert. Sie trug ein Tablett mit Ice Cream, gab sich aber nicht die geringste Mühe, es anzupreisen oder zu verkaufen, ebensogut hätte sie schlafwandeln können. Als sie den andern Seitengang entlang kam, winkte ich sie herbei.
»Kann ich ein Eis haben?«
Sie schaute in meine Richtung, wie wenn ich ein toter Wurm unter ihrer Schuhsohle gewesen wäre; aber dann mußte sie mich wohl erkannt ha-

ben, denn dieses versteckte Lächeln kehrte wieder und auch der verhangene Blick. Sie trat hinter meiner Sitzreihe zu mir heran.
»Waffel oder Tüte?«
Offen gestanden, wollte ich keins von beiden. Ich wollte ihr nur etwas abkaufen, um mit ihr schwatzen zu können.
»Was empfehlen Sie mir?« fragte ich.
Sie zuckte die Achseln.
»An den Tüten hat man länger«, sagte sie, und ehe ich einen Ton herausbringen konnte, hatte sie mir schon eine in die Hand gedrückt.
»Wie wär's mit einem Eis für Sie?« fragte ich dann.
»Vielen Dank. Hab gesehen, wie es gemacht wird.« Und damit verschwand sie.
Das Kino wurde dunkel, und ich saß mit meiner Riesentüte in der Hand da wie ein Trottel. Das verflixte Zeug quoll über den Rand und tropfte mir aufs Hemd, und damit es mir nicht auch noch auf die Hose floß, mußte ich mir den ganzen eiskalten Kram auf einmal in den Mund stecken und mich obendrein noch abwenden, weil gerade jemand kam, um sich auf den freien Platz neben dem Gang zu setzen.
Schließlich wurde ich damit fertig und wischte mir die Hände am Taschentuch ab, und dann konnte ich mir endlich ansehen, was auf der Leinwand vor sich ging. Es war ein ausgemachter Wildwestfilm: rumpelnde Karren über die Prärie, Überfall auf einen Zug voller Goldbarren, die Heldin bald in Reithosen, bald im großen Abendkleid. So müssen Filme sein, dürfen nicht die Spur Ähnlichkeit mit dem wirklichen Leben haben. Während ich mir die Geschichte ansah, witterte ich einen Duft, nur wie einen Hauch; was es war, wußte ich nicht, und auch nicht, woher es kam, aber es war da. Rechts von mir saß ein Mann, und die beiden Sitze links waren leer, auch von den Leuten vor mir konnte es nicht kommen; aber schließlich konnte ich nicht die ganze Zeit den Kopf hin- und herdrehen und herumschnüffeln.
Eigentlich mache ich mir aus Parfüm nicht viel. Meistens riecht es zu billig und gewöhnlich, aber dies hier war anders. Es roch gar nicht süßlich oder stickig oder auffällig; es duftete wie Blumen, die man in den feinen Blumenläden in West End kaufen kann, bevor sie auf den Blumenständen landen – es roch nach einem ganzen Taler für eine Blüte, wie sie reiche Kerls Schauspielerinnen und solchen Damen verehren –, und in diesem muffigen, verräucherten Kino roch es so verflixt gut, daß es mich halb verrückt machte.
Endlich drehte ich mich doch um, und da wußte ich, wo es herkam. Es kam von dem Mädchen, der Platzanweiserin; sie lehnte mit verschränkten Armen auf der Balustrade hinter mir.
»Zappeln Sie nicht so herum«, sagte sie. »Sie schmeißen Ihr teures Geld hinaus. Schauen Sie lieber auf die Leinwand.«

Aber nicht etwa laut, so daß es jeder hören konnte. Im Flüsterton, für mich allein. Ich konnte nicht anders, ich mußte vor mich hinlächeln. So eine Frechheit! Jetzt wußte ich also, woher es so gut roch, und irgendwie erhöhte es mir den Genuß des Films. Es war, als säße sie auf einem der leeren Plätze neben mir und wir sähen uns den Film gemeinsam an.
Als es hell wurde, merkte ich, daß ich die ganze letzte Vorstellung über sitzengeblieben war und es schon auf zehn ging. Alle machten, daß sie nach Hause kamen. Ich wartete ein Weilchen, und da kam sie mit ihrer Taschenlampe und begann die Reihen abzuleuchten, um nachzusehen, ob nicht irgend jemand einen Handschuh oder ein Portemonnaie verloren hatte, so etwas kommt ja alle Tage vor, und die Leute merken es erst hinterher, wenn sie zu Hause sind. Aber von mir nahm sie nicht mehr Notiz als von einem Wischlappen, nach dem sich kein Mensch bücken mochte. Ich blieb noch in der Reihe stehen, allein – das Kino war jetzt leer –, und als sie bei mir angelangt war, sagte sie: »Weitergehn, Sie versperren den Weg«, und dabei leuchtete sie mit ihrer Taschenlampe umher, aber unter den Sitzen lag nichts, nur eine leere Zigarettenschachtel, die würden die Putzfrauen am nächsten Morgen wegwerfen. Dann richtete sie sich auf und sah mich von oben bis unten an, zog das winzige Mützchen, das ihr so gut stand, vom Kopf, fächelte sich damit und sagte: »Sie schlafen wohl heut nacht hier, was?« und damit ging sie, leise vor sich hin pfeifend, davon und verschwand hinter dem Vorhang.
Es war zum Verrücktwerden. Noch nie in meinem Leben hatte ich mich so in ein Mädchen verliebt. Ich folgte ihr in den Vorraum, aber sie war schon durch eine Seitentür neben der Kasse geschlüpft, und der Portier machte sich bereits an den Türen zu schaffen, um sie für die Nacht abzuschließen. Ich ging auf die Straße, stellte mich dort auf und wartete. Ein bißchen blöd kam ich mir vor, denn wenn ich Pech hatte, konnte sie mit einem ganzen Schwarm herauskommen, wie Mädchen das so machen. Da war eine gewesen, die hatte mir das Billett verkauft, und oben auf dem Rang gab es sicher noch eine zweite Platzanweiserin, und außerdem vielleicht noch eine Toilettenfrau; alle würden die Köpfe zusammenstecken und kichern, und ich wagte dann bestimmt nicht, sie anzusprechen.
Es dauerte ein paar Minuten, aber schließlich kam sie heraus, allein. Sie trug einen Regenmantel, den Gürtel eng um die Taille, die Hände in den Taschen; sie war ohne Hut. Ohne nach links oder rechts zu blicken, wanderte sie die Straße entlang. Ich hinterher, bange, daß sie sich umdrehen und mich abblitzen lassen würde, aber sie schritt weiter, entschlossen und zielbewußt, und blickte in die Luft; bei jedem Schritt wippte ihr kupferrotes Haar im Takt mit den Schultern.
Bald hielt sie ein, überquerte den Fahrdamm und stellte sich an eine Bushaltestelle. Dort stand bereits eine Schlange von vier oder fünf Leuten, darum konnte sie auch nicht sehen, daß ich mich hinten anschloß. Als der

Bus kam, stieg sie als erste ein, und ich hinterher, ohne den blassesten Schimmer, wohin die Fahrt ging. Aber das war mir auch vollkommen egal. Jetzt kletterte sie die Treppe hoch, ich ihr immer auf den Fersen, und dann setzte sie sich auf die letzte Bank, gähnte und schloß die Augen.

Ich setzte mich neben sie, kribblig wie eine junge Katze, denn die Sache war die, daß ich so was nicht gerade alle Tage machte und Angst vor einer Abfuhr hatte. Als der Schaffner angestapft kam und das Fahrgeld verlangte, sagte ich: »Zwei zu Sixpence, bitte«, denn, so dachte ich mir, bis zur Endstation wird sie wahrscheinlich nicht fahren, und dies reicht auf alle Fälle für sie – und für mich auch.

Der Schaffner zog die Augenbrauen hoch – manche von diesen Burschen halten sich für was weiß wie pfiffig – und meinte: »Geben Sie acht, wenn der Fahrer den zweiten Gang einschaltet, dann gibt es einen tüchtigen Ruck. Er hat erst vor kurzem seine Prüfung bestanden.« Damit ging er grinsend die Treppe hinunter und kam sich wahrscheinlich wie ein ausgemachter Witzbold vor.

Beim Klang seiner Stimme war das Mädchen erwacht, blinzelte mich aus ihren schläfrigen Augen an und sah auch die beiden Fahrscheine in meiner Hand – an der Farbe mußte sie auch gleich gemerkt haben, daß sie weit reichten –, und da lächelte sie, das erste richtige Lächeln, das sie mir an diesem Abend schenkte, und sagte, ohne die geringste Überraschung zu zeigen: »Hallo, Fremder.«

Erleichtert holte ich eine Zigarette hervor und bot auch ihr eine an, aber sie wollte keine. Sie schloß einfach wieder die Augen und kuschelte sich zum Schlafen hin. Außer einem Soldaten der Royal Air Force, der ganz vorn über seiner Zeitung eingenickt saß, war auf dem Oberdeck keine Menschenseele, darum lehnte ich ihren Kopf an meine Schulter, legte meinen Arm so richtig gemütlich um sie herum und dachte: Sicher wird sie ihn wegschubsen, und ich kriege ein Donnerwetter zu hören. Aber nein, nichts davon. Sie ließ ein kleines, glucksendes Lachen hören, nestelte sich wie in einem Lehnstuhl zurecht und sagte: »Man kriegt nicht jeden Abend die Fahrt umsonst und obendrein noch ein Kissen. Wecken Sie mich, ehe wir zur Anhöhe kommen, kurz vor dem Friedhof.«

Ich hatte keine Ahnung, was für eine Anhöhe und was für einen Friedhof sie meinte, aber wecken würde ich sie auf keinen Fall, ich bestimmt nicht. Ich hatte die Fahrt bezahlt, und es war mein verdammt gutes Recht, sie auszukosten.

Da saßen wir also beisammen, der Bus schaukelte mit uns durch die Gegend, und ich dachte bei mir: Das macht ja viel mehr Spaß, als zu Hause auf der Couch zu sitzen und Fußballnachrichten zu lesen oder den Abend mit Thompsons bei der Tochter in Highgate zu verbringen.

Allmählich bekam ich mehr Courage, lehnte meinen Kopf gegen ihren

und drückte sie ein bißchen fester an mich, nicht allzu auffällig, eher zärtlich. Jeder, der auf das Oberdeck gekommen wäre, hätte uns für ein Liebespaar gehalten.
Nachdem wir etwa das halbe Fahrgeld abgefahren hatten, bekam ich es mit der Angst. Der alte Kasten würde bestimmt nicht wenden, wenn wir die Sixpence-Grenze erreicht hatten; also ging's bis zur Endstation, und dort würde er über Nacht abgestellt werden. Und da säßen wir, das Mädchen und ich, verloren irgendwo weit draußen, ohne Bus für die Rückfahrt, und ich mit meinen paar lumpigen Münzen in der Tasche. Sechs Shilling hatte ich bei mir und keinen roten Heller darüber, das konnte niemals für ein Taxi mit Trinkgeld und allem Drum und Dran reichen. Außerdem würde ein Taxi dort draußen gar nicht zu haben sein.
Was für ein Esel war ich doch gewesen, nicht mehr Geld einzustecken. Vielleicht war es dumm, sich deswegen den Kopf zu zerbrechen; ich hatte mich schließlich nur von einem Einfall treiben lassen, und wenn ich geahnt hätte, was mir der Abend bescheren würde, hätte ich mir die Brieftasche schon vollgestopft. Es kam nicht oft vor, daß ich mit einem Mädchen ausging, aber nichts ist mir verhaßter als Burschen, die nicht wissen, wie sich ein Kavalier dabei zu benehmen hat. Eine piekfeine Einladung gehört dazu – heutzutage gibt es ja sehr nette Lokale mit Selbstbedienung –, und falls sie nun Lust auf irgendwas Stärkeres als Kaffee oder Orangeade hätte, bitte schön. Heute abend wär es natürlich schon ein bißchen spät dafür, da war nicht mehr viel zu machen. Bei uns in der Gegend allerdings, da hätt ich mich schon ausgekannt. Da gab es eine Kneipe – der Chef kehrte dort auch manchmal ein –, wo man seine Flasche Gin bezahlt und sie dort in Verwahrung ließ, und wenn einen danach gelüstete, ging man hin und goß einen aus der eigenen Flasche hinter die Binde. Hab gehört, daß man dasselbe auch in den feinen Bars im West End machen kann, aber natürlich wird man da gewaltig übers Ohr gehauen.
Hier kutschierte ich also in einem Bus, Gott weiß wohin, mit meinem Mädchen an der Seite – ich nannte sie »mein Mädchen«, gerade als ob sie es wirklich wäre, und dabei hatte ich nicht mal genug Geld bei mir, sie nach Hause zu bringen! Aus lauter Nervosität begann ich umherzurutschen und alle Taschen zu durchwühlen, denn vielleicht hatte ich doch Glück und fand noch irgendwo fünf Shilling oder gar zehn, an die ich nicht mehr gedacht hatte. Wahrscheinlich störte ich sie aber mit dieser Sucherei, denn plötzlich zupfte sie mich am Ohr und sagte: »Hör auf mit dem Gezappel!«
Ja, wie soll ich es erklären... Es ging mir durch und durch. Warum, weiß ich nicht. Bevor sie mich zwickte, hielt sie mein Ohrläppchen einen Augenblick lang fest, als ob sie die Haut befühlte und sie gern mochte, und dann erst kam dieses lässige Zupfen. Genau wie man es mit Kindern macht, und dazu der Ton, in dem sie es sagte, so als kennten wir uns schon

jahrelang und machten jetzt einen kleinen Ausflug zusammen. »Hör auf mit dem Gezappel.« Vertraut, kameradschaftlich, und mehr als das. »Hör mal«, sagte ich, »es tut mir leid, ich hab was furchtbar Blödes gemacht. Ich hab Billetts bis zur Endstation gelöst, weil ich neben dir sitzen wollte, aber wenn wir angelangt sind, werden sie uns an die Luft setzen, und dann sind wir meilenweit draußen, und ich hab nur sechs Shilling in der Tasche.«
»Du hast doch Beine, nicht?« fragte sie.
»Was meinst du damit?«
»Sie sind schließlich zum Gehen da. Meine sind's jedenfalls«, antwortete sie.
Da wußte ich, daß es nichts ausmachte; böse war sie auch nicht, der Abend war also gerettet. Ich wurde richtig vergnügt und drückte sie an mich als Anerkennung dafür, daß sie ein so feiner Kerl war – die meisten Mädchen hätten mir die Augen ausgekratzt –, und dann sagte ich: »Soviel ich weiß, sind wir nicht an einem Friedhof vorbeigekommen. Ist es sehr schlimm?«
»Ach wo, es kommen ja noch andere«, sagte sie. »Ich nehm's nicht so genau.«
Ich wußte nicht, was ich davon halten sollte. Ich hatte gedacht, sie wollte an einer Haltestelle beim Friedhof aussteigen, weil es die nächste zu ihrer Wohnung sei, so wie man sagt: »Ich steige bei Woolworth aus«, wenn man da in der Nähe wohnt. Ich grübelte eine Weile darüber nach, und dann fragte ich: »Was meinst du damit, es kommen noch andere? So viele Friedhöfe liegen ja meistens nicht an der Busstrecke.«
»Ach, ich meinte nur so im allgemeinen«, antwortete sie. »Gib dir keine Mühe, mich zu unterhalten, ich mag dich am liebsten, wenn du still bist.«
Dies war nicht etwa wie eine Ohrfeige, so hatte sie es nicht gesagt. Ich wußte gleich, wie sie es meinte. Ein Schwatz ist ja ganz nett mit Leuten wie Thompsons, beim Abendbrot zum Beispiel; man erzählt sich, was tagsüber passiert ist, und dann liest einer etwas aus der Zeitung vor, und der andere sagt: »Ist es wohl zu glauben?«, und so redet man weiter, hier ein Wort und da ein Wort, bis einer gähnt und sagt: »Zeit, ins Bett zu kriechen.« Ich unterhalte mich auch gern mit dem Chef, bei einer Tasse Tee zwischendurch am Vormittag oder nachmittags um drei herum, wenn wenig zu tun ist. »Ich sage Ihnen offen: was diese Idioten in der Regierung anstellen, ist alles Pfuscherei, sie sind keinen Deut besser als die Gesellen vorher«, und dann wird er unterbrochen, weil jemand Benzin tanken kommt. Auch zu meiner alten Mutter geh ich gern auf einen Schwatz, was ja nicht allzuoft vorkommt, und sie erzählt mir, wie sie mir, als ich noch ein Knirps war, den Hintern verhauen hat. Dabei sitz ich auf dem Küchentisch, genau wie früher, und sie bäckt Mürbekuchen und gibt mir

vom Rand und sagt: »Den hast du ja immer am liebsten gemocht.« Das nenne ich ein Gespräch, das nenne ich Unterhaltung.
Aber mit meinem Mädchen brauchte ich mich nicht zu unterhalten. Ich wollte nichts anderes, als sie so wie jetzt im Arm halten und mein Kinn gegen ihren Kopf lehnen; und das hatte sie auch gemeint, als sie sagte: »Ich mag dich am liebsten, wenn du still bist.« Ich hatte es auch am liebsten.
Aber da war noch etwas, was mir keine rechte Ruhe ließ: würde ich sie küssen können, bevor der Bus hielt und wir an der Endstation abgesetzt wurden? Ich finde nämlich: den Arm um ein Mädchen legen ist eine Sache, sie küssen eine andere. In der Regel dauert es ja ein Weilchen, ehe sie auftaut. Man fängt mit einem Film oder einem Konzert an, hat den ganzen Abend vor sich, dann geht man eine Kleinigkeit essen oder trinken, und da hat man sich unterdessen kennengelernt, und es gehört eben dazu, daß das Ganze mit einem Geknutsche endet, das erwarten die Mädchen. Offen gestanden bin ich nie sehr für solche Küssereien gewesen. Früher, als ich noch zu Hause wohnte, ehe ich eingezogen wurde, ging ich mit einem Mädchen; sie war wirklich ein nettes Ding, ich mochte sie gern leiden. Aber sie hatte ein bißchen vorstehende Zähne, und selbst wenn ich die Augen zumachte, um zu vergessen, wen ich eigentlich küßte, wußte ich doch immer, daß sie es war, und aus war der Traum! Ja, ja, die gute alte Doris von nebenan! Aber die andere Sorte, die einen packt und beinahe auffrißt, ist doch schlimmer. Steckt man in der Uniform, rennen einem solche Weiber haufenweise über den Weg. Sie sind zu erpicht darauf, machen einen ganz konfus, und man hat immer das Gefühl, sie könnten es nicht abwarten, bis sie einen endlich soweit haben. Mir ist, rundheraus gesagt, dabei immer speiübel geworden. Nahm mir total die Lust.
Aber jetzt, an diesem Abend im Bus, war alles ganz anders. Ich weiß nicht, was eigentlich an dem Mädchen dran war – diese verhangenen Augen, dieses kupferrote Haar und dann ihre Art, so zu tun, als mache sie sich nichts aus mir und habe mich doch gleichzeitig gern; so etwas war mir bisher noch nie begegnet. Ich fragte mich also im stillen: Soll ich's riskieren, oder soll ich noch warten? An der Art, wie der Fahrer Gas gab und der Schaffner vor sich hin pfiff und den Aussteigenden »Guten Abend« nachrief, merkte ich, daß wir bald an der Endstation sein mußten. Das Herz unter der Jacke begann mir zu klopfen, mein Nacken unter dem Kragen wurde ganz heiß – verdammt blöd, ich wollte ja schließlich nur einen Kuß, deswegen würde sie mich schon nicht umbringen –, und dann... Dann stürzte ich mich kopfüber hinein, wie von einem Sprungbrett. Los jetzt, dachte ich, beugte mich über sie, drehte mir ihr Gesicht zu, hob ihr Kinn mit der Hand empor und küßte sie gründlich und ausdauernd. Wenn ich poetisch wäre, würde ich sagen, daß das, was dann geschah, wie eine Offenbarung war. Aber ich bin nicht poetisch, und deshalb kann ich

nur sagen, daß sie mich wiederküßte, daß es lange dauerte und ganz anders war als bei Doris.
Dann hielt der Bus mit einem Ruck, und der Schaffner rief mit singender Stimme: »Alles aussteigen, bitte!« Wahrhaftig, ich hätte ihm den Hals umdrehen können.
Sie puffte mich an den Knöchel. »Los, reg dich«, sagte sie, und ich taumelte von meinem Sitz hoch und polterte die Treppe hinunter; sie folgte mir, und da standen wir also auf der Straße. Es hatte auch noch zu regnen angefangen, nicht schlimm, aber doch so, daß man es merkte und gern den Mantelkragen hochschlug. Wir befanden uns am Ende einer großen, breiten Straße mit verlassenen, dunklen Läden zu beiden Seiten, mir schien es das Ende der Welt zu sein, und tatsächlich, lag da nicht zur Linken eine Anhöhe und am Fuß der Anhöhe ein Friedhof? Ich konnte die Umzäunung und die weißen Grabsteine dahinter erkennen. Er erstreckte sich beinahe den halben Hügel hinauf, war wohl mehrere Morgen groß.
»Gott verdamm mich«, rief ich, »hast du diesen da gemeint?«
»Kann sein«, sagte sie mit einem gleichgültigen Blick über die Schulter und ergriff meinen Arm. »Wollen wir zuerst eine Tasse Kaffee trinken?« fragte sie.
Zuerst...? Meinte sie nun vor dem langen Trott nach Hause, oder war sie hier schon zu Hause? Aber es spielte ja keine Rolle. Es war erst kurz nach elf. Und eine Tasse Kaffee und ein Butterbrot dazu konnte ich wohl vertragen. Auf der andern Straßenseite stand ein Kiosk, der noch nicht geschlossen war.
Wir marschierten hinüber; der Fahrer war auch dort und der Schaffner und auch der Kerl von der Air Force, der auf dem Oberdeck ganz vorn gesessen hatte. Alle bestellten Tee und Butterbrote, wir nahmen aber statt Tee Kaffee. An solchen Kiosken gibt es leckere Brote, das wußte ich, sie knausern dort nicht, ordentliche Schinkenscheiben zwischen dicken Weißbrotschnitten, brühheißen Kaffee und die Tassen bis obenhin voll, mehr konnte man für sein Geld nicht verlangen. Ich dachte bei mir: Sechs Shilling werden längst reichen.
Mir fiel auf, daß mein Mädchen zu diesem Kerl von der Air Force hinüberschaute, ganz gedankenverloren, so als hätte sie ihn schon früher gesehen und auch er blickte zu ihr hin; das konnte ich ihm nicht verdenken. Ich nahm es auch durchaus nicht übel; schließlich ist man ja doch ein bißchen stolz, wenn die andern Männer das Mädchen, mit dem man ausgeht, beachten. Und diese hier konnte man nicht übersehen. Nein, mein Mädchen nicht!
Dann drehte sie ihm den Rücken zu, mit voller Absicht, stützte die Ellbogen auf die Theke, schlürfte ihren heißen Kaffee, und ich stand daneben und machte es genauso. Wir taten nicht hochnäsig oder dergleichen, waren durchaus nett und höflich und wünschten der ganzen Runde guten

Abend, aber jeder begriff sofort, daß wir, mein Mädchen und ich, zusammengehörten, daß wir uns selbst genug waren. Und das gefiel mir. Komisch, irgendwo tief drinnen gab es mir ein Gefühl, als sei ich ihr Beschützer. In den Augen der andern konnten wir ganz gut ein Ehepaar auf dem Heimweg sein.
Die andern drei und der Mann im Kiosk scherzten miteinander, aber wir machten nicht mit.
»Sieh dich bloß vor in dieser Uniform«, sagte der Schaffner zu dem Burschen in der Fliegeruniform, »sonst nimmt es mit dir genauso ein Ende wie mit den andern. Es ist auch schon spät, und du bist ganz allein.«
Alle lachten. Ich wußte nicht recht, was das zu bedeuten hatte, mußte wohl irgendein Witz sein.
»Ich bin auch nicht von gestern«, entgegnete der Flieger, »wenn ich Gesindel seh, weiß ich gleich, was die Uhr geschlagen hat.«
»Kann mir vorstellen, daß die andern genau dasselbe gesagt haben«, bemerkte der Fahrer, »und wir wissen ja, wie es ihnen erging. Beim bloßen Gedanken daran kriegt man eine Gänsehaut. Aber warum ausgerechnet die von der Royal Air Force, das möcht ich bloß wissen.«
»Das liegt an der Farbe unsrer Uniform«, sagte der Flieger, »man kann sie im Dunkeln genau erkennen.«
In dieser Art scherzten sie weiter. Ich zündete mir eine Zigarette an, mein Mädchen wollte keine.
»Der Krieg ist schuld daran, daß sich die Weiber so verändert haben«, sagte nun der Budenbesitzer, wischte eine Tasse aus und hängte sie hinter sich an einen Haken. »Hat meiner Meinung nach den meisten den Kopf verdreht. Sie wissen einfach nicht mehr, was sich gehört.«
»Am Krieg liegt es nicht, sondern am Sport«, sagte der Schaffner. »Der entwickelt ihre Muskeln und alles mögliche, was gar nicht entwickelt werden sollte. Nehmt nur mal meine beiden Bälger. Das Mädchen kann den Bengel jederzeit niederboxen. So was gibt einem zu denken.«
»Ja, gewiß«, stimmte der Fahrer zu, »Gleichberechtigung wird es ja wohl genannt, nicht? Das Wahlrecht, das ist schuld daran. Wir hätten ihnen eben niemals das Wahlrecht geben dürfen.«
»Quatsch«, sagte der Flieger, »das Wahlrecht hat die Frauen nicht verrückt gemacht. Sie sind im Grunde schon immer so gewesen. Die Männer im Orient wissen, wie man sie behandeln muß. Da unten, da hält man sie hinter Schloß und Riegel. Das ist die richtige Methode. Dann hat man keinen Ärger mit ihnen.«
»Ich möchte wissen, was meine Alte sagen würde, wenn ich versuchte, sie einzusperren«, meinte der Fahrer. Alle lachten laut.
Jetzt zupfte mich mein Mädchen am Ärmel, ich sah, daß sie ihren Kaffee ausgetrunken hatte. Sie deutete mit dem Kopf zur Straße hinüber.
»Möchtest nach Haus?« fragte ich.

177

Albern. Irgendwie versuchte ich den Eindruck zu erwecken, als gingen wir beide heim. Sie antwortete nicht. Zog einfach los, die Hände in den Manteltaschen. Ich sagte guten Abend und ging hinterher, aber vorher bemerkte ich doch noch, daß der Flieger ihr über seine Teetasse hinweg nachstarrte.

Sie wanderte die Straße entlang. Es regnete noch immer, trist und einförmig, so daß man sich danach sehnte, irgendwo gemütlich am Kaminfeuer zu sitzen. Nachdem sie die Straße überquert hatte, blieb sie am Friedhofgitter stehen, blickte zu mir auf und lächelte mich an.

»Was nun?« fragte ich.

»Grabplatten sind flach«, sagte sie, »manche wenigstens.«

»Na und, was dann?« fragte ich ganz verdutzt.

»Man kann sich drauflegen«, antwortete sie.

Sie kehrte um und schlenderte suchend am Gitter entlang, und dann kam sie an eine Stelle, wo die eine Stange zerbrochen und die andere verbogen war, blickte auf und lächelte mir wieder zu.

»Es ist immer dasselbe«, sagte sie. »Wenn man lange genug sucht, findet man todsicher ein Schlupfloch.«

Und schon war sie, flink wie ein Messer durch die Butter, hindurchgeglitten. Ich war ganz platt.

»Langsam«, rief ich, »ich bin nicht so schmal wie du.«

Aber sie war schon auf und davon und wanderte bereits zwischen den Gräbern umher. Ich zwängte mich mit Geschnaufe und Gekeuche durch die Lücke. Dann schaute ich mich nach ihr um, und Herrgott noch mal, da lag sie wahrhaftig auf einer langen, flachen Grabplatte, die Arme unter dem Kopf verschränkt, die Augen geschlossen.

Ich hatte mir keine großen Hoffnungen gemacht, ich meine, ich hatte mir nur vorgenommen, sie nach Hause zu bringen, und so. Mich mit ihr für den nächsten Abend zu verabreden. Natürlich hätten wir noch ein bißchen vor ihrer Haustür stehenbleiben können, sie hätte ja nicht sofort hineinzugehen brauchen. Aber hier auf einem Grabstein zu liegen, das war doch eher unnatürlich.

Ich setzte mich und ergriff ihre Hand.

»Wenn du hier liegen bleibst, wirst du naß werden«, sagte ich.

Kümmerlich, aber mir fiel nichts Besseres ein.

»Bin es gewohnt«, sagte sie.

Sie öffnete die Augen und sah mich an. Nicht weit vom Gitter entfernt stand eine Straßenlaterne, es war also nicht stockdunkel, und auch sonst war die Nacht trotz des Regens nicht pechschwarz, nur trübe. Ich wünschte, ich wüßte, wie ich ihre Augen beschreiben soll, aber ich versteh mich nicht auf schöne Worte. Jeder weiß, wie im Dunkeln eine Leuchtuhr glimmt. Hab selbst so eine; wenn man nachts aufwacht, sieht man sie am Handgelenk blinken, sie ist wie ein Freund. In dieser Art leuchteten die

Augen meines Mädchens, hübsch waren sie. Waren auch nicht länger schläfrig wie Katzenaugen, sondern zärtlich und sanft, aber gleichzeitig auch traurig.

»Bist du es denn gewohnt, draußen im Regen zu liegen?« fragte ich.

»Bin so aufgewachsen. Damals im Krieg gaben sie uns einen Spitznamen. ›Die Streuner‹ haben sie uns im Bunker immer genannt.«

»Warst du denn niemals evakuiert?« fragte ich.

»Nein, ich nicht. Konnte es nirgends aushalten, kam immer wieder zurück.«

»Leben deine Eltern noch?«

»Nein, kamen beide um, als eine Bombe unser Häuschen traf.« Sie sagte es nicht tragisch, sondern mit ganz alltäglicher Stimme.

»Pech«, sagte ich.

Sie antwortete nicht darauf, und ich saß da, hielt ihre Hand und wünschte, ich könnte sie mit nach Hause nehmen.

»Arbeitest du schon längere Zeit im Kino?« fragte ich.

»Ungefähr drei Wochen. Ich bleib nirgends lange, werd auch da bald wieder verschwinden.«

»Warum denn das?«

»Keine Ruhe.«

Plötzlich nahm sie mein Gesicht in beide Hände und hielt es sanft umfaßt, nicht so, wie man vielleicht denken könnte.

»Du hast ein gutes, liebes Gesicht. Ich hab es gern«, sagte sie.

Seltsam. Die Art, wie sie es sagte, machte mich ganz wirr und schwach, nicht etwa erregt wie im Bus, und ich dachte so bei mir: am Ende habe ich wirklich das Mädchen gefunden, das ich haben möchte. Nicht nur eine für einen Abend, sondern etwas Festes.

»Hast du einen Freund?« fragte ich.

»Nein.«

»Keinen, mit dem du gehst?«

»Nein, nie gehabt.«

Für einen Friedhof war das eine wunderliche Unterhaltung; und dort lag sie, ausgestreckt auf der Grabplatte wie eine gemeißelte Figur.

»Ich hab auch kein Mädchen«, sagte ich. »Bin darin komisch, nicht wie die andern Jungen. Wohl ein bißchen schrullig, nehme ich an. Was mich interessiert, ist meine Arbeit. Ich bin in einer Garage, Autoschlosser, mach Reparaturen und was so hereinkommt, verdien ganz gut dabei. Hab auch außer dem, was ich meiner alten Mutter schicke, ein bißchen beiseite gelegt. Ich wohn in Untermiete, Thompsons heißen sie, sind wirklich nette Leute, und der Chef in der Werkstatt ist auch ein feiner Kerl. Hab mich eigentlich nie einsam gefühlt, auch jetzt nicht. Aber seit ich dich kenne, sieht doch alles anders aus. So wie es vorher war, wird es nie wieder werden, verstehst du?«

Sie hatte mich nicht ein einziges Mal unterbrochen, es war beinahe so, als dächte ich laut.

»Heimzukommen zu Thompsons ist gut und schön«, fuhr ich fort. »Nettere Wirtsleute kann man sich wirklich nicht wünschen. Gutes Futter gibt's auch. Und nach dem Abendbrot unterhalten wir uns ein bißchen und hören Radio. Aber weißt du, was ich mir jetzt wünsche, ist etwas anderes. Ich möchte dich nach der Vorstellung vom Kino abholen können. Du müßtest dort am Vorhang stehen, die Leute hinauslassen und mir zuzwinkern, damit ich weiß, du ziehst dich nur rasch um und ich soll auf dich warten. Und dann kommst du heraus, so wie heut abend, würdest aber nicht allein losziehen, sondern dich einhaken, und wenn du deinen Mantel nicht anhaben willst, trag ich ihn für dich, oder auch ein Päckchen, oder was du gerade bei dir hast. Und dann gehen wir ins Automatenrestaurant oder in irgendeine andre Kneipe in der Nähe und essen Abendbrot. Wir würden einen reservierten Tisch haben, die Kellnerin und alle dort würden uns schon kennen und uns etwas Gutes aufheben, extra für uns.«

Ganz genau sah ich alles vor mir. Den Tisch mit dem Schild »Reserviert«. Die Kellnerin, die uns zunickt: »Heute gibt's Curryeier.« Und wie wir durch das Lokal gingen, um unsere Tabletts zu holen, und mein Mädchen so tat, als kennte sie mich nicht, und ich vor mich hin grinste.

»Verstehst du, wie ich es meine?« fragte ich sie. »Nicht nur eine Freundschaft, mehr als das.«

Ich weiß nicht, ob sie mir zugehört hatte. Sie lag dort, sah zu mir auf und strich mir in ihrer drolligen, sanften Art über Ohr und Kinn. Man hätte denken können, ich tue ihr leid.

»Ich würde dir auch gern alles mögliche kaufen«, fuhr ich fort. »Manchmal Blumen. Es sieht so nett aus, wenn ein Mädchen eine Blume am Kleid hat, so adrett und frisch. Und bei besonderen Gelegenheiten, Geburtstag, Weihnachten oder so, irgendwas, was du mal im Schaufenster gesehen und dir gewünscht hast, wo du dich aber nicht trautest, nach dem Preis zu fragen. Eine Brosche vielleicht oder ein Armband, irgendwas Hübsches. Und wenn ich mal allein bin, gehe ich hin und kaufe es, und wenn es auch mehr als einen Wochenlohn kosten würde, mir würde das nichts ausmachen.«

Ich konnte vor mir sehen, was für ein Gesicht sie beim Öffnen des Päckchens machte. Und wie sie sich damit schmückte und wir zusammen ausgingen, sie bei der Gelegenheit ein bißchen feiner als sonst, nicht auffallend, das mein ich nicht, aber irgendwas Apartes müßte sie anhaben, was Elegantes.

»Es ist vielleicht nicht recht, vom Heiraten zu reden«, sagte ich, »heutzutage, wo alles so unsicher ist. Einem Mann macht die Unsicherheit ja nichts aus, für ein Mädchen ist es wohl schlimmer. Enge Wohnung, Schlangestehen, Rationierung und all das. Klar, daß die Mädchen ihre

Freiheit auch gern haben, ihre selbständige Arbeit, sie wollen ebensowenig angebunden sein wie wir. Aber das, was sie eben in der Kaffeebude sagten, war doch Blödsinn. Daß die Mädchen anders sein sollen als früher und daß der Krieg daran schuld sei. Und wie sie im Orient behandelt werden – na, hab da unten auch so allerhand gesehen. Wahrscheinlich wollte der Kerl witzig sein, die Kerls von der Royal Air Force tun ja alle so keck, aber ich finde, es war nur dummes Gequatsche.«
Sie ließ ihre Hände herabfallen und schloß die Augen. Auf dem Grabstein war es jetzt sehr naß geworden. Ich machte mir Sorgen ihretwegen; gewiß, sie hatte ihren Regenmantel an, aber ihre Beine und Füße in den dünnen Strümpfen und Schuhen waren völlig durchnäßt.
»Du bist doch nicht etwa bei den Fliegern gewesen?« fragte sie.
Merkwürdig. Ihre Stimme war plötzlich hart geworden, scharf, ganz verändert. Als fürchte sie sich vor etwas; es klang beinahe verstört.
»Nein«, sagte ich, »ich habe meine Zeit bei den Pionieren abgedient. Waren anständige Leute. Ohne Aufschneiderei, ohne Firlefanz. Man wußte, woran man war.«
»Ich bin froh darüber«, sagte sie. »Du bist lieb und nett.«
Ich fragte mich, ob sie irgendeinen von der Air Force kannte, der sie sitzengelassen hatte. Eine wilde Bande, jedenfalls die, die ich kennengelernt habe. Mir fiel ein, wie sie in der Kaffeebude den Flieger beim Teetrinken gemustert hatte. Beinahe grüblerisch, als denke sie an irgend etwas zurück. Schließlich konnte ich ja auch nicht erwarten, daß sie noch ganz unerfahren war, bei ihrem Aussehen, und dazu elternlos in Bunkern groß geworden, wie sie sagte. Aber die Vorstellung, daß ihr irgend jemand weh getan haben konnte, mochte ich gar nicht.
»Warum? Was hast du gegen die Flieger?« fragte ich. »Was haben sie dir denn getan?«
»Sie haben mein Heim zerbombt!«
»Aber das waren doch die Deutschen, nicht unsere.«
»Das kommt auf eins heraus, sind doch alle miteinander Mörder, nicht wahr?«
Ich sah auf sie hinunter, wie sie dort auf der Grabplatte lag; ihre Stimme klang nicht länger so scharf wie vorhin, als sie mich fragte, ob ich bei der Luftwaffe gewesen sei, sondern müde und traurig und seltsam verloren. Es gab mir ein ganz komisches Gefühl tief drinnen in der Magengrube, am liebsten hätte ich was ganz Verrücktes angestellt, sie mit nach Haus zu Thompsons genommen. Die Alte war eine Seele von Mensch, sie hätte das nicht verkehrt aufgefaßt. »Das hier, Frau Thompson«, hätt ich dann gesagt, »ist mein Mädchen. Seien Sie nett zu ihr.« Dann hätt ich gewußt, daß sie in Sicherheit, behütet war, daß keiner ihr etwas tun konnte. Das war es nämlich, was mir plötzlich so Angst machte, daß irgendeiner meinem Mädchen etwas antun könnte.

Ich beugte mich nieder, legte meinen Arm um sie und zog sie an mich, ganz fest.
»Hör mal«, sagte ich, »es gießt schrecklich. Ich bring dich nach Haus. Du holst dir hier auf dem nassen Stein den Tod.«
»Nein«, sagte sie und legte mir die Hände auf die Schulter, »ich laß mich nicht nach Haus bringen, von keinem, niemals. Und du wirst zurückgehen, woher du gekommen bist, allein.«
»Ich laß dich hier nicht so liegen«, sagte ich.
»Doch, ich verlang es aber von dir. Wenn du es nicht tust, werde ich sehr böse. Und das willst du doch sicher nicht?«
Ich starrte sie an, ganz bestürzt. Ihr Gesicht sah in dem trüben Licht so seltsam aus, noch blasser als vorher, ganz weiß, aber wunderschön. Heiliger Heiland, wie schön sie aussah! Das tönt wohl wie Lästerung, aber anders kann ich es nicht ausdrücken.
»Was verlangst du denn von mir?« fragte ich.
»Ich will, daß du weggehst und mich hier allein läßt, ohne dich umzusehen, wie im Traum, wie ein Schlafwandler. Einfach heimgehst, im Regen verschwindest. Du wirst Stunden brauchen. Aber das macht nichts, du bist jung und hast lange Beine. Kehr in dein Zimmer zurück, wo es auch immer sein mag, und leg dich zu Bett und schlaf ein und wach morgen früh auf, iß Frühstück und geh zur Arbeit, genau wie immer.«
»Und du?«
»Mach dir darüber keine Gedanken. Geh einfach.«
»Darf ich dich morgen abend vom Kino abholen? Könnte es zwischen uns nicht so werden, wie ich vorhin gesagt habe – etwas Festes?«
Sie antwortete nicht. Lächelte nur. Saß ganz still und schaute mich unverwandt an. Dann schloß sie die Augen, warf den Kopf zurück und sagte: »Küß mich noch einmal, Fremder.«
Ich verließ sie, wie sie es gewünscht hatte, sah mich auch nicht um. Kletterte durchs Friedhofsgitter hinaus auf die Straße. Weit und breit war keine Menschenseele, die Bude an der Bushaltestelle hatte inzwischen auch geschlossen, die Theke war hochgeklappt.
Ich wanderte den Weg entlang, den wir mit dem Bus gekommen waren. Es mußte eine Hauptverkehrsstraße sein, sie lief immer geradeaus, endlos. Zu beiden Seiten lagen Läden, es war irgendwo im Nordosten von London, wo ich noch nie gewesen war. Ich kannte mich da nicht aus, aber das war ja auch egal. Ich ging wie ein Schlafwandler, genauso, wie sie es gesagt hatte.
Die ganze Zeit über dachte ich nur an sie. Nichts als ihr Gesicht sah ich vor mir, während ich wanderte. Beim Militär gab es einen Ausdruck dafür, wenn einer so verschossen war, daß er weder sah noch hörte, noch wußte, was er tat. Hab das immer für Aufschneiderei gehalten und geglaubt, so was könne nur einem Besoffenen passieren, aber jetzt wußte

ich, daß es wahr und mir selbst passiert war. Ich zwang mich auch, nicht weiter darüber nachzugrübeln, wie sie nach Hause käme; sie hatte es mir verboten. Wahrscheinlich wohnte sie dort in der Nähe, sonst wäre sie ja kaum so weit hinausgefahren. Merkwürdig war es ja, so weit weg von der Arbeitsstelle zu wohnen. Aber vielleicht würde sie mir allmählich mehr erzählen, Stück für Stück. Aushorchen würde ich sie nicht. Ich hatte nur einen einzigen Gedanken in meinem Schädel, und zwar, sie am nächsten Abend vom Kino abzuholen. Das stand bombenfest, und nichts würde mich davon abbringen können. Die Stunden, bis es endlich zehn Uhr abends war, würden für mich leer sein.

Ich wanderte weiter durch den Regen. Bald kam ein Lastwagen vorbei, ich hielt den Daumen hoch, und der Fahrer nahm mich ein gutes Stück mit, bis er in eine andere Richtung abbiegen mußte. Ich kletterte wieder hinunter und marschierte weiter. Es muß beinahe drei gewesen sein, als ich zu Hause anlangte.

Normalerweise wäre es mir unangenehm gewesen, Thompsons herauszuklopfen, es war auch noch nie vorgekommen, aber durch die Liebe zu meinem Mädchen schwebte ich wie auf Wolken und machte mir nichts draus. Endlich kam Thompson herunter und öffnete die Tür. Ich hatte ein halbes Dutzend mal klingeln müssen, ehe er es hörte, und da stand der arme Kerl, schlaftrunken und in zerknittertem Schlafanzug.

»Was ist Ihnen denn passiert?« fragte er. »Meine Alte und ich, wir haben uns schon Sorgen Ihretwegen gemacht. Haben schon befürchtet, Sie hätten eins über den Schädel bekommen oder seien überfahren worden. Als wir heimkamen, war das Haus wie ausgestorben, und Ihr Abendbrot stand unberührt da.«

»Ich war im Kino«, sagte ich.

»Im Kino?« Er war im Flur stehengeblieben und starrte mich an. »Die Kinos machen doch um zehn Uhr Schluß.«

»Weiß ich«, sagte ich, »bin aber hinterher noch spazieren gegangen. Entschuldigen Sie die Störung. Gute Nacht.«

Ich ließ den Alten stehen und stieg die Treppe zu meinem Zimmer hinauf. Ich hörte, wie er vor sich hinbrummte, die Tür abriegelte und wie Frau Thompson vom Schlafzimmer rief: »Was ist's? Ist er's? Ist er endlich da?«

Ich hatte sie in Unruhe und Sorge versetzt, und eigentlich hätte ich auf der Stelle hingehen und mich entschuldigen müssen, aber ich brachte es nicht über mich, hätte es auch nicht auf die rechte Art tun können. Darum machte ich einfach die Tür zu, zog mich aus und legte mich ins Bett. Es war, als sei sie nun in der Finsternis noch immer bei mir, mein Mädchen. Am nächsten Morgen beim Frühstück waren die beiden Thompsons etwas schweigsam, sahen mich auch nicht an. Frau Thompson setzte mir wortlos meinen Räucherhering vor, und er blickte unverwandt in die Zeitung.

Nach dem Frühstück fragte ich: »Hatten Sie es gestern abend nett bei Ihrer Tochter?« Und Frau Thompson antwortete, ein bißchen verkniffen: »Danke, sehr nett. Wir waren um zehn zu Haus«, und dabei schnupfte sie beleidigt und goß ihrem Mann noch eine Tasse Tee ein.

Dann verstummten wir wieder. Keiner sprach ein Wort, bis schließlich Frau Thompson sagte: »Werden Sie heute zum Abendbrot zu Hause sein?« Und ich. »Nein, ich glaube nicht. Bin mit einem Freund verabredet.« Der Alte blickte über seine Brille hinweg zu mir herüber. »Falls Sie spät nach Hause kommen, legen wir Ihnen wohl am besten den Hausschlüssel bereit.«

Dann steckte er seine Nase wieder in die Zeitung. Man konnte merken, daß sie gekränkt waren, weil ich ihnen nichts erzählte und auch nicht sagte, was ich vorhatte.

Ich ging zur Werkstatt, und den ganzen Tag über hatten wir alle Hände voll zu tun, eine Reparatur nach der andern. An jedem andern Tag wäre es mir egal gewesen, ich hatte es sogar gern, wenn viel Arbeit da war, und machte oft Überstunden. Aber heute abend wollte ich fertig sein, bevor die Geschäfte schlossen. Seit mir die Idee gekommen war, hatte ich an nichts anderes mehr denken können.

Die Uhr ging schon auf halb fünf, da kam der Chef und sagte: »Ich hab dem Doktor versprochen, daß er seinen Austin noch heut abend haben kann. Hab ihm gesagt, Sie würden wohl gegen halb acht damit fertig sein. Geht doch in Ordnung, nicht?«

Ich war niedergeschlagen. Ich hatte damit gerechnet – wegen dieser Sache, die ich erledigen wollte –, früher wegzukommen. Dann überlegte ich rasch, daß es sich auch einrichten ließ, wenn der Chef mir jetzt, vor Ladenschluß, freigab, und ich dann wieder zurückkam, um den Austin zu reparieren. »Eine Überstunde macht mir nichts aus«, sagte ich. »Möchte nur gern mal für eine halbe Stunde weg, falls Sie solange hierbleiben können, hab nämlich noch was zu besorgen.«

Ihm war es recht. Ich zog also meinen Overall aus, wusch mich, schlüpfte in die Jacke und ging zu der Geschäftsstraße, unten bei Haverstock Hill. Ich hatte einen ganz bestimmten Laden im Auge, ein Juweliergeschäft; Thompson brachte immer seine Uhr dorthin, wenn sie kaputt war. Dort gab es keinen Schund, nur gute Ware, Bestecke, gediegene Silberrahmen und derlei.

Ringe hatten sie natürlich auch, und auch ein paar Armreifen, sie gefielen mir aber nicht; alle Mädchen im Hilfsdienst hatten diese Dinger mit Amuletts getragen, sie waren mir zu gewöhnlich. Ich starrte weiter in das Schaufenster, und plötzlich sah ich das Richtige, ganz hinten lag es.

Es war eine Brosche. Klein, nicht viel größer als ein Daumennagel, aber mit einem hübschen blauen Stein in der Mitte und hinten mit einer Nadel; sie war herzförmig. Ich sah sie mir noch eine Weile an, ein Preisschild

lag nicht dabei, was bedeutete, daß sie schon ein Batzen kosten würde. Ich ging hinein und ließ sie mir zeigen. Der Juwelier holte sie aus dem Schaufenster, polierte sie erst ein bißchen auf und drehte sie dann vor mir hin und her. Ich konnte sie mir an meinem Mädchen vorstellen. Wie hübsch sie sich an ihrem Pullover oder Kleid ausnehmen würde! Ich wußte: das ist das Richtige.
»Ich nehm sie«, sagte ich und fragte nach dem Preis.
Als er ihn nannte, mußte ich doch einmal leer schlucken, aber ich zog meine Brieftasche und zählte ihm die Scheine auf.
Er packte das Herz fein säuberlich in ein mit Watte gepolstertes Schächtelchen und verschnürte es mit einer bunten Kordel zu einem hübschen Päckchen. Ich überlegte, daß ich den Chef vor Feierabend noch um Vorschuß bitten müßte, aber er war ja ein netter Kerl, und ich wußte, daß er es mir nicht abschlagen würde.
Als ich aus dem Juwelierladen trat – das Schächtelchen für mein Mädchen hatte ich in die Brusttasche gesteckt –, hörte ich es dreiviertel fünf schlagen. Es blieb also noch Zeit, zum Kino zu laufen und die Verabredung mit ihr für den Abend festzumachen und dann zur Werkstatt zurückzurennen; den Austin konnte ich dann immer noch rechtzeitig in Ordnung bringen.

Auf dem Wege zum Kino schlug mir das Herz wie ein Schmiedehammer, ich konnte kaum Luft kriegen. Immerfort malte ich mir aus, wie sie da am Vorhang stehen, wie sie in ihrer Samtjacke mit der keck aufgesetzten Mütze aussehen würde.
Vor dem Eingang stand eine kleine Schlange; ich sah, daß das Programm gewechselt hatte. Das Wildwestfilmplakat, wo der Cowboy dem Indianer das Messer in die Eingeweide stach, war verschwunden, und statt dessen waren jetzt eine Menge Tanzgirls abgebildet, und dazu ein Kerl, der mit einem Spazierstock dirigierte. Also ein Revuefilm.
Ich ging hinein, drückte mich an der Kasse vorbei und spähte hinüber zum Vorhang, wo sie stehen mußte. Da stand auch ganz richtig eine Platzanweiserin, aber es war nicht mein Mädchen. Es war ein großes, kräftiges Geschöpf, das in der Tracht albern aussah. Und sie versuchte, zwei Dinge auf einmal zu tun: die Billetts abzureißen und gleichzeitig mit der Taschenlampe zu hantieren.
Ich wartete ein Weilchen. Vielleicht hatten sie die Arbeitsplätze getauscht, und mein Mädchen war jetzt oben im Rang. Als der letzte größere Schub durch den Vorhang gegangen war und ich sah, daß sie einen Augenblick Ruhe haben würde, trat ich an sie heran und fragte: »Entschuldigen Sie, können Sie mir vielleicht sagen, wo ich die andre junge Dame einen Moment sprechen könnte?«
Sie sah mich an. »Was für eine andre junge Dame?«

»Die, die gestern abend hier war, die mit dem kupferroten Haar.«
Sie warf mir einen forschenden, fast mißtrauischen Blick zu.
»Sie ist heute nicht erschienen. Ich hab jetzt ihre Arbeit übernommen.«
»Nicht erschienen?«
»Nein. Komisch, daß Sie auch nach ihr fragen, Sie sind nämlich nicht der erste. Sogar die Polizei war vor kurzem hier. Sie haben den Geschäftsführer vernommen, und auch den Portier; bisher hat mir zwar noch keiner etwas gesagt, aber ich glaub, da ist irgendwas nicht in Ordnung.«
Mein Herz schlug noch immer. Aber anders als vorher. Nicht freudig erregt, sondern dumpf, quälend. Als sei jemand plötzlich krank und ins Krankenhaus geschafft worden.
»Die Polizei?« fragte ich. »Warum war die denn hier?«
»Ich hab Ihnen doch gesagt, ich weiß es nicht, aber es muß mit ihr zusammenhängen. Der Geschäftsführer ist mit auf die Wache gegangen und noch nicht wieder zurück. Diesen Weg hier, bitte sehr, Rang nach links, Logen nach rechts.«
Dort stand ich und wußte nicht, was tun. Es war, als hätte man mir den Boden unter den Füßen weggezogen.
Das große Mädchen riß den Abschnitt von einem Billett und fragte über die Schulter: »War sie Ihre Freundin?«
»So ähnlich«, antwortete ich. Ich wußte nicht, was ich sagen sollte.
»Na, wenn Sie mich fragen, ganz bei Trost war sie nicht. Soll mich nicht wundern, wenn sie sich was angetan und man sie tot gefunden hat. Nein, Eis wird in der Pause verkauft, nach der Wochenschau.«
Ich ging auf die Straße hinaus. Die Schlange für die billigen Plätze war länger geworden, auch Kinder waren darunter, lärmend und aufgeregt. Ich stürzte davon, die Straße entlang, mir war ganz elend zumute, so merkwürdig. Irgendwas war meinem Mädchen zugestoßen. Jetzt begriff ich, warum sie mich gestern abend loswerden wollte. Darum also sollte ich sie nicht nach Hause bringen. Sie hatte sich dort auf dem Friedhof etwas antun wollen. Deshalb redete sie auch so krauses Zeug und sah so bleich aus. Und jetzt hatte man sie also gefunden, dort auf der Grabplatte nahe beim Gitter.
Wenn ich sie nicht alleingelassen hätte, wäre es nicht passiert. Wenn ich nur fünf Minuten länger geblieben wäre und ihr gut zugeredet hätte, dann hätte ich sie schließlich herumgekriegt und ohne Widerspruch nach Hause bringen können, und dann wäre sie jetzt im Kino und wiese den Leuten die Plätze an.
Vielleicht war es doch nicht so schlimm, wie ich befürchtete. Vielleicht hatte sie plötzlich ihr Gedächtnis verloren, war umhergeirrt und von der Polizei aufgegriffen und mitgenommen worden. Dann hatten sie wohl herausbekommen, wo sie arbeitete, und darum auch den Geschäftsführer geholt, damit er bestätigte, daß es so war. Wenn ich zur Wache ginge und

mich erkundigte, würden sie mir vielleicht verraten, was passiert war, und dann würde ich aussagen, daß sie meine Freundin sei und wir zusammen aus waren. Und wenn sie mich auch nicht wiedererkannte, würde ich mich nicht davon abbringen lassen. Aber ich konnte den Chef nicht im Stich lassen, mußte erst diesen Austin in Gang bringen, aber hinterher, wenn ich fertig war, dann würde ich gleich zur Polizei gehen.
All mein Lebensmut war dahin, in der Werkstatt wußte ich kaum, was ich tat, und zum erstenmal wollte sich mir bei dem Gestank dort der Magen umdrehen: Öl und Dreck, und obendrein ließ der Kerl vor dem Ausfahren seinen Motor wie verrückt rattern, und der Auspuff stieß dicken, schwarzen Qualm aus, der die ganze Werkstatt verpestete.
Ich streifte den Overall über, holte mein Werkzeug und nahm den Austin vor. Die ganze Zeit über grübelte ich, was meinem Mädchen passiert sein könne, ob sie nun allein und verloren auf der Wache saß oder ob sie irgendwo lag – tot. Und immerzu hatte ich ihr Gesicht vor Augen, so wie gestern abend.
Es dauerte nur anderthalb Stunden, da hatte ich den Austin fix und fertig, mit Tanken und allem, und ich stellte ihn so in die Ausfahrt, daß der Besitzer gleich losfahren konnte. Aber dann war ich auch völlig ausgepumpt, hundemüde, und der Schweiß lief mir nur so übers Gesicht. Ich wusch mich flüchtig, zog meine Jacke an, und da fühlte ich das Schächtelchen in der Brusttasche. Ich nahm es heraus und schaute es mir an, so niedlich war es mit der bunten Kordel.
Da hörte ich aber den Chef kommen – ich stand mit dem Rücken zur Tür – und steckte es rasch wieder ein.
»Haben Sie gekriegt, was Sie haben wollten?« fragte er, freundlich lächelnd.
»Ja«, sagte ich.
Ich hatte aber keine Lust, darüber zu sprechen, sagte ihm nur, die Arbeit sei fertig und der Austin fahrbereit. Dann ging ich mit ihm ins Büro, damit er die Reparatur und die Überstunden eintragen konnte. Auf seinem Schreibtisch lag eine Schachtel Zigaretten – und er bot mir eine an – und daneben die Abendzeitung.
»Hab eben gelesen, daß ›Glücksdame‹ das Drei-Uhr-dreißig-Rennen gemacht hat«, sagte er. »Hab diese Woche ein paar Scheinchen gewonnen.«
Er trug die Reparatur ins Hauptbuch ein, um die Lohnliste auf dem laufenden zu halten.
»Gratuliere«, sagte ich.
»Hab nur auf Platz gesetzt, ich Schafskopf. Brachte fünfundzwanzig zu eins. Immerhin, Wetten macht Spaß.«
Ich antwortete nicht. Im allgemeinen mach ich mir nicht viel aus Schnaps, aber in diesem Augenblick hätte ich ein Glas verdammt nötig gehabt. Ich

wischte mir mit dem Taschentuch die Stirn. Wenn er doch endlich mit seiner Kritzelei fertig wäre, guten Abend sagte und mich gehen ließe.
»Schon wieder hat so'n armer Teufel dran glauben müssen«, fuhr er fort. »Das ist der dritte innerhalb der letzten drei Wochen. Wieder den Bauch aufgeschlitzt, genau wie bei den anderen. Heute früh im Krankenhaus ist er gestorben. Auf die Flieger scheint man's abgesehen zu haben.«
»Wie kam es denn? Düsenflugzeug?«
»Düsenflugzeug? Nein, Mord, verdammt noch mal! Das Messer direkt in die Eingeweide, der arme Kerl! Lesen Sie denn keine Zeitung? Ist doch schon der dritte in drei Wochen, immer genau dasselbe, immer Flieger und immer auf einem Friedhof oder dicht dabei. Gerad eben hab ich dem Mann, der tanken kam, gesagt, es sind nicht immer nur Männer, die einen Koller kriegen und Lustmorde begehen, bei Weibern kommt so was auch vor. Aber die hier werden sie diesmal schon schnappen. In der Zeitung steht, sie seien schon hinter ihr her und die Verhaftung in Kürze zu erwarten. Ist ja wahrhaftig auch Zeit, ehe noch so ein armer Teufel daran glauben muß.«
Er klappte sein Hauptbuch zu und steckte den Bleistift hinters Ohr.
»Wie wär's mit einem Gläschen?« fragte er. »Hab eine Flasche Gin drüben im Schrank.«
»Nein«, sagte ich, »nein, vielen Dank. Ich hab... Ich hab eine Verabredung.«
»Recht so«, meinte er lächelnd, »amüsieren Sie sich.«
Ich ging die Straße hinunter und kaufte mir eine Abendzeitung. Darin stand genau dasselbe, was er mir über den Mord erzählt hatte, gleich auf der ersten Seite. Es müsse um zwei Uhr nachts geschehen sein, hieß es. Ein junger Soldat von den Fliegern. Im Nordosten der Stadt. Er hatte sich noch bis zu einer Telephonzelle geschleppt und die Polizei angerufen, und als sie ankamen, fanden sie ihn dort zusammengebrochen am Boden liegen.
In der Zeitung stand, er habe im Krankenhaus noch eine Aussage gemacht. Er gab an, ein Mädchen habe ihn angesprochen, er sei, im Glauben, er könne ein kleines Liebesabenteuer erleben, mitgegangen – kurz vorher habe er sie in einer Kaffeebude zusammen mit einem anderen gesehen, und da habe er geglaubt, sie habe den anderen fallenlassen und sich in ihn verliebt, ja, und dann habe sie es ihm gegeben, direkt in die Eingeweide.
Es hieß in der Zeitung, er habe der Polizei eine genaue Beschreibung von ihr geliefert, und dann stand da auch noch, die Polizei lege Wert darauf, mit dem anderen Mann, der früher am Abend in Begleitung des Mädchens gesehen worden sei, in Verbindung zu kommen, um ihn dem Mädchen gegenüberzustellen.
Ich wollte die Zeitung nicht länger sehen. Ich warf sie fort. Wanderte dann straßauf, straßab, bis ich todmüde war. Als ich annehmen konnte, die bei-

den Thompsons seien schon im Bett, angelte ich mir den Schlüssel, der an einem Bindfaden im Briefkasten hing, schloß auf und stieg nach oben in mein Zimmer.
Frau Thompson hatte schon das Bett abgedeckt, fürsorglich eine Thermosflasche mit Tee hingestellt und daneben die Abendzeitung gelegt, die letzte Ausgabe.
Sie hatten sie gefaßt. Nachmittags gegen drei Uhr. Ich las den Artikel nicht, weder Namen noch sonst etwas. Ich setzte mich mit der Zeitung in der Hand aufs Bett, und da, auf der ersten Seite, starrte mich mein Mädchen an. Dann nahm ich das Schächtelchen aus der Jackentasche, wickelte es aus, warf das Papier und die bunte Kordel fort, und so blieb ich sitzen und schaute auf das kleine Herz in meiner Hand.

Der Schrecken

Barry Jeans – wenn seine Anbeterinnen ihn nicht Barry nannten und eine stärkere Bezeichnung für ihn verwenden wollten – war unter dem Spitznamen »Der Schrecken« bekannt. Der »Schrecken« in der Sprache des Films und zumal unter Frauen bedeutete ein Herzklopfen, einen Liebhaber, einen Mann mit breiten Schultern und ohne Hüften. Ein »Schrecken« hat keine langen Wimpern oder ein Profil; er ist immer häßlich, hat im allgemeinen eine krumme Nase und wenn möglich eine Narbe. Seine Stimme ist tief, und er redet nicht viel. Wenn er zu sprechen hat, legen die Autoren ihm nur kurze, markige Dialogfetzen in den Mund, wie etwa »Vorsicht, Lady!« oder »Schluß damit!« oder auch nur »Vielleicht!« Der Ausdruck des häßlichen Gesichts muß ehern sein und darf nichts verraten, so daß ein plötzlicher Todesfall oder die Leidenschaft einer Frau es völlig unberührt läßt. Nur der Muskel an der Seite des mageren Kiefers spannt sich, und dann wissen die Verehrerinnen, daß Barry entweder zuschlagen wird, und zwar sehr fest zuschlagen, oder in zerrissenem Hemd, den Mann, der ihn haßt, auf dem Rücken, durch den Dschungel taumelt oder nach einem Schiffbruch mit der Frau, die er liebt, in einem Boot liegt, aber viel zu anständig ist, um sie zu berühren.
Barry Jeans, der »Schrecken«, mußte der Filmindustrie mehr Geld eingebracht haben als irgendein anderer lebender Mensch. Von Geburt war er Engländer; sein Vater war Geistlicher und viele Jahre hindurch Pfarrer von Herne Bay. Alte Leute behaupten, sie erinnerten sich, wie Barry als Knabe im Chor gesungen habe, doch das ist nicht wahr. Seine Mutter war eine halbe Irin, und darum nannten die Eltern ihren Sohn Barry. Er ging in die Schule und war gerade im richtigen Alter, um beim Ersten Weltkrieg noch nicht einrücken zu müssen; daraus läßt sich schließen, daß er jetzt in der Mitte der Fünfzig ist. Jeder weiß das, und keiner findet etwas

dabei. Es ist für einen »Schrecken« ein gutes Alter. Die Verehrerinnen wollen nicht sehen, wie ein junger Mensch durch den Dschungel taumelt oder in einem offenen Boot liegt – es würde sich nicht gut ausnehmen. Barrys Vater war tolerant und erlaubte seinem Sohn, zum Theater zu gehen. Zunächst blieb er unbeschäftigt, dann verwendete man ihn bei einer Londoner Bühne für zweite Besetzungen. Von da avancierte er zu kleinen Rollen in Salon-Komödien, die in den Jahren gleich nach dem Krieg Mode waren, doch er hatte keinen großen Erfolg. Die Regisseure fanden ihn zu steif, man nannte ihn einen »Stock«, worunter man einen trockenen, langweiligen Menschen verstand. Heute allerdings sagen Regisseure, die sich längst zurückgezogen haben, oder andere, die wohl noch tätig sind, aber schon ziemlich vergreist, sie hätten Barry jederzeit eine große Zukunft prophezeit. In Wahrheit aber war der einzige Mensch, der immer an ihn geglaubt hatte, May, seine Frau, und vielleicht ist es ihr Glaube, um dessentwillen sie sich nie getrennt hatten, sondern noch heute, nach dreißig Jahren, beisammen sind. Jeder kennt May. Sie ist keine von den Frauen, die im Verborgenen blühen und dann bei Galavorstellungen süß und schüchtern zu sehen sind. May ist da – in der Garderobe und sehr oft im Atelier. Barry sagt, ohne sie wäre er verloren.
May war es, die Barry dazu drängte, sich zu melden, als Ende der Zwanzigerjahre in New York ein Stück von Lonsdale inszeniert wurde. Es war eine kleine Rolle, und der Schauspieler, den der Regisseur und Lonsdale dafür vorgesehen hatten, war im letzten Augenblick krank geworden – eine Blinddarmentzündung –, und so war man gezwungen, Barry zu nehmen. Von da an brauchte er nie mehr zurückzublicken. Es ist seltsam, wie Schauspieler, die in London nicht vom Fleck kommen, in New York groß werden. Wie Taugenichtse in Australien. Ein Kerl entwischt im Zwischendeck, und das Nächste, was man von ihm hört, ist, daß er auf einer Ranch, groß wie ganz Cornwall, eine Million Schafe hat.
Die Frauen waren es, die auf Barry hereinfielen. Sie waren entzückt darüber, wie er auf der Bühne stand, in seinem englischen Anzug, die Hände geballt. Merkwürdig, daß er den Frauen in England so wenig Eindruck gemacht hatte!
Als die Komödie von Lonsdale abgespielt war, bot man Barry eine Rolle in einem amerikanischen Stück an, und obgleich es bald abgesetzt wurde, hatte er doch die Schlagzeilen für sich gehabt. Viel zu tun hatte er in dem Stück nicht, aber ihm gehörte mit den Worten »Drück dich, Baby, drück dich!« der zweite Aktschluß, und die Art, wie er das sagte, hatte es den amerikanischen Frauen angetan. Barrys Zukunft war gesichert, und am Abend der Premiere erhielt er ein Angebot aus Hollywood. May war für die Annahme, und drei Wochen später waren sie an der Küste des Stillen Ozeans. Barry Jeans, der »Schrecken«.
Binnen wenigen Monaten war sein Gesicht den Frauen auf der ganzen

Welt vertrauter als das ihrer eigenen Gatten. Und die Gatten verübelten ihnen das nicht. In gewissem Sinn war es ein Kompliment, wenn ein Mädchen überhaupt einen jungen Mann heiratete. Das hieß ja, daß der Betreffende, den sie wählte, ein Über-Barry war. Sein Hut, ein weicher, eingequetschter Filzhut – seine Zigarette, die er nie von den Lippen hängen ließ, sondern immer zwischen den Fingern hielt, die kleine Narbe an der Schläfe, die einen Zusammenstoß mit einem Rhinozeros ahnen ließ oder ein geschleudertes Messer in einer Spelunke in Shanghai – in Wirklichkeit war er in Herne Bay auf dem Hafendamm ausgerutscht –, das alles übte einen heimlichen, unbeschreibbaren Zauber aus, mit dem kein anderer Filmstar konkurrieren konnte. Vor allem aber war es der Mund, der feste, entschlossene Mund über dem viereckigen Kinn mit dem Spalt, dieser Mund, der Millionen begeisterte. Er entspannte sich nie, er lächelte nie, in Wirklichkeit tat er überhaupt nichts. Und das war es, was alle hinriß. Den Frauen wuchsen die Großaufnahmen ihrer Lieblinge in leidenschaftlichen Umarmungen, Lippen auf Lippen gepreßt, zum Hals heraus, und damit verschonte sie Barry. Statt dessen wandte er sich ab. Und blickte über die Schulter des Mädchens hinweg. Und flüsterte nur das einzige Wort »Du!« und sonst nichts. Dann wurde in die nächsten Szene übergeblendet, und die Verehrerinnen saßen erschauernd da.
Barry Jeans, der »Schrecken«, war es, der die Mode aufbrachte, die zwischen den zwei Weltkriegen auf beiden Seiten des Ozeans vorherrschte – daß Männer und Frauen sich überhaupt nicht umarmten. Handfestes Flirten kam nicht mehr in Frage. Wenn ein Mann ein Mädchen in seinem Wagen heimbrachte und vor ihrem Haus vorfuhr, war keine Rede mehr davon, daß man den Wagen parkte und eine halbe Stunde lang stehen ließ. Dergleichen tat Barry Jeans nie. Er zog den Filzhut tiefer über die Augen, sein Mund wurde noch entschlossener, und er sagte etwa: »Schluß!« Und das Nächste, was man zu sehen bekam, war das Mädchen vor der Haustüre; das Mädchen steckte einen Schlüssel ins Schloß und weinte, und Barry Jeans fuhr in seinem Cadillac um die Ecke. Und so ging es auf Bergen oder in der Wüste. Wenn Barry Jeans am Rand eines Abgrundes in den Anden oder den Alpen stand oder neben dem schlammigen Pfuhl einer Oase mit drei Palmen, fünfhundert Meilen vom nächsten Posten der Fremdenlegion entfernt lag, die Frau natürlich neben ihm, rührte er sie nicht an. Er hatte nicht einmal ein Seil, um ihr aus dem Abgrund zu helfen, oder eine Konservenbuchse, um das schmutzige Wasser aus dem Pfuhl zu schöpfen. Er sagte einfach: »Na ja!« und ging davon.
Es war seine Art, die ihn bei Männern ebenso beliebt machte wie bei Frauen. Man brauchte sich keine Mühe mehr zu geben. Man brauchte sein Mädchen nicht zu küssen, man brauchte sie nicht zu umarmen. Und diese ganze langweilige Prozedur, die einem auferlegt worden war, einen Tisch im Restaurant zu bestellen, mit dem Oberkellner zu verhandeln,

den Wein auszusuchen, war vollständig *vieux jeu* geworden. Barry Jeans tat es nie. Er ging mit der Frau in ein Lokal und hob bloß den Finger, und anscheinend wußte jedermann sofort, was er meinte. Die Kellner stolperten übereinander, Gäste, die bereits saßen, mußten sich sagen lassen, es sei kein Platz für sie vorhanden, und der »Schrecken« setzte sich mit der Frau an einen Tisch, die kein Auge von ihm ließ, er schob das Menü zur Seite und stieß nur das eine Wort hervor: »Muscheln!«
Barry Jeans führte die Mode ein, ein Steak so rot zu essen, daß man kaum sagen konnte, ob es überhaupt gebraten war, im Schneesturm keinen Mantel zu tragen, nackt zu schlafen – das setzten die Verehrerinnen voraus, denn in keinem Film hatte man ihn je im Pyjama gesehen –, eher Gegenständen als menschlichen Wesen seine Zärtlichkeit zu gönnen. So zeigte das letzte Bild in seinen berühmtesten Filmen ihn, wie er seinen alten Ford streichelte oder das Steuer eines Segelbootes hielt oder, die Axt in der Hand, zu einem Riesenbaum aufsah und sagte: »Auch du mußt fort!« Da gingen die Leute mit zusammengeschnürten Kehlen aus dem Kino. Wie banal wirkte daneben die gewöhnliche Liebesgeschichte! Nur ein einziges Mal war Barry Jeans nicht gut gewesen. Das war, als er in dem großen Bibelfilm »Genesis« den Adam spielte und man ihn aufnahm, wie er einem Dinosaurier auf den Rücken klopfte und sagte: »Ich habe meine Rippe verloren!« Das klang nicht echt. Doch daran waren die Autoren schuld.
Als der Zweite Weltkrieg ausbrach, wollte der »Schrecken« sich freiwillig melden, das Pentagon aber schätzte seine Hilfe bei der Hochhaltung der Moral der Truppen so sehr, daß man ihn nicht nahm; und so drehte er eben weiter Filme. Immerhin fand er einen Ausgleich für den Felddienst, um den man ihn beraubte, darin, daß er mehr Lebensmittelpakete nach Europa schickte als alle anderen Engländer in den Vereinigten Staaten zusammen. Barrys Konservenbüchsen waren in vielen Küchen willkommen, und Tausende von Hausfrauen hätten an Goebbels' Propaganda vom darbenden England geglaubt, wenn sie nicht mit Barrys Kochfett versehen gewesen wären.
Als der Krieg vorüber war und Barry nach zehn Jahren zum erstenmal nach Europa fuhr, um seinen Vater zu besuchen, der sich wohl von seinem Amt zurückgezogen hatte, aber noch immer in Herne Bay lebte, da war die Menschenmenge an der Waterloo-Station so groß, daß sie bis zur Themse reichte. Berittene Polizei mußte eingesetzt werden, und Leute, die nicht wußten, was los war, meinten, nun sei doch eine kommunistische Revolution ausgebrochen.
Barry war die Demonstration peinlich, aber May genoß sie in vollen Zügen. Während der Jahre in Amerika hatte sie sich einen amerikanischen Akzent angeeignet, während Barry selber sein Englisch unversehrt erhalten hatte, und sie gebrauchte zahlreiche amerikanische Wendungen. Als

sie ankamen, war vor allem sie es, die sich am Mikrophon hören ließ und die Barry einschärfte, sich tief in die Kissen des Wagens zu setzen und den Hut über die Augen zu ziehen. Das machte ihn unzugänglicher denn je, und just das begeisterte die Menge. Die Reklame war so ungeheuer, daß sie die Idee, nach Herne Bay zu fahren, aufgaben und Barrys Vater in ihren Zufluchtsort in Cape Wrath kommen ließen, wo Aufnahmen von Barry und seinem Vater gemacht wurden, die auf das Meer hinausschauten; und Barry hatte zu sagen: »Es ist schön, daheim zu sein.« Gerüchte wollten wissen, daß er auch an den Hof geladen sei, doch das ließ sich nie beweisen.

Neue Namen, volkstümliche Schlagersänger und die Entfesselung der Unter-Zwanzigjährigen bedeuteten für den »Schrecken« keine Drohung. Zu tief eingegraben war sein Ruhm in den Herzen aller Männer und Frauen über fünfunddreißig. Sie waren in dem Glauben an Barry Jeans geboren worden und aufgewachsen, und sie würden in dem Glauben an Barry Jeans sterben. Überdies liebte die Jugend ihn auch. Das ergrauende Haar – natürlich nur an den Schläfen! –, die kaum merkbare Andeutung von Säcken unter den Augen und die Furche neben dem Mund wirkten auf die Töchter ebenso, wie sie, zwanzig Jahre früher, auf die Mütter gewirkt hatten; sie weckten die Träume. Wer wollte sich von den Burschen im Nachbarhaus oder von dem jungen Mann um die Ecke küssen lassen, wenn man allein im Dunkel des Kinos sitzen konnte und auf der Leinwand Barry Jeans sah, der »Eines Tages!« sagte, dir den Rücken drehte und ging?! Der Ausdruck seiner Stimme, der Sinn, den er hineinlegte, und niemals ein Aufblitzen in seinen Augen, niemals ein Lächeln! Nur die zwei Worte »Eines Tages...« Ooh!

Der »Schrecken« rührte Shakespeare nie an. May meinte, es wäre ein Fehler. Einen Bart ankleben und den Mund mit Worten füllen, das kann jeder, sagte sie. Gott hat dir eine Persönlichkeit geschenkt, und an der mußt du festhalten. Barry war enttäuscht. Er hätte sich ganz gern mit »König Lear« beschäftigt. »Hamlet« und »Richard der Dritte« waren schon weggeschnappt worden. »May hat recht«, sagte seine Umgebung. »Du brauchst nicht an dieses Zeug zu rühren. Und in Tokio würde es ohnehin nicht ziehen. Nein, bleib bei den Rollen, die dich groß gemacht haben, und du wirst groß bleiben.«

Die Umgebung, sonst auch die »Burschen« genannt, bestand aus Barrys persönlichem Manager, seinem Presseagenten, seinem literarischen Experten, seinem Sekretär, seinem Make-up-Mann und seinem »Ersatzmann«. May hätte keine Sekretärin geduldet, denn war die Dame schon in einem gewissen Alter, so würde sie versuchen, Barry zu beherrschen, und war sie jung, so würde sie eben etwas anderes versuchen. Die »Burschen« waren schon sicherer. Sie waren mit größter Sorgfalt ausgewählt und hatten Frauen, die nicht in Betracht kamen.

Barry rührte sich nicht ohne die »Burschen« und ohne May, und selbst in seinem Haus in Beverly Hills, das er sich als reizende Nachbildung eines alten Hauses in Kent bauen ließ, lungerten die »Burschen« herum, denn man konnte ja nicht wissen. Vielleicht kam gerade ein neues Filmmanuskript oder ein Millionär, der Geld loswerden wollte, oder ein Steuerberater mit einem neuen Kniff, und wenn dergleichen sich ereignen sollte, war May dafür, daß die »Burschen« die Sache in die Finger nahmen. Barry selber durfte nicht behelligt werden.
Der »Schrecken« hatte keine Familie. Nur May. Anfangs war das eine Enttäuschung. Was für eine Reklame wäre das gewesen, wenn man Barry, ein Kind auf der Schulter, photographiert hätte; oder wie er einen Sohn schwimmen lehrte oder ihm zeigte, wie man Drachen steigen ließ. Doch im Verlauf der Jahre war May mit den »Burschen« darüber einig, daß es besser so war. Ein schlacksiger Sohn oder eine große, schnatternde Tochter hätten die »Schrecken«-Sage zerstört. Barry Jeans konnte der Unbekannte, der Unberührte bleiben, der Mann, der jeder Frau Liebhaber und keines Mädchens Vater war. Wenn ein Star beginnt, Vater zu spielen, so ist das der Anfang vom Ende, und ein Großvater ist natürlich das Ende selbst.
»Schatz«, sagte May gewöhnlich, »die Welt will dich genau so, wie du bist. Die Hände in den Taschen, den Hut über die Augen. Ändre nichts daran. Und bleib auch so, wenn du aus dem Atelier kommst.«
Das tat denn Barry. Er redete kaum je ein Wort; selbst zu Hause nicht. Die Leute, die ihn kannten, alle miteinander, in Hollywood oder sonstwo in der Filmwelt, musterten die lange, magere Erscheinung, sahen ihn durch einen Strohhalm Orangensaft trinken – er rührte nie alkoholische Getränke an – und fragten sich, wie, zum Teufel, er es anstellte. Seine Altersgenossen hatten zumeist dicke Hälse und Bäuche. Nicht Barry Jeans! Nicht der »Schrecken«! May ließ ihn jeden Morgen um sechs aufstehen, wenn er nicht gerade filmte; dann mußte er schwedische Gymnastik betreiben. Und wenn man nicht in Gesellschaft war, lag er um neun im Bett.
In all den Jahren, da der »Schrecken« die Augen der Welt auf sich zog, war sein Name nie mit einem Skandal verbunden gewesen. Er hatte keine Ehe zerbrochen. Die schönen Frauen, die mit ihm spielten, konnten nicht einmal eine Momentaufnahme von ihm haben, wie er im Atelier neben ihnen saß. Das erlaubte May nicht. Die Aufnahme könnte veröffentlicht werden, durch die Zeitungen gehen, und dann würde alle Welt zu klatschen beginnen. Leidenschaftliche Italienerinnen, schmachtende französische Vedetten, Schöne aus dem tiefen Süden oder bräunliche Puertoricanerinnen, welcher Star auch immer gerade Partnerin des »Schreckens« war, keine durfte je außerhalb des Ateliers ein Wort mit ihm wechseln. May oder die »Burschen« waren immer da. Und wenn ein

Reporter, unternehmungslustiger als seine Kollegen, Barry unvermutet in der Mittagspause erwischte, da die »Burschen« gerade im Waschraum waren und May sich die Nase puderte, und ihn fragte: »Was halten Sie von Mitsi Sulva?« oder wie sonst der Name der Schönheit lauten mochte, die gerade mit ihm zu spielen hatte, erwiderte er gerade nur das einzige Wort: »Großartig!« Das war unverbindlich und unbedingt sicher. Es konnte die Dame nicht kränken, und ebenso wenig kränkte es May. Auch der erfindungsreichste Reporter konnte sich aus diesem einen Wort nichts anderes zurechtlegen. Eine Schlagzeile »Barry Jeans findet Mitsi Sulva großartig« hatte gar nichts zu sagen. Und wenn der Reporter eine zweite Frage stellte, wären die Burschen schon aus dem Waschraum zurückgekehrt.

Während der erste »Fühler« in Gebrauch genommen wurde, geschah es, daß die Burschen sich zu fragen begannen, ob die bisher verwendeten Methoden noch länger tauglich seien. Wie jedermann weiß, kamen die ersten »Fühler« im Spätherbst 1959 auf und revolutionierten das Filmgeschäft. Das Ergebnis war Chaos, bis die Techniker die Sache wieder unter Kontrolle hatten und die großen Trusts ihre Kinos darauf umgestellt hatten. Doch die wirkliche Panik herrschte in den Ateliers. Wie würden die Stars darüber hinwegkommen? Wie würden die großen Namen und der größte von allen – Barry Jeans, der »Schrecken« – sich dieser neuen Prüfung gegenüber behaupten? Entscheidend war nämlich, daß es nicht genügte, die Kinos mit der neuen Vorrichtung zu versehen, nein, der Star selber mußte während der Aufnahme »abgehorcht« werden – der Apparat war in seiner Kleidung verborgen –, und die von ihm ausgestrahlte Stärke wurde auf den »Rufer« übertragen; so hieß der Mechanismus, der durch seine Drehung die Maschine speiste, die an die Kinos vermietet wurde. Wenn der Strom nicht Stärke A besaß, so konnte der »Rufer« nicht funktionieren. Und das Schlimme daran war, daß die Ausstrahlung eines Stars oder seine Stärke unbekannt war, bevor man sie auf die Probe gestellt hatte.

Erst als Barry Jeans gerade bei der Filmprobe mit Vanda Gray war, meldeten die Techniker dem Regisseur, daß Barrys Stärke nur auf G tickte. Das war der niedrigste Grad auf der Scheibe und bei weitem nicht stark genug, um den »Rufer« zu speisen. Der Regisseur schaltete eine Pause ein und berief die Fachleute zur Beratung.

Es war eine heikle Lage. Nicht einmal der Regisseur, der Barry gut kannte, hatte den Mut, ihm zu sagen, daß er nur Stärke G ausstrahlte. Der Techniker, der den Apparat bediente, aber war zäh, sehr zäh. Seine Stellung war sehr stark, denn außer ihm wußte niemand im Atelier, wie der Apparat funktionierte.

»Sehen wir die Dinge doch realistisch an«, sagte er. »Der Bursche taugt nicht mehr. Ich weiß, daß er ein Star ist. Ich weiß, daß er weltberühmt

ist. Und was weiter? Wir sind eben in eine neue Ära eingetreten. Durch den ›Fühler‹ ist Jeans erledigt.«
Der Produktionsleiter schluckte zwei Beruhigungspillen.
»Das ist eine ernste Angelegenheit«, sagte er. »Kein Wort davon darf aus diesen vier Wänden hinauskommen. Wenn es sich in den Ateliers herumspricht, daß Barry Jeans es nicht über Stärke G gebracht hatte, gäbe das einen Skandal, von dem die ›Gigantic Enterprises‹ sich nie erholen könnten. Und ganz persönlich – ich könnte meinen Kopf nie wieder hoch tragen; und Scherz beiseite –, ich sage euch voraus, daß es einen schweren Schlag für die ganze Filmindustrie bedeuten würde.«
Der »Fühler«-Fachmann kaute Gummi und zuckte die Achseln.
»Ihre Sache«, sagte er. »Ich habe alles getan, was ich kann. Ich habe geschaltet, bis die Maschine beinahe explodiert ist, aber das ändert nichts. Wenn ich den Mechanismus überdrehe, so kann das ganze Ding in Fransen gehen, und das würde die ›Gigantic Enterprises‹ eine Million Dollar kosten.«
Der Regisseur sagte etwas davon, daß man einen Psychiater zuziehen sollte, und der Produktionsleiter nickte nachdenklich.
»Drüben bei der ›International‹ ist ein Schwede«, sagte er. »Der soll bei Leila Montana Wunder ausgerichtet haben, als ihre Stimme tiefer wurde.«
»Das stimmt«, sagte der Regisseur. »Ihr Selbstvertrauen hat Leila wiedergekriegt, aber im ›Goldenen Mädchen‹ hat man ihre Stimme doch doubeln müssen. Eine Minute...« Er wandte sich zu dem Sachverständigen und fragte, ob es nicht eine Methode gäbe, die auch bei diesem Neuapparat ein Doubeln ermögliche. »Können wir das nicht auch irgendwie zurechtmachen?« sagte er. »Man nimmt die Strahlung von einem andern Schauspieler und füttert den ›Rufer‹ damit.«
Der Fachmann schüttelte den Kopf. »Geht nicht!« erwiderte er. »Man muß die direkte Übertragung haben.« Und dann ließ er sich in technische Einzelheiten ein, von denen keiner der Anwesenden etwas begriff. Der Regisseur lauschte aufmerksam. Es war für ihn und seine Mitarbeiter lebenswichtig, die Fachsprache zu verstehen. Wenn ein Regisseur nicht genau wußte, was im Atelier vorging, war er nichts wert. War er unmodern. Und die »Fühler« waren nun einmal eine dauernde Einrichtung geworden.
»Wir hätten eine Probe machen sollen«, sagte er. »Es war verrückt, daß wir keine Probe gemacht haben. Ich hatte damals schon eine Ahnung, daß wir in etwas hineingeraten sind.«
»Und was, wenn wir eine Probe gemacht hätten?« fragte der Produktionsleiter. »Wollen Sie damit sagen, ich hätte zu Barry Jeans gehen und ihm das Ergebnis mitteilen sollen? Er hätte sich eine Kugel durch den Kopf geschossen.«

»Barry nicht«, sagte der Regisseur. »Barry ist ein ganzer Kerl! Es ist nur...« Er sah sich verzweifelt um. »Meinen Sie, daß es keine Möglichkeit gibt, die Kräfte zu kombinieren?« fragte er den Fachmann. Das war der letzte Ausweg. »Könnte man in den gemeinsamen Szenen nicht etwas von Vandas Strahlung verwenden? Sie ist doch Stärke A, nicht wahr?«
»Jawohl. Sie ist Stärke A!« sagte der Fachmann kauend.
»Und wie wär's damit?« fragte der Produktionsleiter eifrig.
»Das Verhältnis ist bei Frauen anders«, erklärte der Fachmann. »Und man kann sie nicht mischen. Vorläufig jedenfalls noch nicht. Vielleicht in zehn Jahren wird man diese Frage gelöst haben.«
Der Regisseur breitete hoffnungslos die Arme aus.
»Da haben wir's! Ich bin fertig. Ich kann nicht drehen!«
Der Produktionsleiter, weiß bis in die Lippen, ging von einem zum andern und beschwor jeden, strengste Verschwiegenheit zu bewahren.
»Es darf nichts durchsickern«, sagte er. »Nicht eine Silbe. Wenn ich höre, daß etwas durchgesickert ist, sind alle auf der Stelle vor der Türe.«
Dann berief er Barrys Burschen zu einer geheimen Beratung. Nicht einmal May durfte dabei sein. Vorderhand durfte May nicht eingeweiht werden.
Die Burschen erschienen, die Türen wurden zugesperrt, und draußen wurden Wachen aufgestellt.
»Was klappt nicht?« fragte Alf Burnell, Barrys Manager.
Der Produktionsleiter der »Gigantic Enterprises« setzte seine Hornbrille auf. Er wollte, daß die Neuigkeit mit ihrem vollen Gewicht wirken sollte.
»Eine sehr ernste Lage ist eingetreten. Heute früh wurde im Atelier eine Entdeckung gemacht. Barry ist Stärke G.«
Die Burschen saßen stumm und niedergeschmettert da. Dann wischte Bob Elder sich die Stirne. »Christus«, sagte er. Er war Barrys Presseagent.
»Ich brauche euch kaum zu sagen«, fuhr der Produktionsleiter fort, »daß ich alle zu tiefster Verschwiegenheit verpflichtet habe. Und Barry weiß natürlich auch nichts davon. Wir haben ihm gesagt, es sei eine technische Störung.«
Kern Dory, Barrys literarischer Experte, stellte die beiden Fragen, die der Regisseur auch schon gestellt hatte. Ob man die Stärke nicht doubeln oder mit der Strahlung der Partnerin kombinieren könne. Doch der Produktionsleiter klärte ihn auf.
»Technisch ist nichts zu machen. Wir müssen auf einem andern Gebiet einsetzen. Ich habe einen Psychiater vorgeschlagen. Den Schweden von der ›International‹.«
Die Burschen pfiffen im Chor. »Das würde May nie erlauben. Sie läßt keinen Psychiater auf hundert Meilen an Barry heran.«
»Was sollen wir also sonst tun?« fragte der Produktionsleiter. »Ihr müßt begreifen, daß ich den ›Gigantic Enterprises‹ für jede Stockung verant-

wortlich bin. Und ich werde noch heute abend einen Bericht erstatten müssen.«
Slip Jewett, Barrys Make-up-Mann, beugte sich vor.
»Wir können sagen, daß Barry krank ist«, schlug er vor. »Ich kann ihn bearbeiten. Ich kann die schönste Gelbsucht an ihm fertigbringen, wenn Sie wollen.«
»Was soll uns das auf die Dauer nützen?« fragte Ken, der ein Realist war. »Gelbsucht hilft uns über ein paar Tage, über ein paar Wochen hinweg. Aber dann?«
»Ja, dann!« sagte Bob Elder. »Was soll ich der Presse mitteilen? Das der ›Schrecken‹ Stärke G ist? Sollen wir alle im Armenhaus enden?«
Der Produktionsleiter nahm die Brille ab und putzte sie.
»So viel Verständnis ich auf lange Sicht für euch und Barry Jeans habe, ist das doch nicht meine Sache«, sagte er. »Die ›Gigantic Enterprises‹ haben ihn für diesen Film engagiert unter den klaren Voraussetzungen, daß er Stärke A oder B oder schlimmstenfalls C hat. Aber ich bezweifle, daß die ›Gigantic Enterprises‹ jemanden beschäftigen würden, der einer niedrigeren Kategorie angehört. Das bezweifle ich stark.«
Der Ersatzmann, Bim Spooner, hüstelte leicht.
»Ich habe mich neulich im Atelier herumgetrieben«, sagte er. »Da habe ich mit dem ›Fühler‹-Mann gesprochen und ihn dazu gekriegt, daß er mit mir eine Probe gemacht hat. Und ich war Stärke A.«
Kein Mensch beachtete Bim. Er war ein braver Kerl, aber sehr naiv. Der Sekretär drückte seine Zigarette aus.
»Ohne May kommen wir nicht vom Fleck. Sie muß bei der Geschichte sein. Es ist schwer, aber so ist's nun einmal!«
Auch Bob Elder drückte seine Zigarette aus.
»Pat hat recht. May steht Barry doch näher als sonst jemand. Werfen wir May den Ball zu!«
Die Konferenz war zu Ende. Der Produktionsleiter nahm noch zwei Beruhigungsmittel und ging zum Mittagessen. Die Burschen gingen in Reih und Glied in die Garderobe.
»Was ist denn los?« fragte May. »Barry hat mir gesagt, daß dieser ›Fühler‹-Trick nicht funktioniert. Ich weiß nicht, wo sie die Stirne hernehmen, Barry dazu zu kriegen, daß er sich schminkt, daß er zur Probe antritt, um nachher festzustellen, daß die Drähte nicht funktionieren!«
»Es waren nicht die Drähte.« Alf wies mit dem Kopf auf den schlafenden Barry. »Komm hinaus!«
Er und Bob und Ken hatten sich dahin geeinigt, daß sie May zu dritt die Lage auseinandersetzen würden, während die andern bei Barry in der Garderobe blieben. Sie führten sie aus dem Gebäude hinaus und gingen im Garten hinter den Studios auf und ab. Sie hielten mit nichts hinter dem Berge. Sie sagten ihr klipp und klar die Wahrheit. Sie nahm es tapfer

auf. Und da sie eine Frau war, traf sie geradewegs ins Herz der Sache.
»Vanda ist daran schuld«, sagte sie sogleich. »Barry hat nie viel von Vanda gehalten. Natürlich ist er nur Stärke G, wenn er mit ihr spielen muß. Sie schüchtert ihn ein.«
»*Okay, okay*«, sagte Ken. »Aber er muß eben mit ihr spielen, nicht? Das war doch festgesetzt, als wir beschlossen, diesen Film zu drehen. Die ›Gigantic Enterprises‹ interessiert es verdammt wenig, ob Barry Vanda nicht ausstehen kann. Sie wollen Resultate. Barry muß Stärke A haben, sonst werfen sie ihn hinaus.«
»Das wagen sie nicht!« rief May. »Barry hinauswerfen! Den ›Schrecken‹ hinauswerfen!«
»Sie würden den Allmächtigen hinauswerfen, wenn er nicht Stärke A hätte. Diese ›Fühler‹ sind etwas Neues. Sie werden alles umbringen, was vorher gegangen ist. Und wenn Barry dabei versagt, so ist er erledigt.«
»Wir sind alle erledigt!« sagte Bob.
Sie sahen May an, die während dieser Erörterung um etwa zehn Jahre gealtert war. Sie wußte, daß die Burschen recht hatten. Sie dachte durchaus realistisch.
»Wir müssen seine Strahlung heben«, sagte sie, als spräche sie zu sich selber. »Wir müssen es einfach dahin bringen, daß er einen höheren Grad auf der Skala hat.«
»Glaubst du, daß wir das können, May?« fragte Ken. »Ich meine...«, er brach ab. Ja, es war eine sehr heikle Lage.
»Ich will's versuchen«, sagte May. »Und wenn es mir nicht gelingt...«, auch sie sprach den Satz nicht zu Ende.
»Du bist eine brave Frau!« Alf klopfte ihr auf die Schulter. »Aber nichts übereilen! Eines nach dem andern!«
»Wie lange haben wir Zeit?« warf Ken mahnend ein, während sie den Rückzug in die Garderobe antraten. »May kann unmöglich bis zur Probe morgen früh seine Strahlung um soviel steigern!«
»Ich verlange eine Verschiebung um vierundzwanzig Stunden«, sagte Alf. »Man kann es auf den ›Rufer‹ schieben. Das will ich mit den Leuten schon ins reine bringen.«
Sie fanden Barry wach, vor seinem Haferbrei. Die rohen Steaks waren nur ein Reklametrick gewesen, den Bob Elder in längst vergangenen Tagen ins Werk gesetzt hatte. In Wirklichkeit lebte Barry von Haferbrei. May machte den Burschen ein Zeichen, sie sollten sie mit ihm allein lassen.
»Nun, Schatz«, begann sie, »wie wär's mit ein paar Ferientagen?«
Barry antwortete nicht gleich. Es brauchte immer Zeit, bis eine Bemerkung an sein Hirn vorgestoßen war. »Hm... hm...«, sagte er. Dann runzelte er die Stirn und wischte sich den Haferbrei vom Kinn.
»Ich dächte, wir hätten doch schon Ferien gehabt«, sagte er. »Ich dächte, wir hätten gerade angefangen, wieder zu arbeiten!«

»Das tun wir ja, Liebling, aber es ist eine Verzögerung von vierundzwanzig Stunden nötig geworden. Eine technische Störung mit diesem neuen Apparat. Ich meinte, wir könnten ausgehen und heute abend irgendwo essen.«
Barry starrte sie an. »Ausgehen?«
»Ja, Schatz!« May lächelte süß. »Die Burschen und ich, wir finden, daß du dich nicht genug ausruhst. Du machst dir Sorgen um den Film.«
»Ich mache mir keine Sorgen. Ich mache mir nie Sorgen.«
Er schaufelte noch mehr Haferbrei auf seinen Teller. May zog die Brauen zusammen. Möglich, daß wegen dieser neuen »Fühler« die Diät und die Tageseinteilung radikal geändert werden mußten.
Barry sah, wie die Schüssel mit dem Haferbrei in den Warenaufzug gestellt wurde. May schloß die Klappe, und der Brei versank.
»Ich weiß nicht«, sagte er. »Ich würde lieber zu Hause bleiben.«
»Wie du willst.« May küßte ihn auf das Haar. »Ganz wie du willst!«

Am nächsten Morgen wurde Alf Burnell durch das Telephon aus dem Schlaf gerüttelt, das auf seinem Nachttisch schrillte.
»Nun?«
»Hier May. Schlechte Nachrichten, fürchte ich.«
»Nichts vorgefallen?«
»Gar nichts. Er hat den ganzen Abend Patience gelegt, und um zehn ist er eingeschlafen. Er schläft noch immer.«
»Ich will die Burschen wecken«, sagte Alf. »Nur ruhig. Wir kommen gleich.«
Er berief für acht eine Beratung ein. Nachdem sie den Fall erwogen und festgestellt hatten, daß sie über den nächsten Schritt gleicher Meinung waren, sprangen sie in den Wagen und fuhren die fünfhundert Yards zu Barrys Haus. May erwartete sie auf der Terrasse.
»Ich habe alles versucht, was ich konnte.« Sie sah sehr müde aus.
Sie ließ sie in das Wohnzimmer eintreten, und alle setzten sich. Alf räusperte sich; er war der Älteste und darum der berufene Sprecher.
»Hör, May, du bist ein großartiges Frauenzimmer, und wir alle haben Respekt vor dir. Wir wissen, wie schwer das für dich ist. Aber wir können nicht zulassen, daß Barrys Leben durch Sentimentalität zugrunde gerichtet wird. Darüber sind wir uns wohl einig.«
»Ja, natürlich sind wir uns darüber einig«, sagte May.
»Nun, und darum meinen die Burschen und ich, du solltest für zwei Nächte in den Country Club übersiedeln und uns Barry überlassen.«
Die Burschen hatten die Blicke auf den Boden gesenkt. Sie waren nicht sicher, wie May das aufnehmen würde. Doch sie war tapfer.
»Alf«, sagte sie, »das habe ich heute früh um halb vier selber beschlossen. Aber ich glaube nicht, daß ihr damit weiterkommen werdet.«

»Wir können's versuchen«, meinte Ken.
»Schließlich«, sagte Bob, »gibt's Dinge, die einer seiner Frau nicht erzählen kann. Mit uns wird der gute Barry vielleicht aufrichtig reden.«
May schenkte Kaffee ein und reichte Zigaretten herum.
»Barry kann euch nichts erzählen, was ich nicht wüßte. Seit dreißig Jahren habe ich ihn Tag und Nacht nicht aus den Augen gelassen.«
»Vielleicht ist's gerade das«, sagte Bob.
Ein Schweigen folgte. Die Lage war wirklich ernst. Und die Frage lautete: Was jetzt? Bevor einer von ihnen es wußte, konnten die ›Gigantic Enterprises‹ anrufen und sich nach dem Stand der Dinge erkundigen.
»*Okay*«, erklärte May plötzlich. »Ich verschwinde für zwei Nächte. Er gehört ganz euch. Was ihr auch anstellt, tut ihm nicht weh!«
»Bravo, May!« sagte Alf. Und die Burschen atmeten auf.
Als Barry ungefähr um zehn erwachte und seinen Orangensaft haben wollte, saßen Pat, sein Sekretär, und Slip, sein Make-up-Mann, auf Stühlen am Fenster. Die anderen Burschen waren unten, telephonierten und erreichten bei den G. E. einen Aufschub von vierundzwanzig Stunden.
»Wo ist May?« fragte Barry.
»May ist müde«, erwiderte Pat. »Sie ist mit einer Migräne aufgewacht, wir haben den Doktor kommen lassen, und er hat ihr empfohlen, für ein oder zwei Nächte in den Country Club zu fahren und sich massieren zu lassen.«
Barry schlürfte seinen Orangensaft. »Ich habe nie bemerkt, daß May Migräne hat.« Er legte sich in die Kissen zurück, um dieses Problem gründlich durchzudenken.
»Das sind die kritischen Jahre«, sagte Slip. »Da erwischt es die Frauen.«
Er trat ans Bett, stopfte Kissen unter Barrys Rücken und begann, mit seiner Schere an Barrys Haaren zu arbeiten.
Barry warf einen Blick auf die Uhr. »Es ist zehn vorbei.«
»Stimmt«, sagte Pat. »Wir haben dich schlafen lassen. Heute wird nicht gearbeitet. Man ist mit dem Apparat noch immer nicht fertig.«
»Uuuh«, machte Barry.
Sie ließen sein Bad einlaufen, brachten das Frühstück, halfen ihm in die Kleider, und dann schleppten sie ihn hinunter zu dem Wagen. Der Wagen stand vor dem Haus, und die übrigen Burschen saßen schon darin. »Hello, Barry!« riefen sie.
Ken saß am Steuer. »Spring hinein. Wir fahren nach Poncho Beach hinaus.«
Sie beobachteten alle Barrys Reaktion. Poncho Beach war zehn Meilen südlich der Küste, und auf dem ganzen amerikanischen Kontinent zwischen Los Angeles und Peru gab es nichts dergleichen. So wild ging es dort zu. Wenn ein Star oder ein Angestellter der »Gigantic Enterprises« oder einer der andern großen Firmen dort gesehen wurde, war er sofort

entlassen. Aber Alf Burnell hatte sich mit dem Direktor der G. E. auf diesen Ausflug geeinigt.
»Poncho Beach?« sagte Barry. »Großartig. Darf ich schwimmen?«
»Natürlich darfst du schwimmen«, sagte Alf. »Heute gehört der Tag dir!«
Gegen halb zwölf waren sie angekommen, und das war ungefähr die richtige Zeit, denn um diese Stunde zogen die farbigen Burschen und Mädchen nackt auf, bevor sie ins Wasser gingen. Ken parkte den Wagen auf dem Strand, neben den Hütten, und Pat und Slip und Bim hoben den Korb mit dem Mittagessen und den Getränken aus dem Wagen und stellten ihn neben die Kissen und die Decken.
»Ein Glas, Barry?« fragte Ken.
Er hatte etwas zusammengebraut und goß, was im Shaker war, in ein Glas. »Versuch mal das, Alter! Es schmeckt gut!«
Argwöhnisch beschnupperte Barry das Glas. »Was ist das? Es riecht komisch.«
Die Burschen schauten in die andere Richtung. Es war eine harte Aufgabe, den »Schrecken« derart zu bemogeln.
»Es ist Vitaminsaft«, sagte Ken. »Das Allerneueste.«
Barry trank einen Schluck. »Schmeckt sauer«, sagte er. »Muß ich das wirklich nehmen?«
»Und noch eines«, sagte Ken. »Schluck's nur!«
Die Burschen und Mädchen zogen unterdessen über den Strand, und sie waren wirklich ein lohnender Anblick. Keiner war mehr als siebzehn, und alle von dem Syndikat, das vom Rockefeller Center in New York aus Poncho Beach leitete, sorgfältig ausgewählt. Sie waren dazu ausgebildet worden, so zu gehen – dieses Training war hart und dauerte sechs Monate –, aber das Syndikat hatte sich von einer Expertengruppe in Tanger und Port Said beraten lassen, und diese Halbwüchsigen stellten alles andere tief in den Schatten.
Ihren ersten Tanz vollführten sie just vor Barry. Das war nur eine kleine Erwärmung, aber für Bim genügte es. Er stand auf und verzog sich. Die andern blieben und beobachteten Barrys Züge. Er sah verdutzt drein.
»Müssen wir uns wirklich diese Nigger ansehen?« fragte er. »Ich würde lieber schwimmen.« Alf bedeutete ihm, sich ruhig zu verhalten, und Ken goß ihm noch mehr Vitaminsaft in den Shaker.
»Warte auf den Federtanz!« flüsterte Alf.
Der Federtanz war tatsächlich der Gipfel. Er wurde mit außerordentlicher Kunst und Eleganz ausgeführt, aber um halb zwölf vormittags unter der Sonne von diesen wahrhaft köstlichen Jugendlichen getanzt, bedeutete er eine harte Prüfung für die Zuschauer. Mittendrin mußten auch Bob Elder und Pat Price und sogar Slip aufstehen und verschwinden, wie es Bim vor ihnen getan hatte.

»Wo gehen sie hin?« fragte Barry. »Ist ihnen nicht wohl?«
»Nein, nein«, sagte Ken ungeduldig. »Sieh dir nur diese Kinder an!«
Der Federtanz war zu Ende, und die Tanzenden, die ihn überstanden hatten, klatschten entzückt in die Hände und liefen ins Wasser. Die Zuschauer, die noch ausgehalten hatten, verzogen sich mit ihren ausgewählten Gefährten oder Gefährtinnen nach den Badehütten. Alf und Ken sahen Barry an. Er lüftete den Deckel des Picknickkorbs und schaute hinein.
»Diese Esel haben meinen Haferbrei vergessen«, stellte er fest.
Alf und Ken waren geschlagen. Es war alles fruchtlos gewesen. Wenn die Neger von Poncho Beach Barry nicht aufrütteln konnten, was dann? Vielleicht mußte man sich doch an den schwedischen Psychiater wenden. Sie lagen auf dem Strand und warteten darauf, daß Barry schwimmen ging, aber er wollte erst ins Wasser, wenn die Neger draußen waren; dann schwamm er die schönsten Kreise. Es konnte einem das Herz brechen.
»Macht's dir Spaß, Barry?« fragte Alf beklommen.
»Großartig!« rief Barry. »Einfach großartig!«
Ken ging ins Restaurant, um Steaks und Champagner zu bestellen, und die andern Burschen sammelten sich um ihn. Sie sahen kleinlaut und niedergeschlagen drein.
»Ich will euch sagen, was es ist«, erklärte Bob. »Barry ist abgebrüht.«
»Unsinn«, sagte Ken. »Wir sind auf dem falschen Weg.«
Nachmittags, nachdem Barry sich ausgeschlafen hatte, gingen sie sich die Vorstellung im Tanzlokal ansehen, zu der man nur mit einer Eintrittskarte zugelassen wurde, und diese Karten mußte man vom Rockefeller-Center beziehen. Als hatte Karten für sie alle, und sie saßen in einer Loge zusammengedrängt. Nachher waren die Burschen sich einig, daß diese Darbietungen sich trotz allem Raffinement nicht mit dem vergleichen ließen, was die jungen Neger auf dem Strand aufgeführt hatten, doch Alf meinte, das sei Geschmackssache.
»Es hängt davon ab, worauf man reagiert«, sagte er. »Für mich ist das hier das Richtige.«
Nach der Vorstellung ging Barry abermals schwimmen. Immer wieder schwamm er mit kräftigen Stößen im Kreise, während die Burschen Kiesel ins Wasser warfen und die Lage erörterten.
»Alf hat versprochen, noch heute abend die G. E. anzurufen«, sagte Bob. »Wenn wir nicht aufpassen, gibt's Krach. Barry soll morgen früh um acht im Atelier sein.«
»Da haben wir noch sechzehn Stunden vor uns«, sagte Ken.
Barry kam aus dem Wasser. Er sah prachtvoll aus. Man hätte nie geglaubt, daß er seit mehr als dreißig Jahren sozusagen zum Inventar gehörte.
»Was ist denn so Besonderes an dem Meer, Barry?« fragte Ken säuerlich.
Barry setzte sich und trocknete den Sand zwischen seinen Zehen.

»Mich erinnert's an die Heimat«, sagte er. »Es ist wie Herne Bay.«
Die Burschen packten den Eßkorb in den Wagen und die Kissen und die
Decken. Was, zum Teufel, hatte es für einen Zweck, nach Poncho Beach
zu fahren, wenn Barry nichts im Kopf hatte als Herne Bay?! May hatte
recht. Sie verstanden gar nichts.
»Wir haben ungefähr tausend Dollar hinausgeworfen«, sagte Ken, als er
sich wieder an das Steuer des Wagens setzte.
»Nicht unsere Dollars«, meinte Alf. »Die G. E. bezahlt den Ausflug.«
Sie fuhren Barry heim, er mußte sich umziehen, und dann schleppten sie
ihn zum Abendessen in den Silver Clipper. Alf hatte es so eingerichtet,
daß die drei reizendsten Mädchen sich auf Kosten der G. E. an ihren Tisch
setzten. Bim unterhielt sich glänzend, ebenso Pat, und Ken und Bob bemühten sich mit Hilfe der kleinen japanischen Schönheit, die an diesem
Morgen in Hollywood angekommen war, die Stimmung zu heben, doch
nichts nützte. Barry beklagte sich dauernd, daß man ihm keinen Haferbrei
zu essen gab, und er wollte May anrufen und hören, ob sie ihm nicht etwas kochen könnte.
»*Okay*, geh nur und ruf sie an«, sagte Alf.
Er hatte es satt. Jetzt war es beinahe Mitternacht. Die Mädchen hatten
nichts ausgerichtet. Die Ringer aus Jamaika hatten nicht gewirkt. Die
Akrobaten aus Korea, die selbst in den erloschenen Augen des armen, ab-
gelebten Harry Fitch ein Licht entzündet hatten, der doch alles mögliche
unter der Sonne ausprobiert und sich Jahre hindurch rund um die Welt
geschleppt hatte, waren ebenso erfolglos geblieben. Es war Mitternacht.
Die Burschen hatten ihr Äußerstes geleistet.
»Morgen«, sagte Alf, als Barry aufgestanden war, um May anzurufen,
»morgen sind wir alle, die wir da um diesen Tisch sitzen, ohne Brot.«
Unterdessen hatte Barry einen der Kellner angehalten und sich von ihm
die Telephonzelle zeigen lassen. Auch einen Dollar hatte er sich von dem
Kellner ausgeborgt. Und nun wartete er in der Zelle auf die Verbindung.
Die Zelle war genau dem Toilettenraum der Damen gegenüber, und die
Aufwärterin stand auf der Schwelle und strickte. Die Damen waren alle
im Restaurant, und gerade jetzt war nicht ihre Hauptgeschäftszeit. Sie
verzog den Mund zu einem halben Lächeln, als sie Barry sah, und fuhr
mit ihrer Arbeit fort. Sie war rundlich, in mittleren Jahren, und ihr Haar
war altmodisch grau bis auf einen rötlichen Streifen in der Mitte. Barry
bemerkte sie gar nicht. Jetzt kam die Verbindung, und er sprach mit
May.
»Bist du's, Liebste? Ich kann dich nicht gut hören.«
»Man hat mir das Kinn hochgebunden«, sagte sie. »Ich werde behandelt.
Und wie geht's dir, Schatz?«
»Großartig«, sagte er. »Einfach großartig.«
»Von wo aus sprichst du? Sind die Burschen bei dir?« fragte sie.

»Wir sind in einem Nachtlokal«, berichtete er. »Ja, wir sind eine ganze Bande.«
»Was meinst du damit? Eine ganze Bande? Wer ist denn dort?«
»Ich weiß die Namen nicht«, sagte er. »Da ist ein japanisches Mädchen, das gerade vom Flugplatz kommt, und ein Akrobat mit seiner Schwester, und zwei Farbige aus Jamaika...«, und dann wurde die Verbindung undeutlich, und er konnte sich nicht verständlich machen, obgleich er Mays Stimme sehr deutlich hörte. Sie fragte immer wieder: »Was macht ihr denn alle?« Und sie fragte das seltsam erregt. Es mußte die Kinnbinde sein, die sie daran hinderte, klar zu sprechen. Und dann wurde die Verbindung wieder gut.
»Wir unterhalten uns ausgezeichnet«, sagte er. »Nur eines klappt nicht. Sie wollen mich beständig mit Steaks füttern, und ich hätte gern Haferbrei.«
May war stumm. Vielleicht überlegte sie, wie sie ihm helfen könnte.
»Gehst du morgen früh arbeiten?« fragte sie schließlich.
»Ich glaube schon, Liebste. Ich weiß nicht.«
»Was habt ihr denn den ganzen Tag gemacht?«
»Wir sind in Poncho Beach gewesen. Den ganzen Tag.«
»In Poncho Beach...« Mays Stimme tönte, als versuchte jemand, sie zu erdrosseln.
»Nimm doch diese Kinnbinde ab«, sagte er. »Ich verstehe auch nicht ein einziges Wort!«
Er mußte May irgendwie gereizt haben, denn es klang, als sagte sie ihm, er solle zurückgehen und sein verdammtes Steak essen, und das war gar nicht nett von ihr. Und sie redete auch etwas von den besten Jahren ihres Lebens, und wie sie ihn liebte. Und ob das alles jetzt seiner Karriere wegen zerstört sein sollte? Und was sich in Poncho Beach ereignet habe?
»Reg dich nicht auf, Schatz. Ich habe mich ganz wohl gefühlt. Die Burschen haben's mit dem Magen zu tun gekriegt. Aber mir ist's ausgezeichnet bekommen. Ausgezeichnet.«
Da wurde die Verbindung ganz stumm, und die Zentrale meldete, die Dame am andern Ende habe aufgehängt. Das war doch zu arg. Die Behandlung im Country Club schien May nicht besonders gut zu tun. Barry trat aus der Telephonzelle.
Er sah, wie die Frau vor der Damengarderobe ihm zulächelte und die Lippen öffnete, um zu sprechen. Er griff in die Rocktasche nach seiner Füllfeder. Die Burschen hatten ihn dazu gebracht, daß er immer eine Feder bei sich hatte, um Autogramme zu geben. Wenn jemand ihn anlächelte, so bedeutete das immer, daß man ein Autogramm von ihm wollte. Er nahm die Kappe von der Feder und wartete. Doch die Frau hielt ihm weder ein Buch noch die Rückseite einer Menükarte hin.
»Worauf soll ich schreiben?« fragte er endlich.

»Schreiben? Was?« fragte die Frau.
»Meine Unterschrift.«
»Ich habe Sie nicht um ein Autogramm gebeten.«
»Ach so! Dann bitte ich um Verzeihung.«
Er schob die Kappe wieder auf die Feder, die er in die Tasche steckte.
»Du hast dich nicht verändert«, sagte die Frau.
Barry kratzte sich den Hinterkopf. Das war eine Geste, die ihn die Burschen schon vor langer Zeit gelehrt hatten. Gewissermaßen als Antwort auf ein Kompliment. Ein Kompliment bedurfte keiner andern Antwort.
»Erinnerst du dich an Windy Gap?« fuhr die Frau fort.
Barry riß die Augen auf. Windy Gap... komisch! Erst heute nachmittag hatte er an Windy Gap gedacht. Das war, als er zum zweitenmal geschwommen war, durch das flache Wasser watete und auf eine Muschel trat. Und das Gefühl dieser Muschel unter seinem Fuß hatte ihn an den Strand von Herne Bay erinnert und an die Stelle neben dem Hafendamm, wo er gewöhnlich seine Kleider auszog. Im Hafendamm war ein Loch, wo der Ostwind ihn beim Ausziehen erwischte, und er beeilte sich, die Badehose anzuziehen, um sich nicht zu erkälten. Keinen Menschen auf dieser Welt konnte es geben, der sich an den Namen Windy Gap erinnern konnte, abgesehen von ihm und... und... Barry musterte die Frau eingehender, und dann schien alles von ihm abzufallen, und er war wieder siebzehn Jahre alt, mager, aufgeschossen, fröstelnd in den marineblauen kurzen Hosen, und dicht neben ihm kicherte Pinkie Brown in einem Baumwollkleid und schlug mit ihrem Garnelennetz nach seinen nackten Zehen.
»Los«, sagte Pinkie. »Los! Tauch!«
»Ich hab den Kopf nicht gern unter Wasser«, sagte Barry.
Da stieß sie ihn vom Damm hinunter, und er hatte nie das peinliche Gefühl des wirbelnden Wassers vergessen und das Summen in den Ohren und das würgende, spritzende Ringen um ein wenig Luft. Wild, mit beiden Armen arbeitete er und kämpfte sich an den Strand, und dort lief Pinkie über den Damm, um seiner Rache zu entfliehen. Er lief ihr nach und stolperte und fiel und schlug sich den Kopf an einer Kiste voll mit Muscheln, und seine Stirne fing an zu bluten. Er schrie: »Pinkie... heh, Pinkie, komm zurück!«
Sie schaute über die Schulter und sah ihn stehen, wie er da zitterte und mit unbeholfenen Fingern das Blut zu stillen versuchte, und sie kam zurückgelaufen und zog ihr eigenes Taschentuch unter dem Rock heraus. »Da, nimmt das!« sagte sie verächtlich, und dann, weil das Bluten nicht aufhören wollte, band sie ihm das Taschentuch um den Kopf und hielt es fest. Als es so weit war, daß sie das Taschentuch wieder abnehmen konnte, kletterten sie an den Strand hinunter und setzten sich auf Barrys Kleid neben Windy Gap, und Barry zog seine Jacke über die Schultern,

um sich gegen den Wind zu schützen, und dann küßte er Pinkie, bis sie es satt hatte und ihn von sich schob. Und dann blieben sie sitzen und aßen Zuckerwerk, wie man es in Herne Bay fabrizierte. Noch jetzt konnte man es zwischen den Zähnen knuspern spüren.
Die Toilettenfrau lächelte ihm zu, und zum erstenmal seit dreißig Jahren war sich Barry Jeans eines Zitterns in der Wange bewußt, als ließe die Spannung in dem berühmten Muskel seines Kiefers nach.
»Ja«, sagte die Frau. »Pinkie Brown ist's! Stimmt schon!«
Wäre die Presse in diesem Augenblick dabeigewesen, so hätten die Reporter auf den Zügen des »Schreckens« einen Ausdruck bemerkt, den noch keine seiner Anbeterinnen je bemerkt hatte.
»Herrgott«, sagte Barry. »Herrgott, wie freue ich mich, dich zu sehen, Pinkie!«
Er streckte die Hand aus, und die Frau klemmte ihr Strickzeug unter den Arm und schüttelte seine Hand.
»Ich freue mich auch, dich zu sehen, Barry.«
Er sah um sich, versuchte, sich über die Situation klarzuwerden, und dann sagte er: »Du mußt zu uns hineinkommen. Wir haben einen Tisch.«
Die Frau schüttelte den Kopf.
»Das kann ich nicht«, erwiderte sie. »Ich darf nicht von hier fort, bevor das Lokal schließt. Und das tut es nicht vor drei.«
Barry sah die Buchstaben über der Türe – Damengarderobe – er sah in dem Raum die Toilettentische und die langen Spiegel.
»Du arbeitest hier, Pinkie?«
»Ja. Ich habe diese Stelle, seit das Lokal besteht. Es paßt mir sehr gut. Jetzt, da die Kinder erwachsen und verheiratet sind, wird's daheim langweilig.«
Sie hatte wieder angefangen zu stricken. Etwas Weißes, Lockeres. Er hob die Hand und berührte es.
»Einmal hast du ein Halstuch für mich gestrickt«, sagte er. »Damals, als ich Grippe hatte. Es war auch weiß, und vorn waren kleine, tanzende Hunde in Rot.«
»Ja, ja! Was du für ein Gedächtnis hast! Das hier soll ein Shawl für mein nächstes Enkelkind werden. Zwei habe ich schon.«
Barry überlegte sekundenlang, dann sah er auf die Uhr.
»Ich wünschte, du hättest keine Arbeit. Ich wünschte, wir könnten uns einfach hinsetzen und schwatzen.«
»Bist du drin nicht mit Freunden zusammen?« Sie wies mit dem Kopf nach dem Restaurant.
»Ja«, sagte Barry. »Aber es ist nichts Wichtiges. Nur die Burschen und ein paar von ihren Freunden. Um die brauchen wir uns nicht zu kümmern.«
Die Frau spähte rasch durch den Gang. Dann winkte sie Barry.

»Komm herein. Hier, hinter den Mänteln ist Platz.« Sie zog ihn rasch in einen kleinen Raum, der von den Mänteln verdeckt war, welche die Frauen ablegten, wenn sie ins Restaurant kamen. »Es ist nicht sehr bequem, aber hier ist ein Stuhl, und kein Mensch kann dich sehen. Gib acht...« Sie zog einen Vorhang vor, der den Raum abschloß. Hinter dem Vorhang war es ein wenig stickig, doch das machte Barry nichts aus. Er sah, daß sie einen elektrischen Topf an der Wand befestigt hatte. Auch Tasse und Untertasse waren da.
»Einen Schluck Tee?« fragte sie.
»Lieber warme Milch.«
»Gibt's auch. Ich habe welche im Schrank. Ich wärme sie dir gleich.« Sie spähte hinaus, ob keine Störung zu befürchten war.
»Jetzt kommen sie noch nicht«, sagte sie. »Es wird meistens eins, bevor sie anrücken. Dann muß ich herein und heraus, aber in der Zwischenzeit können wir schwatzen. Setz dich, und mach dir's gemütlich.«
Barry setzte sich auf den Stuhl und lehnte den Kopf an die Wand. Seine langen Beine waren schon ein wenig verkrampft, aber er konnte sie nicht ausstrecken, sonst hätten sie unter dem Vorhang in den Garderobenraum gereicht, und dann würden die Frauen, wenn sie sich zurechtmachen kamen, sie sehen.
»Du bist schon lange hier drüben, Pinkie?«
»Zwanzig Jahre. Ich hatte daheim in Herne Bay einen Schönheitspreis gewonnen, und der Preis war, daß ich in Hollywood für den Film geprüft werden sollte. Ich wurde geprüft, aber das ist nicht besonders gut ausgefallen, und so habe ich geheiratet, und seither bin ich hier drüben geblieben. Mein armer Mann ist vor zwei Jahren an Magengeschwüren gestorben, aber ich habe drei reizende Töchter und außerdem noch einen Jungen in Kanada.«
»Du bist glücklich, Pinkie«, sagte Barry. »May und ich haben keine Kinder.«
»Das tut mir leid! Ich finde immer, es hält einen jung.«
Unterdessen hatte sie die Milch gewärmt und goß sie ihm in die Tasse.
»Erinnerst du dich an die Garnelen in Herne Bay, Pinkie?« fragte er.
»Das glaube ich! Und wie sie im Netz gezappelt haben! Ich war beim Garnelenfang geschickter als du. Du hast nicht hingehen wollen, wo's tiefer war. Wegen der Krebse.«
»Einmal hat mich ein Krebs erwischt. Das greuliche Vieh hat mich in die Zehe gezwickt. Hast du Zucker, Pinkie? Ich trinke die Milch gern süß.«
»Da!« Und sie ließ drei Stücke in die Tasse fallen.
»Eines muß man dem Land hier lassen«, fuhr sie fort. »Man kriegt gut zu essen. Aber das Leben ist schrecklich teuer.«
»Ich weiß«, bestätigte er. »Das sind die Steuern. Die Steuern bringen mich um. Hast du auch so viele Steuern zu zahlen?«

»Nicht so schlimm. Ich komme gerade durch. Ich habe eine ganz nette Wohnung. Alles von der Arbeit abgespart.«
»Unser Haus habe ich mir auch selber verdient«, sagte er. »Und von der Terrasse ist die Aussicht sehr schön. Ein nettes Haus habt ihr drüben in Herne Bay gehabt, Pinkie. Leonard Terrace – hat's nicht so geheißen? Das letzte Haus war es.«
»Stimmt! Armer alter Dad! Er ist schon lange tot. Er hat kein Blatt vor den Mund genommen, als du einmal zum Abendessen gekommen bist und die Suppe verschüttet hast. ›Brauchen Pfarrerssöhne keine Manieren zu lernen‹ hat er gesagt. Er war sehr erstaunt, als du Karriere gemacht hast. Aber ich glaube nicht, daß er einmal einen von deinen Filmen gesehen hat. Schade! Wirklich schade!«
»Siehst du dir meine Filme an?«
»Früher schon. In der letzten Zeit seltener. Sie gehen anscheinend recht gut. Der letzte war so eine dumme Geschichte. Aber das Frauenzimmer war nicht schlecht.«
Sie steckte den Kopf zwischen den Vorhängen hinaus und hob den Finger an die Lippen.
»Es kommt wer. Da muß ich hinaus. Trink deine Milch nur ruhig aus. Sie ist noch nicht geronnen, was?«
»Nein, sie ist großartig«, sagte er. »Einfach großartig!«
Sie verzog sich in die Garderobe, und das Mädchen, das kam, wollte Sicherheitsnadeln haben, um ihren Schlüpfer zu befestigen. Hoffentlich blieb sie nicht zu lang! Barry wollte doch noch länger mit Pinkie schwatzen. Er erinnerte sich an die Zeit, da sie miteinander die Klippen entlanggegangen waren und es angefangen hatte zu gewittern. Und da hatten sie sich darüber gestritten, ob sie unter einem Busch Schutz suchen sollten oder davonlaufen. Er hatte Pinkie gewarnt. Es sei gefährlich, bei Gewitter unter Bäumen zu stehen, denn der Blitz könne sehr leicht in einen Baum einschlagen. Sie sagte, wenn sie keinen Unterschlupf hätten, müsse er ihr seinen Rock geben, damit sie ihn sich über den Kopf legen könne.
»Ich habe doch nur mein Hemd!« widersprach er. »Ich werde bis auf die Haut naß werden!«
Schließlich hatten sie sich darauf geeinigt, den Rock zu teilen, aber als sie weiterliefen, beklagte Pinkie sich dauernd darüber, daß er zuviel vom Rock für sich in Anspruch nahm.
Barry spähte durch ein Loch im Vorhang. Wollte dieses Mädchen denn noch immer nicht gehen? Doch nein, jetzt hatte sich noch eine andere zu ihr gesellt, die sich vor dem Spiegel zurechtmachte. Sie hatte ihre Puderbüchse ins Waschbecken geschüttet, und nun mußte Pinkie das Becken mit einem Tuch reinigen. Dann verschwanden die Mädchen und ließen auf dem Tablett fünfundzwanzig Cent liegen.
Pinkie nahm das Geld nicht weg, und Barry fragte, warum sie es nicht

in das Portemonnaie steckte. Aber sie erklärte ihm, so sei es besser. Es zeige den Gästen, daß von ihnen ein Trinkgeld erwartet würde. War das Tablett leer, so nahm sich niemand die Mühe, etwas daraufzulegen.
»Was verdienst du an so einem Abend, Pinkie?« fragte er.
»Das hängt davon ab. Samstag ist gut. Manchmal krieg ich samstags fünfundzwanzig Dollar zusammen.«
»Ich wollte, ich hätte fünfundzwanzig Dollar!« seufzte Barry. »Mir geben die Burschen nie etwas!«
»Nun, du hast doch was anzuziehen und was zu essen, nicht? Und am Ende ist das doch die Hauptsache.«
Er reichte ihr Tasse und Untertasse, und sie versorgte sie neben dem Kessel. Dann griff sie wieder nach ihrer Strickerei.
»Meine Enkel solltest du sehen«, sagte sie. »Was sind das für herzige Buben! Daheim habe ich Photos von der ganzen Familie. Die Mädchen sind alle verheiratet – und gut, darf ich wohl sagen –, und mein Sohn David hat eine große Tankstelle drüben in Winnipeg.«
»Dann ist also keiner von ihnen zum Film gegangen?«
»Nein, nein! Sie haben sich alle wirklich gut gemacht.«

Im Restaurant waren die Burschen schon besorgt. Das japanische Mädchen schaute immer wieder auf die Uhr und gähnte, und die koreanischen Akrobaten hatten sämtliche Flaschen Champagner ausgetrunken.
»Barry braucht aber schrecklich lang für sein Gespräch mit May«, sagte Alf. »Geh doch mal hin und reiß ihn da heraus, Pat!«
Pat schob die Blonde zur Seite, die an seiner Schulter eingeschlafen war, er ging durch die Schwingtüre zur Telephonzelle. Gleich darauf war er wieder zurück. Er sah ernst drein.
»Barry ist nicht dort. Der Kerl in der Zentrale sagt, das Gespräch sei schon vor einer Viertelstunde zu Ende gewesen. Und in der Herrengarderobe ist er auch nicht.«
»Vielleicht ist er zum Wagen gegangen«, meinte Ken. »Ich wette, was du willst, daß er sich in den Wagen gesetzt hat und eingeschlafen ist.«
Pat ging nachsehen, und Slip begleitete ihn. Es würde sich nicht gut machen, wenn Barrys Haar zerrauft und sein Anzug zerdrückt wäre; da müßte Slip eingreifen. Doch keine fünf Minuten dauerte es, da waren sie zurück. Sie sahen sehr beunruhigt drein.
»Barry ist nicht dort«, sagte Pat. »Er ist weder in unserem noch in einem andern Wagen. Der Wächter auf dem Parkplatz hat ihn auch nicht gesehen. Und der Türsteher auch nicht.«
Endlich zeigte auch die kleine Japanerin Interesse. Sie ließ sich von einem der Ringkämpfer aus Jamaika eine Zigarette geben.
»Wissen Sie, was los ist, Mr. Burnell?« sagte sie zu Alf. »Barry Jeans ist Ihnen durchgebrannt.«

»So wird's sein!« meinte auch der Ringer. »Der Telephonanruf war eine Komödie. Wie wär's, wenn wir ihn suchen gingen?«
Alf stand auf, und die andern Burschen folgten seinem Beispiel. Der Oberkellner kam herangestürzt, doch Alf winkte ihm ab.
»Nein, wir brauchen keinen Champagner mehr«, sagte er. »Wir gehen. Und die ›Gigantic Enterprises‹ werden die Rechnung bezahlen. Vielen Dank, ja, Mr. Jeans hat sich ausgezeichnet unterhalten. Los, Burschen!«
Sie gingen zu dem Wagen, stiegen ein und ließen die Mädchen samt den Ringern und den Akrobaten auf den Stufen des Silver Clippers stehn. Die »Gigantic Enterprises« mochten auch für sie bezahlen. Die Burschen aber schlugen den Weg zu Barry ein, denn dort, erklärte Ken, würden sie ihn bestimmt finden.
»Ich will euch was sagen«, meinte Ken. »May hat uns bemogelt. Sie hat ihm am Telephon geraten, heimzugehen und sich ins Bett zu legen.«
»Wie hätte er heimgehen sollen?« fragte Alf. »Er hat nicht einmal genug Geld für ein Taxi!«
»Vielleicht ist er zu Fuß gegangen«, sagte Bob. »Ja, so wird's sein. Er ist zu Fuß gegangen.«
»Barry ist in seinem ganzen Leben keine fünf Yard zu Fuß gegangen«, sagte Slip. »Wenn er auch nur fünf Yard geht, kriegt er Seitenstechen.«
»Und was, wenn er geraubt worden ist?« fragte Ken. »Mein Gott, und was, wenn irgendeine Bande Barry entführt hat?«
»Da gibt's nur eines«, sagte Bim. »Auf die Art kann er morgen früh nicht im Atelier sein. Aber ich könnte für ihn einspringen.«
Ken fuhr Bim an. Die Sache sei gar nicht zum Spaßen geeignet, sondern verdammt ernsthaft. War Barry Jeans geraubt worden, so ging halb Hollywood in Rauch auf. Sie müßten das State Department anrufen, sie müßten Washington anrufen, die Leute von der Bundespolizei müßten ein Startverbot für alle Flugzeuge erlassen, die nach Osten oder nach Westen aufsteigen sollten.
»Warten wir noch eine Weile«, sagte Alf. »Vielleicht ist Barry unversehrt in seinem Bett.«
Sie rollten vor dem Haus vor und weckten den erschrockenen Diener. Sie durchsuchten die Zimmer, doch nirgends war eine Spur von dem »Schrecken« zu finden. Dann rief Pat May im Country Club an. Er war sehr vorsichtig, er wollte May nicht alarmieren. Er sagte nur, sie seien eben alle heimgekommen und Barry sei anscheinend ein wenig schweigsam und er und die anderen Burschen meinten, ob May nicht etwas gesagt habe, was ihn aus der Fassung gebracht haben konnte.
Mays Stimme klang gedämpft und merkwürdig, als hätte sie geweint.
»Ich habe Vertrauen zu euch gehabt«, sagte sie. »Ich habe darauf gebaut, daß ihr auf ihn achtgeben werdet. Und was habt ihr getan? Ihr habt ihn nach Poncho Beach geschleppt!«

»Hör, May...«, sagte Pat, aber May hatte aufgehängt, und er konnte keine Verbindung mit ihr mehr bekommen.
»Nun?« fragten die Burschen, als er den Hörer in die Gabel warf.
»May ist übellaunig«, sagte er. »Das ist alles.«
»Weswegen ist sie übellaunig?« fragte Ken.
»Weil wir Barry nach Poncho Beach geführt haben.«
Wieder gingen sie zum Wagen, und jeder hatte einen andern Vorschlag. Bob fand, man müsse sofort die Bundespolizei verständigen, doch Alf meinte, sobald einmal die Bundespolizei die Nase in der Sache hätte, wüßte man sofort an der ganzen Küste, was los sei und daß Barry nur Stärke G habe.
»Diese Kerle können kein Geheimnis behalten«, sagte er. »Zur Bundespolizei gehen wir nur, wenn wir Barry morgen früh um acht nicht im Atelier zeigen können.«
»Morgen früh?« sagte Slip. »Jetzt ist's halb zwei. Nur noch sieben Stunden haben wir vor uns!«
Sie stiegen in den Wagen und fuhren zurück in die Stadt.
»Ich habe eine Verdacht«, sagte Bob. »Ich habe den Verdacht, daß er sich von einem Auto hat mitnehmen lassen und nach Poncho Beach gefahren ist. Er hat so getan, als ob ihn dort nichts interessieren würde, aber das habe ich durchschaut. Ich wette, daß er noch einmal hingefahren ist und sich die Neger aus der Nähe anschaut.«
»Bob hat recht«, sagte Pat. »In Poncho Beach haben sie Flutlicht bis zwei Uhr. Die Neger tanzen ihren Federtanz vor den Scheinwerfern. Es wäre gefährlich, wenn Barry ohne uns dort wäre.«
Ken wendete den Wagen nach der Straße, die aus der Stadt hinaus und nach Poncho Beach führte.
»Ich weiß nicht«, meinte Alf. »Ich kann nicht glauben, daß diese Kinder auf Barry irgendeinen Eindruck gemacht haben. Aber als wir im Saal, bei der Vorstellung waren, da ist Barry unruhig gewesen. Ich habe gespürt, wie es ihm in den Knien gezuckt hat. Ich bin in der Loge neben ihm gesessen. Wenn Barry irgendwo ist, dann ist er im Casino in Poncho Beach bei der Vorstellung.«
»Wir können ja beides machen«, sagte Ken. »Erst an den Strand und dann ins Casino. Wie lange dauert's dort?«
»Man schließt wahrscheinlich um fünf«, sagte Slip. »Vor fünf können sie mit ihrem Programm nicht fertig sein.«
Ken trat auf den Gashebel, und der Wagen raste über die Straße nach Poncho Beach.
Daß Barry Jeans und seine Gesellschaft sich verzogen, tötete die Stimmung im Silver Clipper. Es machte einem keinen Spaß mehr, zu tanzen und herumzusitzen, wenn die großen Namen fort waren. Die einen, die noch die Kraft dazu in sich fühlten, gingen zu Bett, und die Leute, die oh-

nehin immer müde waren, beschlossen, nach Poncho Beach zu fahren. Um halb drei packten die Musikanten ihre Instrumente ein, die Tische wurden abgeräumt und der Saal verdunkelt. Der Mann in der Telephonzentrale war eingeschlafen. Niemand bemerkte, daß in der Damengarderobe noch Licht brannte. Die Vorhänge waren jetzt, da alles fortgegangen war, zurückgezogen, und Barry war aus seinem Zufluchtsort herausgekommen. Er saß auf einem Stuhl vor einem der Toilettentische und hatte die Füße auf den Tisch gelegt. Er trank heiße Milch. Pinkie ging mit einem Tuch durch den Raum und sorgte dafür, daß alles für morgen sauber und in tadelloser Ordnung war.

»An die Geschichte mit den Rosinenkuchen kann ich mich nicht erinnern«, sagte sie. »Ich weiß, daß du immer die Rosinen aus meinen Kuchen stibitzt hast, aber an die Wette erinnere ich mich nicht mehr. Du hast wirklich zehn Stück gegessen?«

»Du hattest gewettet, ich könnte keine zehn Stück essen«, sagte er. »Aber ich habe zwölf gegessen. Und nachher war ich krank.«

»Eine Schande, daß du trotzdem kein Fett angesetzt hast! Aber du bist immer dürr gewesen wie eine Hopfenstange. Und das bist du noch heute.«

Sie wrang ihr Tuch aus, legte Bürsten und Kämme zurecht, und dann ging sie zu den Kleiderhaken und nahm ihren Mantel und ihr Kopftuch.

»Wie spät ist's?« fragte Barry.

»Beinahe vier. Morgen früh werde ich halbtot sein, weil ich die ganze Zeit hier geschwatzt habe.«

»Tut mir leid«, sagte Barry. »Ich bin schuld. Tut mir leid, Pinkie.«

Er zog die Füße vom Toilettentisch und stand auf.

»Ich bringe dich nach Hause«, sagte er. »Ganz wie in der alten Zeit.«

Pinkie richtete sich vor dem Spiegel ihr Kopftuch, dann band sie es unter dem Kinn zusammen und nahm die Handtasche über den Arm.

»Das geht schlecht«, sagte sie. »Es würde sich nicht gut machen, wenn ich mit dir aus der Damengarderobe komme. Das könnte mich meine Stellung kosten.«

»Geh du voran«, sagte er. »Geh du voran, und ich warte. Und dann komme ich dir nach. Es wird's schon niemand bemerken.«

Sie war nicht ganz beruhigt und brummte beständig etwas davon, daß das ihrem Ruf schaden könnte.

»Ich möchte nicht in Schwierigkeiten geraten«, sagte sie. »Man hält hier große Stücke auf mich.«

Sie spähte durch das Tor auf den leeren Gang, und am Ende des Ganges sah sie den Mann am Schaltbrett in festem Schlaf.

»Schön«, sagte sie. »Ich will's wagen. Ich geh durch die Türe hier rechts und warte auf der Straße. Drei Minuten, und dann kommst du mir nach.«

Barry ließ ihr drei Minuten Vorsprung, und dann, als er es für sicher hielt, schlich er hinter ihr durch den Gang und auf die Straße. Es mochte der Luftzug der geöffneten Türe gewesen sein, der den Mann am Schaltbrett geweckt hatte, jedenfalls spürte er, wie der Wind ihm ins Gesicht wehte, just, nachdem Pinkie an ihm vorübergegangen war, und als er sich gähnend und augenreibend aufsetzte, sah er sekundenlang eine männliche Gestalt, die verstohlen aus der Damengarderobe herauskam und auf den Fußspitzen zur Türe hastete. Zunächst war er zu verdutzt, um Alarm zu schlagen, und den Wächter vor dem Haus zu verständigen, nachher aber, als der Mann schon vorüber und durch die Türe verschwunden war, meinte er, er wolle doch lieber keinen Alarm schlagen. Er selber war verheiratet und bediente seit vielen Jahren die Telephonzentrale im Silver Clipper, aber in all der Zeit und auch in andern Restaurants und Nachtlokalen hatte er noch nie gesehen, daß ein Mann aus der Damengarderobe gekommen wäre. So ein Anblick war schon an und für sich aufreizend, doch das war nicht alles. Was die Sache noch aufreizender machte, war, daß er Barry Jeans erkannt hatte.

Pinkie war bereits ein Stückchen weitergegangen, und an der Ecke machte sie halt und erwartete ihren Freund.

»Du hast vermutlich keinen Wagen«, sagte er. »Meiner ist anscheinend fort. Die Burschen müssen müde geworden und heimgefahren sein.«

»Im allgemeinen nehme ich den Trolleybus. Aber so spät ist es nie geworden. Wenn wir Glück haben, erwischen wir ein Taxi.«

Fünf Minuten später hatten sie Glück. Pinkie rief das Taxi an, und sie und Barry stiegen ein.

»Ich habe überhaupt kein Geld bei mir«, sagte Barry. »Es tut mir schrecklich leid.«

»Schon gut, schon gut! Ich habe immer bezahlt.«

Als sie vor Pinkies Haus waren, stieg sie aus und bezahlte das Taxi. Dann meinte sie: »Ich sollte ihm vielleicht sagen, daß er dich jetzt nach Hause fahren kann.«

Barry hatte unterwegs nur daran gedacht, was die Burschen ihm für eine Szene machen würden, weil er so spät kam, und Slip könnte den Masseur anrufen, der ihn sofort bearbeiten würde, sobald er nur einen Fuß ins Haus gesetzt hatte. Sie würden die Dusche über ihn entfesseln, die mit dem hohen Druck, und Slim würde ihm die Kopfhaut elektrisieren, um die Haare anzuregen, und am Ende würden sie sogar darauf bestehen, ihm Arme und Beine zu kneifen und zu kneten, um die Spannkraft der Muskeln zu steigern. Das Komische war, daß er sich nicht müde fühlte. Nein, ganz und gar nicht. Er wollte nur einfach nicht nach Hause.

»Pinkie«, sagte er, »Pinkie, könnte ich nicht mit dir hinaufgehen und mir deine Wohnung anschauen?«

Pinkie überlegte. »Es ist ein wenig spät.«

»Gar nicht spät, Pinkie«, drängte er. »Es ist früh. Es ist nicht mehr gestern abend, es ist schon heute früh. Bald nach sieben muß ich im Studio sein. Ich frühstücke bei dir.«
»Schön – solange es keiner sieht... meine Nachbarn sollen nicht glauben, daß ich Männern Frühstück gebe.«
Sie traten ins Haus, fuhren in den fünften Stock hinauf. Es war ein neues Apartmenthaus, und Pinkie hatte eine kleine Dreizimmerwohnung. Sie führte Barry herum, stellte ihn dem Kanarienvogel vor, und dann mußte er sich auf das Sofa im Wohnzimmer legen und es sich bequem machen. Sie versäumte nicht, ein Stück Zeitung unter seine Schuhe zu schieben, damit er den neuen Bezug nicht schmutzig machte. Und dann ging sie in die Küche, um ihm ein Frühstück zu bereiten.
»Kannst du mir Haferbrei kochen, Pinkie?«
»Nicht ohne Haferflocken. Aber ich habe Reis. Du kannst einen Reispudding haben.«
»Das eß ich gern!« sagte er. »Das eß ich lieber als irgendwas anderes!«
Er mußte daran denken, May zu sagen, sie solle doch einmal zur Abwechslung statt des ewigen Haferbreis einen Reispudding zum Frühstück machen. Er lag ausgestreckt auf dem Sofa und sah dem Kanarienvogel zu, der in seinem Käfig hin und her hüpfte. Und gleichzeitig lauschte er, wie Pinkie sich in der Küche zu schaffen machte, mit Geschirr klapperte und die Milch kochte. Was mochten wohl die Burschen gedacht haben, als er nicht zurückkam? Sie waren sicher besorgt gewesen. Am besten wäre es, sich knapp vor sieben in ein Taxi setzen zu lassen und gar nicht heimzufahren, sondern gleich ins Atelier. Dann hätte Slim gerade noch Zeit für die Maske, und er wäre für die Aufnahmen rechtzeitig fertig. Ihm die Hölle heiß zu machen oder gar auf allerlei Massagen zu bestehen, dazu wäre es zu spät. Er räkelte sich behaglich auf den Kissen und warf einen Blick auf seine Uhr. Er hatte noch etwa zweieinhalb Stunden vor sich.
»Pinkie!« rief er.
»Ja?« Sie kam aus der Küche. Sie hatte den Mantel ausgezogen und trug einen geblumten Overall. Auf beigefarbenem Grund glänzten große Rosen. Und das Kleidungsstück war mit einer langen Reihe von Knöpfen geschlossen.
»Ich hätte gern...«
»Was hättest du gern?«
»Ich hätte mir gern all diese Photos angesehen, von denen du erzählt hast. Die von dir und deiner Familie, den Kindern und Enkeln. Es wäre so gemütlich, wenn ich hier liegen und mir die Bilder anschauen könnte, während du den Reispudding machst.«

In Poncho Beach reihten sich die Wagen, um die zehn Meilen in die Stadt zurückzufahren. Halb sechs war vorbei, als Ken die Burschen beisammen hatte. Bob und Pat und Slip hatten sich verspätet. Nach dem Federtanz waren sie auf dem Strand geblieben, während die andern sich die Vorstellung im Tanzsaal angesehen hatten. Und als die Vorstellung zu Ende war, hatte Alf noch in der Garderobe mit einigen von den Mädchen gesprochen. Er hatte wissen wollen, ob sie Barry gesehen hätten. Dann waren Bob, Pat und Slip vom Strand gekommen und hatten berichtet, daß die jungen Farbigen nie etwas von Barry gehört hätten! Es war wirklich nicht zu glauben! Sie hatten keine Ahnung, wer der »Schrecken« war! Beinahe eine Stunden hatten Bob, Pat und Slip dazu gebraucht, den Negern klarzumachen, daß es den »Schrecken« gab und daß er am selben Tag unten am Strand gewesen war, um sie zu sehen. Es war ziemlich erschöpfend gewesen, Barry überall in Poncho Beach zu suchen, und die Burschen konnten sich kaum auf den Beinen halten. Sie mußten alle miteinander in die Bar und etwas Kräftiges trinken, um sich halbwegs zu erholen. Auch Alf hatte ein gutes Glas gebraucht. Ken und Bim waren anscheinend die einzigen, die noch einigermaßen in Form waren.

»Einer von der Bande muß doch noch imstande sein, sich ans Steuer zu setzen und den Wagen heimzufahren«, sagte Ken. »Und wenn wir angekommen sind, ins Atelier zu gehn und mit den ›Gigantic Enterprises‹ zu verhandeln.«

»Natürlich«, meinte Bim. »Und deswegen bin ich auch nüchtern geblieben. Wenn Barry nicht auftaucht, kann ich für ihn einspringen.«

Ken fuhr die zehn Meilen zurück in die Stadt sehr langsam. Das würde den Burschen Zeit lassen, sich wieder zusammenzureißen. Zunächst wollten sie nachsehen, ob Barry vielleicht doch daheim war, und dann müßten sie unter die Dusche, müßten sich rasieren und anziehen, um pünktlich um sieben im Studio zu sein. Und sie müßten auch beschließen, was sie sagen sollten. Alf war der Ansicht, daß, falls es gar keine neuen Nachrichten gab, die Bundespolizei verständigt werden mußte. Das bedeutete, daß Barry geraubt worden war, und dann war ihnen die Sache aus den Händen genommen. Die Nachricht würde natürlich durchsickern, doch dagegen war man eben machtlos. Ken war derselben Ansicht, und während der Wagen langsam weiterrollte, schlossen sich auch die übrigen Burschen dieser Auffassung an. Es bleibe nichts als die Bundespolizei. Sie fuhren vor dem Hause vor, und, wie sie befürchtet hatten, von Barry war keine Spur. Die Burschen fuhren zu ihrem eigenen Haus, duschten, zogen sich an, dann trafen sie sich im Wohnzimmer von Barrys Haus, und Pat rief May an. Sie solle sofort zurückkommen.

»Am Telephon kann ich nichts sagen«, erklärte er ihr. »Es ist sehr ernst.«

Keiner von ihnen hatte Lust auf ein Frühstück. Der Diener brachte Kaffee, und das war alles. Sie saßen da, wandten keinen Blick von der Uhr und sahen wie die Zeiger weiterkrochen, bis sie auf fünfzehn Minuten vor sieben standen.

»Nun?« fragte Alf. »Soll ich die Bundespolizei anrufen?«
Die Burschen sahen einander an. Es war eine schicksalsschwere Entscheidung, die sie zu treffen hatten. Kam es einmal soweit, dann hatte der »Schrecken« aufgehört, ihr Besitz zu sein und wurde zum Besitz der Regierung der Vereinigten Staaten.
»Noch einen Augenblick«, sagte Pat. »Und wie wär's, wenn wir noch einmal im Silver Clipper anrufen. Vielleicht hat der Türsteher oder sonstwer Barry fortgehen gesehen.«
»Das haben wir doch schon versucht«, sagte Ken ungeduldig. »Es ist eine Zeitverschwendung.«
»Ich weiß nicht«, meinte Bob. »Ein Versuch kann doch immerhin lohnend sein.«
Obgleich es sonst Pats Sache war zu telephonieren, hatte diesmal Alf den Hörer in der Hand, weil es besprochen worden war, daß er mit der Bundespolizei reden sollte. Und so war er es auch, der den Silver Clipper anrief. Die Burschen saßen wartend da und beobachteten, ob seine Züge irgend etwas verraten würden. Als der Silver Clipper sich meldete und Alf fragte, ob man Mr. Barry Jeans gesehen habe, war die Wirkung verblüffend. »Was?!« rief Alf aufgeregt und nickte den Burschen zu; und dann lauschte er auf das, was ihm mitgeteilt wurde. Die Burschen sahen, wie er den Mund aufriß, und auf seinen Zügen erschien erst ein Ausdruck des Unglaubens, dann des Entsetzens, dann der Empörung und der Verzweiflung.
»Okay«, sagte er grimmig. »Wir rufen wieder an.«
Er ließ den Hörer in die Gabel fallen und sich selber in seinen Stuhl.
»Tot?« fragte Ken.
»Schlimmer!«
Alf zog das Taschentuch und schneuzte sich kräftig. Dann trank er einen Schluck Kaffee und schob den Stuhl zurück.
»Barry ist krank«, sagte er kurz. »Wir müssen doch den Psychiater berufen. Such die Nummer des Schweden, Pat, aber laß sie dir nicht von der ›International‹ geben. Wenn die ›International‹ diese Geschichte erfährt, sind wir erledigt.«
»Ja, um Gottes willen, Alf«, sagte Bob. »Was ist denn geschehen?«
Alf starrte zu Boden. Dann straffte er die Schultern und sah die Burschen an.
»Barry hat den ganzen Abend den Silver Clipper nicht verlassen. Der Mann an der Telephonzentrale hat ihn gesehen, wie er gegen vier Uhr morgens aus der Damengarderobe geschlichen ist.«

In Pinkies Wohnzimmer hatte der »Schrecken« eben seinen zweiten Teller Reispudding gegessen und leckte den Löffel ab. Mit der linken Hand wandte er die Seiten von Pinkies Photographiealbum um.

»Der da ist großartig«, sagte er. »Einfach großartig.«
Er zeigte auf eine Aufnahme von Pinkies zweitem Enkel in Spielhosen, wie er mit einem hölzernen Spaten eine Sandburg baute.
»Wie alt ist denn der kleine Bengel auf dem Bild da?«
Pinkie setzte die Brille auf und beugte sich über seine Schulter. »Das ist Ronnie«, sagte sie. »Das ist Ronnie an seinem zweiten Geburtstag. Er schlägt aber nicht nach unserer Seite der Familie, er ist ein echter McCaw. Dreh um, dann wirst du Mr. und Mrs. McCaw sehen, das sind Vivians Schwiegereltern, wie sie auf der Veranda sitzen. Da sind sie. Siehst du McCaws große Ohren! Die hat Ronnie auch. Das kleine Mädchen auf McCaws Knie ist eine andere Enkelin, Sue, das Kind von Tom McCaw, der den schlimmen Autounfall hatte. Ich habe dir ja davon erzählt.«
»Ja, ja, ich erinnere mich. Und wer ist das hier?«
»Das sind Freunde von uns. Harrisons. So nette Leute! Einen Sohn haben sie in Korea verloren. Hör... ich möchte dich nicht hetzen, aber es wird langsam Zeit. Wenn du um sieben im Atelier sein willst, so wirst du ein Taxi nehmen müssen.«
»Verdammt!« sagte Barry.
Er klappte das Album zu und sah nach der Uhr. Pinkie hatte recht. Es war höchste Zeit, sich fertigzumachen, ein Taxi zu nehmen und ins Studio zu fahren. Er schwang die langen Beine über das Sofa und stand auf.
»Ich kann dir gar nicht sagen, Pinkie, was das für mich bedeutet hat.«
»Ich habe mich gefreut«, erwiderte sie. »Es ist so nett, alte Freunde wiederzusehen.«
Er wusch die Hände, bürstete das Haar und fuhr sich über die Wange, wo die Stoppeln sichtbar wurden. Damit mußte Slip sich befassen, sobald er im Studio war. Dann bückte er sich und küßte Pinkie.
»Es ist großartig gewesen«, sagte er. »Einfach großartig!«
Sie öffnete die Türe der Wohnung und spähte die Treppe hinauf und hinunter.
»Nur noch eins! Sag keinem Menschen, wo du gewesen bist oder bei wem. Eine alleinstehende Frau muß so vorsichtig sein, und ich könnte mich gar nicht mehr vor den Leuten sehen lassen, wenn ich wüßte, daß geklatscht wird.«
»Ich werde keinem Menschen ein Wort sagen, Pinkie«, beruhigte er sie.
»Ich habe den Kindern nie recht davon erzählen wollen, wie wir miteinander in Herne Bay waren«, fuhr sie fort. »Ein-, zweimal hatte ich daran gedacht, aber dann meinte ich, es wäre doch zu dumm. Sie hätten vielleicht geglaubt, ich wolle vor ihnen großtun. Und so habe ich's gelassen. Aber wenn du gern wiederkommen willst, werde ich mich natürlich immer mit dir freuen.«
»Ich danke dir, Pinkie.«
»Im Silver Clipper hat uns niemand gesehen«, sagte sie. »Der Mann am

Schaltbrett hat fest geschlafen. Es ist eine gute Stelle, und ich möchte sie nicht gern verlieren.«
»Natürlich sollst du sie nicht verlieren. Was für ein Gedanke! Könntest du mir das Geld für das Taxi leihen?«
»Ich gebe dir fünf Dollar. Mehr sollte es nicht kosten. Und wenn's weniger ist, kannst du das Kleingeld behalten.«
Pinkie hatte ein Taxi vom Stand am Ende der Straße gerufen, und es wartete bereits auf Barry, als er jetzt aus dem Haus trat. Der Chauffeur lächelte, als er den »Schrecken« erkannte, und er öffnete ihm den Schlag.
»Ich hatte noch nie das Glück, Sie zu fahren, Mr. Jeans«, sagte er.
»Nein, ich nehme nur selten ein Taxi.«
Der Chauffeur reichte ihm ein Autogrammalbum durch das Fenster.
»Um meiner Frau eine Freude zu machen.«
Barry zog die Füllfeder heraus und schrieb seinen Namen in das Buch.
»Sagen Sie nicht, wo ich Sie genommen habe. Ich bin die ganze Nacht aus gewesen.«
Der Chauffeur zwinkerte und streckte die Hand nach dem Album aus.
»Ein Glück, daß Sie gerade mich erwischt haben«, sagte er. »Einige von meinen Kameraden verkaufen alles, was sie erfahren können, der ›Confidential‹.«
Barry bezahlte den Chauffeur, bevor sie beim Studio waren, und dann ging er durch das Tor und war in seiner Garderobe, als es gerade sieben schlug. Die Burschen waren schon vor ihm dagewesen und warteten auf ihn. Er konnte sie hören, als er die Türe öffnete, und es klang, als spräche Pat ins Telephon. Nun, zur Massage wäre ohnehin keine Zeit mehr.
»Morgen«, sagte er. »Na, wie geht's?«
Die Burschen starrten ihn an. Es war, als hätten sie ein Gespenst vor Augen. Dann legte Pat den Hörer hin. Alf warf ihm einen warnenden Blick zu und stand langsam auf.
»Morgen, Barry«, sagte er.
Die andern Burschen saßen stumm und gespannt da. Keiner von ihnen brachte ein Lächeln auf. Es erinnerte Barry daran, wie sein Vater, der Pfarrer, ihn in sein Studierzimmer im alten Haus in Herne Bay gerufen und gefragt hatte, warum er nicht rechtzeitig beim Bus aus Ramsgate gewesen sei. Es war zu spät für das Elektrisieren der Kopfhaut, zu spät für die Massage, zu spät für eine Hochdruckdusche. Es war gerade nur noch Zeit, sich rasieren und von Slip zurechtmachen zu lassen.
»Habt ihr euch diese Nacht gut unterhalten?« fragte Barry, trat vor den Spiegel und musterte seine bläuliche Wange.
Die Burschen sagten gar nichts. Barry war entweder wirklich sehr krank, und sie mußten auf einen Anfall gefaßt sein; oder er hatte sie alle seit Jahren zum besten gehalten.
»Wie geht's, Barry?« fragte Ken sanft.

Barry begann, den Rock auszuziehen und Kragen und Krawatte abzunehmen.
»Großartig! Einfach großartig!«
Das war auch wahr. Er fühlte sich noch immer nicht müde. Und der Reispudding, den Pinkie ihm gekocht hatte, war ein viel besseres Frühstück als Haferbrei. Es hatte irgendwie mehr Gehalt. Man hat mehr zu essen dran.
»Hast du dich ausgeschlafen?« fragte Bob.
Barry warf die Krawatte auf den Tisch und knöpfte sein Hemd auf. Das leise Zittern, das in seinem Gesicht erschienen war, als er Pinkie erkannt hatte, wurde beim Mundwinkel wieder sichtbar. Die Burschen bemerkten es und rissen die Augen auf. Der »Schrecken« lächelte! Ja, wahrhaftig, er lächelte!
»Nein, mein Lieber, ich hatte diese Nacht Vernünftigeres zu tun, als zu schlafen.«
Es war hart! Den Burschen wurde es weh ums Herz. Sich vorzustellen, daß sie Barry seit fast einem Vierteljahrhundert gekannt, gekannt und geachtet hatten und ihm dienstbar gewesen waren, und daß das alles auf solche Art zu Ende sein sollte! Er sah gut aus, das war das Schlimmste daran. Wäre er mit schleppenden Schritten und grüngelb in seiner Garderobe erschienen, so hätten sie eine Ambulanz kommen lassen, hätten ihn in eine Klinik gebracht und dann den Schweden und andere Fachleute zu einer Konsultation berufen. Doch Barry hatte sich durchaus nicht in die Garderobe geschleppt. Nein, er hatte vor der Türe sogar gepfiffen! Es war entsetzlich!
»May wieder aufgetaucht?« fragte Barry. »Wie steht's mit der Migräne?«
Wie kalt das klang! Bim konnte es nicht ertragen. Tränen traten ihm in die Augen, er mußte ans Fenster gehen und hinausschauen. Die andern Burschen waren nicht so weichherzig. Sie waren empört, ja, angewidert; weichherzig aber waren sie nicht. Jetzt konnte nicht länger bezweifelt werden, daß Barry keineswegs krank war. Der Mann, den sie zur Berühmtheit aufgepäppelt hatten, war lasterhaft und hart wie Stahl... Dreißig Jahre lang hatte er sie alle genarrt!
»Hör, Barry«, sagte Alf, und in seiner Stimme klang eine Drohung mit, und er schaute finster drein. »So billig kommst du nicht weg. Zufällig wissen wir, wo du diese Nacht gewesen bist.«
Er setzte sich und wartete, daß Slip ihn rasierte. Slip sah Alf fragend an, und Alf winkte ihm. Ja, er solle nur anfangen. Das Telephon läutete, und Pat griff nach dem Hörer. Es war der Produktionsleiter, der wissen wollte, wie es stand. Er hatte die ganze Nacht damit zu tun gehabt, die »Gigantic Enterprises« wegen der Unterbrechung von vierundzwanzig Stunden zu beruhigen, jetzt aber sei die Frist abgelaufen, und er müsse den Leuten

doch etwas melden. Die Mitwirkenden warteten, die Techniker warteten. Würden die Burschen Barry Jeans um acht Uhr ins Atelier bringen, damit man eine Probe machen könnte? Pat erklärte Alf leise die Situation.
»Wir müssen Zeit gewinnen«, sagte Alf. »Wir müssen noch einen Aufschub verlangen.«
Slips Hand zitterte derart, daß er Barry Seife in die Augen schmierte. Barry nahm ein Handtuch; zufällig hörte er das Wort Aufschub.
»Was ist denn los?« fragte er. »Ist dieses Spielzeug noch immer nicht repariert?«
Pat schaute zum Himmel auf, und dann sah er Bob an. Der Klang der Stimme des Produktionsleiters drang durch das Telephon. In dieser Minute öffnete sich die Türe, und May stürzte herein. Wild sah sie sich um, und als sie Barry erblickte, der noch Seifenschaum auf dem Gesicht hatte, brach sie in Tränen aus.
»Mein armer Schatz«, klagte sie. »Was hat man dir angetan?!«
Barry sah sie an, dann sah er die Burschen an, und langsam wurde ihm bewußt, daß irgend etwas sich abspielte, das er nicht verstand. May, die mit einer Migräne in den Country Club verschwand, die Burschen, die ihn nicht ruhig seine Patience legen ließen, sondern in der Mittagssonne an den Strand schleppten und nachher zum Abendessen mit einer Bande von Ringern und japanischen Mädchen und Akrobaten. Und jetzt versuchte jeder ihm etwas anzuhängen, weil er die Nacht mit Pinkie in der Damengarderobe bei einer Tasse heißer Milch verbracht hatte und nachher mit ihr gegangen war, um sich in ihrer Wohnung die Photos von ihren Enkeln anzusehen! Wenn die Burschen daran schuld waren, daß Pinkie Schwierigkeiten hätte, so würde er ihnen das nie verzeihen.
Barry stand auf, und er sah recht bedrohlich aus, wie er alle andern in dem Raum mit Kopf und Schultern überragte. Er war von dem Tag in Poncho Beach braungebrannt, und er fühlte sich nach seinem Beisammensein mit Pinkie und nach dem Reispudding, den er zum Frühstück gegessen hatte, wohl und ausgeruht. Wenn seine Verehrerinnen ihn jetzt gesehen hätten, sie wären überzeugt gewesen, daß Barry noch zehn Jahre vor sich hatte, bevor er auf der Beliebtheitsliste an zweite Stelle zurückfiel, und wenn er so blieb, wie er gerade jetzt war, so würden die neu aufkommenden Stars ihn nie entthronen können. Selbst die Burschen waren verblüfft. Nie hatte Barry so prachtvoll ausgesehen.
»Und jetzt hört einmal, ihr alle«, sagte Barry. »Ich bin hier der Herr. Und das gilt auch für dich, May. Kein Mensch hat mir wegen dieser Nacht auch nur eine einzige Frage zu stellen! Ich habe mich großartig unterhalten. Und damit ist die Sache erledigt. Seit ich hier drüben bin, habe ich mich nicht so gut unterhalten. Ich fühle mich ausgezeichnet; ganz ausgezeichnet. Und wenn diese verdammten Trottel im Atelier ihr albernes Spielzeug bis acht Uhr nicht in Ordnung haben, so zerreiße ich meinen Kon-

trakt mit den G. E. und gehe. Und der erste von euch, der das Maul aufmacht, fliegt!«

Dann ließ er sich von Slip in die Hosen helfen.

Es war eine Minute vor acht, als Barry Jeans, gefolgt von May und den Burschen, das Atelier betrat. In der Garderobe hatte keiner ein Wort gesprochen, und Mays Augen waren noch rot vom Weinen. Der Regisseur kam ihnen entgegen und sah erst Alf, dann Ken fragend an, doch sie wichen seinem Blick aus. Der Produktionsleiter stand daneben. Er sagte auch nichts. Aber er suchte in seiner Tasche nach den Beruhigungsmitteln.

»Alles *okay*?« fragte der Regisseur.

»Ich bin *okay*«, erwiderte Barry. »Die Burschen sind ein wenig müde. Und May hat Migräne.«

Er ging schnurstracks auf den »Fühler«-Sachverständigen zu und hielt ihm die Handgelenke entgegen.

»Los«, sagte er. »Wir haben mit Ihrem verdammten Spielzeug schon genug Zeit verloren.«

Der Sachverständige spuckte seinen Kaugummi aus und befestigte die Drähte. Sein Assistent stellte den »Rufer« ein. Dann drehte der Sachverständige an einem Schalter und beobachtete die Scheibe. Vanda Grey sah von ihrem Stuhl aus zu. Sie glaubte es natürlich nicht, aber irgendwer von der »International« hatte sie angerufen und ihr gesagt, Barry Jeans sei gestern in Poncho Beach gesehen worden. Solche Gerüchte hatte es bisher noch nie gegeben. Jedenfalls sah Barry großartig aus. Am Ende könnte es wahr sein. Und wenn es wahr wäre, dann gäbe es vielleicht in den Wochen, wenn sie in Arizona Außenaufnahmen drehten, ein ganz amüsantes Abenteuerchen.

Der Sachverständige stellte seinen Apparat ab und flüsterte dem Assistenten etwas zu. Der Assistent kritzelte ein paar Ziffern auf ein Blatt. Der Sachverständige nahm das Blatt, und dann ging er zu dem Produktionsleiter und May und den Burschen.

»Wir können weitermachen«, sagte er.

Barry Jeans, der »Schrecken«, hatte Stärke A.

«Ihre Memoiren sind Vitriol in einem Honigtopf –

was die Mahler-Werfel für die Welt der Musik und des Theaters, das war Claire Goll für die Welt der modernen Literatur und Malerei.»
Le Figaro

Claire Goll – Ich verzeihe keinem

Eine literarische Chronique scandaleuse unserer Zeit

Scherz

336 Seiten   Leinen

**Die Dichterin und Freundin genialer Männer wie Rilke, Joyce, Picasso, Chagall, Einstein, Léger, Werfel, Max Ernst, Malraux, Kahnweiler ... besichtigt unser und ihr Zeitalter: Schonungslos und scharfzüngig – betroffen und teilnahmsvoll.
Ihre Erinnerungen sind «Chronique scandaleuse» und hinreissende Zeitalter- und Personenbesichtigung in einem.**

Scherz Verlag

Knaur®

Große Unterhaltungsromane

Buck, Pearl S.:
Die Frauen des
Hauses K
128 S. Band 676

Buck, Pearl S.:
Fremd im
fernen Land
224 S. Band 1065

Buck, Pearl S.:
Geschöpfe Gottes
216 S. Band 1033

Buck, Pearl S.:
Das Mädchen von
Kwangtung
160 S. Band 812

Buck, Pearl S.:
Die verborgene
Blume
224 S. Band 1048

Michener, James A.:
Die Bucht
928 S. Band 1027

DuMaurier, Daphne:
Rebecca
397 S. Band 1006

DuMaurier, Daphne:
Die Parasiten
320 S. Band 1035

DuMaurier, Daphne:
Träum erst,
wenn es dunkel wird
144 S. Band 1070

Palmer, Lilli:
Umarmen hat
seine Zeit
304 S. Band 789

Paretti, Sandra:
Der Wunschbaum
288 S. Band 519

Paretti, Sandra:
Maria Canossa
256 S. Band 1047